非常营救

衢州与杜立特突袭行动

郑伟勇　著

九州出版社
JIUZHOUPRESS

图书在版编目（ＣＩＰ）数据

非常营救：衢州与杜立特突袭行动 / 郑伟勇著. --
北京 ： 九州出版社，2024.3
　　ISBN 978-7-5225-2720-8

　　Ⅰ．①非… Ⅱ．①郑… Ⅲ．①传记文学－中国－当代
Ⅳ．①I25

中国国家版本馆CIP数据核字(2024)第061867号

非常营救:衢州与杜立特突袭行动

作　　者　郑伟勇　著

责任编辑　姬登杰

出版发行　九州出版社

地　　址　北京市西城区阜外大街甲35号(100037)

发行电话　(010)68992190/3/5/6

网　　址　www.jiuzhoupress.com

印　　刷　杭州富春印务有限公司

开　　本　710毫米×1000毫米　　16开

印　　张　25.5

字　　数　330千字

版　　次　2024年3月第1版

印　　次　2024年3月第1次印刷

书　　号　ISBN 978-7-5225-2720-8

定　　价　128.00元

前　言

1942年杜立特突袭行动是第二次世界大战中的重大历史事件。

1941年12月7日日本偷袭珍珠港,美国损失惨重。第二天,美国对日本法西斯宣战。随后美国在太平洋的属地关岛、威克岛以及菲律宾等被日军占领。一连串的军事失利,使美国举国上下人心沮丧。

美军为提升低落的士气,开始实施空袭日本本土的计划。经过经心策划,做了大量的准备工作,1942年4月18日,詹姆斯.杜立特中校率领16架B-25轰炸机从"大黄蜂"号航空母舰上起飞,超低空进入日本本土,分别在东京、横滨、名古屋、大阪、神户等地投下炸弹。轰炸结束后,轰炸机直飞中国的浙江衢州机场。由于飞机航程本来不够,又加上联系、导航、天气等原因,除一架飞机飞到苏联外,另15架飞机在浙江、江西、福建、安徽交界地迫降、跳伞。在中国降落的75名杜立特突袭队员中,3人牺牲,8人被日军俘虏,64人在中国军民的帮助下,转移到安全的大后方。这就是著名的杜立特"突袭东京"行动。

杜立特突袭东京是中美两国第一次联合作战。中国方面作为同盟国非常深入地参与其中,做出重大贡献,付出重大牺牲。事前,美国方面要求使用中国东南机场。多次沟通后,中国方面勉强同意美方使用衢州机场。为了迎接美国轰炸机队,中国方面动员大量人力物力加快机场扩建进度。衢州机场准备了油料、炸弹、通讯器材等,安时做好迎接美军飞机

1

的一切准备。杜立特飞行员降落后中国百姓自发救助美国飞行员,为伤员疗伤,护送美国飞行员通过日军封锁线。有51位美国飞行员集中到衢州。

东京上空30秒给日本造成的损失并不大,但却给骄横不可一世的日本军阀以沉重的心情打击。这次行动,也使日本侵略军看到中国东南部以衢州为中心的机场群的重要性。1942年5月15日,日军发动浙赣战役,侵占浙赣沿线,对衢州、玉山、丽水机场进行彻底破坏,并拆毁铁路,抢掠物资。浙赣战役,给广大平民造成了巨大的生命和财产损失,军民死亡25万以上。日军在浙赣战役期间和撤退时,大量使用细菌武器。如此系统地,大面积地使用细菌武器,世界战争史上都绝无仅有,给浙赣人民带来深重灾难,余毒还在祸害当地平民。

杜立特空袭行动对反法西斯同盟的具有重大战略意义。这次行动极大的鼓舞了同盟国士气;迫使日本把4个陆军战斗机大队留在了国内,牵制了日军在太平洋战场上的兵力;打乱了日军在中国战场的作战计划;这次空袭促使日军大本营决定进行中途岛作战,日军在这次海战中遭到了彻底的失败,太平洋的战局从此向有利于同盟国一方发展,杜立特轰炸东京是这一转折的发端。

中国人民营救杜立特队员的历史是中美两国之间最甜蜜的回忆之一。历届美国总统说到中美关系时总是要提到这段故事。2023年11月15日习近平主席在旧金山美国友好团体联合欢迎宴会上的演讲中专门提到了杜立特突袭行动和衢州的杜立特行动纪念馆,认为血与火铸造的中美两国人民友谊一定能够代代相传。

关于杜立特突袭东京行动美国方面有很多专门著作。美国的资料、档案非常丰富,对于计划、准备、实施轰炸的过程,记述得准确详实。但是关于飞行员在中国的经历很模糊,他们所遇到的人物、经过的地点不明确。我们需要有一本书详细阐述中国人特别是衢州人在这次对日联合作战中做出了贡献,付出了牺牲。我们需要说清楚每架飞机坠落地点、每个飞行员降落的地点,说明清楚谁当年帮助过他们。这些飞行员集中到衢州又遇到什么事。等等。我希望能还原这一历史事件的前因、经过、后果,以及之后的友好往来。

近十多年来,为研究这段历史,我收集到大量研究资料、中国地方志、中文和英文的专门著作。在中国各地档案馆,我查到记录民众救助飞行的民国档案。我收集到一批美国档案、中美之间的来往电文电报稿复印件。从蒋介石、史迪威、徐永昌等人的日记中知道高层之间的交流。我四次受到邀请到美国参加杜立特突袭纪念活动,见过四位空袭队员。我从突袭队员子女家人手中拿到三十余位美国突袭队员写的日记、回忆录和回忆文章、照片、中国官员名片等等。文史资料相关内容从一个局部记述当时的细节。我收集了四本日本方面的战史和有关专著,让我从另一个角度研究这一历史事件。

在文字的基础上我注重实证调查。我找到亲历者或他们的家属子女,向他们请教。足迹遍及浙、闽、赣、皖各地,行程三万余公里。我到达每架飞机的坠落地点,收集挖掘到9架飞机的碎片。我到过大部分飞行员降落的村庄,寻访当事人、目击者、知情人,向近千位老人了解当年情况。

2015年是中国人民抗日战争暨世界反法西斯战争胜利70周年。中国人民对外友好协会邀请杜立特突袭队7号机的撒切尔的儿子杰夫·撒切尔到北京参加九·三阅兵式。活动结束后,杰夫·撒切尔来到衢州,参观了由衢州市文广新局主办,衢州市博物馆承办的《"杜立特突袭"与衢州》特展。丰富的展品让他难忘,他们对杜立特突袭者在中国的经历如此有兴趣,让我有了写一本衢州与杜立特行动的书的紧迫感。在衢州市文广新局等的帮助下这本书终于在2016年出版。此书在2017年获得了第十四届衢州市哲学社会科学优秀成果三等奖。

时光荏苒,8年过去了。这8年时间发生了很多事,我的研究也在继续。这次衢州市委宣传部鼓励我再版这本书。我重拾纸笔对原书进行了修订,以新的面貌呈献给各位读者。

在此感谢所有帮助我的同行者、朋友、领导们。感谢我的家人们。

目　录

第一章　衢州机场

杜立特突袭东京行动是第二次世界大战太平洋战场上具有标志意义的重要历史事件，是美军主导实施中国方面配合的第一次联合作战，是对日本本土进行的大胆的突袭行动。这次行动牵动了美国、中国、日本、苏联4国领导人。

这次行动在军事上给日本造成的损失不大，却给骄横不可一世的日本军阀以沉重的心理打击，也极大鼓舞了同盟军民的士气。这次行动打乱了日军的作战计划，改变了第二次世界大战的进程，促使日军决定进行中途岛作战，日本海军经过此战由盛转衰。日军为彻底破坏衢州、玉山、丽水机场，发动浙赣战役，同时针对平民发动细菌战，使浙赣军民损失惨重。日军也因浙赣战役而无力实行进攻四川、西安的计划。

衢州及衢州机场在抗日战争和第二次世界大战中的战略位置十分重要。第三战区、浙江省、第五行政督察区、衢县、空军第十三总站为利用衢州机场对日进行反攻做了大量准备工作。作为美军计划中的降落机场，衢州机场为迎接杜立特机队做了充分的准备工作。杜立特机队队员跳伞、迫降后，衢州和其他地区民众一起积极救助美国飞行员，收容、接待各地送来的突袭队员，安全转送大后方。在浙赣战役中，衢州人民做出了巨大的牺牲。衢州在杜立特突袭东京这个历史事件中起着重要作用，作出了巨大的贡献。

说起衢州与杜立特突袭行动的渊源，就要从衢州机场说起。

第一节　初建衢州机场

衢州位于浙江金衢盆地西部,钱塘江上游,处于浙、闽、赣、皖4省交界处,为交通要道,自古就是兵家必争之地。衢州机场的初建就与军事用途有关。1926年,北伐军东征江浙两省,12月进入浙江,为使空军协助地面部队作战,北伐军准备在衢州、兰溪、杭州、上饶等地建筑临时机场。12月29日,北伐东路军第一路指挥官王俊致电蒋介石"上饶机场已好,并选定衢州兰溪严州等空地兴工"①修建机场,其中衢州机场由熊公烈督建。这是衢州机场第一次修建,然而随着北伐军的节节胜利,战线向北推进,北伐军修建的衢州临时机场便荒废了。

1932年,国民政府下令兴建兰溪、镇海、衢县飞机场。要求衢县县政府选址,"建筑400米见方的飞行场"②。衢县县长王超凡将衢州飞机场选址定在雄鸡坂。雄鸡坂在衢州城东南,清朝时曾用作教场,土地平坦,挖平阡陌,即成广场,施工容易。

1932年1月下旬,衢县开始测量立界,征地172.153亩,动工兴建衢州飞机场③。国民政府空军在衢县东门街徐忠壮公祠设立航空站,任命吴侨为站长。

1933年,因衢州机场的西北角地势较低,积水严重,为修理机场,衢县建设科又征工征料,用石块、土方填高机场西北角。同时兴建临时棚厂一座,临时油库三座、弹库一座④。

1933年11月,在福建的十九路军公开反蒋,并准备经从浦城进攻浙江。蒋介石调兵遣将,从浙南、浙西、赣东、赣南、海面等方向围攻十九路

① 王俊电蒋中正上饶机场已好并选定衢州兰谿严州等空地兴工 1926-12-29,台北"国史馆"数位档案,档案号:002090101002004。
② 浙江省档案馆档案,档案号:L085-002-2998。
③ 浙江省档案馆档案,档案号:L085-002-2992。
④ 浙江省档案馆档案,档案号:L085-002-3013。

军。衢州成为进攻的重要基地,衢州机场的作用陡然提升。12月20日,衢州机场完成东北两面各加阔100米工作,机场扩至500米见方。可以降下当时所有型号的飞机①。12月11日,蒋介石发电报给徐培根、毛邦初拟令轰炸机队分驻南城、温州,命令达格拉斯机队派赴衢州,归蒋铭三指挥,相机推进建瓯②。为了靠前指挥,12月25日,蒋介石由杭州笕桥机场乘飞机经衢州机场飞抵浦城,指挥对十九路军的作战。

1934年春,衢州机场奉令扩至800米见方。机场南临浙赣铁路干线,西及下洪桥,北逾东郭,东抵龙山屋基、七里街,圈有白茅田铺诸小村。衢县至兰溪公路的走向是由县城东门向东,经七里街、教场村,在乌溪桥村过东迹江,再向东通向龙游。机场扩建后,衢兰公路向北移至机场北部20米以外③。

此后,衢州机场每年都要进行修缮。衢州机场地处信安、东迹两江之间的冲积平原。流经这个区域的还有城南、城北护城河的东流水和石室堰的堰水。这里的水道支流密布,掘地数尺,无不及泉。为宣泄地下水,更改机场区域内的灌溉水道,加深放宽环场沟渠。排走地下水后,建在沙积地上的机场出现塌陷,不能承重。又计划用卵石铺筑飞行跑道地基。征工购石,时断时续,施工工作历时经年仍未竣工。

每二节　抗战初期的衢州机场

1937年7月7日,卢沟桥事变爆发,揭开了全面抗战的序幕。8月13日,淞沪战役打响。8月14日,中国空军以杭州笕桥机场为中心,进行著

---

① 徐培根电蒋中正兰谿飞行场可完工日期又衢州飞行场所有飞机均可降下1933-12-20,台北"国史馆"数位档案,档案号:002090102001079。

② 蒋中正电徐培根毛邦初拟饬轰机队分驻南竣温州达格拉斯机队派赴衢州归蒋铭三指挥相机推进建瓯等对闽空军编配情形1933-12-11,台北"国史馆"数位档案,档案号:002090300009110。

③ 浙江省档案馆档案,档案号:L085-002-2998。

名的"8·14"空战。衢州机场作为笕桥机场的后方机场,在空战中并没有发挥大的作用,只有少量飞机为避日机空袭,从笕桥机场转场到过衢州。

此时,衢州机场又开始新一轮的赶筑跑道工程。先在跑道区域向下挖掘五尺,在下层填上巨石,中层用卵石,上层用碎石,最上层盖上沙土。由于石料需求量大,衢州石价大涨,机场周边的路边石,碑碣坟砖,以及水坝、堤堰、桥梁的石头,都被发掘殆尽,仍不能满足需求。缺额部分,通过招商征购。多石之区,贪官与奸商相互勾结,争相抢做石料生意。东至东迹渡罗星塔,南至乌巨渡乌泥坝,北至青龙渡地黄滩,这一片江岸的积石,都被掘出,江岸为之崩塌,而工事仍未能完竣。

11月,杭州城和笕桥机场沦陷。至12月,南京继而失守。后日军主攻方向为沿长江向西,经黄淮地区向华中进攻,战线西移。在浙江,中日两军隔钱塘江对峙,除杭嘉湖一带,浙江省大部分地区得以保全,这一态势一直维持到1940年1月。

杭州陷落后,浙江省军政机关内迁到金华、丽水。笕桥机场的人员、飞机撤到衢州。随之撤退下来的汽油、机件,存放在东门街、先贤徐忠壮祠、后稷庙等10余处,堆积如山。衢州机场成为东南战局之重心,成为航空队的根据地。

12月,敌军攻陷富阳,中国空军以15架飞机掩护步兵南渡,飞机经过衢州机场,降落加油,但机场太小,起降滑转不能自如。同月,空军总指挥部电令:"衢州空军站为我空军出袭台湾及敌寇本岛之重要基地,杭州空军总站着即改为衢州空军总站,并兼理玉山场务,原衢州航空站撤销。"原杭州空军总站站长空军少校邢铲非改任衢州空军总站站长。

保卫南京战役时,12月10日,日军得到报告有9架中国飞机飞到衢州,"鹿屋部队中攻机6架(13空舰战机7架掩护)攻击衢州,但未见敌机,轰炸了该机场及附近铁路线后,全队返回虹桥机场着陆"。12月12日,日军鹿屋部队要求攻击从南昌飞走的中国飞机,6架中攻机轰炸了衢州、玉山两机场,但没有见到中国飞机[1]。

1938年1月,衢州机场再次扩建,在原正方形场面的东北、西南两角各向外扩筑长200米、宽70米的跑道。4月,跑道略具雏形。后又奉令再征民地,两角宽度亦须200米见方。于是西及通仙门,东及演武厅;七里街全村拆让,7月,机场辟成。东北角实宽241米,南首长311米,北首长294米,跑道长232米、宽51米。西南角实宽212米,南首长157米,北首长280米,跑道长200米、宽51米。南首水位过高,加筑挡水堤两道,共长460米[2]。新增场面后,原有水沟涵洞被阻塞,机场以东田亩因此受旱。后经士兵设法调整水沟走向,才解了旱情。

1938年5月20日,中国空军的两架飞机跨海东征飞抵日本,在九州上空投下数十万张传单,这是第二次世界大战中盟国空军首次远征日本。

为了执行远征日本作战计划,空军开始进行周密审慎的战前准备工作,修复曾被敌人破坏的机场,备足油料。此次远征作战,大部分时间均为海上飞行,无论在航行指挥、空地联络还是气象报告方面,都极度依赖于通信保障。于是,中国空军决定在马丁轰炸机上加装短波通报机和无线电定向仪,并在地面电台配以相应的长短波无线电机。但当时全中国空军的飞机都没有定向仪这一设备,航委会只好与中德合资的"欧亚航空公司"洽谈,从其容克斯Ju-52运输机上卸下"德律风更"定向仪,改装到马丁轰炸机舱内。同时航委会也全力配置地面导航台站,新建以汉口经南昌、衢州至宁波为主,以长沙、温州、丽水为辅的双套通讯网络;完善应急导航长短波电台,敷设7座对空电台。第十四中队在这7个电台都派出通信员协助导航[3]。这些工作都是在严格保密下进行的。同时,各地长短

---

[1] 张宪文主编,经盛鸿等编:《南京大屠杀史料集(1)·战前的南京与日机的空袭》,江苏人民出版社2005年版,第144页。

[2] 浙江省档案馆档案,档案号:L086-0-1049。

[3] 在高晓星、时平编著的《民国空军的航迹》中提到,为这次轰炸日本本土,对空电台从6个增加到11个。

波广播电台也都预行准备,待必要时应急导航使用。

由于需要跨海作战,航程遥远,飞机能携带的弹药有限,无法产生大的作战效果,所以决定这次东征日本只携带传单,以纸弹回击日军的炸弹。军委政治部第三厅厅长郭沫若拟就《告日本国民书》,文告主要内容为:"中日两国有同文同种、唇齿相依的亲密关系,应该互助合作,维持亚洲和全世界的自由和平,日本军阀发动的侵略战争,最后会使中日两国两败俱伤,希望日本国民唤醒军阀放弃进一步侵华的迷梦,迅速撤回日本本土。"同时主持编写了《告日本工人书》《告日本农民大众书》《告日本工商者书》等多种传单,由日本友人、反战作家鹿地亘翻译成日文。日本反战同盟也撰写了《反战同盟告日本士兵书》。

5月19日,徐焕升率两架马丁B-10轰炸机,于下午4时飞离武汉。循衢州机场等地的导航信号,经南昌、衢州上空,在前进基地宁波机场降落加油。当晚11时48分起飞,东征日本。20日凌晨2时20分,两架马丁轰炸机飞抵日本九州西部海岸,飞机紧贴海面飞行,直达长崎港。凌晨3时,长崎市还处在无戒备状态,飞机盘旋一周,借助城市灯光,投下第一批传单。一时间,传单像雪片一样纷纷扬扬,散落在长崎市区。飞机按原定计划向北作半圆形航行,飞经佐世保、佐贺、久留米、福冈、九州、熊本等城市上空,覆盖整个九州岛。自飞机进入福冈以后,日方发现上空有飞机,立即发出防空警报,实行灯光管制,探照灯对空乱照一气。机组人员一面投下照明弹,一面投下传单。由于油料有限,两架马丁轰炸机在日本本土盘旋半个多小时,把带去的数十万张传单全部投完后,便从容返航。5月20日拂晓,两架马丁轰炸机飞抵我国东海岸。徐焕升清醒地意识到日机一定在跟踪,有可能去轰炸宁波机场,便临时决定直飞南昌。8时48分,1403、1404号轰炸机分别降落于南昌机场和衢州空军总站下属的玉山机场,加油后继续西飞。上午11时30分,安全降落在汉口机场。

徐焕升远征日本意义重大,"不仅在军事战略上获得战略奇袭的效果,并因而证明我空军已具备远程作战之能力,在心理战略上更获致了震惊日本朝野军民,以及振奋我军心与士气之宏效;而在政治战略上也使国际间于闻讯敬佩之余,对我国刮目相看,无形中提高了我国之国际地位,大大有助于我尔后之国际合作"(蒋纬国语)。这是衢州机场在抗战时期参加的为数不多的著名对日作战之一,也成为日后美军利用衢州机场轰炸东京的引子。

1938年6月,衢州空军总站改为空军第十五总站,站长为空军中校曹文炳。

1938年10月21日、25日,广州、武汉相继失守。日军有南渡钱塘江沿浙赣路西上的情势。衢州机场奉令进行破坏,征民夫7600人,计划在场内纵横掘沟,共长2600米;桥梁及附属房舍全部要摧毁,并在场内密布地雷,使敌人不能再利用机场。所储油料疏散到上叶、官碓等处分别潜藏。

1939年2月中下旬起,日军加紧封锁中国沿海,并企图在浙东沿海登陆,军统报告杭州日军积极准备犯浙东,于是,浙江各地开始破坏铁路公路,衢州机场也在破坏之列。

3月20日,日军3个师团发起进攻南昌的战役。为配合南昌作战,牵制浙江的中国军队,3月21日,日军袭击侵占富阳东洲沙,企图渡富春江南进。中国军民奋起抗击,于23日收复失地。衢州机场又进行修复。

日军攻占南昌城后,中国军队即发动反攻。5月1日,蒋介石电令各部队必须在5月5日零点以前攻占南昌。南昌城下的争夺战达到了白热化的程度。5月4日下午,中国空军第一大队奉命从空中支援南昌反攻部队。大队长龚颖澄得令立即登机,从浙江衢州机场起飞,率5架SB-IV型轰炸机直扑南昌敌阵,协助我地面部队之攻击,猛烈轰炸南昌近郊敌军的既设阵地,予敌极大损失,而中国军队则士气大振,乘机发起冲击,一度攻入南昌市区。这次从衢州机场起飞的空中攻击,虽然没能使中国军队攻克南昌城,但消灭了日军约半个联队的兵力。对敌的威胁,及我陆空联络协同作战之收获,可谓至大,在抗战中,颇具影响力。

5月,航空委员会改组,曹文炳任航空委员会副官室主任副官。

8月1日,衢州空军第十五总站改为空军第十三总站,总站站长为空军少校陈又超。总站所辖尚有浙江、江西、安徽等地部分辅助机场及福建省全省机场。

1939年11月,航空委员会成立空军一至四路军司令部,第十三总站区划归航空委员会直辖。

1940年1月22日,日军偷渡钱塘江,在萧山西北的六百亩头登陆,攻击南岸的中国军队,侵占萧山县城,结束了日中双方隔钱塘江对峙的局面,使浙江战局发生了重大变化。

2月15日,日军又分三路进犯义桥、龛山、衙前、临浦。针对这一战局的变化,集中在衢州的大量物资需要后撤,衢州机场需要破坏。当局又下令破坏机场,漏夜征集民工7000余人,在机场纵横掘沟数千米,附近建筑亦予摧毁。后日军停止于临浦、义桥一线,我方物资问题也稍获撤退转运的解决办法。衢州机场,仍有运用的必要,上级又下严令加紧开工修建机场。所有水沟驰道都要求限期完工,并在场地四围修筑数条用于疏散飞机的隐蔽路线。一条隐蔽道从机场向北越过同知坟,绕过青龙亭再折向西,与浮石渡马路相衔接;一条隐蔽道向东北通过马布桥,到达沙湾,其支线通过五节桥;一条隐蔽道向东穿过精勤畜牧公司,到达乌溪桥;一条隐蔽道向东南经龙山屋基,通到太平垾。但所有隐蔽道纵横因为江水所阻碍,都不超出十里。为了完成隐蔽道修筑工程,前后征用民夫达15000人,承包商所雇用的工人还不在内。

是年,陈又超再要求县长崔履堃派征民夫5000人,从事机场修筑。并于各隐蔽道所过之处,建设飞机隐蔽部。在隐蔽部搭建草舍多座,每座草舍可以容纳一架飞机,外表与民室没有差别,使敌军不知虚实。草舍一完成,敌机随之就来轰炸。有人以为是汉奸泄露机密,引来敌机轰炸。这时各草舍内实际并无飞机,有人以为建草舍就是为了诱敌前来轰炸,空耗其炸药。这时期机场附近,几乎无地不炸,无时不炸,无人不炸,无物不炸。城市中的居民、商贩都向西北,渡过衢江逃避。除通和桥外,另搭水亭、双港两浮桥。而机场的工作人员,则乘小船渡过衢江,躲藏在雷峰坞山中(现徐家坞以东)。每次敌机投弹以后,当地老百姓群入捡拾废壳破弹,以之卖钱。战时铜铁难得,故售价颇昂。抗战初期,浙江省政府曾奉令征集破铜烂铁。衢州老百姓纷纷响应,送去大量可利用的日军炸弹破片。

当时衢州防空设备为全省最完善,公用和个人挖筑的防空洞遍布于衢州城厢。在通向衢州的水陆要道,都设有防空监视哨,并有现成的电话线,可通过电话向衢州传达日军空袭消息。遇有敌机从东面来袭飞到诸暨,从西面来袭飞到贵溪,衢州就发空袭警报。当敌机从东飞到金华,从西飞到玉山,衢州就发突袭紧急警报。衢州的军民提前到行警报,有预警时间进行疏散躲避。虽城关人员众多,但死亡尚少。后来日军知道正面空袭失效,就采取侧袭方式。敌机绕开在衢州正东、正西的防空哨,取道衢州北部的淳安、遂安经上方南下,或绕道遂昌、龙泉,经洋口北上,空袭衢州城和机场。警报未发,轰炸突至,衢州人猝不及防,因此损失巨大。1940年春,在交通部电政三特区工作的衢州人徐映璞,建议增设衢州南北环电话线,并增设洋口、上方两监视哨,马上获得批准。这项工程完成后,衢州防空预警能力得到了完善。

第三节　1942年前后空军第十三总站的组织

当时的空军第十三总站指挥司令部设在衢县城内东门街。在东门街中段街南边有一所李姓旧宅,旧宅后院有一条近100米的小路,宽可驶小汽车。小路直通城墙根一个十分坚固的防空洞。总站指挥司令部就设在这个防空洞内,凡军事会议都在此进行。比起只用木头支护的民用防空洞,作为司令部的防空洞是非常完备和坚固的。防空洞室顶上盖有钢板、软木。洞口用水泥浇筑,门为厚钢板。进入洞口拐弯向下20多米,才到防空洞室大厅,这个大厅能容纳60至100人。顺着防空洞内的铁梯向上能登上城墙,在城墙上能俯瞰整个衢州机场跑道。现在这个防空洞的洞口还在。当地居民称这个防空洞为地洞,称周边地区为地洞沿①。

总站部下设七课三室(即第一至第七课和书记室、会计室、政治指导室),课下设股。第一课主管机场航务;第二课主管通讯联络;第三课主管油弹补给及运输;第四课主管消防及场面养护;第五课主管财务粮服;第六课主管医务;第七课主管基建工程。书记室主管公文拟缮,档案保管;政治指导室主管党务(其人事任免及业务行施均归航委会政治部直辖);会计室主管会计。各课室视其业务繁简,分别设股长和课员,如第一课设有灯电股;二课设电信股;三课设运输股;四课设消防股、养场大队等。各课均设课员及士兵各若干人。

空军第十三总站下辖空军第二十七站(丽水机场空军)、第二十八站(玉山机场)、第四十站(建瓯机场)、第五十站(歙县机场)、第九十八站(浦城机场)、第九十九站(长汀机场)等6个场站。

空军第十三总站下属各空军站配备测候(气象)台,有第二七、二八、二九、三十、三一台及测候士训练班,共86人。总站设无线电一、二两区台,各空军站设无线电第八三、八五、八六、八九台,共118人。

总站长陈又超,又名友超、英勤,清光绪三十四年(1908年)二月二十一日生,世居青田县城后街万松巷。系晚清秀才陈克书长子,兄弟3人、姊妹二人均系知识分子,望重一时。幼从父读经书,15岁毕业于青田县立敬业小学(今人民小学),即考取省立第十一师范学校(丽水),毕业后去广州考入黄埔军校第六期,1932年转杭州笕桥航空学校(后改中央空军军官学

---

① 据衢州市东门居民何仕荣、吴土香、张金元等所述。

校)飞行科第一期。1934年航校毕业后,任空军轰炸机第二大队飞行员,初驻杭州,继调南昌。1935年9月7日,叙任空军中尉。1936年至1937年曾驻西安,1937年4月,陈又超任空军第七大队第六中队副中队长。在西安时,多次派飞机负责接送中共代表团团长、中共中央军事委员会副主席周恩来,穿梭于西安与延安之间,协调"西安事变"后东北军与国民政府的紧张局势。抗日战争爆发后,陈又超参加了"八一四笕桥空战""八一五杭州空战"。后历任队长、科长、浙江衢州空军第十三总站总站长。

空军第十三总站总站长陈又超

总站附狄志扬,江苏省溧阳县人,生于1910年1月20日。中央航空学校第一期毕业,历任航空第一、第二队航员、航空署署员,航空署军务处作战第三处第九科、第一处第四科科员、航委会服务员,芜湖、济宁飞行场场长、昭通航空站站长,航委会第二十四科科员,空军第二大队参谋,空军第八、第一、第十二、第十三总站总站附。狄志扬曾参加过对日空战,立有战功。1932年1月28日,日军入侵上

空军第十三总站总站附狄志扬

海,"一·二八"淞沪抗战爆发。2月26日,狄志扬跟随二大队队长石邦藩,同丁炎一起驾驶K-47战斗机升空拦截敌机,保护杭州笕桥及乔司两机场。空战中我空军将两架日机击伤,迫降在钱塘江口,后沉没海底。

指导员陈诚,又名陈志明,1909年出生于原昌化县夏林村。陈诚之父陈慎之系清末秀才,对儿子督教甚严,时时灌输"学而优则仕"的思想。这

给陈诚尔后热衷仕途起了决定性的影响。陈诚在旧制高等小学毕业后考入徽州师范。师范刚毕业，陈诚又考入当时由浙江省民政厅长朱家骅主办的省地方自治专修学校，毕业后被派至临安横畈区任区长。后在空军第十三总站任指导员，1942年1月出任三门县县长。

军医吴璞，字含真，浙江开化人，1912年生，北平国防医学院毕业。

第四节　利用衢州等地机场攻击日本的几个计划

1937年抗战初期，中国空军在没有外援情况下进行独立作战。至11月初，经过3个月作战，虽然我空军飞行人员作战勇敢、艰苦奋战，给日军一定打击，但由于敌强我弱和客观形势，我空军飞机损失惨重，中国空军几乎全军覆没，基本上失去作战能力。这时西方国家对日本采取绥靖政策，拒绝卖给中国飞机。正当中国空军处于最困难的时期，苏联政府给予了真诚的援助，向中国紧急提供了飞机、航材、武器弹药等急需军用物资，同时苏联还秘密派出空军志愿队来华参战，使中国空军获得新生，得以继续坚持抗战。这一时期的空战主要发生在华中一带，以及陪都重庆和西北苏联国际补给线上的兰州等地。著名的武汉大空战就是中国空军与苏联空军志愿队并肩作战的重要战役。在华参战期间，苏联空军志愿队和中国空军一起付出重大牺牲。1940年9月，日军开始在中国战场使用"零"式飞机作战。这种战机比苏联驱逐机性能好，因而中国空军在空中战场常常处于被动挨打局面。

此时华北、华中、江淮地区已被日军占领，衢州机场及其周围的机场群是当时中国空军实际控制的最东面的机场，具有十分重要的战略地位。当时各国重型轰炸机的作战半径在2000公里左右。以衢州机场为中心，用重型轰炸机作为空军作战武器，能攻击华北、华中、江淮地区的日军，支援地面部队；能轰炸包括东京在内的日本大部分本土和当时为日本强占的台湾；还能控制日本海上运输交通线，打破日军的海上封锁。同时衢州水陆交通便捷,1932年建成的浙赣铁路途经衢州,使衢州与前线及大后方紧密相连,人员、物资的补充和运输方便。但是缺少飞机的中国空军却无法发挥衢州机场等东部机场的作用。

中国政府一直在寻求西方国家特别是美国的援助。与美国政界上层有良好关系的宋子文作为中国政府的特别代表,被长期派驻美国,争取美国的财政与军事支持。1940年10月中国对飞机的需求到了燃眉的地步。蒋介石派航空委员会副主任毛邦初、美籍空军顾问陈纳德到美国,与宋子文一起争取美国的飞机和飞行员。一开始,争取飞机的努力还是不见成效。美方的理由是,飞机制造厂的生产计划已被英国的订单所排满,没有时间为中国生产飞机。

1940年12月上旬,宋子文会见美国财政部长摩根索时,摩根索提出:倘蒋介石同意中国方面即行轰炸东京、大阪,他可代向罗斯福请示,向中方提供B-17飞行堡垒轰炸机。此时,美国得到情报,日本大量抽调中国战场的日军主力,代之以少量日军新兵和中国伪军,美国担心日本开始向南进攻新加坡、菲律宾,需要中国空军轰炸日本本土,牵制日军。虽然中国此时更需要的是驱逐机,而非轰炸机,但美方能主动提供轰炸机,其政治意义大于军事意义,蒋介石同意了这一计划。罗斯福对蒋介石赞成以空中堡垒轰炸东京很欣慰,同时美方称即允供给中国空中堡垒飞机,进一步即可获得保护空中堡垒飞机的驱逐机。摩根索提出美国可先转让给中国飞行堡垒飞机12架,并要求二三月内轰炸东京,还建议空中堡垒飞机可从菲律宾飞至中国。每机派美飞行员一人、轰炸员一人,其余人员由中国空军人员充任,并加派机械师五名。这些美籍飞行员可在美国军部的默许下在现役人员中以高薪聘请,美外交部门准其出国,不以美军命令派遣,以免引起国内外的纠纷。

中方为了这个轰炸东京行动立即着手进行准备:1940年12月23日蒋介石电周至柔,应即准备空中堡垒所用大量之油弹燃烧弹,限于二月内,并须极端机密。同日又电江西省主席熊式辉,要求赣州机场特别跑道务须如限完成,应即以此为江西省府最近之首要工作①。

1941年1月1日,摩根索与宋子文、毛邦初、陈纳德会谈时提出,经美陆军部、海军部研究,如无驱逐机掩护,空中堡垒不便使用,用空中堡垒轰炸东京计划暂时搁置。同时,摩根索说罗斯福有意出让双发动机的水上飞机3架,并5000吨商船一艘改为母舰,在离日本五六百英里处放下,起飞轰炸日本。毛邦初提出,水上飞机陈旧,速度慢,要进一步研究。这是第一个中美合作空袭日本的方案。

在1941年间,随着美日关系的变化,美国多次提出方案,派出美国志愿飞行队驾驶B-17轰炸机,利用衢州机场,先发制人轰炸日本本土②。这些方案最终因种种原因没有实施。但这些空袭方案再一次体现了中国东南部机场在对日作战的战略作用,同时也体现了美军对衢州机场的重视。

在这个时期有个插曲。1941年,驻桂林、柳州地区空军第二路司令邢铲非,原奉令轰炸东京,带领机队在浙江衢州机场准备出动前夕,派副官赴上海购买大批啤酒和英国锡包香烟。副官乘小火轮回程到宁波登陆,被税关发觉,强要扣留,副官说:"这是邢司令轰炸东京用的,怎敢阻挠?"此时全军正在组织军训校阅,空军校阅组以空军少将黄光锐为主任,校阅官由空军司令部和空军大队中挑选组成。此事被黄光锐察觉,以邢泄漏国防秘密,呈报蒋介石,即停止轰炸东京计划,并将邢撤职③。

---

① 蒋中正电周至柔应即准备空中堡垒所用大量之油弹燃烧弹限于二月内并须极端机密,蒋中正电熊式辉赣州机场特别跑道务须如限完成应即以此为省府最近之首要工作 1940-12-23,台北"国史馆"数位档案,档案号:002060100147020。
② 台北"国史馆"数位档案,档案号:002010300041035、002060100147023。
③ 据蓝香山《白崇禧在军训部和校阅委员会》(《广西文史资料选辑》第30辑,1990年版)。在《抗日战争正面战场》(下)(中国第二历史档案馆编,凤凰出版社2005年版)一书中,1942年上报空军第二路司令部一年来业务报告中没有提到这次轰炸行动计划,但邢铲非确是此时解职。

1940年12月,陈纳德在华盛顿起草美国志愿航空队在中国的战略计划。呼吁美国人支持建立美国志愿航空队,支援中国对日抗战,以美国志愿者作利剑,去打破太平洋的僵持局面。利用在中国军队控制地区的空军基地,可以攻击到所有日本人的供给线,粉碎日本南进的企图。

在陈纳德计划的第一阶段,必须要摧毁日本人在中国台湾、海南岛和广东及越南的机场、港口及其驻军。如果成功,便可迫使日本推迟或取消其进攻计划。第二阶段将把攻击目标对准日本人的本土,把燃烧弹投放在盛产竹子的本州和九州,以烧毁日本帝国的工业中心。为了实现这个战略计划,需要在敌我接壤的东部拥有一些空军基地,一些美国战斗机、轰炸机和一批骨干队伍。机场在中国已是现成的,形成三个弯曲的链状结构,与中国的海岸线基本平行,它们大约相距250英里。从浙江省出发只要飞行三五个小时便可到达日本最大的工业城市。

这项计划要求在1941年建立一支拥有350架战斗机和150架轰炸机的部队来使用这些近海基地,到1942年飞机数量要增加一倍。同时通过滇缅公路运输和增加从香港偷运来保证华东前哨部队的作战物资供给。

陈纳德的计划于1941年1月交给宋子文。这个计划不光得到中国的认同,也获得罗斯福的支持。1941年4月15日,罗斯福签发了一个秘密命令,同意美国海军和陆军航空队人员退出现役,参加美国志愿航空队帮助中国作战。6月28日,陈纳德招募的第一批美国志愿航空队员从美国出发前往缅甸,在那里接收飞机,进行训练。根据陈纳德的要求,中国政府开始着手进行各项准备工作。从1941年开始,湖南、广东、广西、江西、福建、浙江等地的机场大规模地兴建、扩建起来。而衢州机场作为这项计划中的一个重要基地,迎来了一个新的扩建高潮。

第五节　扩建机场

新的衢州机场扩建工程,历时一年四个月,在这个过程中,因国内战局和国际形势的变化有过转折,也有要求逐步加码的情况。整个扩建工作按时间可分四个阶段:(1)1941年1月至4月中旬,第一次开工,进行初步勘测。(2)1941年4月至12月上旬,第二次开工,工程全面开工。(3)1941年12月中旬至1942年3月下旬,准备开展空中游击战,加速机场建设。以上三个阶段以迎接美国志愿飞行队为主要工作目标。(4)1942年3月下旬至1942年4月中旬,准备迎接美国轰炸机队。

1941年1月7日,国民政府电令加宽加厚衢州机场跑道,限2月底完成,扩建标准要求能容纳50架美制重型轰炸机起降。第五行政督察区督察专员鲁忠修任衢州机场工程处长,衢县县长柳一弥、空军第十三总站站长陈又超任副处长。衢州机场扩建工程由航空站工程课主持施工。1月16日,空军第十三总站聘请衢县公路局长、衢区工程处主任彭式镜兼任总监。衢州机场工程处设在衢州城内东门街一座二进的原李姓民宅内。这所旧宅在2000年后的旧城改造时被拆除,其具体位置在现东门社区所在地。

浙江省政府全力配合扩建工程,下令向衢州机场周边的衢、金、处三区所属各县征工、征料、征工具,参加衢州机场工作。1月9日,衢州机场工程处向浙江省建设厅发电要求:奉令加宽加厚衢机场跑道,即2月底完成,计需石子7万立方,请速饬机手车至少二千辆,即日来衢协运①。

浙江省建设厅下属的驿运管理处下令东阳、诸暨、义乌、永康、金华、缙云、江山驿运站派出手车参加衢州机场建设工作。在衢州设立浙江驿运管理外驻衢临时办事处②。

为加强机场建设技术力量,1941年1月,广西大学土木工程学系三、四年级身体强健的同学50多人,应教育部的征调,由钟伯元、温毓琦两位老师率领到衢州第十三空军总站参加修建机场的工作,负责全场测量及

---

① 浙江省档案馆档案,档案号:L085-2-638。

② 浙江省档案馆档案,档案号:L085-2-0840。

工程施工。敌机经常来盘旋侦察,师生们以抗战第一,不畏危险,坚持工作,由于成绩优异,获得好评和表扬。

衢州机场扩建作为当时重大的国防工程,受到最高军事首脑机关的重视。1941年4月1日,蒋介石催完成衢州机场跑道[1],4月9日,蒋介石令周至柔,限一周内查报衢州机场跑道扩充工程进度[2]。

1941年4月13日,日军骤然蠢动,向南攻占了绍兴。19日,攻占宁波等地,奉化、慈溪、余姚、上虞等县相继沦陷,宁波栎社机场陷于敌手。日军还沿浙赣线向西一度攻占诸暨,敌先头部队一直到达苏溪,义乌皆受震动,大有直下衢州之势。浙赣铁路前站只能到达金华。衢州机场修筑计划,没有全部实行,而破坏工作,又重新开始。帮助扩建衢州机场的广西大学学生撤离衢州回校。调集的驿运站手车被撤回,因为手车来回放空,到衢后又没有接到工作,手车工受到了一些经济损失[3]。与此同时,日军时常出动大批机群轰炸衢州。衢州城市被破坏得十分严重。而机场之或修或破的命令,随着前线战局的变化,一日数变尤为书不胜书。这是扩建工作的第一阶段。

后来日军攻势减弱,占领诸暨的日军退到了浦阳江一带。4月24日,毛邦初等电蒋介石,浙东情况趋稳,衢州、丽水两机场暂予保留使用。于是,又开始召集人力、物力开始扩建衢州机场开始了扩建工作的第二阶段。

空军第十三总站工程课,是衢州机场扩建工作的主持机关,工程课课长是由任尧三工程师兼任。任工程师是浙江宁波人,为人很有修养,对下属极为爱护。工程课的工程技术人员主体是原浙江交通管理处衢区工程处人员。1941年4月,以衢县公路局长、衢区工程处主任彭式镜,副主任

---

[1] 台北"国史档案馆"档案,档案号:002060200006013。

[2] 蒋中正令周至柔限一周内查报衢州机场跑道扩充工程进度1941-04-09,台北"国史档案馆"档案,档案号:002070200010008。

[3] 浙江省档案馆档案,档案号:L085-2-638。

钱谷(字艿铃)为首的30余位工程人员皆奉令征召加入空军,作为扩建机场之工程技术主干。原交管处的工作留职停薪,在空军第十三总站工程课工作只能领到半薪。嵊县人钱南欣就是他们中的一员。钱南欣,1915年11月生,曾参加浙赣铁路玉南段建设,后服务于浙江省公路局,任职于金华、兰溪、衢州、浦城等养路段,兼第三战区长官司令部抢修分队队长。钱南欣进入空军第十三总站工程课后主要担任规划测量工作。根据他的回忆,在整个衢州机场扩建工程过程中并没有美国人参与,机场扩建工程全部由中国人设计、施工。为了加强工程技术力量,上级调派西南联大学生约300人到衢州,以充实监工人员。这些西南联大的学生在钱南欣的带领下开展工作。他回忆当时的情况说:

> 我担任测量、施工、征收土地(工作)。另二人监工,还有七位内勤设计。测量工程非常吃重,要好、要准、要快。所以请来西南联大学生300位协助,测量跑道中线。跑道两头分出六条隐蔽线,防敌机空袭隐蔽用。弯来弯去,在丘陵地穿越贯通,再植林。我将能测量的学生以6人为一组,分成8组测量。我贯穿指导,相当吃力。测量仪器从上海运来使用。测量进行中,立即征收土地,同时施工。大家分担工作,虽辛苦,都很快乐。因为地方上至县长,下至村里长合作很好。工作进行很顺利,那时没有"难"字。水泥都从上海桶装运来。本地只采黄黏土和生石灰,还有铁砂钻。工人都是地方单位依每日工作需要调派。早上点工,晚上点工发签。任何时间都可到里长处用签发钱。循序井然,皆大欢喜。

衢州空军第十三总站由航空委员会直辖,有关业务由设在桂林的空军第二路司令部代行指导,衢州机场的各项扩建、新建工程设施都要报经桂林批准,方可公开招标施工。而在审定得标过程中,应有地方政府的代表参加。衢县建设科长郑根泉(兰溪人,曾为浙江省建设厅工作人员)代表衢县政府参加了得标审核工作,每项工程竣工后,报请总站派员验收,桂林方面又曾多次委托衢县政府代为验收上报。郑根泉带领土建工程技士和技工组成的验收组前往工地按施工图纸验收。

机场扩建工程项目很多,除了跑道的加固加长、停机坪的整修、场内休息室等有关用房的建造、场面"抄平"、桥梁与排水设施及其他有关配套工程的修建外,还在东门城内建造电台、弹药库、油库、警卫部队驻房、航空站办公用房等。

由于招标的工程项目多,一时各地营造厂商云集衢州,投标承包建造。其中以吉祥记营造厂承包项目最多,该厂老板是苏北人吉渭河,文化虽不高,与航空站打的交道却最多。

扩建衢州机场,所需要的工人、材料、工具都征自地方,主要是来自衢州机场周围的第四区(金华区)、第五区(衢县区)、第九区(丽水区)所属各县,后期也从邻近的江西省征用。工人包括民伕和木匠、铁匠、石匠等工匠。按各县的人口丁壮数字分配,施工高峰时期每日5000余人,以各县县长为大队长,乡长为分队长、村里长为支队长,动员民夫全力配合机场扩建工程。民工自带干粮,自备炊具,抬石头、平壕堑、扩场基、修跑道,日夜赶工。

空军第十三总站的官兵也参加衢州机场的扩建劳动。这时中国空军飞机已经损失殆尽,好多空军官兵连中国飞机都没有见到过。大部分士兵枪都没放过,锄头却一人一把,没有军事任务时,就参加修机场的劳动。

这时,大后方物资,非常缺乏。机场及工事材料,钢筋、水泥由后方供给。这些材料来之不易,如水泥要从上海走私运来。其余大量钢铁、木材、砖石、黄泥(灌浆用)等机场建设所用的材料都征自地方。同时第十三总站在距城15里之万川设立办公处,接收所有材料储存。如,派开化县征建筑衢县飞机场圆木800株。又如,1941年浙江省在江山清湖建成"浙江水泥厂",首批出厂水泥运往衢州飞机场作为军用。当时衢州飞机场是土质跑道,这批水泥主要用于机场营房建设。

就在衢州机场加紧扩建的时候,国际局势发生了重大变化。日本军国主义者进入了更加疯狂的状态。1941年12月7日,日军偷袭珍珠港,太平洋战争爆发,英美对德、意、日法西斯宣战。这时陈纳德组建的美国志愿航空队在缅甸整训成军,有两个中队移师昆明,参加中国战场对日作战。预计美军飞机将会以中国机场为基地对日作战。1941年12月,军令部长徐永昌将新拟订的《空军游击计划大纲》报送蒋介石。衢州机场作为空军进行游击战的重要基地,第十三总站接到了一道紧过一道催促机场扩建完工的命令,机场扩建工程进度进一步加快。衢州机场扩建进入了第三阶段。为准备重40吨的美制B-17"空中堡垒"重型轰炸机的起降,对跑道的翻修、提高跑道的承重能力是主要任务。工人们在跑道下垫巨型石块厚度60厘米,并以黄泥水浆灌垫,以资踏实,再以碎石级配为主要材料进行铺设道面。战时前方亦无重机械,只有用铁皮灌铅制成重约50吨的压路滚,由百余人拉动碾压道面。而其他所有土石方之工作均靠人力来完成,但限期两个月完工,因此日夜赶办。在郑根泉记忆中,航空委员会主任委员周至柔曾亲至衢州视察,可知当局之重视。

1942年2月,为了配合衢州飞机场的建设,在衢县设中央银行。

时任浙江省民政厅长阮毅成所著《八十忆述》中写道:

中美既并肩作战,传闻美军要在衢州机场起飞,轰炸东京。浙人久为敌机空袭所苦,敌人往往只派出一架飞机自晨至夕,在上空盘旋,则全省皆要发布警报,一切工作均趋于瘫痪。我空军既已后移,敌机及在全无抵抗的情况下,任意翱翔。甚至飞行极低,在地面上即可看见其驾驶人员。如果投弹,更多死伤。因此一闻美机将炸东京,真是人人感奋,个个争先。环衢州各县的壮丁,皆应征前往,群为扩建衢州机场效力。严寒酷暑,均未得一日停。农历春节,民间例须休息。惟因赶工,衢州附近各县县长,有于元旦日亲负木,步行数十里,赴衢州施工者。老百姓乃皆放弃休假,长途跋涉,入山伐木,肩负赴工。天寒道阻,毫无怨言。其时浙省境内,既无水泥厂,亦无钢铁厂。建造机场,全用巨木巨石。各县树木砍伐殆尽。亦无各种机械,全凭双手万能。

钱南欣70年后回忆当年衢州人民支援扩建机场的情景十分感慨:

当年的老百姓真是太好了,这机场全靠老百姓的劳动才能建成。我其中一项工作是负责征地,结果我的征地工作进行得十分顺利。我当年也只是一位普通的工程技术人员,只是一个尉官,我的工作这么顺利全靠大家的支持,地方上的保长、乡长、县长十分重视,动员老百姓。老百姓也很好,地被征,他们都很爽快,没有人因为个人利益受损失而提出各种要求。百姓们全力支持机场建设工作,他们为衢州机场所作贡献是如此巨大,与之相比我们所做的工作是那么渺小。

前线的人民饱受敌机无情的轰炸,广大工人、征用的民众认为机场筑好了,就会有飞机来保护自己。并且飞去轰炸东京,使日本人也尝尝炸弹的滋味。所以飞机场的工作,他们是万分高兴的。衢县本地民工征派主要来自樟潭、浮石、车塘、安仁各乡镇,日达数千人。到了1942年春天,日军侦知衢州机场在扩建,日机常来骚扰、轰炸。每有日机来袭,防空情报网就会传来消息。机场上劳作的民工听到县城东门城楼上的防空警响起,就放下工作散伏水沟树下躲避空袭。但日机投下的炸弹还是时常给民工造成死伤。有一次,一个躲有50余民工的壕沟被炸中,死者40余人。日机去则继续施工,或警报终日不解除,晚上也点起大光灯或火炬,彻夜工作达旦。而敌方有时会夜袭投弹,以故人数虽多,而工程甚缓。

参加扩建机场的工程技术人员正处于中、青年时代,有一颗热爱祖国的赤心,期望早日打败日本侵略者。因而每次奉派代表上级验收机场工程,都能廉洁奉公,谨慎从事。所以不曾发生过差错和过失。抗日战争时期的国统区社会风气是不好的,尤其是营造厂商得标承包建筑工程中,偷工减料、不顾质量的情况也是存在的,郑根泉等技术人员在验收中,凡是不符合质量规格标准的,每次都建议上级在末期工程款中扣除相应的数额,同时延长其保固期限。技术人员时刻警惕,贻误军机的事万万不能做,否则军法从事,身首异处,悔之晚矣。

当年总站附狄志扬一家都住在石头山临时指挥部,狄志扬的五女儿狄正琴只有三四岁。她清楚地记得,当年父亲狄志扬忙着修机场,家里从早到晚都看不到父亲的身影。

1942年3月下旬,在得知美军将使用衢州机场后,工程进一步加快了进度。至4月中旬,在条件万分艰困的情况下,在航空委员会道道催令声中,在不到一年的时间中,依靠人力手工劳动完成了衢县飞机场扩建工程。完成宽60余米、长1200米之土石跑道一条,隐蔽线4条共5000米,可适合各型的飞机起降和隐蔽。但是由于抗战时期条件艰苦,衢县飞机场又属于前进基地,有的都是轻装备,没有专门的加油挂弹设备,没有塔台,没有夜航灯光等设备。

整个机场工程基本竣工以后,桂林方面派董歧到衢州办理新建机场及跑道之验收事宜,董歧对该场完工后之场面及跑道、滑行道与停机坪等,作了完整的竣工测验,以图表证实其工程之实质记录。上级派来的总工程师从桂林乘坐一架小型飞机前来总验收,不到一天即飞回。衢州机场完工后,任尧三总工程师也离开衢州调往他处。

第六节　加强机场的保障配套

在扩建衢州机场跑道工程的同时,油库、弹药库、航空站办公用房也开始建造。一些航空作战保障物资、人员也在补充加强之中。

从各地运来的航空炸弹和飞机用油等源源到达,炸弹和油料有如山积,仓库早满。运来的炸弹大的有一人来高,小的也有百把斤,运来的飞机用油,总数达9000桶之多。这些物资中大部分都是1940年国民政府在与美租借协议尚未签订之前用现金买来的。其中有一些是从香港偷运到福建、浙江等地的一些小港口,然后利用驿运站的手推车等工具辗转运到衢州等地的中国东南、东部机场;有一些是经云南铁路由海防运来的;再就是用卡车从仰光和曼德勒经滇缅公路运来的。

如何存放这炸弹和油料,成了当时最大问题,因为要提防日本鬼子的空袭,多数炸弹和油料不能存在机场里。东门城内的徐家祠堂(徐忠壮公祠)中存放有大量的航空汽油和炸弹。航空油料用方的铁洋油箱装着。炸弹、汽油堆得有半个房子这么高。鼓楼旁边的宝坊寺也作为第十三航空总部的弹药库存放弹药。也有存放在溪东埭、上叶等村子里,烂柯山天生石梁下也堆放了一部分。第十三总站还在机场跑道旁挖了又长又深的坑,里面藏着少量的炸弹和汽油。方便快速地为飞机加油挂弹。

为了存放这些作战物资,第十三总站日夜赶工开山洞及地库,以备储藏。将衢州城西南15里的航埠区万川陈七石塘辟为洞库。洞库位于常山港江边古代采红砂岩的采石场。利用在断崖上并排开凿的4个采石洞。每个洞内有100多平方米。断崖上草木丛生,空中侦察无法看到洞口,空袭也无法对山体下的洞库造成破坏。洞库东邻衢常公路,西枕常山港,水陆交通方便。顺江而下,就能到达到衢州机场跑道。在七石塘以北100米,衢常公路以东,建有汽车库10间,人称十间头,用来停放第十三总站的卡车。当时衢常公路已修通,在双港口江面上架有一座木板桥。建桥

衢州万川七石洞油库

工将二三十厘米粗的大松木打入江底,再在松木桩上钉上木板作桥面。为了节约材料,桥面分为左右两幅,刚好能让汽车左右两边的轮子轧过。木板与水面之间只有1米左右,洪水来时会冲走桥面,桥工需在洪水来袭前把木板拆走保存。板桥十分简陋,却能过大卡车,方便交通运输。

总站在东门城内利用民房与公堂作为办公和库房,并在青龙亭左沙湾村杨柳腮等处筑室多楹,但目标显露,不便于办公,又无从退迁。1941年9月某日夜间,沙湾村突起大火,民居焚毁几尽,总站官员看到沙湾村中多乔木,便于房屋隐蔽,就将村民移民三节桥东,征用沙湾旧址,在这里继续营建办公用房。

1941年前后,总站在衢州城西南15里的石头山兴建第十三总站临时指挥部。石头山位于七石塘洞库以北。临时指挥部的范围主要在汪村破塘以南、猪头山以北、衢常公路以西的这片江边林地。这里水陆交通便

24

利,又十分隐蔽。石头山西临常山江,临江一面的山体经过历代采石已被大量挖去,形成一片比较开阔的平地。东面的山体还没有被开采,山上树木葱茏,围绕着临江的开阔地。衢州至常山公路从石头山的东坡山脚下自北向南绕过。总站在附近河边树林内建造办公室、营房、食堂、中山堂、浴室、小型运动场等设施,并附设气象、通讯塔台设施,建成临时指挥部。在临时指挥部内猪头山对面,总站利用古代采石场岩壁脚下开挖可供50个人使用之防空洞一处。附近掘一地窖存放可供50个人一月之存粮。一旦有情况发生,即以此坐镇指挥。空军医院建在汪村破塘以西60米,空军医院有两三堂大房子。空军招待所建在大沟以南的江边,这是一座两层的洋楼。临时指挥部内新建八角井一口,井壁用青砖砌成,建在营房靠江一侧。在食堂以东的山顶上,建造总站长办公室兼住宅,当地人称八角楼。八角楼与食堂之间的半山腰,建有一座折尺型的房子,这是总站附的办公室兼住宅。总站长陈又超、总站附狄志扬全家人都在这个地方居住。

除石头山,东北到上埂村南到七石塘的大片区域,零星分布着第十三总站的营房。在汪村以南公路对过的刘家山上也建了3座大营房,其中有两座是两层楼的。当年在汪村建设第十三总站的房子时来了好多人,有新泰营造厂等建筑厂商,有民工,也有当兵的。汪村一下子热闹起来,店铺也开了起来,大家称这里是"小上海"。光为了开凿临时指挥部内的防空洞、七石塘的洞库就征集了数百名石匠,汪村村民汪金元至今还记得当年这些石匠穿着长裤光着上身干活的样子。防空洞的开凿方式与采石场的开采方式一样,但不同的是,防空洞顶向上延伸。

第十三总站的官兵与当地的村民关系比较好。有时,城里发空袭警报,第十三总站的卡车从城里到汪村,路上遇到汪村村民,村民只要说是汪村人,就可以坐上第十三总站的顺风车。

第十三总站为什么要在距离机场这么远的地方修建洞库和临时指挥

中心？现在已无法查到当时真实原因。当地有人传说,当时衢州机场要搬到上缪村下缪村这一大片平地上,所以第十三总站要在汪村建这么多房子。机场建好后,在常山江建一桥,从汪村就能到达新机场。八角楼又在山顶上,能俯瞰整个新机场。但笔者认为这个说法不正确。如果机场要搬迁,就不应该花费大量人力物力扩建东门外机场。1940年5月,航空委员会下令:"各总站将所存城区附近弹药一律迁存离城十五里以外地点,限一个月内完成。"这个命令可能为寻找上面问题的答案提供线索。

1941年前后,衢州机场从桂林调来两辆修理飞机用的大型工程车,由于机械设备齐全,宛似一个小工场,自身载重有10多吨。为了顺利驶至指定隐蔽地点,沿途桥梁都做了加固。工程车的负责人是一位在德国留过学的兰溪人,是飞机工程师。在宁波上空击落的一架日机,因受损不严重,运到衢州得到修复。修复好的日机顺利飞往大后方。

为了迎接美籍飞机的到来,桂林向东南地区的航空站派出了大量空军翻译人员。

为了打通重庆与衢县的空中航线,1942年3月,空军第一路司令部副司令丁炎带领飞行员刘继昌、陆空通信教官吴积冲、附员柳东辉,由重庆驾伏尔梯(V-11)飞机试飞至浙江衢县之航线,及视察各对空电台对空通信联络状况。任务完成后,丁炎一行于3月10日返航,在四川涪陵白涛铺西三十里山中失事,4人全部殉职。

根据中国军事委员会战地服务团与美国志愿飞行队的协议,由军委员战地服务团负责美空军志愿队食宿。军事委员会战地服务团于1937年8月8日成立,直隶于军委会。由宋美龄任指导长,蒋介石侍从室主任、励志社总干事黄仁霖为主任。其任务是为前方往来将士提供食宿招待,对伤病官兵慰劳和生活服务,对来华盟军提供食宿招待,为蒋介石、宋美龄所倚重。在抗战中后期,军事委员会战地服务团成为接待外国来华军政人员的主要机构。

1941年5月8日,蒋介石令周至柔派专员与黄仁霖筹备美空军志愿队来华招待办法。在黄仁霖的领导下,在华东地区各大机场驻地,一个个军委会战地服务团空军招待所被建立起来。这些招待所名称虽有空军两个字,但它不属于空军,而是属于励志社系统。在衢州,军事委员会战地服务团衢州空军招待所也在这一时期建立起来。衢州这所招待所原设在南昌,当时主要接待苏联志愿航空队队员。1939年3月,南昌被日军占领,招待所撤退。后来苏联志愿航空队队员陆续回国,南昌招待所辗转迁到衢州,准备接待到衢州作战的美国志愿飞行队(即飞虎队)队员。

军委会战地服务团衢州空军招待所设在衢州城东门内大马坊附近的汪汉涛公馆。招待所经费充足,设施一流。在招待所内,门边花坛上的草坪被修剪成英语欢迎词:Welcome American Volunteer Flight(欢迎美国志愿飞行员)。招待所内有一座两层的洋楼,洋楼上下有十几个房间,有同时接待三四十位飞行员的能力。每个房间有两张木床,床上有雪白的被子和床单,有专人负责浆洗。招待所配有英文翻译。有全套西餐厨具和4位经过专业培训的西餐师傅。其中贡克明、贡克华两位师傅是亲兄弟,南京人,抗战前期参加过战地服务团在南京开办的西餐厨师培训班。招待所一共有工作人员30多人,他们的名字全部在昆明的战地服务团总部备案。招待所警卫工作由一个宪兵排负责。招待所内工作人员穿便服,服务员穿白色工作服。所有工作人员都是大学毕业生,主要来自复旦大学、东吴大学、上海交通大学。衢州空军招待所主任是杜荣棠。杜荣棠是上海交通大学毕业生,曾是田径运动健将。当时他是战地服务团副主任施邦瑞手下的得力干将[①]。

为了检查指导各地的军委会战地服务团的工作,黄仁霖1942年1月下旬从重庆出发,经过黔滇桂湘粤赣等省,视察安排工作。陪同前来的该团秘书黄初葵(浙江浦江人)还在金华的三民主义青年团浙江支团部征招

[①] 根据原军委会战地服务团衢州空军招待所翻译员周隽所述。

青年翻译员。要求应征人员为大学生,外国语言文学系学生,或其他学院三、四年级英语优良者,要求身体健全、思想纯正、英语娴熟、仪态端方,能代表中国青年者。招用后要经过6个月培训,培训期间,食宿免费,发放团衣一套,每月发生活费140元。培训结束后分配到各地担任翻译或招待工作。可谓待遇优厚,应者自然云集。①

第七节 提高衢州机场防御能力

在加紧扩建衢州机场的同时,国民政府也在着手提高衢州机场的防御能力。1940年日军进战钱塘江南岸,特别是1941年4月日军占领绍兴宁波、流犯诸暨等地以后,衢州更易为日军进袭。首先,日军已将战线推进到南昌、武汉、长沙,江淮一带的江苏、安徽都已被日军占领。衢州、金华、丽水战略位置前出,处于日军三面包围之中。其次,如前述,衢州战略位置重要,以此为空军基地,能对日军造成沉重打击,必为日军所不容。再次,当时日军在浦阳江一线,距衢州180公里,与衢州之间是金衢盆地,已无险可守。

为防止日军发动攻击破坏衢州机场。1941年7月5日,蒋介石条示军令部部长徐永昌:"……敌或进攻我浙江衢州时,我军作战方案,亦须速制。该处大飞机场,无论如何,不能使之占领也。"1941年8月19日,蒋介石电新调防浙江的第七十四军军长王耀武,希详报最近补充情形与驻扎地点并派各官长分别前往金华、建德、衢州一带实地侦察地形②。

1941年夏,军委会派黄百韬接邹文华任第三战区总部参谋长。在1941年冬和1942年6月以前这段时间内,黄百韬同第三战区参谋处会拟

---

① 金华《正报》1942年2月13日第3版、《招考军事翻译员 应征者极为踊跃》1942年2月25日第3版。

② 蒋中正电王耀武希详报最近补充情形与驻扎地点并派各官长分别前往金华建德衢州一带实地侦察地形1941-08-19,台北"国史馆"数位档案,档案号:002060100155019。

了一个会战计划,准备把日军引诱进入衢州举行会战。这是第三战区参谋处在这时期的主要工作①。

1941年下半年,特别是日军偷袭珍珠港、太平洋战争爆发以后,第三战区加紧进行了兵力调整,加强了衢州军力。这时驻守衢州、金华的是第十集团军,总司令王敬久。其中驻守金华的是第四十九军,从九战区调来,曾参加过第一次长沙会战和上高会战,军长王铁汉,军部驻金华北山。另有63师(师长赵锡田,顾祝同外甥),由浙江衢县进驻兰溪县城郊的牌岭、瓦灶、下陈赵一带,并沿富春江的建德、桐庐、富阳布防,面对新登之敌,暂由王铁汉指挥。

12月,将第八十六军从浙赣线

蒋介石1941年7月5日致徐永昌条示

正面绍兴、诸暨地区撤回到衢州,积极备战。第八十六军是蒋介石的嫡系部队,军长莫与硕(字煦石),辖第16、第67、第79三个师和军属炮、工等团,营以上军官大部分是黄埔军官学校各期毕业的,就第三战区当时所辖各军来说,是战斗力较强的部队。八十六军调到衢州后,67师(师长陈颐鼎)防卫衢州机场东、南面;16师(师长曹振铎)守卫衢州东北角地区;79师(师长段霖茂)驻守金华,暂由王铁汉指挥。在整个浙赣一线则集中13

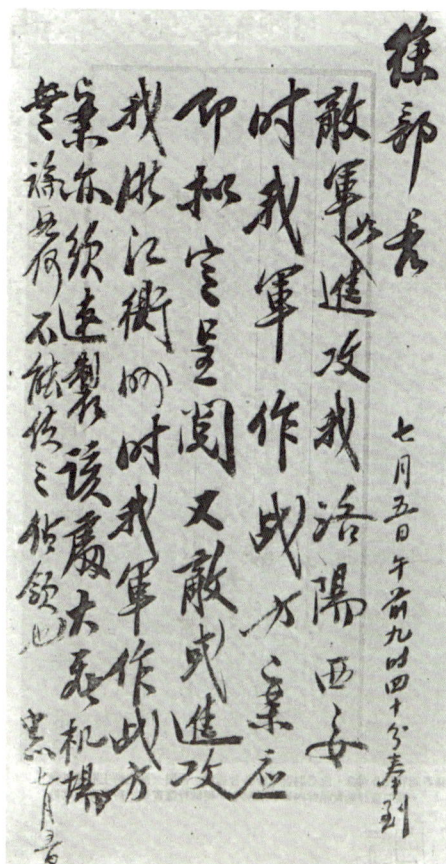

---

① 郭绍书:《我对国民党第三战区有关情况及其参谋处重要活动的片断回忆》,《上饶市文史资料》(第二辑),1983年。

29

个军达20余万兵力以上。以三战区军队为主,以及从九战区抽调部分部队如七十四军所属各师、团驻守金、兰。

1942年2月,撤销衢江警备司令部,成立衢县警备司令部。八十六军军长莫与硕兼任警备司令。第五区行政督察员、保安司令鲁忠修,空军空军第十三总站站长陈又超二人兼任副司令。4月1日,浙江保安司令宣铁吾辞去兼任的金兰警备司令职务,由驻金、兰的第四十九军军长王铁汉兼任警备司令,第63师师长赵锡田、第79师师长段霖茂两人兼任副司令①。4月中旬,第三战区长官部任命第四区行政督察员李楚狂,兼职任金兰警备司令副司令,以配合行政力量,贯彻警备计划。

在扩建衢州机场和调集军队的同时,1941年下半年,开始动工兴建保卫衢州机场的防御工事。外围远及金、兰、汤、建等县都开始紧张赶筑各种作战工事。当时调来八个工兵营到衢州担任构筑工事②。又从浙东金、衢、严、处各专署所属各县和江西各地调来技术工人(木工、铁匠、石匠等)数千人及手拉板车1000多辆,供工兵营使用。浙江省保安司令部派来两名督导官(其中一位督导官姓何),负责联络工作。举凡要由地方征集的木材、铁器、石料以及民工等,都通过督导官同各县政府联系,限期征集备用。

1942年1月16日,蒋介石考虑应敌之战略,预计日军下一步可能进攻缅甸、海参崴与衢州。1月17日,蒋介石手谕徐永昌由军令部监督衢州等城防工事:对于衢州、西安、潼关、咸阳、洛阳、襄樊、韶关、衡阳、福州、恩施

①《金兰警备司令王铁汉就职》金华《正报》,1942年4月2日 第3版。
②抗战中期第三战区配属的工兵部队有:独立工兵团第一团,独立工兵营第八营、第九营、第十四营、第十五营、第十八营,要塞工兵第一团第二营。第三战区工兵司令由独立工兵团第一团团长傅博仁兼任(参见《国民革命军发展序列》,第315、316页)。在衢县民国档案中能查到1942年在衢州参加构筑工事的工兵番号有独立工兵营第十五营、要塞工兵第一团第二营。

等10处城防核心工事应由军令部负责督促,限3月底前一律完成①。

1月中旬,蒋介石已开始酝酿调换第三战区司令长官。为了准备迎敌,2月3日,蒋介石电第三战区司令长官顾祝同:战区长官职务拟不更调,望积极整训,并于下月十五日以前预防敌军以四个师以上之兵力进攻衢州,希积极部署督训,及构筑工事,如期完成为要②。

顾祝同接到电报后,与第三战区副司令长官兼浙江省主席黄绍竑,一同到衢州视察,积极部署衢州机场的扩建工程与保卫衢州机场的准备工作。2月8日,顾祝同致电蒋介石向他报告遵令于衢州进行部署情形③。

顾祝同、黄绍竑在衢州期间,在八十六军军部举行军事会议,部署守卫机场。根据死守衢州计划,以机场为中心,四周设防甚密,内外布置,建筑堡垒壕堑。自沿衢江、乌溪江及江外五里、十五里、二十五里,为四环,配置兵力、武器甚厚,并张两翼于南北山中。

在衢州行政专员公署,顾祝同与黄绍竑召集专员、县长和第八十六军团以上军官召开会议,会议中心问题就是要扩建衢州机场,为大反攻做准备。扩建的标准要求能容纳50架美制重型轰炸机起飞降落之用。顾祝同一再强调衢州备战的重要性,要求各地方政府做好征工征料工作,保证扩建衢州机场及其防御工事完全实施,还规定要在6个月以内完成,违限以贻误戎机论处。顾祝同要求地方对部队构筑野战工事所需的木、竹、石、水泥、钢筋等材料作价,也要放低些。

黄绍竑在他1947年所著的《五十回忆》中对这事作了这样的回忆:

① 蒋中正电徐永昌由军令部监督衢州等城防工事另派员检查长江三峡江防工事1942-01-17,台北"国史馆"数位档案,档案号:002070200013025。
② 台北"国史馆"数位档案,档案号:002090106016051。
③ 台北"国史馆"数位档案,档案号:002090106016053。

为了要确保这个重要机场，防备敌人的进攻与扰乱，就要巩固衢县以东以至金华、兰溪、义乌、诸暨沿线的工事。从而国防工事的构筑，也就随着机场的完成而大量的开展起来。那一线上，一时麇集了成千成万的劳动民众，与堆积如山的构筑材料。而尤以衢县附近为最后坚守的核心。军事当局的计划确定了，就在衢县召集附近各县的县长会议。我亦去参加，将所需要的材料数量，迅速要他们如期如数的征到。但是数量太大了，时间也过迫切，各专员县长听了，都觉得有些为难，恐怕不能如期如数的办到，而贻误了军事，面面相觑，不敢答应。然而军事计划已经决定，要改变是不可能的。我当时含泪忍痛地对他们说："我们负地方责任，固然有我们的困难；但军队方面的困难，比我们还要厉害，上官的命令要怎样办，就得绝对服从的去办，流血牺牲，就是他们最后的责任。我们及人民不过是劳些心，劳些力，流些汗，贡献一部分的时间与一部分的材料而已，我知道这事的困难，但我们只得照这样办去。"同时我对军事当局方面要求，要节省材料，节省人才，切不可故意挑剔与浪费。大家见我这样说，也就很高兴负责的办去了。可是工作的确是巨大而繁重。试想，单就所需的大木（二十公分中径）就要三百六十万根，竹子九十万根。这许多的木头竹子，都不是邻近几县所能办到的，必须到很远的县份征运，才

浙江省主席黄绍竑

可以办齐。所以征购木竹的县份,北边到了遂安、淳安、建德、桐庐,东边到了武义、永康、缙云。南达到了遂昌、松阳。附近那几县,就不必说了。最远的地方,将近二百公里。从数十里以至数百里远的地方,要把这几百万根木竹搬运到衢州来,不要计算木竹的成本,单就人工一项来说,也就不易估计。那时正是隆冬大雪,要过旧历年了,几十万人因为运木头而不能回家过年!寿昌的林县长与党部的书记长为鼓励民众工作起见,在大雪底下,同民众一样的去背木头,以身作则,来鼓舞民气。

衢州机场的防御工事建设是当时第三战区最重要的军事工程。黄绍竑以上所提到的木料在当时被称为国防木料。各级政府和广大民众认真执行着征工征料工作。1942年初的这个冬季十分寒冷,2月初浙江中西部一直天气阴雨连连,2月9日晚上气温骤降,下起了大雪,这雪到了第二天早上也没有停。这时已经是农历十二月了,2月14日就是农历除夕,这正是民众在家休息过春节的时间。但他们在"建好机场,反攻日本"的宣传下,激发出巨大的爱国热情,积极响应号召。他们在漫天的风雪中上山伐木,长途步行扛运木头,修建机场和工事,备尝艰辛,却热情高涨。几百万根木从山上伐下来,通过船运、编排筏、火车甚至人工长途扛运,从方圆数百里的地方运到衢县、金华、兰溪。1942年2月10日开始至4月中旬,各县基本完成国防木料征运工作。大量文字资料向我们展示了当时的情景:

民众踊跃援建衢县飞机场

　　自中央命令加强衢县机场,上年整个一年中,可谓全在应变之下工作。当岁尾年头,大雪纷飞的时候,全区各县均聚会精神,办理衢县飞机场及其外围工事之征料征工。征集材料数在百万担以上,动员民力达百五十万余人,男女老幼欣然参加,如江山民众上山砍伐木料滑雪跃死者凡3人,伤者数十人,毫无怨言。寿昌、遂安等县县长亲自率领民夫,于风雪载途,肩送木料来衢,艰苦备尝,曾蒙嘉奖。盖民众所以如此踊跃相从者,咸望机场加强后,空中堡垒可以从我们基地飞往东京轰炸,胜利之期,必不在远。

——摘录自《浙江省31年全省行政会议汇刊·第五区县长代表报告》

衢、严、金、处四区所属14县几十万群众冒着雨雪和日机轰炸的危险,从遂安、松阳等县运来大木(中径20厘米)360万根、竹子90万根以作为机场扩建材料,建有空军招待所等设施,为当时中国东南最大的飞机场。

——摘自《衢州市志》

1942年日军侵略军进攻衢州的原因和经过

机场及工事材料……大量需用,均需就地取材,以木材而论,附近数十县均须负责供应,且急如星火,各县县长亲自带队,运送木材,以衢州一地而言,即需大小木材六十万支,由县政府、商会及木材业公会负责供应。

——节录自《衢县文史资料》第三辑,原文作者戴铭允,时任衢县商会理事长

捐木造机场——记遂安人民支援抗日的一大行动

一九四二年,根据抗日战争的需要,国民党当局打算在衢州建造一个飞机场,要求遂安人民捐助杉木。全县人民立即行动起来,在很短的时间内,就出色地完成了任务。其主要特点是:

第一,人人参加。按规定,凡年满18至60岁的男丁,每人背运杉木60斤(老秤)以上。无树的自己出钱买树,体弱的自己雇人代背。全县约有八万男丁参加了背运杉木支援了飞机场的建设。

第二,行动迅速。全县以乡、保为单位统一组织背运木头:汾口、姜家一带背运到开化马金镇,大市一带背运到衢州浮桥边(现已建成水泥桥),狮城一带背运或水上放运到建德白沙。来回一般需要三四天时间。全县仅仅一个月就圆满完成任务。有人形容当时的情景是:"去时树成龙,来时人成线。"

第三,吃苦耐劳。当时交通运输条件很差,既无公路,又无车辆,全靠步行肩背,确实很艰苦。但老百姓吃苦耐劳,完成任务。他们行的是山路,喝的是生水,睡的是草窝,随身带的玉米饼变成了粉末。有的人肩皮擦破了,就垫上破布棉花;有的人草鞋穿破了,就赤着脚走;脚上起了血泡,就咬紧牙关一跛一跛地前进,直至目的地。路上,"起来,不愿做奴隶的人们""大刀向鬼子们的头上砍去"等歌声此起彼伏。这是多么可贵的爱国主义精神!

——《淳安文史资料》第二辑,原文作者汪光盛

抗战后期的淳安——忆述淳安两年的经历

1942年初,农历新年之际,突然接到省政府主席黄绍竑急电,命令:即日开始砍伐大木料14万根(详细数字记不清了),每根木

料至少要有20公分的直径,限期运送衢州飞机场。我呆了,到哪里去砍这许多粗木料?又怎样运送呢?何况当时正是农家过年之际,又是大雪封山季节。我立即发电请示数字是否搞错,要求延长运送时间。接到的复电却既严厉,又劝勉,并说明扩建衢州飞机场是中央命令准备供英美盟军重型轰炸机轰炸日本东京后降落之用,是关系抗战必胜的大计。又说修建衢州机场共需20公分直径的木料360万根,竹子90万根,由衢州附近各县限期送到,否则军法惩办。也提到淳安离衢州较远,分配任务,已经照顾。我正在手忙脚乱之际,省保安司令部已派来一个校官坐催快送,而且还开玩笑地说:"你是省政府秘书调来当县长的,更应该争取首先完成任务。"

当时淳安民众的爱国热情很高,无数的农民爬上大雪覆盖的山上砍下大木头,有的用船载,沿新安江转入婺江向衢州去(船少费大,估计要逾期限);有的只好肩抬步行,翻山越岭,由遂安方向直送衢州。农民们自带玉米馃、番薯作干粮,领队的插上标明乡镇的小旗子,一路上高唱山歌和《大刀向鬼子们的头上砍去》等抗日歌曲。我与一个毕业于伦敦大学的英国军官,在威坪附近山脚,看到挂着"唐村乡"小旗的运木队向南走去,他们要走四五百里路才能到达衢州。那个英国军官竖起大拇指,用不大准确的中国话对我讲:"中国不会亡!"我觉得他被我国民众的爱国热忱感动了,当即问他:"你这个结论怎样来的?"他用英语说:"你们中国人用这种原始的方式,长途运送巨木,是多么坚强啊!胜利一定属于你们!"

——节录自《淳安文史资料》第二辑,原文作者沈松林,时任淳安县长

淳安人民支援抗战记事

指令淳安运送根部周长50厘米的长木料十万株(约一万立方米),限期二月六日至三月十五日运到。衢州离淳安有四、五百华里路,往返要十余日。当时正值大雪封山,砍树运料都十分困难。但是,这个任务下达以后,多数民众认为扩建了飞机场,就可以用自己的飞机去严惩作恶多端的日本鬼子。于是,他们就纷纷自备干粮,冒着敌机轰炸的危险,跋山涉水、披星戴月地赶运木料。在短短十多天里,超额1000余株完成了任务,其内只有8805株是水运至兰溪县验收的。

——节录自《淳安文史资料》第6辑,原文作者方浩然

衢州飞机场的抢修与破坏

参加会议的……专员、县长们听省主席这样一说,也就不能不立下军令状,表示拼死以赴。……分配的任务都是难以想象的,如开化当年人口不过十万,分配的任务木料十万株,人均一株,而且还要负责运送。开化还可以通水运,有些远的县路程达二百公里,也只得背负肩抬。时值春节,大雪封山,各县动员了全县丁壮,开山伐木,随伐随运,几十万人冒风顶雪,踏着坚冰形成人流,向衢县涌来。有的县长、县党部书记在大雪纷飞、泥泞载道的人流中与老百姓一起背木头,寿昌县长林希岳,背木头跌倒受伤,久治不愈。民工之冻伤、跌伤、淹死者,日有所闻。

——节录自《第二次国共合作在浙江》,原文作者汪振国,时任常山县县长

1942年2月建德县政府奉令征送衢县机场木料。到4月上旬完成,征送树木100055根。

——摘自《建德革命斗争大事记》

开化县为衢县建造国防工事10x100公分的圆木61405根,并派民伕至衢32372工,木匠工13160工。

——摘自《开化文史资料》第2辑

遂昌驿运站押运股1942年4月12日记录,遂昌催赶木料48000余根,内42000余根装钉成筏,直放衢辖。

——浙江档案馆档案

航运白杨渡站运送至49军20009根,送至衢县9282根,金华15718根,合计45009根。

——浙江档案馆档案

郑根泉在回忆当年情景时写道:

从当时情况看,我国抗战统帅部对保卫衢州机场是认真严肃的,而且有保卫决心。所以作为地方政府的工作人员和全县人民群众,也心甘情愿地贡献一切,牺牲一切。例如寿昌县长林希岳(原国民政府主席林森的侄子),亲自脚穿草鞋,头戴斗笠,从寿昌扛杉木、毛竹率领县府科长科员以及大批乡长、民工等,翻山越岭,经上方、杜泽到达衢州城内。"县长背木头",一时传为佳话。

从方圆数百公里各县送来的木材、竹子,主要被运到衢县城西南15里万川村由军方验收,这里有建筑办事处,规模甚备。也有的运到水亭浮桥头的。这些材料为建设衢州机场防御工事起到了重要作用。利用这些材料,以衢州机场为中心,加强四圈环型工事守筑工作全面展开。

第16师驻守衢江北岸,该师有一道防御工事设在万田池家村孙家山上。现住衢州万田池家村村民廖耀生童年时看到过这些战壕,在他的记忆中,战壕有一人深,宽可供两人并行,战壕壁没有木头支护,以木头作顶,顶上再盖上土,形成隐蔽工事。在炮阵地和机枪阵地四壁、上顶都有木头支护,射击口有木头加强。射击口对着山下的池家村。建工事所用的木头都是遂安人背来的[①]。

1941年12月,国军八十六军67师199团从汤溪开拔到衢县樟潭镇,负责以樟潭镇为中心,从王窑里一直到闹桥的守备任务。1942年1月1日,各营进入阵地开始构筑工事。其中一营营部驻杨家,守备在樟潭火车站、童家山、徐八垄一线,负正面保卫衢州飞机场之重责。在广大民工的支援下,驻守的官兵们构筑了坚固的工事,并备足一个星期的给养。一营营长李正秋回忆当时一营装备精良、弹药充足,光是加农炮、榴弹炮、迫击炮等重炮就有60多门。经过战斗动员,全营官兵士气高昂,都抱着"誓与衢州共存亡"的决心,各作战单位部填具守住所在阵地的保证书,誓歼入侵之敌。

为了保守军事秘密,衢县机场旁近禁止通行,鸡鸣渡东迹渡青龙渡,交通一体断绝。东乡诸村进城者,自信安江以北的,绕道北乡,由浮石渡进城。东迹渡以南的,绕道南乡,由乌巨渡进城。第一环内,居民往来,皆章符口令,以限制之,警报突至,不复通知,老弱妇孺,往往就地坐卧,以待天命,盖不啻水深火热中。

地方政府征集的木料有一部分运到兰溪等地的,用于金华、兰溪建筑

---

① 根据衢州万田乡池家村村民廖耀生所述。

工事,以增加防御纵深。在抗战中期的数年间,金华、兰溪一线已构筑工事甚多,耗费民力颇大。浙江省民政厅长阮毅成曾应邀参观一、二处工事,听守军说如何攻守,极富自信。事实上,这些防御工事大部是野战性的土木工事,只有重机枪掩体和部分指挥所用钢筋混凝土,全部副防无铁丝网,仅用木、竹材料钉成木栅,无照明设备,阵地前敷设少数地雷群。

第63师187团第一营营长安守仁回忆:

> 1942年整个春天里,我们的部队大半时间花在兰溪城东北山区地带构筑工事。约在2月份,苏联顾问来我师阵地视察工事构筑、兵力部署等,将我师由兰江西线推进到市区东北部郊区,司令部驻扎东门外东岳庙中。

1942年2月,顾祝同亲率第十集团军司令王敬久和兵工监到这里作了实地勘察。3月初开始按计划施工。至4月还有一些构筑工事的木料还在运输途中。到浙赣战役打响时,这一期防御工事只完成一部分。

但是,正如《浙江省31年全省行政会议汇刊·第五区县长代表报告》中所说的,"光明面后尚有黑暗面存在"。一方面,当时中国军队的后勤给养还是沿袭数千年来征自地方的旧制。军方把从地方征收物资钱粮作为天经地义的事。他们只考虑自己的需要,而不顾地方的负担和承受能力。有时军方坚持自己的要求,只为维护自己的权威。在建设衢州机场和防御工事的工程中,军方接收各县民众征缴物资验收比较严苛。同时军方在使用过程中浪费情况比较严重,负责征料的地方政府颇有微词:

> 这些东西,在短短的一个多月内,都集中到了衢县城的附近。有些因为验收的时候,中径小了一些,又得重新换过,或是两根算一根,所以实在的数目,还不止三百六十万根。唉!乡下的

老百姓，他身上那里得许多的米达尺。他也不知道二十公分究竟是多少长，他所知道的是旧尺寸。辛辛苦苦地把自己的木头砍下来，自己又送上很远的地方去，还要受到尺度不合的挑剔。他所希望的代价是什么呢？"胜利"两个字！或是"多打几天"，而不是那微小的代金。这一场大工程，人民茹苦含辛，终于如期完成，政府所能给予他们的代金，不过两百多万元，而地方人民种种的损失，恐怕要加上二十倍以上。四百五十万根木竹，数目是何等的惊人！衢县城的人口，不过四万多，然堆在城区附近的竹木。就比它的人口数多出十倍以上。我到那里去巡视，只见竹木，少见人头，真不胜其沉痛与悲感哩！①

部队验收手续的麻烦，与其材料之浪费，实有出人意料者，如尺寸稍有不合，便遭退回；并有将适用之材料充作燃料之用，此后征工征料之事甚多，种种不合理的行为应如何加以纠正。②

淳安民众千辛万苦地把木料运到衢州，可是验收的军官们竟故意习难，不是说"直径小了"，就是说"长度不够"，随意抛掉。我知道后，打电话给负责修建机场的八十八军军官莫与硕，但毫无结果。报告黄绍竑，黄也只是说"抗战第一，勉为其难"而已！我好不容易找到代莫与硕妻子管理她在淳安两百亩土地的淳安人方某，带他同去衢州"走后门"，才拿到莫与硕的"手谕"，大意是"验收淳安木料不要过分推敲"，才勉强过了关。③

---

① 摘自黄绍竑所著的《五十回忆》。
② 摘录自《浙江省31年全省行政会议汇刊·第五区县长代表报告》。
③ 摘录自沈松林《抗战后期的淳安：忆述淳安两年的经历》，《淳安文史资料》第二辑1986年7月。

竹木运到机场，又受到验收人员的挑剔，不合尺度者，两根或三根算一根，因之实际运送的木头、毛竹，远远超过规定的数字。堆在衢县城外四周的竹木，像山一样。①

本站运出四万多根，其余木料四千多根，因无杉木供给，皆系粗大松木代替，运送金华，接收部队未肯点收。②

第67师的营长李正秋回忆道：在1942年1、2月严冬，群众缺燃料，我任凭民众将堆集在沈家村、叶家筑工事多余的7000多根木头拿去燃用，不加阻止追究。

另一方面，当时中国工业落后，技术装备全无。物资运输、工程建设只能靠人工。经过5年的抗战，人民本已民困力竭。在这国难当头之际，不管在官在民只能一起出力共度时艰。发动民众，参与全民抗战是必需的。同时，作为掌握公权力的当政者更要维护民生，尊重民权，尽量给民众最基本的保障。但当时当政者以民为本的思想薄弱，又迫于上级和战局的压力，很少顾及于此。有的基层管理者水平有限，工作简单粗暴。最终，苦的还是普通百姓。乡人徐映璞在《壬午衢州抗战记》中写道：

于是衢严金处各属十四县，木材咸集，咿哑背负之民夫，前后相望，不绝于途，自十二月至次年四月乃已。雨雪泥泞，冻馁僵毙者不知凡几，而衢境林木之合尺度者，不问主权谁属，一律砍伐备用。③

---

① 节录自汪振国《衢州飞机场的抢修与破坏》，见《第二次国共合作在浙江》，浙江人民出版社，1987年，第113页。

② 浙江档案馆档案：节录浙江航运淙碧站报告。

③ 徐映璞：《壬午衢州抗战记》，《第二次国共合作在浙江》，浙江人民出版社，1987年，第101页。

时任常山县长的汪振国在《衢州飞机场的抢修与破坏》中写道:

　　民工工地饮食住宿卫生不备,工人饥疲疾病以死者,日有所闻。白天警报,就彻夜赶工,在监工人员的手杖下,工人欲小休亦不可得。机场尚未全部修成,地方官民苦头已吃够,为了赶走日本侵略军,流血牺牲在所不顾。[①]

第八节　加强防空情报网建设[②]

与空军新战略配合,1941年12月22日,航空委员会在桂林召开东南各省防空司令部参谋长会议。会议由防空总监黄镇球主持。会上要求在桂林、柳州、南宁、衡阳、衢州、吉安、芷江、零陵、赣县、南雄、贵阳等11空军处点先架设防空情报通讯线路,后再与邻省和地方通讯线连接。其中柳州、衡阳、衢州、芷江、赣州、桂林6处应尽先依限完成,并由航空委员会补助经费。黄镇球特别指出,浙江省地滨东海,衢县空军总站为将来我空军出击台湾及敌寇本岛之主要根据地。黄镇球指示须于衢县筹设一防空指挥部,并须加强情报机构,要求以衢县为中心半径100公里内增密对空监视哨,达到每20公里有一个对空监视哨,以利空军作战指挥。

根据这次会议的要求,1942年1月10日,浙江省防空司令宣铁吾,向桂林空军第二路军司令部上报建设衢县防空指挥部方案,将原设在金华的浙江省防空司令部迁到衢县,设立衢县防空指挥所。衢县防空指挥所辖区为衢县、遂昌、汤溪、龙游、常山、开化、江山、寿昌、建德、淳安、遂安、桐庐、兰溪、浦江、武义、金华、丽水、云和、松阳、龙泉等20个县。在衢县

---

① 汪振国:《衢州飞机场的抢修与破坏》,《第二次国共合作在浙江》,浙江人民出版社,1987年,第115页。

② 根据浙江省档案馆档案,档案号:L017-0-6 L017-0-66 L017-0-67 L017-0-68。

设防空指挥所,有指挥官、副指挥(少将)、主任参谋(上校)、参谋、副官、军需、书记、译电员、绘图员等,指挥部内设4个股,每有股长(中校)、股员、司书等4人。整个防空指挥部有官佐29人、士兵13人,鲁忠修兼任指挥官。在金华设防空情报所,有所长(少校)、情报员(上尉)、指佐、通讯员、事务员、书记等,计有官佐16人、士兵9人。各县设情报分所,有所长(中尉)1人,班长、哨兵9人。全省增加防空监视哨45处,增设后全省计有防空监视哨61处。每个防空监视哨,有队长(上尉)、情报员(中尉)、文书、班长、哨兵,计有官佐2人、士兵11人。另外,江西省东部27处防空监视哨、情报所与衢县防空指挥所互通情报。增加电话线23段,共计435公里。

同日,浙江省主席黄绍竑下令开始衢县防空情报网建设;要求省府电政管理局督饬建设厅及有关机关收到电令后即投购线料、征用木杆,限电到3个月内将防空情报通讯线架设完成;要求督饬省电话局先行垫料施工,遵限完成;并分电交通部第三区电政特派员办事处,与该部厅洽商在浙江省新建电话线路事宜。

2月10日上午,浙江省防空司令部召开防空情报线架设委员会第一次筹备会。参加会议的还有空军第十三总站第一股股长高扬茗、情报员楼瀛堂。会议决定架设衢县防空情报线分三期进行,每期工程限一个月完成。

我国本来工业落后,战时日寇又对我国进行经济封锁,建设防空情报电话线的材料奇缺,最缺的是电话线。为了完成以衢县为终点的防空情报电话专线网建设,电话局的建设者从各个单位征调电话线,或登报收购各种电话线,还远到江西上饶等地筹集。筹到的电话线也是五花八门,有铜线、铁线、铝线等。至4月底增加防空监视哨和架设电话专线的工作没有全部完成。

由于敌机常来侵扰衢州城,城中的好多学校、机关、市民都疏散到乡下。在衢城内东南隅有峥嵘山，山上有天主教堂。所建钟楼甚为高耸，数里内皆望见。当时传说天主教堂内住有意大利籍神父，他在钟楼上设有无线电台，随时供给日方情报。有人主张入内搜查，有人主张搜捕神父，后经多方证明，并无其事。空军曾在钟楼上原设红绿信号灯，作为空军升降之标识。后来敌机频繁空袭，总以天主教堂为主要地标物，于是拆除这座高楼。附近房屋白墙，一律更涂黑色；行人来往、禁穿红白衣裳。军服则土黄、草绿，平民则穿深蓝、浅灰。军民上下改装，致使染价飞涨。

第二章 绝密计划

第一节 日军偷袭珍珠港

从 1931 年的九一八事变到 1937 年的七七事变，英美等列强对日本侵略中国的行径一直采取绥靖政策。直到德、意、日组成了轴心国集团，日本的疯狂扩张触及了美英等西方国家在亚洲及太平洋上殖民地的利益。虽然此时美国国内孤立主义思想盛行，但富有远见的总统罗斯福却开始支持中国抗日，给中国提供军事援助，支持组织美国志愿航空队。日本从 1941 年中开始向东南亚的扩张引起了美、英、荷等国的不安。1941 年 7 月 26 日，美国冻结了日本在美资产，8 月 1 日，美国停止向日本出口石油。日本却没有停下侵略的铁蹄，它要南下夺取战略资源，继续加强对外侵略。南洋有美国、英国、荷兰的殖民地，进军南洋就等于向美英两国宣战。日本要向东南亚扩张，就必须夺取太平洋的制海权，而夺取制海权，就必须摧毁珍珠港。

早在 1941 年 1 月 7 日，山本就写信给海军大臣及川古志郎，提出了偷袭珍珠港的设想。1941 年夏，在一次由日本天皇出席的御前会议上，这个行动正式被批准。11 月，在另一次天皇出席的御前会议上，出兵太平洋的决定被批准，此次会议还决定，只有在美国完全同意日本获得他所要求利益的情况下才放弃这次行动。

与此同时，罗斯福也在计划军事打击日本。1941 年 7 月 23 日，罗斯福批准组织美国第二志愿航空队，计划由美国陆军和海军秘密派遣飞行员到中国,任务是在1941年内轰炸东京和日本的其他城市,以有效地牵制日本的力量。这项计划将由陈纳德主持,此时他正在缅甸训练一支由250人组成的美国第一志愿航空队,也就是后来名噪一时的"飞虎队"。他们装备有P-40战斗机,负责保卫通往中国的"缅甸公路"。罗斯福同时批准把66架双发动机轰炸机运往中国用来装备美国第二志愿航空队。这些飞机都印有中国徽标,是洛克希德公司制造的"哈得逊"型和道格拉斯公司制造的DB-7型轰炸机。由于生产和运输问题延误了这批飞机如期运抵中国,而且招募飞行员也比原计划用的时间要长,49名首批地勤人员直到1941年11月12日才离开美国,甚至当日本偷袭珍珠港时,这批人还在去往中国的途中,而在战争开始时只装配好了18架轰炸机准备运往中国,当时这批轰炸机还停在洛克希德公司在加利福尼亚州的班克空军基地的机库里。

日本人快了一步。1941年12月7日凌晨,从六艘航空母舰上起飞的第一攻击波183架日军飞机,穿云破雾,扑向珍珠港。空中袭击从7时49分开始。此后,第二攻击波168架飞机再次发动攻击。该舰队的飞机轰炸了瓦胡岛上所有的美军机场和许多在珍珠港内停泊的舰艇。地面上几乎所有美军飞机被摧毁,只有极少数飞机得以起飞和还击。仓促应战的美军损失惨重,8艘战列舰中,4艘被击沉,1艘搁浅,其余都受重创;6艘巡洋舰和3艘驱逐舰被击伤,188架飞机被击毁,155架飞机被破坏,2403名美国人丧生,仅亚利桑那号战列舰爆炸沉没时就有上千人死亡。日本只损失了29架飞机、55名飞行员和5艘微型潜艇。幸亏袭击的主要目标,美国太平洋舰队的3艘航空母舰及22艘其他军舰不在珍珠港,这使得美国太平洋舰队的核心力量得以保存。

珍珠港事件将美国卷入第二次世界大战,这是继19世纪中期墨西哥战争后第一次另一个国家对美国领土的攻击,也使一个本来意见不齐的美国团结起来。

在偷袭珍珠港之前,日本驻华盛顿的外交官一直在与美国外交部就日美关系进行协商,这些协商一直持续到12月7日。日本原计划在发动袭击前中止协商,向美国递交宣战书。实际上,美国在12月7日华盛顿时间下午1时40分才收到日本的宣战书,此时珍珠港的战斗已经打响20分钟了。美国国务卿赫尔在接见日本代表前已经知道珍珠港遭到了偷袭,他用难以掩饰的愤怒说:"我任职50年来,从未见过如此卑鄙的政府和如此虚伪歪曲的文件!"正是由于在递交正式宣战的文件之前,日本就发动了进攻,这个延迟增加了美国民众对这次袭击的愤怒,罗斯福总统将这天称为"一个无耻的日子"。

可是,珍珠港只是耻辱的开始,从那以后,报纸的标题就充斥了一连串的失败和灾难:克拉克基地、马尼拉、关岛、威克岛……最后,美军又孤立无援地被困在菲律宾群岛上的巴丹半岛,这导致了美军历史上规模最大的一次投降。与此同时,英军已在香港投降,之后又迅速丧失马来西亚,特别是英国两艘巨大的战舰,皇家海军的骄傲——"威尔士亲王"号和巡洋舰"却敌"号——在日本飞机的轰炸下已葬身海底。日军横冲直撞,似乎势不可挡。美国人的士气,无论是军队还是老百姓,就像珍珠港的海军舰队一样被摧毁了。

第二节　美军制订报复计划

在战争爆发后那令人苦恼的头几个星期里,罗斯福总统总是想着如何尽快反击以振奋士气。每次和军队将领开会,他总是迫切希望轰炸日本,煞一煞日本人的嚣张气焰。他要求军队必须寻找方法和手段,以空中轰炸的形式把战争引向日本本土。总统的三军首脑——陆军的乔治·马歇尔上将、陆军航空队的亨利·阿诺德上将和海军的欧内斯特·金上将——自然把这种紧迫感传达给下属参谋人员。华盛顿总部每个参谋军官头脑中想的都是袭击日本。有的美国参议员要求军方从阿拉斯加起飞轰炸日本本土。美国公众也不例外,许多公司经理和工业大亨纷纷向白宫申请,愿出巨资奖励轰炸东京的第一人。大家开始公开讨论如何轰炸日本的方法。提出的方法很多。有人向军方建议以500架远程轰炸机,由航空公司驾驶员驾驶去轰炸东京。有一个地质学家,在1942年1月出版的《美国周刊》上主张向日本许多大火山上投下多量最大的空中鱼雷,炸开火山内压制岩浆的塞口,造成火山爆发、地震和海啸。这个轰炸方案是非常残酷而彻底的,因为全球仅存的二百多座活火山中,有三分之二在日本境内,倘若岩浆的塞口真能炸开,日本三岛即使不致陆沉,也要毁灭大半①。可见美国人恨透了日本人。

罗斯福甚至建议苏联进攻日本,但斯大林正在与纳粹德国作战,他不想进行两面作战。斯大林还拒绝了罗斯福利用符拉迪沃斯托克(海参崴)为美国飞机攻击日本的基地的要求。

轰炸行动似乎行不通,可罗斯福一直向三军首脑施加压力。压力最大的莫过于海军了,对公众来说,包括海军上将金在内的许多海军军官也意识到,开战以来的前几个星期内声望遭受最沉重打击的是海军,海军必须重整旗鼓,洗刷自12月7日以来所蒙受的耻辱。从珍珠港被袭击到日军进攻菲律宾,美国海军甚至连企图打破日军对菲律宾的封锁、派兵增援巴丹被困美军的打算也没有,全国的报章杂志也连篇累牍地对海军提出质问。种种压力之下,1941年12月15日晚,美国海军终于派出一支特混部队从珍珠港出发,支援威克岛,7天后,在舰队就要到达的途中得知日军已经在威克岛登陆,只能撤回。海军官兵都为之感到羞辱。

几天以后,驻扎在整个太平洋地区的美国军人都从收音机里听到了日本人的冷嘲热讽:

"美国海军在哪里,哦,在哪里呀?"

就在日本的舆论为初期的胜利而亢奋时,日本海军首脑却为可能受

---

①《编余漫笔》《前线日报》1942年4月19日第一版。

到的轰炸而忧虑。太平洋战争爆发之前,就有人警告过日本:"当心被轰炸啊!"袭击珍珠港的策划者山本五十六在之后的几周总是担心美国人的报复。他和日本所有军界首脑的最高职责是保卫天皇,做不到这一点将是最严重的渎职,或者说是奇耻大辱。

日本民众得到的宣传是他们的领土不会受到攻击。但山本确信同一个工业大国对抗,日本不可能赢得持久战。他在美国时先是在哈佛大学学习,后来担任日本驻华盛顿海军武官。以他的经历和经验,他认识到美国人有一种特有的勇敢和好斗精神。他认为正是这种精神会驱使美国军界首脑因珍珠港事件而向日本发动报复性攻击。

美军首次的空袭日本是从弗吉尼亚州诺福克基地跑道上的一条横线开始的。

1942年1月10日,星期六,海军潜艇军官弗朗西斯·洛上校作为美国舰队总司令欧内斯特·金上将的作战官,来弗吉尼亚州诺福克视察海军最新式的航空母舰"大黄蜂"号。洛上校看见诺福克机场上漆了一个航空母舰甲板的轮廓线,海军飞行员在那里训练航空母舰上的起飞和降落。当他看到跑道上的这些轮廓线时,悟出了对日军实施报复的方法。美军航空母舰飞机作战半径大约为480公里。陆军的中型轰炸机作战半径有1000多公里,载弹量为2吨~3吨。如果陆军轰炸机能够从航空母舰起飞,而航母又能秘密地把它们载运到足够近的地点,那么轰炸日本的计划就能实现!

当天晚上,洛上校来到华盛顿向金上将提出了他的想法。金认为可能是个好主意。要洛去和邓肯讨论一下,让邓肯向他汇报,并要做好保密工作。

邓肯上校是一位老资格飞行员,是金的航空作战官。对于洛的想法,邓肯认为是可行的,但有些技术问题需要解决。他心里也很清楚海军以及这个国家是多么迫切地需要一次胜仗。对于有机会实现轰炸日本首都的壮举,显然值得冒险。邓肯开始在绝对秘密状态下花了整整5天时间进行可行性研究,制定计划。他亲自动笔写了一份30页的报告,甚至不让他最信任的秘书替他打印。

他参考陆军中型轰炸机性能的各种技术教范;检查海军档案,查出航空母舰甲板的空间;计划抽调一艘航空母舰,在航母上进行可行性试飞;考察天气,以及执行轰炸任务的飞行员在日本可能碰到的问题等。

他经过分析,认为北美飞机公司的B-25轰炸机能载弹从航空母舰上起飞,是能执行洛想象任务的唯一机种。但B-25轰炸机无法在航空母舰上降落,只能在航空母舰附近水面迫降,或飞往中国的非日占区,在陈纳德原计划为轰炸东京所准备的空军基地降落。邓肯倾向于把这项选择留给陆军航空队。如果选择后一方案,这批轰炸机可归陈纳德的航空队使用。航空母舰必须驶到距日本海岸500海里以内放飞机,B-25才有足够的油量飞到中国机场。

气候条件显示,只有在4月底以前发动袭击最有利。这就要求在12至14个星期内改装好飞机,挑选并训练好机组人员,组建特混舰队并驶过7000海里的大洋,很多人认为行不通,但邓肯认为可以办到。

1月16日,星期五。邓肯在洛上校的陪同下扼要地向金作了汇报。金听完汇报,又严肃地翻阅了一遍邓肯的亲笔报告,沉默了片刻,然后说:

"去和阿诺德将军谈谈,如果他同意你的计划,请他和我联系。但是不要把这事透露给其他任何人。"

他们转身离开时,金告诉邓肯:"如果这个计划,阿诺德将军绿灯放行,我要你处理海军方面的事到底。"

阿诺德在洛和邓肯来会见他之前已经在考虑使用陆军飞机从航空母舰起飞了,他还考虑了可用机型。和金一样,作为陆军航空队参谋长,阿诺德一直酝酿轰炸日本,但他的计划并不比海军更成熟。

陆军航空队的远程轰炸机所剩无几。1941年12月8日,日军袭击设在菲律宾的美军克拉克空军基地,部署在那里的B-17型轰炸机和战斗机损失殆尽。美军已经没有大型的轰炸机了,即便能抽出几架,也没有可能飞越太平洋轰炸日本,因为威克岛和关岛的加油站已落入日本人手中。

中国的空军基地距日本最近,但装备的是陈旧过时的轰炸机,载弹量很小,而把短程双发动机轰炸机从美国运到中国需要数个月的时间。一旦美国的飞机制造厂生产出足够数量的四发动机轰炸机并运往中国,美国陆军航空队可能使用在中国东部的空军基地。

英国迫切需要美国提供飞机以轰炸德国,其中包括B-17轰炸机。英国人建议美国海军用航空母舰的舰载机轰炸日本,如果美国陆军航空队使用重型轰炸机轰炸日本,会影响英国得到美国轰炸机的份额。阿诺德认为把航空母舰驶进飞机所必需的距敌岸300海里的海域风险太大,舰艇将极易遭受日本陆基空军的攻击。

阿诺德静静地听了邓肯概述海军的建议,然后满怀热情地立即做出响应,阿诺德打电话给金将军,答应配合整体作战。阿诺德和金上将决定,由大黄蜂号航空母舰作为陆军轰炸机的起飞航母,初定4月2日为离开西海岸的日期,这让海军有时间用B-25轰炸机做几次从大黄蜂号起飞的实验,以及使它通过巴拿马运河西来。

海军与陆军划分职责,邓肯成为海军协调官。同时,邓肯上校要拟订出海军特遣舰队的细部计划,到夏威夷去组建舰队。阿诺德将物色执行陆军航空队任务的人选、承担改装B-25飞机、训练机组人员的任务,以及监督与完成对使命至关重要的各项技术细节等。

负责完成陆军航空队这项工作的人,不仅要是一个富有经验的飞行员,还必须是个航空工程师,是个杰出的设计师兼经理,获得下属信任和爱戴的领袖,一个敢于斩断官僚机构繁文缛节的斗士,一个把搞好工作置于确保个人职位晋升之上的人。阿诺德知道只有一个人符合所有这些条件,这个人就是吉米·杜立特,他的办公室就在楼下。

第三节　传奇飞行英雄吉米·杜立特

詹姆斯·哈罗德·杜立特,又称吉米·杜立特,在人们把他的名字与轰炸东京联系在一起以前早就已经赫赫有名了。他是个传奇式的英雄。在航空史上被称为黄金时代的20世纪20到30年代,他是美国公众所崇拜的孤胆飞行员。在所有令地面上的人毛骨悚然的飞行员中,只有查尔斯·林德伯格能和吉米·杜立特齐名。

1896年杜立特降生在加利福尼亚,1917年4月,美国参加第一次世界大战,这年夏天,杜立特报名参军成为一名高速战斗机飞行员。1918年11月11日,第一次世界大战结束,进行空战的美梦也随之破灭。

杜立特留在部队继续服役。在这期间,他参加特技飞行表演,进行长途飞行试验,深入地从科学及工程学等各个角度研究飞行。那是一个进行空中竞技的时代。驾驶小型快速单发动机飞机以令人发晕的速度陡直上升到紧挨树梢的高度,然后使一侧机翼大幅度倾斜绕标塔飞行。杜立特几乎赢得每一次创速度纪念章,有的甚至得到两次。他因表演像外滚筒翻一类的特技飞行动作而多次荣获绝技飞行奖。他是在不到24小时内从海岸到海岸作横越全国飞行的第一位飞行员,因此再获嘉奖。后来他又是第一个在不到12小时内作横越全国飞行的飞行员。他那矮小而健壮的身材及活泼而迷人的微笑在全国的报章杂志和新闻纪录片中频频

传奇飞行英雄吉米·杜立特

出现。

然而杜立特不仅仅是一个敢于冒险去表演那些近乎疯狂的绝技和几乎是在玩命的特技飞行动作的无畏飞行员,他还是位科学家——麻省理工学院航空工程首批博士学位获得者。他立志开拓新的航空领域。毫无疑问,他的绝技表演充满了危险,但是他在升空之前对各种危险动作都做过周密计划,认真计算,对各种变量进行过核查。

杜立特研究出进行仪表飞行所必需的技术和飞行设备,成为航空史上只依赖仪表起降的第一个飞行员。由于他开拓性的工作,飞机不再因不良天气条件和黑暗而滞留地面。无论对商业还是军事飞行来说,这都是一次极大的飞跃。

1929年12月,杜立特离开部队到壳牌石油公司设在密苏里州圣路易斯市的航空部任职。他的工作是参加航空竞赛和表演,并以此来宣传壳牌公司的航空汽油及其他产品。但他仍保留了空军预备役,令他吃惊的是,他被破格(越过了上尉级)直接授予少校军衔。

杜立特为壳牌公司服务10年,这是他的魅力和声望日益高涨的时期。他继续不断地在航空大赛中获胜、得奖,为航空事业作出了巨大的贡献。他认为这些竞赛活动对发展航空极其有益,因为取胜所必需的越来越高的航速导致飞机发动机和飞机总体设计的改进。杜立特开发出高辛烷航空汽油。没有高辛烷航空汽油,功率更大的巨型发动机就不可能问世,更谈不到提高航速和增加飞机的净载重量了。

1933年为壳牌石油公司和寇蒂斯—莱特飞机公司做宣传,杜立特偕夫人乔来到中国。途中,他们的船在横滨停靠。杜立特夫妇下船游览了东京、富士山。杜立特到中国后,访问了上海和北平,进行多场飞行表演,与一些中国空军将领和杭州航空学校前校长周以德(Walter Judd)会面。

1939年8月,杜立特从欧洲回国。他确信战争已迫在眉睫,于是拜见了航空队司令乐天派阿诺德。杜立特表示愿意重整戎装,但是根据当时的法令,不能召回具有上尉以上衔级的预备役军官编入现役。国会于1940年7月通过修正案后,吉米·杜立特是航空队召回现役的第一个人。他开始为设在印第安纳州印第安纳波利斯市的中央航空队采购区的工作而奔忙。到已经与德国开战的英国考查英国空军的飞行保障。

1940年11月,杜立特被派到密歇根州的底特律,促成汽车工业由生产汽车转造飞机。1941年12月7日,时局骤变;第二天杜立特要求调到战斗单位。他的请求被驳回。12月12日,杜立特被调来到阿诺德将军的本部,当故障检修员,晋升为中校,着手评估B-26的飞行可靠性以及其飞行训练工作。

1942年1月17日,阿诺德见过海军的邓肯上校和洛上校后不久,就在司令部办公室召见杜立特。他交给杜立特一项将改变他生活进程的使命。阿诺德要杜立特确定一种飞机,能够携带2000磅炸弹在500英尺内起飞然后飞行2000英里。第二天上午,杜立特带着答案来向阿诺德汇报。他的分析结果与邓肯的一样,只有B-25经过改装后能满足这一要求。

阿诺德讲述了邓肯关于使用航空母舰把陆军轰炸机运载到对日本实施轰炸的有效距离内的计划。杜立特听完后立刻振作起来,尤其是当阿诺德讲到他将监督执行航空队在该计划中所承担的任务时心情更加激动。

阿诺德给杜立特的任务是筹备飞机和训练机组人员,不是担任这次袭击的指挥任务。杜立特从听到这次袭击计划的那一刻起就已下定由他率领去干的决心。这是他投身战斗的机会;但对于阿诺德来说,杜立特太宝贵了,不能去冒可能失去他的风险。杜立特心中盘算着,第一步是证明这次使命的成功不可缺他,下一步便去要求得到指挥权。

第四节　中缅印战区的五项方案

到了1月中下旬,美军作战计划署已制订出在中缅印战区的整个计划:要建立第十航空队,计划这支航空军驻在缅甸,以支持盟军,抵抗日渐深入中国大陆的日军。要发动"鹫座星作战",以建立一支前进支队,这支部队将来便是最后要在中国境内美国空中武力的核心。在最初的兵力集结中,有5个独立但相互关联的方案。

第一方案,从一艘航空母舰上起飞的B-25轰炸机分队,是在中国境内运用的第一支中型轰炸机机队,飞行员及机员达成任务后,均纳入第十航空队。

第二方案,提供35架DC-3(C-47)运输机,构成空运补给的生命线。

第三方案,一个A-20攻击机大队,大队长达逊上校,大队中33架飞机,依据租借条约;自工厂运往中国空军;大队飞行员均派往第十航空队。

第四方案,第十航空队的第一支长距离轰炸机部队,为23架B-24重轰炸机,大队长哈维逊上校(Harry A. Halverson)。这个被称为"哈泼乐大队"的部队,将从中国各处基地展开对日本长距离的战略攻击。

第五方案,50架P-40 E驱逐机,集中在西非的塔科拉第,运往中国供陈纳德的"美国志愿队"使用,看以后是否纳入美国陆军航空队。

后面四个方案,保密等级为"机密";而指派给杜立特的第一方案,保密区分却是"最高机密",因为这批B-25轰炸机,在飞往中缅印战区途中,要先轰炸日本。这五项单个的方案,批准以后,就如第一方案一样,便指派给不同的军官立即执行。其中在中国境内驻扎一个重轰炸机大队的"哈泼乐方案",在1月26日成立了大队部以及本部中队。

在这期间,罗斯福总统继续敦促三军首脑寻找轰炸日本的方法。1942年1月28日下午两点,阿诺德将军再度与罗斯福总统会面,此外还有陆军部长史汀生、海军上将金、马歇尔将军以及少数高级参谋人员。战略的讨论集中在太平洋及远东使人泄气的战况上。罗斯福总统又一次问及轰炸日本计划的进展如何。阿诺德和金是席间唯独了解杜立特和邓肯所执行使命的两个人，他们打算继续保密，暂时不告诉总统。所以阿诺德只谈到从中国与苏联对日本的轰炸，谈向美军设在这些地区的基地运送汽油和其他补给品过程中所遇到的困难。

罗斯福显得有些不耐烦，他再次强调尽早轰炸日本本土从心理方面所带来的好处。他说他一直在研究中国地图，结果惊奇地发现仍然控制在中国人手中的空军基地似乎距日本并不很远。他认为美国飞机肯定可以利用这些基地，因此催促阿诺德上将考虑往那里派遣轰炸机。然后他问阿诺德是否可以从设在阿留申群岛的美军基地出发抵达日本，但是阿诺德说尚且没有飞机可以飞越那么远的距离。

阿诺德和金恪守安全需要至高无上的原则。航空母舰特混编队近万人的生命有赖于此。事先知道这项计划的人愈多，外漏的可能性就愈大。就阿诺德所知，总共只有金、洛、邓肯、杜立特和他自己5人了解这个行动，当时尚无必要让其他人知道，总统、陆军部长和陆军参谋长也不例外。金上将显然同意这样做，他对这次袭击也只字不提，他打算只向海军指定的统率特遣舰队将领透露细节。

第五节　筹备飞机，训练机组人员

正当这一切在最高层进行时，杜立特从阿诺德那里得到授权筹备飞机和训练机组人员，负责落实"特种航空第一方案"。

杜立特首先要做的是完成对B-25的改造工作。改造方案中最主要的，也是工作量最大的部分，便是增加3个副油箱。改装后几乎使飞机的额定载油量增加一倍，从646加仑增加到1141加仑。行动时还要在机尾舱内装进10只装5加仑汽油的盒子，要求后炮手在炮塔内油箱油位的下降后用这些盒子给油箱注油。如果不携带附加汽油，B-25就无法完成整个航程。炸弹舱装配特别延长的钩环以便牵挂两枚500磅爆破弹和1000磅燃烧弹。这1000磅燃烧弹分为两个集束,每束内装128枚燃烧弹。杜立特还要有几架飞机装设电动的16毫米电影摄影机,要在机翼的前缘和机尾表面都装上除冰器。这些改装工作要由设在明尼苏达州明尼阿波利斯的美国中部航空公司去完成,其他的改装工作须留待以后在佛罗里达的埃格林基地,与训练机组人员同时进行。

1941年2月1日,邓肯上校在最新入役的"大黄蜂"号甲板上进行了一次B-25轰炸机起飞试验,以核查他和杜立特的计算是否准确。过去的几个星期里,费兹杰罗中尉与麦卡锡中尉的机组已练习了大约30次的短距离起飞。下午,他们两人分别驾驶两架B-25轰炸机从"大黄蜂"号上顺利起飞,安然飞回诺福克基地。邓肯对试验结果很满意。

完成实验任务几天以后,"大黄蜂"号舰长米切尔接到命令,"大黄蜂"号要做好准备在3月1日前驶离诺福克。这时米切尔还不知道他们的具体任务,但他确信他们将驶向太平洋参战。

邓肯派出"长尾望"号潜艇在计划出击海区巡弋,定时浮上海面,记录气温和水温、大气压、风速风向、云层和能见度等环境数据。邓肯还在考虑着特混编队的构成:需要多少艘舰只,什么型号的。他想调用另一艘航空母舰以提供空中保护,同时必须有足够数量的护航驱逐舰和巡洋舰,以及食品、武器弹药和其他作战物资。一切事情必须在不到两个月内办妥。装载着陆军飞机和经过训练的机组人员的"大黄蜂"号4月1日必须驶离旧金山。

杜立特曾请求阿诺德命令参谋人员准备一份最适于轰炸的日本目标清单。1月31日,情报官卡尔·斯帕茨准将交给杜立特一份10个目标城市地图,包括东京、神户、名古屋和横滨。斯帕茨标出了每座城市的军事目标,如炼钢、制镁制铝工厂、飞机制造厂、海军基地、炼油厂、造船工厂及以其他重要的战争工业部门。在每一项建议的目标边,都列出了选定的

美国大黄蜂号航空母舰

理由。

与此同时,罗斯福总统对运用重轰炸机从蒙古攻击日本的期望越来越强烈。他要知道什么时候想出办法,可是阿诺德回答说,重型轰炸机作战得不到苏联的配合,不可能从蒙古进行。他指出多年以来,中国政府对外蒙古已经没有有效的控制,要想进入不可能。为了这个缘故,阿诺德在致罗斯福总统的一份备忘录中提到,他觉得从中国境内向日本敌人的重点发动攻击,是最合理而且有效的计划,但并没有提到杜立特筹划的任务。

正在华盛顿的军需大楼办公室工作的杜立特虽然不知道罗斯福总统的焦躁,但也感觉到时间的压力。B-25正在进行改装,而且他了解到B-25能够从航母甲板上起飞;但是对于这次行动中航空队以及他自己所担负的任务,尚有许多细节需要进行认真检查。为了把他的想法条理化,并确保不留任何疏漏,杜立特花了两个小时把袭击细则整整齐齐地写了出来,他把这份报告定名为"B-25B特种工程"。

轰炸攻击东京意见备忘录①

主旨:B-25B特种工程

发给:陆军航空军总司令

本特案目的为对日本工业中心予以轰炸及火攻。

预料本案不仅能造成混乱及阻碍生产,而且毫无疑问,由于日军可能撤回兵力作保卫本国国土用,将在其他战区利于对日军的攻击。

目前,像这种方式的行动最为需要,因为可对美国社会及各同盟国,以及敌方心理造成影响。

考虑中的方法,为将航空母舰载运的轰炸机,接近日本海岸东南偏南400海里至500海里(720公里至900公里)处,轰炸机自航空母舰甲板上起飞,直接飞往东京—横滨区、名古屋、大阪—神户区各选定的目标。

计划对这些地区同时轰炸,轰炸机群由东南方水面飞到,投下炸弹后,飞回原来方向,脱离日本外缘海岸线充分距离后,则转向西飞,飞往下列中国境内一处或多处机场:衢州、处州(丽水)、玉山及吉安,衢州在内陆约70英里,位于上海西南偏南方220英里。②

飞机落地加油后,即飞往中国稳固后方的重庆空军基地,距

---

① (美)James H. "Jimmy" Doolittle,Carroll V. Glines:*I Could Never Be So Lucky Again.* Schiffer Military History,1991:540.

② 此段文字的原文是:Simultaneous bombings of these areas is contemplated with the bombers coming in up waterways from the southeast and, after dropping their bombs, returning in the same direction. After clearing the Japanese outside coastline a sufficient distance a general westerly course will be set for one or more of the following airports in China: Chüchow, Chuchow (Lishui), Yushan and or Chien. Chüchow is about seventy miles inland and two hundred twenty miles to the south south-west of Shanghai.

离约800英里。再从该地飞往这次行动的最终目的地,或到时指定的目的地。

任何一架飞机不落地的最大航程,将飞行2000英里。

在这次空袭中,将使用18架B-25B(北美飞机公司中型轰炸机)机。每一架载燃料约1100加仑汽油,可以确保在5000英尺高空飞行2400英里。

每一架轰炸机带两枚500磅爆炸弹,以及重1000磅的燃烧弹。投弹时,先投爆炸弹,继投燃烧弹。

各机在炸弹舱上方,另载一具容量275加仑的预备辅助油箱,在炸弹舱上方过道,另装一具容量175加仑的橡皮油箱。预期上方这具油箱在飞抵战斗区前,便将用罄,油箱可以摊平或者卷起移开。这旨在确保飞机能充分运作。将空的油箱,可使起火及爆炸的危险性减到最低限度。

在飞机所有其他方面都不加更动,加装所要的额外油箱,现在正由明尼阿波利斯市的"中州航空公司"进行制造。所有生产及装配工作,都依照预定计划进行,24架飞机(备用6架)应在3月15日全部改装完毕。

在其他飞机改装过程中,第一号飞机则进行广泛的航程及性能测试。需要一段短时间集合队员及予以特别训练。训练中包括全机人员进行投弹、射击、领航、飞行及短距离起飞;每一名飞行员至少作一次航空母舰起飞动作。

如果队员能从熟悉本身工作以及B-25B轰炸机的官兵中甄选,整个单位应准备在4月1日登上航空母舰。

在起飞离开航空母舰前,将发给一般作战训令。

由于白昼轰炸的精度高,故计划为白昼进行袭击。本方案当前的概念,为夜间从航空母舰起飞,拂晓时飞抵目标;在降落地点迅速加油后,可在入夜以前抵重庆。

如果情报组或其他消息来源,获得最后的消息,白昼进袭确切不利,即进行夜袭。如果日本实施灯火管制,夜袭则选定有月光的晚上;如果不实施灯火管制,则在无月的晚上遂行。

有关目标及防务的一切现有有关情报,将自A-2(陆军部情报署)、G-2(航空军情报处)以及其他现有来源获得。

海军业已督导在弗吉尼亚州诺福克市举行起飞试验,使用3架B-25轰炸机,载重23000磅、26000磅和29000磅试飞。这些试验显示,在航空母舰甲板上起飞,总载重在31000磅左右,毋须考虑会有困难。①

海军负责提供一艘航空母舰(或为大黄蜂号)负责飞机的装载及贮放,以及将它们拖放到起飞位置。

化学兵署正设计及准备特种集束燃烧弹,以便能在有限空间许可下,有最大量的装载,每架飞机也许能载1000磅。48个这种集束燃烧弹,将在3月15日,自马里兰州厄齐吴德兵工厂运出。

在衢州以及相关各地机场,将贮放有美制100号航空汽油20000加仑及润滑油600加仑;所有其他补给品,以及必需的紧急修理器材,都由各机携载。

航空勤务司令部霍兹中尉,原在新泽西州标准石油公司工作,现在中国负责燃料积存的安排事项,他将经由航空军情报署、后勤署,以及现为中国政府航空顾问前航空队军官陈纳德上校进行工作。陈纳德上校应指派一员负责的美国人,或能说英语的中国人作实际检查,以确保这些补给品已运抵各地。这一名人士也应在现场协助队员进行飞机加油工作。这些补给品已运达各地,

---

① 直到许多年以后,杜立特才知道第三架飞机并没有参加试飞。

可以适当的无线电密码告知,对贮放补给品一事务必立刻开始。

在飞机飞到以前,应通知有关中国机关部门,机群马上会到。但却要说成是它们自南方飞来,为了准备向日本进袭,尚且计划还会回到这一处基地。

轰炸的机群投下炸弹后,立即发出无线电信号,可用以对各加油地点指示,将在六七小时后飞到。

告知中国人时,务必小心、及时,因为给予中国人的任何情报,可能料到会落入日军手中,过早通知会使这一方案致命。

对气象状况的初期研判,以现行气象情况来说,空袭越早越好,在4月底以后,气象的不利情况会增多。对气象的考虑,大部分基于这一观点——避免东京市及其他目标的晨雾、衢州及重庆的低云、结冰,以及强烈的西风。

如果可能,应每天寄出气象预报或者重庆以及海岸一带的气象状况,宜于在一定的时间,以适当的密码传送,以协助航空母舰气象官分析做成预报。

陆军航空军杜立特中校,将负责各项准备工作,并将亲自指挥这一方案。至于其他飞行人员,基于这种任务有相当可观的危险失事性,以志愿官兵为宜。

每一架飞机将载有正常的全部5名机员:机长、副机长、航炸员、通信士、射击及机械士。

队员中应有一名称职的气象官及一名有经验的领航员;所有领航员都将接受天体领航的训练。

指派两名地面联络官,一名停留在美国本土,一名则在航空母舰上。

队员中至少应有三人能说中国话——每一处目标地区单位中一人。

如果苏联愿意以租借方案，在海参崴接收交付的18架B-25B
飞机，我们的问题便大为简化，而且也避免了与哈维逊方案的
冲突。

在对这次袭击所作的彻底而又缜密的分析的结尾，杜立特提到他必
须亲自指挥这次行动。阿诺德尚不清楚杜立特要亲自率领机队发动袭击
的决心，杜立特认为提出这个问题的时机尚不成熟。

杜立特剩下的任务就是挑选并训练机组人员。

佛罗里达州的埃格林机场，被指定为特别轰炸队的专门飞行训练基
地。这处基地接近水域，使领航员能练习越水飞行领航；有射击训练的设
施，以及有一个辅助机场，飞行员可以在那里练习短距离起飞。

找到足够数量的B-25轰炸机没有多大问题。驻俄勒冈州的彭德尔
顿的轰炸机十七大队非常合适。大队长米尔斯中校，下辖第三十四、三十
七以及九十五中队，以及配合的侦察机第八十九中队，中队长希尔格少
校。这个大队的大多数飞行员飞B-25机都是老资格，经验丰富，一直在
俄勒冈州到华盛顿州一带海岸担任巡逻搜索敌人潜舰的任务。1941年
12月24日，霍尔斯特罗姆和罗斯·魏尔德机组，曾在俄勒冈州彭德尔顿哥
伦比亚河河口击沉一艘日本的潜水艇。这是美军第二次世界大战中在美
国水域第一次击沉敌人潜艇。此时，这个大队正准备转场到南卡罗来纳
州的哥伦比亚去大西洋进行猎潜巡逻。

2月3日，命令到达彭德尔顿，该大队被调往南卡罗来纳州哥伦比亚
市的哥伦比亚陆军航空军基地。其中24架飞机再转到明尼苏达州明尼阿
波利斯，由中部航空公司进行改造，这些飞机最终要转场到埃格林机场。
米尔斯与希尔格都获得训令，要求在官兵中征集志愿者参与一项极为危
险的任务。虽然不知道是什么任务，第十七大队的几乎所有官兵都志愿
参加。中队长们从中选出他们认为最优秀的。选中的志愿者总共有140

人,其中120人组成24个机组,每个机组有驾驶员、副驾驶员、领航员、投弹手和机枪手兼机械师共5人,另20名为地勤人员。他们得到的命令是找到可乘坐的飞机,尽可能快地到埃格林机场去。

经米尔斯大队长推荐,谨慎而追求完美的希尔格担任杜立特副队长。人员和飞机在2月27日到3月3日间抵达埃格林机场。杜立特把特别轰炸队任务的要点透露给了希尔格,让他把任务的急迫性与必需性传达给队员,但却不告诉他们原因。

3月3日,当杜立特在埃格林机场降落时,官兵们都十分惊讶自己所崇拜的偶像就在面前。杜立特把所有官兵都集合在基地的作战室,告诉他们,要训练他们出一次特别危险的任务,只要是志愿者,任何人不论什么理由都可以要求退出,而不会因为退出有麻烦。但没有人愿退出。杜立特告诉他们,他不能告诉大家更多信息,大家可以自己猜测,但不能彼此讨论。杜立特再三强调保密的重要性,说任何人违反保密规定,可能意味着成百上千人会发生危险。他说飞机还有许多地方要改造,所有机组成员需要进行大量的训练。飞行员要学会驾驶大载荷的B-25在尽可能短的距离内起飞,而且必须在3个星期内做好准备。飞行员们都为能在杜立特领导下参加这次行动而感到兴奋,也为任务目标感到困惑。

志愿者同其他二战军人一样来自美国各州,有各种社会背景。每个人都有同样强烈的渴望:飞行。他们经过层层选拔和严格的训练成了飞行员、副驾驶、领航员、机械师、无线电技师、投弹手或是机枪手。航空兵团对他们的评述是:长途奔袭的志愿者远不是精心挑选出来的。他们并非空中精英,而是美国陆军航空兵团中普通的飞行员。他们自告奋勇突袭敌人,但没有一人精通作战,只有很少人经过实战锤炼。日军偷袭珍珠港后,美国受到一系列重大打击。美国社会激发起了巨大的爱国热情。志愿者们大多是怀着爱国热情参加这次突袭行动的。

杜立特需要在明尼阿波利斯、莱特机场、厄齐吴德兵工厂以及华盛顿

突袭队员进行短距起飞训练

间,亲自进行各种安排。杜立特对这些志愿者按照一般中队的基准进行编组,使他们在他不在埃格林机场时也能正常运转。

邓肯指派海军航空站飞行教官亨利·米勒中尉教练这些陆军飞行员怎样驾机从航空母舰上起飞,而且要求他必须在15天内完成任务。

米勒对飞行员进行起飞训练。他制定出短距起飞滑行的标准程序,在机场的跑道上涂上了表明航母甲板长度和宽度的白色线段,每100英尺都用旗帜标出,以便于飞行员测量在机场滑行的距离。不久队员们就举行了一场竞赛,看谁的起飞距离最短,载重量最大。不仅仅是荣誉,表现差的人将不能入选参加行动,24人中只能挑选15个。经过米勒一丝不苟的训练,大部分飞行员能够滑行500英尺就起飞,最少的只需滑行287英尺便能起飞。杜立特也和其他人一起参加评比,顺利过了关。

B-25轰炸机驾驶员要学的不仅仅是在短距离内起飞,他们还必须练习低空飞行。炮手训练包括使用12.7毫米口径的双管机关枪和操纵动力回旋式炮塔。驾驶员和副驾驶员还要接受替换其他机组人员工作的训练,领航员兼做投弹手;这样能保证在某些机组人员受伤或阵亡的情况下,袭击任务仍能继续进行。他们大量的训练时间用在轰炸演习上。飞行员们兴致勃勃地在佛罗里达州沿海小镇上空进行模拟投弹练习,轰隆隆地掠过水面,几乎碰到海浪,接着骤然爬高,轰炸海面上的油渍。

在埃格林机场,需要继续对飞机进行改装。格里宁建议,在机尾装上两根扫把杆,漆成黑色,看上去就和机关枪枪管一样,用来吓阻来自后方的攻击。格里宁设计了一种简单的"马克·吐温"轰炸瞄准具来代替笨重又机密的诺顿轰炸瞄准仪。这种新式瞄准器不仅精确度高,而且使用方法简便。兵工人员研制出一种220公斤的集束燃烧弹,从低空投掷时,可以有合理的散布面。后来,在整个大战中都在使用这种燃烧弹。

飞行员和机械师(还兼顶炮塔炮手)花费大量时间反复琢磨发动机,把所有的汽化器调整到适于最大航程的最佳状态。这种特殊型号的汽化器和特殊的调校办法为普通飞行手册上所没有,是这次远程任务的保证。

尽管受到坏天气和各种问题的限制,但训练和准备工作仍在继续进行,毫无疏漏。在3月的第三个星期当中,机组人员驾驶轰炸机做了一次2000英里的飞行以检验远距离飞行技术和获得发动机最佳燃油里程的能力。全队人员对取得的成果非常满意。他们认为训练效果良好,个个意气风发,渴望出征。

作为情报官,戴维·琼斯负责收集有关轰炸目标的地图、图表和情报。显然,他必须被告知计划袭击的城市名称。他和领航员汤姆·格里芬一起到华盛顿的航

检修飞机

空队情报司令部去寻找必要的材料。司令部把一个小房间拨给他们使用。

戴维·琼斯说:"我们到达指定的小房间去领所需的资料:比例为1:500000的日本与中国的航空地图。我们得到美国、英国、法国及中国不同版本的中、日航空地图,有些来自不同的时代,然后进行比较。结果发现,沿着海岸线,尤其是中国的海岸线,一切都很一致,但是一查看距海岸100至150英里的内陆,则大不相同。同样一座山在一张地图上标的海拔是500米,而在另一张上却变成海拔1000米,另一张则是1500米。在这些各种不同版本的地图上,同一城镇的位置大约相差了30或40英里,相当不准确。所以,汤姆和我仔细研究了所有可供选择的地图,尽可能选取了我们认为是最精确的四五张中日地图。"

格里芬说:"我们花了一个星期时间去查阅地图、照片和关于轰炸目标的情报。我的级别最低,因此每天晚上结束工作前由我清扫地面,确保销毁所有笔记和废纸。"他们认为在陆军学院找到的一份中国地形勘测图还比较精确。

戴维·琼斯说:"我们没有时间把这些地图复制成彩色的,所以印出来的是黑白地图。然后汤姆和我把我们可能要飞越的一个地区涂上颜色,这就是我们空袭的依据。老杜立特在'大黄蜂'号上宣布轰炸目标后,我们把这些地图发给各个机组成员,各机组自己标识了各自的轰炸目标。"

汤姆·格里芬说:"当人们收集到我们认为是所能找到的最好的地图和印刷材料后,我们要求把已挑选出来的20套资料整理装箱,并送往萨克拉门托以待我们上航空母舰之前启运。"

戴维·琼斯和汤姆·格里芬回到基地后对任务轰炸目标守口如瓶。虽然高度保密,但多数人还是准确地猜到了他们的去向。"有许多种推测,"空勤工程师兼射击炮手乔·曼斯克回忆说,"但是,总体而言,我们都相当确信去的是日本。"杜立特本人后来也说过他的多数部下"知道我们要去轰炸日本"。

大量20世纪初到30年代的英文中国地图在衢州的位置上标为Chü-Chow(衢州),也有标为Chuhsien(衢县)。把丽水标成Chu-Chow(处州),也有同时也标了Li-Shui(丽水)。在清朝时期,衢州府的府治设在西安县,处州府的府治在丽水。民国后废州府制,西安县以府名县,改称衢县(Chuhsien)。30年代初,我国实行省县二级,实行行政督查专员制度,衢县、江山等县划为第五行政督查专区。丽水、遂昌等县划为第九区。但在一些百姓口中和一些非正式文件中,仍把原衢州府的辖区称为衢州。衢州与处州的发音十分相近,美军难以分辨。当时衢州和丽水都建有飞机场,而且这两个飞机场都是杜立特计划降落的备选机场。杜立特队员们把丽水叫作处州(Chu-Chow),把衢州叫作衢县(Chuhsien)。后来当这些美国飞行员落地后,听到中国老百姓把衢州与衢县两个地名混用感到十分困惑。

因为衢州机场的跑道和设备优于丽水机场,中方最终同意美方使用衢州机场,并在衢州机场做了大量的准备工作。但是美方在地图上找错了衢州的位置。美军认为衢州机场距海岸70英里,实际为140英里。杜立特回忆说"衢州位于一个2英里宽、12英里长的峡谷内",这正是丽水的地形特征,而衢州的地形要开阔得多。美方的这个错误对于飞行导航来说是巨大的,这两个机场直线距离130公里,就是在白天,没有无线电导航信号,杜立特的机队要找到衢州机场是万难的。这也从一个侧面反映了美国对战争准备不足,第一特种工程准备工作仓促,对中国过于保密后果很严重。

3月15日,唐纳德·邓肯上校被召到了金上将在华盛顿的办公室。"乐天派"阿诺德已经把杜立特训练B-25机组人员进展得令人满意、不久就会为执行轰炸任务准备就绪的消息通报了金。金上将认为该把此事告诉太平洋舰队总司令切斯特·尼米兹上将及威廉·哈尔西上将了。哈尔西将率领特混舰队去日本。邓肯说他和杜立特再审查一遍作战计划,然后动身去珍珠港亲自向尼米兹和哈尔西汇报。

3月16日,邓肯拜访阿诺德上将,把要去珍珠港的事告诉上将,并希望行前先见一见杜立特。杜立特当天就从埃格林飞往华盛顿,第二天上午会见了邓肯。邓肯把他手写的包括这次行动各个方面的总计划送给杜立特——特混舰队的航线,包括的舰只、海军起飞轰炸机的程序以及气象资料。这是杜立特第一次见到这次行动的总体轮廓。他读了一遍,没有提出问题,说他认为不错。杜立特说他的人不久即可驾驶B-25飞往萨克拉门托的某航空队基地进行最后一分钟的工作(如安装新螺旋桨),然后在那里待命等候搭乘"大黄蜂"号。

杜立特清楚已经到了向阿诺德请求批准他率领这次行动的时刻,因为随时可能下达动身飞往加利福尼亚的命令,他再也不能等待了。他相信自己是这一工作的最适宜人选,如果得不到这次战斗的指挥任务,恐怕他就会以参谋军官的身份在华盛顿"驾驶"一张办公桌来度过这次战争了。当天下午他便向阿诺德提出了请求。

"我比其他任何人都更清楚这次使命,我比谁都更熟悉这种飞机,我比谁都要了解机组人员,"杜立特说,"我希望率领这次行动。"

"喂……"阿诺德说,"我这儿也迫切需要你,吉米,我希望你留在我的参谋部。"

杜立特使出了恐怕是他生活中所有的推销劝解招数,向航空队司令抛出一条又一条理由。最后,阿诺德耸了耸肩,打断了杜立特的请求。

"我该怎么说呢,"他说,"如果'米夫'同意,那么我也没意见。"M.F.("米夫")哈蒙少将是阿诺德的参谋长,他的办公室就在楼下。杜立特马上又起了疑心。他猜测阿诺德在耍踢皮球的把戏,只要他一离开办公室,阿诺德就会打电话给哈蒙,命令他拒绝杜立特的请求。杜立特猜对了,可是阿诺德却没有想到杜立特会跑多么快。

"我轻快地行个礼，"杜立特回忆说，"然后就拼命地跑到'米夫'的办公室说道，'如果您不反对，阿诺德上将也不反对让我去率领这次行动'。"

哈蒙先是一惊，然后说他个人认为完全可以。

"非常感谢您，"杜立特说。当他走到门口时，电话铃响了起来。杜立特听到哈蒙说："将军，可我刚刚告诉他，他可以去呀。"

"所以，要不是我跑得那么快，"杜立特说，"我绝无可能参加空袭东京的行动。"30年后再谈到这段往事时，他仍情不自禁地笑了起来。

有一位飞行员在训练中病倒了，杜立特接替了他的位置。这架飞机的副机长为柯尔中尉，领航员波特中尉，轰炸员布莱梅上士，机械师兼炮手伦纳德上士。杜立特与他们的合作得非常愉快。

杜立特要求率领轰炸机队直接参加轰炸的过程，十分有戏剧性。这从一个侧面反映了当时美国人人要求上前线打击日本军国主义的社会风气，成为"二战"史上的美谈，为后人津津乐道。其实，从任务本身和杜立特自身情况来看，他具备一些别人无法比拟的条件，使他成为轰炸行动领队的不二人选。第一，杜立特已经深入地参与到这个计划中，他了解整个计划与准备的每个细节。第二，他已经成功地领导了这个团队，了解这个团队的每个人。他在企业中的组织经历和在飞行员心中的地位，使他成为这个团队领袖。第三，这次轰炸行动需要靠仪表导航长途飞行，而杜立特是仪表飞行的开山鼻祖。第四，杜立特的航空工程理论知识是这次轰炸行动飞机改造所必需。第五，杜立特长期在陆军航空队服役，又在航空界有很大影响力，重新加入现役后，又在阿诺德的本部工作。他能争取到各方面的支持。第六，杜立特在1934年路过日本，到过中国。他对日本机场的各种情况作了笔记，并报告给了陆军部。在中国，他与中国空军官员有过交往经历。在对中国还抱有神秘感的西方人中，这是极为少有而宝贵的经历。这次行动在中国的部分十分需要这个经历。杜立特具有这些有利条件，阿诺德选择他是正确的。

第六节　向西海岸集结

与杜立特飞返埃格林基地的同时,邓肯上校乘飞机从华盛顿经过旧金山前往檀香山。3月19日,邓肯到达珍珠港美国海军基地,向头脑冷静、语调柔缓却决策果断的尼米兹上将汇报。尼米兹派人叫来哈尔西。邓肯汇报完以后,尼米兹征求哈尔西的意见。哈尔西是一员骁勇进取、跃跃欲试的战将,他十分乐意成为特混舰队的指挥官。哈尔西希望能尽快会见杜立特,和他讨论关于轰炸的事。尼米兹表示赞同。邓肯立即给在华盛顿的海军军令部金上将办公室拍发预先拟好的电文:告诉吉米上马。

邓肯上校接着又飞往圣选戈会见"大黄蜂"号舰长米切尔,给他带来新命令:运载吉米·杜立特和15架陆军轰炸机去打击日本。邓肯把这次行动的细节向他作了说明。米切尔这时才知道这个计划,虽然对邓肯现在才告诉他这个计划感到不悦,但还是为能参加这次行动而高兴。

金把邓肯的电报转给陆军航空队,阿诺德打电话到埃格林机场通知杜立特。他们在埃格林基地的训练生活结束。3月23日早晨,轰炸机队开始转场到加利福尼亚州萨克拉门托郊外麦克莱伦,在那里进行最后一个星期的训练和飞机改装。随后,他们将踏上去日本的征程。

麦克莱伦航空基地在对即将飞往海外的轰炸机进行例行的最终检查,以确使飞机符合航空队和制造厂商的具体标准。杜立特还要求拆除飞机上230磅重的无线电收发报机。这不仅有助于减轻飞机自重,而且可以保持无线电静默,避免暴露轰炸机方位。杜立特的B-25轰炸机是为执行特殊使命已经作过认真的改装,为确保发动机达到燃油最大航程值,汽化器已经作过精确调整。杜立特强调不经他的特殊批准,不能碰发动机的化油器。基地文职机械工对此并不买账。飞行员们发现有几架飞机在埃格林基地安装上一些特殊型号的汽化器,后来又被人换上了普通汽化器。

在麦克莱伦的那些日子过得很难。队员们担心走漏风声,不和他人来往。在兵营,队员们拒绝接受其他人友好的表示。人们认为他们冷淡无情,趋炎附势。

3月31日,杜立特接到阿诺德的密电,要他到旧金山费蒙特大饭店与哈尔西、邓肯、布朗宁(哈尔西的参谋长)会面。晚上,杜立特飞到旧金山来到费蒙特大饭店。在哈尔西的房间,哈尔西和邓肯把海军计划上的细节加以说明,在以后的3小时中,他们对每一个方面加以讨论。

后来,哈尔西以他那种典型的率直方式描述了这次会见:"我们的谈话凝聚到这一点:如果我们没有被发觉的话,我们将把吉米运载到距东京400海里的范围内;但是如果我们过早被发现,那么无论如何也要让他起飞,只要他能够到达东京或者中途岛就可以。那正中吉米的下怀。我们握了握手,我祝他走运。我再次见到他时,他已经是挂着'荣誉勋章'的杜立特中将了。"

4月1日上午,轰炸机队飞到加州阿拉米达。有故障的飞机被留在机库。没有问题的飞机滑行到码头附近的停机坪准备装船。不管自己的飞机是否装船,每一名队员都要上航空母舰,如果有任何人退出,他们便是候补人员。把这些经过长时间训练的队员全部带出海也是保密的需要。

杜立特原来以为舰上能装18架B-25飞机,后来确定仅能安全放置15架。在杜立特的要求下,海军同意把第16架B-25装上船。用来在舰上进行一次示范起飞,提高飞行员的自信心。

海军人员把B-25飞机油箱中的汽油放空,把飞机的前轮钩挂到牵引车上。飞机被牵引到码头上,巨型起重机把飞机像玩具一样提起吊放到航空母舰上。

陆军航空兵每一名机员这时都拿了行李袋走上跳板登上航空母舰。飞行员们按照各自的级别被带领到"大黄蜂"号上相应级别官兵的狭窄的舱室。到下午中段的时候,拖船很小心地把航母拖离码头,来到港湾中央的锚地。杜立特把他的人召集到一块,突然宣布当夜可以上岸度假。他再次严正宣布必须保密,对自己的言语以及讲话地点都十分谨慎。他和他们乘坐一艘小艇来到码头。在旧金山,杜立特见到了他的妻子娇懿,她是专程来旧金山为他送行的。杜立特只告诉他的妻子他可能要短期出国。

"大黄蜂"号航空母舰上的舰员对上舰的B-25飞机和陆军航空军队员感到好奇,他们在猜测着大黄蜂号的下一个目的地。有的人以为舰上的飞机将从航空母舰上起飞,飞往阿拉斯加,以加强美国在阿留申群岛的力量。米切尔舰长也大肆声张说"大黄蜂"号仅仅是将B-25轰炸机运往珍珠港,从航空母舰上起飞,为的是尽可能快运到交机。

在出航前的最后一个夜晚,陆军飞行员在享受着旧金山的夜生活。凝视着城市的串串灯火,他们心中却不时涌起忐忑。他们猜想这也许是他们最后一次看到这座城市了。城中的人们能在月光下望见停在"大黄蜂"号飞行甲板上明晰可见的飞机轮廓。陆军飞行员猜想这个情报已被间谍发往东京了。

正当杜立特和他的突袭队员为这次任务做准备时,传来远东方面的战斗坏消息。菲律宾的状况已经了无希望。在圣诞节后一天,已宣布马尼拉市为不设防城市。美军和菲军撤退到巴丹半岛,向柯里几多尔岛前进时,正在进行迟滞作战。2月23日,罗斯福总统下令,命令麦克阿瑟将军离开吕宋岛到澳洲去,在那里担任盟军兵力——如果有的话——集结的司令官。他终于在一个月后离开,到达达尔文港时宣布:"美国总统命令本人自柯里几多尔岛,突破日军战线,首途前往澳洲,据本人了解,其目的为编组进攻日军之攻势,而基本目的则在解救菲律宾,本人已成功抵达,也一定回来。"

日本大战略时间表上的第二步,便是侵入澳洲。2月里,达尔文港的海军基地便遭受了日军的攻击;在其后的几个星期中,新不列颠、新爱尔兰、新几内亚的一部分,阿德默勒尔蒂群岛以及吉尔伯特群岛先后被日军占领。在珍珠港事件后4个月,敌人已经控制了天然资源丰富的地区,面积达777万平方公里。整个太平洋,大致上从阿拉斯加到夏威夷与澳洲这一线以西,现在都已为日军所控制。

菲律宾、马来亚、缅甸,以及荷属东印度的沦陷,得以使日军除向南以外,还可向西推进。这时,日方大战略的形态为与在印度境内的轴心军会师。

美军已在太平洋发动过两次攻击,一次对威克岛,还有一次是马卡斯岛,以求诱使南方日军退回,以减少菲律宾所受的压力。

第七节　特混舰队出发

1942年4月2日早晨,杜立特回到了"大黄蜂"号上,他的舱室本是舰长米切尔的,在飞行甲板下面,一间大房间可以用作会议室,一间浴室和一间舒服的小寝室。米切尔主动让出自己的舱室,是为了方便杜立特召开保密会议,他自己搬进了舰桥上的一个狭窄小舱。

舰上的通信官不时送些电文给杜立特,其中一封电报告诉杜立特,他要求中国准备的汽油、滑油与机场标志,都已在进行中。此外还有陆军参谋总长马歇尔将军,与航空队总司令安诺德将军的送行贺电。

海军舰队总司令金上将手书的信函上则说:

> 获悉先生为"大黄蜂"号远征之陆军航空队领队,我即知此行之成功程度大增;谨向先生及所属官兵此行成功致衷心贺忱。祝:快乐落地,狩猎斩获良多。

4月2日上午10时18分,16-2特混支队起锚出发。这个特混支队由"大黄蜂"号航空母舰为主的八艘舰只组成,代号"麦克"。特混支队在旧金山市的金门大桥下驶过,成千上万的市民都可以看到,特别是"大黄蜂"

号上的陆军轰炸机群。选在白天出舰,是因为舰艇上有一半是补充兵,晚上出航太冒险。

舰队刚要起航,杜立特就得到通知,要求他立刻上岸接一个紧急电话。打电话的人竟是陆军参谋长马歇尔将军。他打电话来,亲自祝杜立特一帆风顺。马歇尔是美国陆军中的最高长官,在已经寄了信函和电报以后,又亲自给杜立特这名中校打电话,显示这次轰炸任务对他、对战争的大局是多么重要。杜立特极受鼓舞。

特混舰队出港后一路向北,然后向西航行。在"大黄蜂"号的甲板上,16架B-25轰炸机排列妥当,有495英尺的距离可用于起飞,超过了他们在埃格林时的滑跑长度。米勒对B-25轰炸机在"大黄蜂"号上起飞极有信心。杜立特和米切尔舰长讨论决定,这第16架飞机也执行袭击任务。

"大黄蜂"号航空母舰载着B-25轰炸机驶向日本

这是海军与陆军第一次联合作战。陆军飞行员与海军官兵保持着礼貌而又冷漠的距离。杜立特的飞行员对海军一天两次的战备警报演习很不适应。有些海军军官发现杜立特的人是一帮衣着不整、不守纪律的家伙。他们之间的不合拍,部分原因或许可以追溯到陆军与海军之间长期的竞争,双方都认为自己胜过对方。两军有不同的军事文化。同时大多数陆军飞行员没有进过军校,更愿意献身于飞行而非军事职业。造成舰上关系紧张的另一个原因还是曾经在麦克莱伦困扰过他们的问题——任务保密,这一开始就让海军舰员对杜立特的飞行员非常反感。因此,"大黄蜂"号的官兵认为他们冷漠无情。

4月3日上午,杜立特把飞行员召集到他的起居室,把几个星期以来紧张训练的目的告诉了他们。他们是去轰炸东京。他接着讲明了和中国政府共同的安排:在中国东部的几个机场降落,补充燃料,继续飞往重庆。然后杜立特讨论了有关这次行动的其他一些细节以及要进行的附加训练,并再次询问是否有人改变主意,有足够的预备机组人员等候替换退下来的人,但是没有人变卦。

漫长的保密期结束了。他们终于明白了为之付出艰苦准备工作的这项使命的重要意义。努力是值得的,在战争的这个阶段,还有什么比反击日本、为美国及盟国所遭受的损失和失败进行报复更重要呢?

然而使命的重要性与危险性并存。飞行员的生命在很大程度上依赖于B-25的状态。杜立特宣布散会后,陆军飞行员们开始仔细检查飞机,记录下需要调整或修理的一切事项,利用"大黄蜂"号上的工具和修理设施期间,必须排除一切故障。

3日下午,米切尔舰长把这次使命通报给"大黄蜂"号的全体舰员。由于消息的爆炸性,整个航母出现了片刻的沉默,然后水兵们爆发出猛烈的经久不息的欢呼声;当用旗语把这次行动的消息传达到护航舰时,那里也爆发出同样的回响。水兵们都像小孩子那样上下跳跃。在完成任务后给尼米兹上将的报告中,米切尔写道:"士气达到了新的高峰,一直保持到完成起飞轰炸机、舰只撤出战斗区域以后。"

任务消息改善了"大黄蜂"号舰员与杜立特的队员之间的感情。顷刻间,海军不知道怎么办才能使他们的客人在舰上生活得愉快。海军机械工主动帮助机修工作,水兵们拿出了自己的藏衣,面包师为他们烤制特殊糕饼,炊事员供应丰盛的饭菜——大多数飞行员的体重迅速增加。大黄蜂号的医务人员为飞行员提供所需的一切药品。米切尔舰长和军饷官甚至破例利用海军资金给杜立特航空队人员发饷。

陆军飞行员恢复了训练,主要由海军军官为他们讲课:阿波罗·索切克中校是"大黄蜂"号上的航空官,他向陆军飞行员讲授航空母舰的飞行作战。航空母舰的领航官弗兰克·埃克斯中校被安排讲授导航进修课。情报官史蒂夫·朱里卡上尉曾在东京担任两年(1939—1941)助理海军武官,他在东京的主要工作之一,是收集东京工业地区和特种工业地点的情报,以备未来可能使用。朱里卡对那座城市,对那里的居民、语言和文化都很熟悉。他的任务是为预计轰炸的工业和军事目标准确定位,并教给飞行员一旦被俘该怎么应对。

朱里卡收集了关于各个城市的大量情报,如值得轰炸的目标、通往这些目标最安全的路线,以及像河流和桥梁一类的具体瞄准点。他向飞行员们传授了丰富的个人知识以及情报档案中搜集到的资料,如防空炮阵地的具体位置等。他说日本人有500多架用于防卫本土的作战飞机。朱里卡描述了日本战斗机驾驶员攻击轰炸机的战术,这些显然是宝贵的情报。

此外,朱里卡还举办了几次讲座,专门讲授中国和日本历史、各自政府的组织形式以及这两个民族间在生理和心理方面的差异。他教给机组人员用中国话讲"我是美国人"。美国平民首先接触到的中国人是到美国淘金、修铁路的广东人。他们所学到的中国话带着广东口音。从朱里卡教的读音来看是在说"你说美国话(Lishua Megwa 音：里说美格瓦)"或是"你说美国话否?(Lushu hoo megwa fugi 音：里说美格瓦否咯)"。中国南方方言种类多,差别大。美国人使用这么糟糕的中国话在中国是行不通的。朱里卡还教飞行员们怎样辨别中国人和日本人。但是中国人和日本人在外貌上本来就难以区别,加上也有中国人当了汉奸的,伪军的数量也不在少数,所以朱里卡提供的办法不是很有用。

但所有的讲解课里都并未涉及有关紧急跳伞和跳伞技巧的内容,这样一个疏忽带来了致命的后果。

杜立特把自己带来的以及朱里卡在舰上原有的目标资料加以研究后,让机组人员挑选各自想要轰炸的城市以及希望在中国降落补充燃料的机场。杜立特计划于4月19日15时首先起飞,约在日暮时分抵达东京上空。其余的轰炸机将在3个小时后日落时起飞,在夜间飞抵目标上空。杜立特投掷炸弹引起的大火将作灯塔指引其他的飞机。杜立特预期在黑夜到达中国的机场补充燃料,其他飞机将在20日白天飞到中国。飞行员们反对杜立特首先飞抵东京为后续飞机引路的计划。他们认为这太冒险,不愿意让杜立特为他们创造便利而冒这种风险。但杜立特坚持自己的计划。

计划中,其余15架飞机编为5个分队,每分队3架,每一分队指定一个航路,每一架又各有航路地区中的指定目标。计划中的攻击正面宽度达80公里,可以造成大批机群进袭的印象,从而分散敌人空中与地面的火力;定点上空至少有一架以上的轰炸机飞越,以达成奇袭的威力。

5个分队的指定目标为：

第一分队,分队长胡佛中尉,东京北区;

第二分队,分队长琼斯上尉,东京南区;

第三分队,分队长约克上尉,东京南区及东京湾北中部地区;

第四分队,分队长格林尼上尉,横滨市神奈川南区,及横须贺海军

船坞;

第五分队,分队长希尔格少校,从东京南区绕过,飞往名古屋后散开,一架炸名古屋,一架炸大阪,另一架炸神户。

在这次任务提示中,特别强调一旦起飞,每架飞机各行其是,不作编队飞行;飞行中也没有任何无线电通讯,以求确保奇袭成功与飞行人员的安全。

根据轰炸的目标不同,每架飞机装载不同的弹种,有些轰炸机装的是4枚500磅的爆破弹;有些则是4枚500磅特制集束燃烧弹,每枚集束燃烧弹可分解为128枚子燃烧弹;还有些则是混合装载。

杜立特断然否决了少数人员提出的两条建议:第一,在居民区投掷燃烧弹,这样可以使木架纸糊结构的房屋燃起熊熊烈火;第二,轰炸皇宫。杜立特强调指出所袭击的只能是军事和工业目标,他严厉禁止违犯这条规定。无论是居民区还是皇宫都没有任何军事战略意义,因而不值得在这些地方浪费炸弹。并且攻击天皇必将使日本人更顽强、更凶残地作战。杜立特非常严厉地反复强调这个要求。

朱里卡发现陆军飞行员上航母后纪律松弛,听讲座经常迟到,注意力也不集中,对于可能的危险和面临的任务漫不经心。只有四五个人对他的课程感兴趣。事实上,这些飞行员抱有的漫不经心的态度可能是青年人虚张声势的一种表现,故意装作淡漠无情,用以掩饰他们对前程的忧虑和恐惧。飞行员实际上听懂并记下的东西有很多。

埃克斯中校认为杜立特的飞行员们对于在日本上空被击落的可能性漠然置之,可事实上恰恰相反,有些人对此深感忧虑,他们相互讨论如果面临着被俘的危险该怎么办。有一次吃晚饭时,约翰·希尔格向杜立特提出了这个问题。大家的看法是与其被关进监狱不如与飞机一起去撞毁有价值的目标。

全体人员对日本人残酷地虐待战俘已有耳闻。多年来一直从中国传出敌人嗜好拷打和屠杀俘虏的消息,最近在菲律宾和马来西亚也有类似报道。飞行员们对他们的命运,尤其是作为轰炸日本本土的首批美国人的遭遇,不抱任何幻想。

4月8日下午1时30分,哈尔西上将的由"企业"号航空母舰和2艘巡洋舰、4艘驱逐舰和1艘油船组成的16-1特混支队驶离珍珠港。16-1特混支队代号"豪"。自旧金山返回以来,哈尔西一直在和尼米兹上将及其参谋人员商拟"第20-42号作战计划",详细说明海军在轰炸东京行动中所担负的任务。

作为这次行动的一部分,哈尔西派出两艘潜艇到日本南面和东面海域巡逻;在那个水域他们可以随时发现并报告可能威胁特混部队的日本海军舰只。所有其他的美国潜艇受命待在赤道以南海域,远离哈尔西的航线。因此,哈尔西可以肯定凡是在他和米切尔编队会合地点以西水域发现的任何舰船都是敌方派出的。

正如突袭队员所担心的,美军航母"大黄蜂号"出航的情况已被日本侦知。4月9日(东京时间),日本大本营接到报告在珍珠港方面出现美军巡逻机多架。另外,美军巡逻舰4艘也正在该方面行动,美军"企业"号航母有出港的迹象。

4月10日天亮后不久,设在东京郊外的一个日本海军电子监听站截获了哈尔西和米切尔特混编队间的联络电报。日本人迅速测出米切尔特混编队的确切方位,并得出结论认为由两艘或三艘航空母舰组成的舰队正朝日本驶来。这是一则令人惊愕的情报,距预定发起攻击的日期足足有9天的时间。

日本已侦知美军将有大行动,但是日本当局并不惊慌,反击计划迅速制成。因为日本人知道,美国海军舰载飞机的航程决定了它们必须从距日本海岸300海里以内的海域起飞。日本当局对自己的海上预警和反击计划很有自信。东京和其他主要城市受到战斗机和300多门高射炮的严密保护,这些防卫部队在任何可能发生的进攻面前都将处于高度的戒备状态。在日本军界首脑的心目中不存在遭受突然袭击的可能性。

另外,日本还将拥有一支更强大的力量。日本联合舰队于4月10日发出第二阶段第一期兵力部署的命令,正在调换兵力中,南云忠一中将麾下的第1航空舰队主力结束在印度洋的机动作战,通过台湾南方正向日本本岛返航。这是一支由5艘航空母舰组成的特混部队。

4月13日拂晓,在北纬38度、西经180度附近,两个支队会合,统一编组,巡洋舰和驱逐舰在两艘航母周围形成防卫圈。会合后不久,哈尔西上将向"企业"号的舰员和护航舰官兵发出了通报。

"本舰队驶向东京。"他宣布。

哈尔西后来说:"我从未听见过'企业'号水兵们发出过这种呼喊声。我猜想,他们产生的那种迫切心情部分是由于4天前巴丹刚刚陷落吧。"

在菲律宾,守军经过3个多月的苦战后,巴丹终于失陷。这是一个沉重的打击,它再次表明当时没有什么力量能够阻挡日本人的挺进。英国人在缅甸继续败退,守卫菲律宾群岛的美国部队正在遭受日军的沉重打击。在整个太平洋地区,西方各国都在败退。现在实施反击、保全面子的希望就寄托在代号为"麦克"的特混部队的16艘舰艇和16架轰炸机上面。

"麦克"特混部队没有过上4月14日,因为两支特混编队会合后不久即驶过国际日期变更线,每艘舰上的日历从4月13日翻到了15日。在西行越过太平洋时那自然是要考虑到的。然而,海军计划人员这次却忽略了国际日期变更线,未能相应地改变时间表。所以,陆军轰炸机将于18日下午起飞,抵达中国的时间将由原计划的20日提前到19日。

当把日期误差通知给杜立特时,他毫无惊慌之色。即使舰队舰只能保持无线电静默,不能把日期变更通知重庆的美国当局,他认为轰炸机预定降落的那些中国机场的人员肯定会从日本的无线电广播中听到轰炸袭击的消息,因而会早早做好接纳他们的准备。同时,杜立特请求哈尔西在他的轰炸机飞离航母后立即把变更日期的事通知珍珠港和华盛顿有关部门，并转告重庆。

4月16日，杜立特在米切尔舰长及其部分军官的陪同下把陆军轰炸机队人员召集到海风瑟瑟的"大黄蜂"号飞行甲板上。他们聚拢在置于小推车上的一颗500磅炸弹周围，举行一次特殊仪式。他们将把一些日本勋章物归原主。

3个月前，1月26日，海军部长弗兰克·诺克斯收到现在布鲁克林海军船厂工作的前海军人员里格·沃姆斯坦船长送来的一枚日本勋章。沃姆斯坦的船1908年随美国白色大舰队访问日本时，他被授予这枚勋章。沃姆斯坦请求诺克斯"把它系在炸弹上归还给日本"。海军其他人员也提出了类似的请求。宾夕法尼亚州麦克基斯治克斯的丹尼尔·奎格利告诉诺克斯部长，他希望他的勋章能"伴随一颗炸弹去震撼'天皇'的宝座"。诺克斯很欣赏这个主意，于是把收到的日本勋章交给了在珍珠港的尼米兹上将，尼米兹又转给了哈尔西。1942年4月16日，哈尔西把勋章装在口袋里从"企业"号传送到"大黄蜂"号。朱里卡上尉听说这事后，也把1940年日本人颁给他的一枚奖章放进去。

仪式上米切尔作了短短的演说，宣读了金、马歇尔和安诺德的来电。杜立特把几枚勋章系到这枚炸弹的尾翅上，海军摄影师拍下了这个场面。有些人在弹壳上用粉笔写上口号，诸如"我不想让整个世界着火——只让东京"，以及"你们将从这儿得到刺激"。

杜立特将日本勋章系在炸弹上

4月16日晚些时候,第16特混部队的无线电人员收到东京以英语广播的一则新闻:"英国的路透社报道说三架美国轰炸机把炸弹扔到了东京。这是个可笑至极的捏造。他们知道敌人的轰炸机绝无可能进入距东京500海里的范围内。日本人民不仅不为这种愚蠢的谣言感到忧虑,相反,他们正沐浴在温暖的春光里,尽情享受着樱花的芳香。"

中国人也收到日本人的这则广播,虽然,他们不能确认是否有美国轰炸机轰炸了东京,但是他们听到日本人对美军轰炸东京的可能性倍加揶揄。

哈尔西上将和杜立特对这个离奇的报道非常吃惊。但他们确信这是个假消息。由于舰队严格保持无线电静默,日本海军情报部没有再截获进一步的信息。日本军界首脑正为缺少关于美国军舰无线电通讯的进一步报告深感忧虑。在这个背景下,东京广播电台发出以上那条奇怪的报道,有可能是日本人搞的心理战。

实际上,阿诺德另外还有一个"奥季拉"行动不为杜立特所知。这个行动由卡莱布·海恩斯(Caleb V. Haynes)组织,此人后来成为盟军在亚洲的重要指挥官。参加谋划的还有畅销书《上帝是我的副驾驶》的作者,小罗伯特·李·斯科特(Robert Lee Scott, Jr.),以及后来出任陈纳德参谋长及阿诺德执行情况参谋的梅里安·库柏(Merian C. Cooper)。海恩斯及其B-17轰炸机和机组人员在第一方案正式实施的前一周,接到暂缓执行任务的命令,当时他们正在印度待命,准备飞往中国军队控制下的机场。无论如何,若是杜立特的任务失败,待命的海恩斯及其机组人员就会立即着手实施另一轰炸计划。

哈尔西的特混部队继续向西行驶,距离日本越来越近,遇到危险的可能越来越大。舰队的指挥台上气氛紧张。这时天气骤变。狂风暴雨掀起的汹涌浪涛猛烈地冲击着舰只,能见度很低。在某种意义上,这种恶劣天气是个有利时机,因为它能为舰队提供掩护。然而,"企业"号派出进行空中侦察的飞机架次也因此而减少,已不可能进行昼夜连续侦察。只要条件允许,侦察机便起飞,对舰队前方200海里的海域进行搜索。

4月17日,特混部队到达北纬36度、东经160度附近,日本以东1000海里的水域。哈尔西命令两艘油船为航母和巡洋舰补充油料,为重舰最后的冲刺做准备。

哈尔西命令巡洋舰和航空母舰开始高速向日本挺进,把速度较慢的两艘油船和八艘驱逐舰抛到了后面。他的舰队随着海浪的变化保持着20至25节的航速。他们如果能在24小时内保持这种速度,那么在4月18日下午中段时间就能到达东经150度,距日本海岸大约500海里的飞机起飞地点。杜立特在日落前3个小时率先起飞进行攻击。

杜立特告诉队员进行最后的准备工作,把装备器材装好,对飞机做最后一次检查,到了给轰炸机加油和装备武器弹药的时候了。罗斯·格里宁上尉指挥陆军和海军人员给飞机加油和装载弹药。甲板水兵把所有轰炸机都按起飞次序安置,飞机尽可能往后移,以匀出最大的甲板空间以供起飞。杜立特的B-25站在排头,停在距甲板前端142米远的地方。比尔·法罗的16号机位于末尾,他的飞机机尾伸到了舰尾后面。在甲板上画出了两条白色的平行标线,一条是B-25的前轮基准线,另一条是后轮的标线。如果飞行员准确无误地沿着标线滑跑,那么右翼尖将从距"大黄蜂"号上层建筑旁边6英尺处滑过。

每架轰炸机的5名机组人员开始收拾个人物品,检查身份识别牌。每位机组人员都配备了一套求生装备。每一架飞机上都有一具五人用的橡皮求生筏。有些队员除开衣服外,还要了些额外的糖棒、口香糖、香烟和刀片,还有一瓶威士忌。

到17日黄昏时分,轰炸机已经准备就绪。当天晚上,杜立特在军官起居室召开出征人员会议,做最后的部署。他告诉他们,看来是在第二天而不是19日起飞。

现在没有证据证明杜立特和他的美国同事在制订轰炸计划前是否研究和借鉴过徐焕升飞袭日本本土的行动。但仔细对比，会发现杜立特的这个轰炸计划和徐焕升的行动有很多相同之处。都是在夜间发动袭击，乘夜黑越过日方空军控制的区域，早晨降落到前进机场加油后，马上起飞转场到后方机场。还有对前进机场的选择也在相近的区域。

接着，杜立特强调指出，所有能和"大黄蜂"号、他们在美国的部队以及受训各处地方有牵连的任何东西全都不要携带，以免留下了踪迹使敌人追踪到"大黄蜂"号。他提出两项特殊警告：第一，无论在任何情况下都不要去符拉迪沃斯托克；第二，不允许轰炸非军事目标，包括皇宫。

杜立特给每个人留出申请退出的最后一次机会，但没人作声。有些担任后备的机员，向已经指定的机员劝说相互交换一下，可是却没有人答应。在整个训练准备过程中，轰炸机队仅仅更换了一名机组成员。霍顿上士是一位优异的军械高手，轰炸机队需要他的专精技术，以解决枪塔与机枪上所遭遇的问题。在最后时刻，他顶替10号机的另一位机械员参加行动。

此后，他们要做的事情就是等待、焦灼。现在，任务成功与否就在于航母在以后的几个小时内是否会被发现，以及中国东部机场能否做好准备迎接他们降落。

第三章　中美协同

第一节　需要中国配合

　　美军特种航空第一方案包括两部分任务:第一,B-25轰炸机分队从航空母舰上起飞轰炸东京;第二,轰炸机在中国东部中方控制下的机场降落,加油后飞往后方重庆,飞机和飞行员最后纳入在印度的美第十航空队。要达成第二部分任务,必须与中国方面进行联系,与中国空军紧密合作,通知华东有关航空场站做好迎接美国轰炸机的一切准备工作。空军是技术军种,其作战组织和协同保障工作的要求比其他军种更高。当时中国国力落后,抗战爆发后仅有的一点物质基础条件已被日军破坏得千疮百孔,而且随时要受到日军新的军事打击。所以,需要中国方面做的配合,其困难程度、所需时间要大大超出美军的设想。这是中美之间第一次联合作战,双方需要通顺的沟通与联络保证初次合作的协调。但是,正是双方联络环节的漏洞,给B-25飞行员带来了致命的影响。由于这一计划涉及的人太多,而整个作战的成功,必须做到出其不意,就是说必须保密。如果美国轰炸机队不能达成奇袭的效果,日军便会以数倍的海军与空军以逸待劳等着美军特混舰队。如果两艘航母在内的美军特混舰队及其轰炸机队全军覆没,这个打击对于美国太平洋舰队,甚至盟军整个太平战场来说都是无法承受的。所以,美国军方非常强调保密。

但是美军认为中国人不可信,如果告诉中国人有关轰炸的消息,那么难保不落入日本人之手。所以,杜立特在《轰炸攻击东京意见备忘录》中,特别强调对中国人保密。让我们再一次阅读《备忘录》的以下这几段就会发现,事前提供给中国人的信息十分有限:

> 在飞机飞到以前,应通知有关中国相关部门,机群马上会到。但却要说成是它们自南方飞来,为了准备向日本进袭,尚且计划还会回到这一处基地。
>
> 轰炸的机群投下炸弹后,立即发出无线电信号,可用以对各加油地点指示,将在六七小时后飞到。
>
> 告知中国人时,务必小心、及时,因为给予中国人的任何情报,可能料到会落入日军手中,过早通知会使这一方案致命。

早在2月初,负责监督执行租借法的美国驻华军事使团团长约翰·马格鲁德准将,曾向乔治·马歇尔汇报过他在重庆的一次经历。在和中国政府的一位高级官员会谈期间,他无意中发现,4个侍从一直在偷听;而事前他向这位官员强调会谈内容涉及敏感性问题,高度机密。马格鲁德告诉马歇尔这种情况颇具典型性,表明想在中国保守机密实属徒劳。马歇尔把马格鲁德的报告转给了阿诺德。阿诺德决定最好不要把杜立特袭击东京一事告诉给在华的任何美国人。但是美国军方在与中国方面进行联系的过程中,过度保密对于这个方案第二部分任务的完成,对于B-25轰炸机分队和飞行员都带来了致命的影响。

杜立特在《轰炸攻击东京意见备忘录》中提出,应该把轰炸行动告诉陈纳德,并由陈纳德指派一位负责人员作实际检查,以确保补给品已运抵各地。陈纳德是联络中美双方的最好人选。陈纳德来到中国已经多年,帮助指导中国空军,他了解中国国情和空军的状况,他掌握与中国人沟通的方式,他与蒋介石夫妇以及中国空军的高级官员一直保持着良好的关系,他当时已是美国志愿航空队的领导人。中国的防空预警网络是在他的参与指导下建立起来的。他组织的美国志愿航空队与中国防空预警网络的配合在实战中被证明是十分成功的。

但是阿诺德对陈纳德强烈的不信任由来已久,他认为陈纳德不过是个冒险家和外国雇佣兵。乔治·马歇尔则认为陈纳德行为放荡,道德败坏。由于受到高度怀疑,陈纳德事先未得到有关轰炸的通知;事后陈纳德认为只需将一个志愿队的地面无线电指挥站与中国东部的预警网连接起来,就可指挥大部分飞行员顺利降落在友军机场。

阿诺德决定由约瑟夫·史迪威中将去准备中国东部机场的接应。史迪威将军将要前往中国,担职蒋介石参谋长并兼任驻华美军司令。1942年2月,在史迪威离开美国以前,阿诺德只是告诉史迪威在某个时间将有美国轰炸机抵达中国,要求他在华东的某个机场准备好航空汽油和润滑油、无线电导航设备及一些会讲英语的人员。阿诺德只透露了这个计划的少数细节,讨论过必须在中国境内准备多处机场,以接纳"特种航空第一方案",可是却没有告诉史迪威飞机会从什么地方飞来到,甚至告诉他飞机到达中国的时间也提前到4月8日或9日。

第二节　进展缓慢的沟通

史迪威于2月11日离开华盛顿,经过近20天才到达印度。3月的大部分时间里和4月初他在缅甸,试图阻止日军占领缅甸。他在各战场艰苦跋涉,辗转于各孤立的指挥所之间。由于通讯设备十分简陋,他与华盛顿和重庆失去了联系。

2月下旬,仰光形势紧张,蒋介石飞往腊戌,史迪威亦遂于3月3日自新德里飞腊戌与蒋介石第一次会面。3月5日,蒋介石返重庆,史迪威当日也来到重庆。第二天他们举行了会谈。史迪威在重庆待了6天,3月11

日飞到缅甸梅苗开始指挥驻缅盟军作战。3月17日,史迪威回重庆,在重庆停留4天。3月21日,他又经昆明到缅甸腊戌。4月1日,回到重庆,在重庆停留4天。4月5日,与蒋介石夫妇一起到梅苗,4月9日,蒋介石夫妇回国。这时缅甸战局已经恶化,中国远征军第一次远征缅甸失败。史迪威脱离中国军队,自己带小队人马步行穿过丛林,5月20日,撤到英帕尔。5月29日,史迪威到达昆明,6月3日,回到重庆。在美军特种航空第一方案准备期间,史迪威在重庆的时间总共有14天,他为之做的准备工作基本没有什么进展。

到3月16日依然听不到史迪威关于机场准备情况的消息,阿诺德很焦急,便通过美国驻华军事使团给他发了电报。时间紧迫,再有两个星期,轰炸机即将装上航空母舰驶向日本。假如中国的机场不能准备就绪,轰炸机可能全部坠毁。苏联人已经拒绝让轰炸机在符拉迪沃斯托克降落,因此没有其他可供选择的着陆地点。

3月16日,阿诺德致电史迪威:

有关您出国前所讨论之特种航空方案,在同意之各地预存汽油一事,为时已至为紧迫。

在等候了两天后,3月18日,阿诺德又拍发了一封电报,询问进展。又过了整整四天,3月22日,阿诺德才收到答复。史迪威告诉阿诺德在印度加尔各答的美孚石油公司备有3万加仑的辛烷100型汽油和500加仑润滑油。他请求授权把这批油料运往中国,并询问他们需要这些货的理由。阿诺德即下令从航运指挥部调10架运输机把油料从加尔各答运往中国的桂林。包租泛美航空公司的飞机将油料从桂林转运到其他机场。

随后阿诺德又发了一则电报给史迪威,指示将给养分发到各有关机场,以及做好B-25所需要的安排等。他特别说明了所需要的一百号汽油及润滑油数量,这些油料存放的机场位置何在。他命令把12名地勤人员派往每个机场,其中至少有一人会讲英语,并携带照明灯和无线电设备。一切工作必须在预定实施袭击的4月19日午夜前结束。几个小时后,B-25轰炸机将飞抵华东地区。

在随后的几天里,华盛顿和重庆间的海底电报来往频繁,可是准备工作没有明显进展。阿诺德在3月25日再次催促史迪威:

> 行前与你共商的重大工程的成败有赖于毫无延误地完成。这次(从加尔各答往中国)输送(油料)以及采取一切可能的预防措施,严守机密。

随着特混舰队出发日期的临近,阿诺德对在中国东部地区降落的机场的储油安排日益忧虑。他和杜立特曾花费大量时间来计划燃料补充问题,向美国驻华军事使团接二连三地发电报说明具体事项,可是那边似乎无动于衷。美国驻华官员没有意识到事情的紧迫性,而阿诺德又担心在中国难于保密而不愿冒险提供更多的情况。

史迪威对特种航空第一方案缺乏紧迫感。首先,如陈纳德以及航空队的其他人所说,史迪威缺乏空战的认识,因而对飞机及机场人员的需要反应迟钝。第二,阿诺德也无法公开和他沟通,这是一项严重的限制。所以史迪威无法了解计划的全貌。第三,史迪威一直在与蒋介石讨论指挥职权的问题,对于史迪威来说,指挥职权问题以及日本迅速挺进缅甸问题,要比一项他一无所知的、只是在某些飞机场准备几桶汽油的事情重要得多。

由于史迪威将军忙于缅甸作战,因此准备接纳杜立特的责任落在他

的空军参谋克莱顿·劳伦斯·比塞尔①上校肩上。

比塞尔上校是陈纳德在马克斯韦尔机场航空队战术学校时期的老对头。陈纳德一直看不起他的空军战术理论,他在役时的资历也比比塞尔高。陈纳德认为,比塞尔更关心的是有条不紊的文牍工作、详细的报告和对陆军条例的严格遵守,而不是作战。他认为,比塞尔做事总是显得很神秘,不知道他下一步会做什么。比塞尔后来

克莱顿·劳伦斯·比塞尔

担任情报工作,这似乎能印证了陈纳德的看法。

自美国参战以来,蒋介石就一直坚持要陈纳德担任美军驻中国的空军最高指挥官。这一要求最初得到了马歇尔的同意,但阿诺德选择由比塞尔这位更为遵守条例的现役军官来担任这个职务。宋子文未曾征求蒋介石的意见,便同意了这个安排。陈纳德在1942年1月初听说比塞尔有可能得到任命时,便竭力反对,并向总统顾问劳克伦·柯里等人寻求帮助。但阿诺德坚持派比塞尔来华担任美军驻中国空军最高指挥官,他的决定也得到史迪威的支持。3月6日,史迪威对蒋介石称,比塞尔作为他的部下,专职协助中国空军之组织与训练。实际上,比塞尔是驻中国的军

① 克莱顿·劳伦斯·比塞尔(Clayton Lawrence Bissell,1896—1972),曾任美国军事情报局局长,少将。1917年毕业于瓦尔帕莱索大学。后参加空军,共击落德机5架。1942年初,他作为史迪威将军负责空军事务的军官来到中国。1942年8月,他被任命为美军第十航空队司令。1943年9月,回国任空军情报局局长。1945年,任美军情报局局长,曾下令销毁卡廷森林惨案的证据。1946年5月,任美驻英空军武官。1948年10月,回到美国博林空军基地任职,1950年退役。

衔最高的美国航空队军官。在史迪威赴缅甸指挥作战期间，比塞尔作为美国在中缅印派遣军司令部空军武官，承担了大部分美方与中方联络协同的工作。

3月下旬，比塞尔来到中国。近期，他有两项主要工作：一是协助史迪威改编陈纳德领导的美国志愿航空队即飞虎队；二是与中方协商配合杜立特轰炸东京的计划。但这两项工作他完成得并不出色。比塞尔在安排接应轰炸东京的飞机时，严格执行阿诺德关于保密的要求，他没有与陈纳德商量，与蒋介石讨论时也只说了个大概。当然，蒋介石恪守了保密要求，也没有向陈纳德透露。

3月28日，比塞尔向蒋介石报告了美军将要空袭日本的几个计划和实施的大致时间，到时美军飞机需要使用在中国东部的机场，要求中国空军予以配合。蒋介石答应让美国飞机使用中国机场，但是，他认为只有桂林和衢州两处是仅有的可供重型轰炸机使用的安全的机场。蒋介石未批准使用玉山、吉安、丽水机场，除非这些机场经过一位美军军官的检查。另外，蒋介石以为第一次特别行动的时间与第二次特别行动"哈泼乐大队"一样会在5月底执行，他可以利用有限的时间加强机场周围的阵地工事，以便将来能够抵抗在日本人得知美国轰炸机曾经使用这些机场后可能发起的进攻。

史迪威把中方同意使用机场的情况向阿诺德报告。可是那批油料却依然放在加尔各答，这使阿诺德十分着急。3月29日，史迪威向阿诺德报告，把这批美国油从印度转运到中国，"由于缺乏沟通，时间不足，保密是不可能的"。史迪威和比塞尔上校建议使用中国方面储备在这几个机场的油料，阿诺德只得同意这个办法。于是比塞尔向中国借用飞机汽油30000加仑及飞机机油500加仑，由中国航空委员会主任周至柔负责派人运送到衢州机场。

这时，杜立特的机队正在美国西海岸，准备上航母。杜立特收到转来的中国机场的情报资料,对中国方面的误解倒不太担心,以为一到飞机从航空母舰上起飞,那时候任何问题都会解决。舰队就要出发了,为了保险起见,3月31日,阿诺德拍发了一则电报给史迪威:

> 特种航空方案将于4月20日抵达目的地,倘日期更改,将通知您,您仍应准备在无通知下之情况变动。

4月2日早,在"大黄蜂"号起航之时,杜立特收到电报,他提出在中国准备汽油、润滑油与机场标志的要求,都已在进行中。杜立特及其队友并不了解中国方面的复杂情况,以为一切都已经作了妥善安排。他们也不知道陈纳德尚未获悉这次行动的详细情况。陈纳德已帮助中国建立了一个高效率的防空情报网——这对杜立特及其队友有无上的价值。杜立特在回忆录中说:我们如果听说陈纳德未曾获悉详细情况,不知道何以要求他协助这些事,那对我们的士气打击就太大了。如果他已知道,那这次结果便会截然不同了。

第三节　衢州等地机场被炸

自从接到美军飞机使用衢州机场的请求,衢州机场及其周边机场的扩建工程进一步加快。此举被日方侦知。日本"中国派遣军自(1942年)3月起,一直未放松对中国各飞机场的警戒"。据日军第1飞行团摄影侦察,发现我军"对丽水、衢州、玉山、建瓯各基地的燃烧弹的集积,飞机场的扩张态势,夜间着陆设备,电台的强化等更为活跃,特别是衢州机场跑道延长到1800米"。因为当时对使用螺旋桨的飞机来说,这样的跑道,可称为一级机场,能保证各种高速、重型飞机的起飞和降落。"进入4月,机场附属设施似已逐渐完备,在玉山南方200公里的福建建瓯机场似亦已修整完毕。特别显著的征兆有以下各点:一、夜间着陆设备的加强;二、增加了

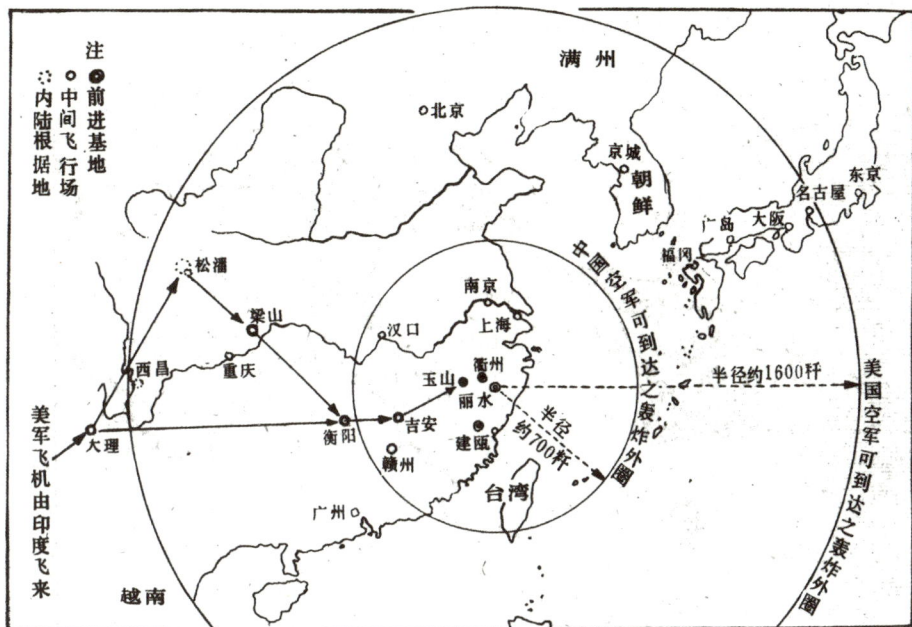

注
● 前进基地
○ 中间飞行场
◎ 内陆根据地

美空军由中国基地起飞轰炸日本时，可到达之地区图
（1942年4月3日，日本朝日新闻第一版揭载《中日战争史》）

气象预报；三、积极修复被我轰炸破坏的设施。""此种征兆自3月25、26日开始显露。"

3月下旬，日军中国派遣军部派航空参谋长尾正夫回国向大本营报告情况。日军大本营和中国派遣军部进行分析研究，认为：从中国赣、闽、浙地区机场的布局看，主要是为了攻击、轰炸日本本土和破坏海上交通。B-17、B-24轰炸机，从后方起飞经这些近海机场着陆、加油、载弹之后，对日本构成了很大威胁。因为按飞机性能，活动半径可达1760公里，日本关西地区的京都、名古屋、大阪、神户都在其范围之内。

3月21日，日本土防卫总司令部参谋长小林浅三郎中将在电台上向全国进行讲话，要求国民注意防空警戒。"其时强调了英美支援蒋军，全力利用中国方面对日本进行空袭"。第三天，东京《朝日新闻报》的第2版上刊登了小林的这次广播讲话稿。4月3日，东京《朝日新闻》在第1版上又刊登了一幅远东地图,题为"英、美企图利用中国基地轰炸日本略图"。

与此同时,日军于3月10日制订了《昭和十七年"保号"指导计划》:确定1942年日军细菌战的"攻击目标:1. 昆明;2. 丽水、玉山、衢县、桂林、南宁(沿岸飞行基地);3. SAMOA①(撤退时);4. DH、AD、AK②;5. 澳洲要点;6. 加尔各答"。实施时间为"6月以后,8月或10月"。

为解除来自中国方面对日本本土的空中威胁,日本开始轰炸浙、赣地区的机场。通常而言,是由轰炸机执行轰炸任务,而此时日军原在我国关内战场的轰炸机已全被调至东南亚参加太平洋战争,留在我国关内战场的陆军航空队,仅有第1飞行团所辖的第44、第54飞行战队和4个独立中队,所以这次轰炸浙、赣机场,全由侦察机、战斗机部队执行。日本中国派遣军于3月下旬派侦察飞行第44战队、由广州转来的独立战斗飞行第10中队、独立侦察飞行第83中队、战斗飞行第54战队一部以杭州为基地对玉山、丽水、衢州等处机场进行连续3天的轰炸。

敌第1飞行团按计划于4月1日开始轰炸,主要轰炸了衢州机场的跑道、停机坪上的飞机、弹药库,共投50公斤类型的爆破弹31枚,燃烧弹9发。

2日,因下午天气不好,敌机从杭州起飞后,仅对玉山机场进行了两次轰炸。

3日,独立第83中队10架飞机、54战队9架飞机,从7:30开始由杭州起飞,再次对衢州机场的跑道、飞机库、停机坪、油库、弹药库、修理厂及衢州车站进行了轰炸;独立战斗飞行第10中队10架飞机、44战队10架飞机,于10:30对丽水机场的跑道、附属设备地区、市街南侧瓯江江岸堆积的军需品进行了轰炸,军需品中弹起火。

---

① 萨摩亚,南太平洋岛国。

② 此似日军地名密码。如中途岛的密码为AF。此密码与之相似,具体所指何地不得而知。

4日,第44战队对桐庐、宁国进行轰炸后,日本中国派遣军认为,衢州、丽水、玉山这3个机场,已暂时不能使用,因而令第1飞行团暂停轰炸。

中国方面的地方志和当时的地方报纸记录了当时日军轰炸的情况:

3月25日15时,日机3架在玉山机场投弹14枚。31日9:30,日机1架,12:15又1架,在机场投弹17枚。[1]

3月26日清晨,日机11架窜入丽水县城轰炸,投弹30多枚,其中燃烧弹5枚,大水门、小水门、壕头街、万象山脚、白塔头等地被炸,炸死群众70多人。小水门粮食加工厂、桐油厂、水边码头、民宅和几十艘木船被烧毁。居住在白塔头的吴政伟一家母亲、姐妹、女儿三代被炸死11人。

3月27日上午9:20,敌机2架,侵入衢州上空,在城郊投弹数枚,死伤十数人。[2]

4月1日上午10:00,敌机18架,先后分两次轰炸丽水,投44弹,另一批在衢县。[3]

4月2日,敌机38架分三批袭赣,第一批10架,第二批9架,第三批19架由浙袭赣入玉山,在城郊投弹。[4]

4月3日,晨5:00,敌轰炸机19架空袭衢县,在城郊投弹,毁屋四间,XXXXXXXXXX,伤2人。又敌机9架,在丽水城外XXXX投弹XX枚、毁屋十一间,死1人,伤2人。[5]

---

[1] 汪凤刚主编,《玉山县志》,江西人民出版社,1985年,第208—209页。
[2]《敌机五十余架分批窜扰陕境 二架袭衢损失甚微》《正报》1942年3月28日第二版。
[3]《敌机昨袭丽水衢州》《正报》1942年4月2日第三版。
[4]《敌机三架空袭玉山》《正报》1942年4月3日第三版。
[5]《衢县丽水昨遭空袭》《正报》1942年4月4日第三版。

在衢州空军第十三总站当兵的吴老四回忆了当时的情形：

第二年(1942年)春天，日本人好像得到了什么情报，派飞机来炸我们的机场。我亲眼看到黑乎乎的炸弹从飞机上丢下来，响声震天，炸起的泥土半天高，溅得老远，弹片四处飞散，炸出的弹坑深的有好几米。日本人炸死炸伤了我们好多人，有民工也有士兵。长官和一些老兵经常对我们讲：正头顶扔下的炸弹不用怕，掉下来起码在半里开外，如果是老远扔下的炸弹就要找个低一点的地方趴下躲避了。开头遇到轰炸我心里还有些慌兮兮的，后来就不怕了。一次我们趴在机场边的坟堆间躲空袭，一个陆军士兵坐在坟头上，我们劝他下来，他就是不听，说要看看鬼子飞机扔炸弹。结果一声巨响，这个陆军兄弟一个跟斗翻下来，他被弹片击中，当场就死了。①

钱南欣回忆说：

在机场外围有隐蔽线。当金华发现敌机发出警报，机场上的工人一律进入隐蔽区，纪律很严。日本飞机低空飞入绕场一周。先用机枪扫射，然后用杀伤弹见人就炸。弹片四向飞舞。切入人体的弹片，温度很高，伤口已烤凝结。不见有大量流血，人却已死了。工作人员在死人堆里流动救人，还要注意自身安全。在战时生死不由你。

4月2日，顾祝同向蒋介石电报：敌机飞袭丽水、衢州、嵊县等处，另研判袭击浙江敌机似由上海或杭州起飞，企图破坏我方机场设备等情。4月

① 《衢州日报》2003年8月5日。

4日顾祝同再发电报,向蒋介石报告4月1日敌机分批轰炸衢县、丽水等处致有民房损毁人员死伤等情。

此时,日本还不知道美军航母"大黄蜂号"正在西进。来自东京的广播说,美国已经加长了在中国的跑道并计划使用这些机场去轰炸日本。广播还宣布,日本航空队对这些机场的袭击"解除了从空中袭击日本的威胁"。

这次轰炸没有造成多少物质损失,但是却使阿诺德和史迪威感到忧虑。史迪威在4月4日的日记中写道:"我们正为4月8日和9日的特遣队①做安排,所有这3个重要的机场都遭到了轰炸。难道是走漏了风声?还是日本人采取的预防性措施? 这纯粹是在华盛顿的飞短流长的闲话。"史迪威从来不相信在华盛顿的那些笔杆子们会对任何一点风吹草动保持沉默。

第四节　同意使用衢州机场

由于美国飞行员第一次飞往衢州机场,而且有可能夜间到达,要找到江南丘陵之中的衢州机场势必会很困难。4月1日,阿诺德问史迪威,在华东的机场是否有频率在200到1600千赫的发报机,用于无线电导航。史迪威于4月4日报告说,桂林、衢州和吉安装备了这种发报机。阿诺德在回电中要求使用代号"57"向返航的飞机指明机场的位置,并为轰炸机机组人员准备好食品和水。然而,在中国境内,没有一个人知道为什么这么做。

史迪威正为糟糕的缅甸战局和指挥权大伤脑筋。他于4月1日从缅甸赶到重庆。在重庆期间,他与蒋介石讨论他的指挥全权和美国志愿航空队改编问题。4月5日,蒋介石夫妇随史迪威一道返缅,宣布授予史迪威指挥全权的命令。9日,蒋介石从缅甸飞到昆明,10日回到重庆,因而

---

① 这里应该是指杜立特东京突袭队。

失去了为特种航空第一方案协调的最佳时机。

这时,中国空军根据与史迪威的约定,着手准备5月份迎接美军飞行。但中美双方在之前的沟通中,在行动时间上出现了误会。当美方要求中方在4月20日做好准备,迎接第一次特别行动计划的飞机时,中方措手不及。蒋介石让比塞尔致电马歇尔,要求轰炸计划延到5月,以便加强这一地区的防御。由于美军一直保密,蒋介石并不知道美军轰炸东京的整个计划,更不知道轰炸机会从航母上起飞,甚至不知道航母已经在出击的途中了。

从中国的角度来说,蒋介石关于延期的要求是合理的。这时他只知道美军要借用中国华东的机场空袭日本本土,他担心美军的这次行动会影响中国整个战略。中方判断日本将要发起对苏联的进攻。中方不希望因为配合美方的这次军事行动而使日方改变上述可能的战略决策。美军借用中国华东机场空袭日本后,日本必来报复,打破中国东南地区中日双方的战略平静。日军已在3月末4月初对衢州、玉山、丽水等机场进行轰炸,这就是例证。由于这些机场的投入巨大、设备完善、战略位置重要,能对日本本土、日本海上交通线、日据的台湾以及日本侵占的中国大陆各个据点形成巨大的威胁,蒋介石肯定要保住这些机场。他在1942年初下令开始修建守卫衢州飞机场的方圆100多公里的环形工事,但到4月上旬,这些防御工事尚未完工。这时蒋介石正为美英无视中国利益感到愤怒。其间发生了与史迪威间指挥权的龃龉、对华作战飞机等军火分配和欲参加美英联合参谋部首长会议等情况。美方在这次行动细节上对于中方过于保密,又要中方配合,这正是蒋介石不能容忍的。中国远征军第一次入缅作战战局转向严峻,蒋介石亟须在印的美军第十航空队支援,不希望这些飞机东调。这些都是蒋介石坚持要求在5月底实施空袭计划的原因。

4月11日,比塞尔把中国领导人的要求电告阿诺德,由于涉及与一个盟国间的高级事务,阿诺德把电报转给了马歇尔。马歇尔通知比塞尔,飞机延期到达的要求为时已晚。他重申准备好接纳轰炸机的飞机场事关重大，而且保证这批飞机在落地加油后归史迪威指挥。4月13日，阿诺德致电重庆，方案不能取消。第二次特别任务将会推后执行。他还补充说："我们仰赖贵战区在落地灯、导航及加油供应上予以协助。"4月14日，比塞尔去见蒋介石，要求近期内利用衢州机场以轰炸日本，蒋介石答复说："因为我陆军准备尚未完成，请仍照预定日期：5月底实施，以免与我国整个战略相妨也。"比塞尔急切向蒋介石要求4月实施轰炸计划，担心难以展缓。

比塞尔拍电报给阿诺德说："仅仅要求降落一次之特案，蒋委员长要求延期。"他又补充说，"任务细节无法告知蒋委员长，因此间均未获悉。"

美陆军参谋总长马歇尔将军立刻答复，指示史迪威将杜立特轰炸机队任务的时间及理由，向蒋介石说明。

4月15日上午，比塞尔会见蒋介石，极力劝说他接受这种时间安排。蒋介石在日记中记录了这次会见："美空军代表毕赛迪尔又来要求二十日轰炸倭国计划不能改变，但又不肯明告其实施行动，公坚决不允借用我机场。继悉其意是由其航空母舰直炸倭国后，再来中国着落加油。公以如此，则与我战略不致大碍，及即允之。"①正如比塞尔所说的，美国可以使用除去一个地方外的全部机场，"因为没有其他的选择"。蒋介石坚持不让使用衢州的机场。

比塞尔把这个消息电告阿诺德：中国空军已发布命令在你所要求的各点确保迅速补充燃料并设置跑道照明标识。在桂林、吉安和丽水备有上次所报之导航无线电。将拍发的信号是数字57，压键一分钟，数字57，压键一分钟，数字57，然后停一分钟。在您所指明的日期将连续两小时播发信号。照明弹也将在两小时内发射。

---

① 周美华编辑：《蒋中正"总统"档案·事略稿本49》，台北"国史馆"印行，2010年，第119页。

收到这条消息后,阿诺德感到很满意,可是他并不了解由国际日期变更线引起的混乱。比塞尔和中国人对此更是一无所知。4月16日,阿诺德电告比塞尔"计划未变,不再讨论工程的可行性问题"。

阿诺德认为第一次特别行动可能不会三四天内执行。4月16日,阿诺德根据比塞尔的报告向罗斯福递交了一份备忘录,报告近几天与中国方面沟通使用中国东部机场的情况。最后写道:蒋介石勉强同意美国可以使用玉山、丽水、吉安、桂林和衡阳机场,但不包括衢州机场。由此可见衢州机场在蒋介石心中有特殊的地位。衢州机场位置更靠东,跑道更长,设备更完备,交通补给更方便,对日作战战略地位更重要。蒋介石扩建这个机场,还没来得及发挥它的作用。同时这个机场对日军来说是比较容易攻取的目标,没有关山阻隔,不会路途遥远。这些应该是蒋介石不让使用衢州机场的主要原因。

这个报告中方同意可使用的地点,与后来蒋介石在4月18日的日记有相违之处。在得知美军首次轰炸日本后,蒋介石在这天的日记中写道:"美空军本午轰炸东京、横滨、神户、名古屋各地。此为倭国有史以来第一次遭受轰炸。未知是否即与我约定来衢着落之飞机。果尔,则其时间相差一日,必致误事。美军做事,何如此之不慎耶。"从日记中,可以看到双方约定飞机的着落机场是衢州,与比塞尔15日报告的中方同意开放的机场不同。为什么会有地点的差别?是双方的沟通和理解的失误,还是在这两天时间里双方又重新达成了新的协议?不得而知。不管原因如何,从蒋介石的日记中可以看出,中方最终同意美军使用衢州机场。

这又产生了另一个致命的问题,在"大黄蜂号"上的陆军飞行员以为他们可以选择中国4个机场中的任意一个降落加油,而事实上,中国方面最终只同意开放衢州一个机场。陆军飞行员始终没有收到这个新消息。

第五节 遥远的东部机场

正当华盛顿与重庆在为空袭发起时间进行来回拉锯的时候。"乐天派"阿诺德仍在尽力确保中国东部的几个机场做好接纳杜立特人员的准备,可是效果甚微。4月1日,史迪威请求阿诺德提供返航飞机的数目和机型,以及油箱孔径等资料。因为加油工作只能靠手工进行,使用容量为5加仑的油桶向飞机油箱注油耗时费力。中国的油罐汽车或运油飞机很少,只在重庆等西部地区的几个机场有。第二天,阿诺德提供了有关资料,并告诉史迪威至少25架B-25轰炸机需要接待①。

美国方面需要派美国军官到达中国的东部机场,实地核查中国方面的各项准备工作。史迪威报告说已经命令新组建的驻印度第十航空队指挥官刘易斯·布里尔顿少将负责,可是尚未收到他的汇报。

4月3日,一个名叫斯珀里尔的陆军航空队上尉驾驶C-39(由DC-2型的机身和机翼与DC-3型机尾组合而成)试图飞往华东各机场。当时正下暴雨,升限仅有500米,这是中国气象部门所观测到的最低限度。斯珀里尔指挥官后来写道:"无论是斯珀里尔上尉还是他的C-39都没有适于执行这次任务的必要装备。"迄今没有关于斯珀里尔命运的官方材料,但是他确实从未抵达中国东部机场。

13日,亚历山大中校受布里尔顿少将的派遣离开卡拉奇前往中国负责机场准备工作,也企图飞往这些机场,他和副驾驶员爱德华·巴克斯上尉驾驶一架DC-3型飞机从重庆飞到成都,在成都从中国空军那里弄到两架"柯蒂斯·霍克III"式战斗机。他们预计视察在桂林、吉安、玉山、衢州和丽水的飞机场,并指挥那里的中国人员。

---

① 历史学家不清楚阿诺德提供这种不准确数字的原因。他知道在佛罗里达训练阶段只使用了24号轰炸机,很可能得到了只有16架已装运到"大黄蜂"号的报告。考虑到他担心在中国的保密问题,他可能故意说错了数字。

比塞尔指示他们:"从4月19日午夜至20日使那些机场处于戒备状态,给那里提供着陆照明弹,在4月20日黎明前两小时点燃照明灯火,检查拟为B-25飞往重庆所收集的燃料,从4月20日黎明前两小时开始准备发射导向信号,确保当天上午在每座机场有翻译在场。"

亚历山大和巴克斯飞往桂林,暴雨和能见度低下迫使他们返回,而他们自己也险些丧生。亚历山大的飞机坠毁在一条河的沙洲上,巴克斯被迫跳伞。幸运的是,两个人都没有受伤,他们花了4天时间才回到重庆。

4月17日,亚历山大和巴克斯乘一架DC-3型飞机飞离重庆,机上载有4名预定在这些机场操纵无线电导航设备的中国技术人员。当他们在浓雾和雨中作仪表飞行时,DC-3上的无线电出了故障,他们被迫在昆明降落,他们离华东的机场更远了。

4月18日,他们又做了一次尝试,可是天气一如既往,他们无法与中国东部最大的基地建立无线电联系。飞行员们确信如果没有无线电导航,不可能在群山起伏的桂林地区靠仪表作减速下降,于是再次折回昆明。4月19日,他们接到命令返回重庆。这天,杜立特轰炸机队已经结束袭击,设在重庆的美国陆军航空队司令部仍无法核实中国东部机场的准备状况。尽管作过多次尝试,美国军官终未能抵达任何一个机场。

关于衢州机场当时是否已经装备了长波导航发射电台这个问题,作为当时任衢州空军第十三总站的工程师钱南欣先生表示他已不记得了。再者,他的工作也与此无关。但种种资料显示,衢州机场当时已装备了长波导航发射电台。理由有三:(1)在1938年徐焕升驾机远征日本本土之前,为配合这次行动,衢州等地已加装了敷设7座对空电台。(2)1942年3月,丁炎等人开辟衢州到重庆航线时,其中吴积冲就是无线电航行训练班学科教官,他到衢州的任务应该是检查衢州机场的无线电导航台。(3)4月17日,亚历山大和巴克斯乘一架DC-3型飞机飞离重庆,准备检查衢州机场准备情况。当时机上载有4名预定在这些机场操纵无线电导航设备的中国技术人员。

第六节　衢州机场做好迎接美机准备

中方不知道美军整个空袭计划,也不知道美军飞机具体在什么时间从什么方向飞来,也没有一位美国军官到达衢州机场指导中方人员做准备工作。但即使如此,中方的准备工作还是十分认真的。

在衢州机场,从1941年开始的扩建工程到了1942年春天已近尾声。重庆一次次的严令限期完成,空军第十三总站的士兵也拿着锄头铁锹,没日没夜地和民工一起抢修机场。到4月初,空军第十三总站各项扩建工程均次第完成。

汪村石头山周边都是红砂岩,可以方便地开采出来建房子,空军第十三总站办公楼的下部就是用这种岩石建起来的。汪村空军第十三总站办公处有一个防空洞,洞口朝南开在红砂岩丘陵坡地的一面垂直断崖上,没有破坏原地貌,空中无法发现这个防空洞。防空洞口小腹大,内有近300平方米,可以容纳百人住宿和餐饮。这个防空洞经过细致规划营建,安放了军用床铺,还用冰块冷冻储存了鸡蛋等必要食物,供为美国飞行员制作西式餐点。在20世纪40年代的战时环境下,陈又超总站长仍要求这里的安全卫生要达到一流标准。

日军飞机时常来轰炸。为了保证被炸毁的机场跑道能及时修复,空军第十三总站指定工程技术人员钱南欣负责督导跑道之维护。并由他负责在被炸后15分钟内提出受损报告,据以电报重庆,并主办石头山防空洞之安全。参加维护跑道工作的主要是来机场周边的农民,他们以派义务工的形式劳动,负责填炸弹洞。民工们白天在机场工作,晚上就睡在城内的天妃宫中。[1]

---

① 据衢州万田池家村村民廖耀生所述。

美军对于中方所储备油料的担心是多余的。中方几乎举全国空军之力,保障美军这次行动。在3月的一天,航空委员会交通处长石邦藩派人把负责运输的麻境兴叫到办公室,还有参谋李仲安在场。石处长对麻境兴说:"美国空军要在浙江衢州空军总站降落。我们会议决定派你率领所属的汽车47辆,由成都赴衢州,担任美空军的补给运输任务,并归衢州总站指挥。这是密令不许向外人讲,限15天到达,否则以贻误戎机论处。你遵照命令的指示和车辆行程时间表严格执行。在沿途经过的空军场站装运技术人员百余名,油弹器材百余吨,并将每日到达的场站和离开时间,逐日电报航委会。如果不能按时到达由车队长负责,如物资和人员影响车辆不能按时开出,由该场站负责。全程2000多公里,任务是艰巨而重要的,同时还影响同盟国作战关系问题。你积极准备,限3天内出发。"并当面交给麻境兴命令和附表。麻境兴接到这个任务,精神十分紧张,唯恐完不成任务要杀头,同时又想到抗日救国是军人的神圣职责,便以此鼓励全队官兵和驾驶、修理人员,使其个个志气旺盛,精神奋发。麻境兴带队仅13天就安全到达衢州总站,向总站长陈又超报到,提前3天完成任务,得到上级的表扬[1]。

空军第十三总站士兵们发现局势好像一天比一天紧张,尤其是测候、通讯、工程人员感受最明显。空军第十三总站已接到重庆的命令,美军飞机将降落于衢州机场,要求做好接待美军飞机的准备。在谨慎和沉闷气氛中,航空总站开始全面戒备,随时准备进入战备状态。总站长、总站附轮流留守通信台与重庆保持密切联络。总值星官及各值星官听候下达行动命令。通讯、气象、油弹、消防、养护、抢修及勤务各分队严守岗位。空军高炮营、警卫连也密切监视,当地友军亦配合戒备。全体官员皆屏气凝神,极目远眺,聆耳聆听,以期先发现友机来临为快。有的官兵们天天守

---

[1] 以上据麻境兴《美国空军奇袭东京——参加接运工作的见闻》,见中国人民政治协商会议重庆市沙坪坝区委员会:《沙坪坝文史资料》第3辑,1984年9月。

着衢州航空总站唯一一台收音机,希望从中得到一点美军飞机到来的消息。

美军飞机有可能夜间到达,为了照亮跑道,衢州机场的长官们命令士兵夜里拿着马灯到跑道边等候,准备给飞机打信号。衢州机场的设备很差,没有专门的夜航跑道灯光。只竖起了一根高高的杉木,上面有盏大灯作为总信号灯,等它亮起,跑道边的士兵再把手里的马灯点亮。衢州机场的官兵连续十几晚列于跑道边等候,却没等到一架飞机的影子,大家很着急。

空军第十三总站终于接到通知,美国飞机将于4月20日拂晓前后降落衢州机场。虽然很多人知道美国飞机要降落衢州机场,但知道具体降落时间的只有少数人。

设于桂林的空军第二路司令部,湘桂赣粤四省的机场,也收到迎接美机的命令。以下内容摘自该司令部1942年4月的业务报告:

> ……美空军志愿大队移川,本路奉令准备情形:美空军志愿大队移川,本路辖属吉安机场,为次要根据机场,衡阳为辅助机场。吉安机场奉饬应按飞机四十架(二中队)、人员一一五员使用十天准备,衡阳机场奉饬应按飞机二十架(一中队)、人员六十员使用三天准备,限四月二十日前完成所有食宿人员工具、器材、通讯、场面、油弹各项,现正分别遵限赶办中。

这个报告中,各机场做准备是为了迎接美空军志愿大队移到四川,此时的美国志愿飞行队正在缅甸、云南作战。有趣的是,限期完成的时间是4月20日,这正是杜立特轰炸机队计划到达中国机场的时间。

时任吉安航空站站长的郑梓湘回忆道:

　　当时我国军方与美方取得联系后,已决定使用东南地区的各空军基地,作为美机降陆之用。除将各空军基地所在地点通知美方外,并即将与美方秘密洽定的美机群飞降我国的日期、时间,秘密的通知了各空军基地,且详细指示要在所预定之时间以前,妥为完成接应准备。其时笔者正担任中国空军东南区的江西吉安(即庐陵)前进基地的指挥任务。事前已经奉到空军最高当局的指示,完成了一切的准备。

以上两个资料证明:不光空军第十三总站及所属的场站,整个东南地区的机场都在准备迎接美军飞机的到来。

第四章　突袭日本

第一节　被日本监视艇发现

随着航空技术的进步,理论上日本本土受到空袭可来自苏联大陆、中国大陆和美国航母舰载机。日本本土的太平洋正面面临约长达3000海里的辽阔海洋,因而防御舰队奇袭极其困难。但不仅普通日本国民,甚至军队内部防空意识也极其低下,有危机感的人几乎没有。因此,为了改善防空认识,日本进行了军、官、民联合防空演习。

为防范袭击,日本海军曾新编成舰队,加强对中国和苏联的侦察。1941年,日美关系紧张,为预警来自东方海面的袭击,日本又抽调舰船加强以父岛为据点的侦察部队。12月7日,日本偷袭珍珠港。美国航母没有受伤,进一步加深了日本对本土遭受奇袭攻击的担忧。日本海军估计美军必将空袭日本本土,便布置力量进行严密警戒。

日本海军的迎击设想大致如下:

海上巡逻部队与航空部队密切联系,对敌机动部队严加搜索、监视,务期早期发现予以捕歼。

为此,巡逻部队以犬吠畸东方约700海里为警戒线,配置监视艇队。航空部队以木更津为基地,在700里范围内,以平时配备严密搜索敌人,此外,以南鸟岛为基地以一部进行警戒。如发现敌人,则以第26航空战队为主体的基地航空部队及横须贺镇守府航空部队进行空中攻击。同时在日本国内的联合舰队竭尽全力予以歼灭。①

为增强日本东方海面警戒,组成了以第22战队为主力的海上巡逻部队。该部队的任务是从南鸟岛北方直到千岛南方,把渔船配置一排,布成警戒线。1942年2月1日,编成第一和第二监视艇队。2月25日,第三监视艇队编成,开始三班体制的巡逻作战。

构成这些部队的舰艇,分为支援舰、母舰和监视艇。

监视艇,是监视艇队的核心,是一些70吨~150吨的远洋渔船。监视艇的配备位置以日本本土向东约700海里(约1300公里)的东经155度为基准,南北每间隔20海里(37公里)配一艘。各监视艇队一个班次,巡逻7天,另外往返母港之间要8天,在母港进行整备、休养6天。

另一方面,上文所说的日本航空部队是自4月1日在南方作战归来的经过实战的部队,加上新编的第26航空战队。其总兵力以陆上攻击机80架为基干,以木更津为主要基地,派出一部兵力在南鸟岛。

这期间美军也逐步开始反攻。2月24日,美军以航空母舰"企业"号和重型巡洋舰2艘为基干的第16特混舰队,炮轰威克岛。3月4日,炮轰了南鸟岛。随着这样一连串的行动,3月5日上午8时8分,东京首次拉响空袭警报,当日上午9时18分警报解除。除此之外美军机动部队不再有接近日本本土的情况,因此未曾发生与监视艇碰面这样的事态。在之后约一个月里,监视艇队再未发现美机动部队明显动作。海上巡逻部队在单调的日复一日中,迎来了杜立特的空袭。

第三监视艇队比第一、第二监视艇队更晚编成,分配到的监视艇性能低劣很多。为了凑足第三监视艇的出击艇数,将以前一班巡逻7天,暂时

---

① 日本防卫厅战史室:《大本营陆军部》摘译:《日本军国主义侵华资料长编》(中册),四川人民出版社,1987年,第204页。

变为9天。即,3月30日结束巡逻的第三监视艇队,下次的巡逻任务变成是4月17日。这期间轮值排班是:3月30日至4月8日第一监视艇队,4月8日到4月17日是第二监视艇队。交接班的时间是正午。

4月12日上午10点,第三监视艇队母舰"第一云洋号"率监视艇9艘从横须贺出港,支援舰"浅香号"也率监视艇7艘从钏路出港。4月17日,所有监视艇都到达哨区,与第二监视艇队轮换,正午开始巡逻任务。另一方面,从4月8日开始巡逻任务的第二监视艇队的母舰"安州号"及监视艇19艘,顺利完成9天巡逻任务,返回钏路。

美国方面似乎对日本组建监视艇队一无所知。美军第十六特混舰队径直向日本监视舰队的警戒线驶去。

4月18日凌晨3时10分,美军第十六特混舰队航行到东经155度、北纬36度附近。日本第三监视艇队正在这条经线上执行巡逻任务。"企业"号上的雷达手发现距左舷舰首21000码处有两艘船,方位255度。两分钟后,在舰桥上的瞭望哨观察到在同一方位有两处光点,立即把此事报告了哈尔西上将。他确信这是日本的两条船。由于黑夜和风暴,它们可能没有看到特混舰队;但是它们如果装备雷达的话,可能早已探测到了美国的这两艘航空母舰和护航的巡洋舰。

哈尔西命令舰队右转90度,转向北航行,方位350度,同时使用短程高频无线电把命令传达给特混舰队的其他舰只。在舰队范围以外很难发现这种电波。所有舰只进入临战状态,杜立特的人冲向各自的飞机。雷达手报告敌船的航速和航向没有变化,因此没有发出新的无线电指令。日本船没有发现特混舰队。

3时41分,显示两艘日本船在27000码处的尖头脉冲从雷达屏幕上消失。哈尔西降低了戒备状态,陆军飞行员回到舱内抓紧时间睡觉。特混舰队继续向北航行直至4时15分,这时哈尔西命令舰队转舵向西,再次驶向日本。他们已经损失两个小时,比原计划少走了40多海里。距轰炸机起飞的时间只有不足11个小时，可是他们必须在公海上继续航行200多海里才能到达起飞地点。

美军舰队幸运地穿过日本第三监视艇队的警戒线，但是又不幸地追上了正在回航的日本第二监视艇队。

5时8分，东方射出了第一道黎明的曙光，哈尔西命令三架"无畏"式侦察机起飞进行午前巡逻。狂风怒号，暴雨倾泻而下，30英尺高的巨浪猛烈地冲击着舰艇。侦察机迅速消失在蓝灰色阴云密布的天际。

5时58分，由怀斯曼上尉驾驶的侦察机返回，低飞到"企业"号飞行甲板上空。怀斯曼的机枪手抛下一份情报，一个坏消息：怀斯曼在特混舰队前方42海里处看到约有拖船大小的一艘船，他认为这条船也已经发现了他。

哈尔西再度命令舰队左转，转向西南航行，航向220度。如果那艘日本船已经发现怀斯曼的单发动机飞机，他们必然断定它只能是航母舰载飞机，因此很可能已经向日本的海军司令部作了汇报。然而，哈尔西在查明他的舰队已被发现之前仍命令舰队继续朝起飞地点行驶。他把杜立特的人运载到愈加靠近日本海岸的地点，他们到达中国的机会就愈多。

在"大黄蜂"号上，杜立特走上舰桥和米切尔舰长待在一起。7时44分，"大黄蜂"号的瞭望哨发现在舰队的正前方10000码外有一条渔船。既然瞭望哨能够看到这么小的一条船，那么小船上的日本人要看清特混舰队宏大的军舰自然毫无困难。哈尔西后来在述职报告中写道："现在毋庸置疑，我们的舰队已被发现，而且几乎可以肯定已被报往东京。"

舰队又一次右转，转向正西航行。几分钟后，"大黄蜂"号的无线电报员截获了一封日本电报。电文是："0630（东京时间）我们在犬吠崎以东650海里处发现三艘敌人航空母舰。"犬吠崎是在东京以东63海里处的一座灯塔所在地，位于日本国的最东端。

发出这份电报的是"第二十三日东号"。它本是日东渔业株式会社所

第二十三日东号

属的90吨渔船。现是第二监视艇队中的一艘,正在返航途中。

哈尔西命令"纳什维尔"号巡洋舰击沉这艘监视艇。他估计该艇一开始拍发的电讯由于受到天气的影响可能还没有被日本收到;如果允许它继续拍发,电文终会传到日本。巡洋舰从900码外向这个微小的目标开炮,可是弹弹虚发。

"纳什维尔"号靠了上去,舰长命令连续速射,可是目标微小,而大海又是那么凶暴。正当日本艇跌进浪谷里时,朝它射来的炮弹似乎击中了峰顶。

从"企业"号起飞的一架飞机朝敌艇俯冲下去,用12.7毫米机关枪扫射目标。飞机又投下一颗炸弹,可是在距目标100英尺的地方炸裂了。"纳什维尔"号继续开火,小艇淹没在炮火中。

史蒂夫·朱里卡站在"大黄蜂"号的舰桥上,战况尽收眼底。"巨浪翻滚",他回忆说,"那条监视艇随浪上升,升到浪顶时便露了出来,然后又随浪下沉,除去它的桅杆顶尖外什么也见不到。炮弹纷纷溅落在四周,可是它仍在那里漂荡。"

时间一分分过去,哈尔西越来越愤怒。他命令"纳什维尔"号靠近进行近距离平射。巡洋舰舰长调转炮口集中全部炮火轰击。舷炮首批、第二批齐射都没有命中。第三次齐射击中目标。炮轰共持续29分钟,巡洋舰总共发射924发六英寸炮弹。"第二十三日东号"于7时21分沉没在东经153°40′,北纬35°50′,艇上14名船员全部葬身海底。

在这29分钟时间内,特混舰队所处的局势愈来愈危险。从"第二十三日东号"发出的电讯已经向东京提供了10天来关于美国舰队方位的第一份核实材料。东京随后向"第二十三日东号"发出几封电讯要求进一步核查,但是这条渔船没有回答。

第二节 提前起飞

在"企业"号上的哈尔西上将被迫得出他的舰队已经被发现的结论。他的日文情报官已经截获并破译出数量可观的日本无线电报,结果表明敌方在迅速调动好几个海军作战单位。所截获的情报中最令人吃惊的是拥有强大航母兵力的日军第1航空舰队,哈尔西还认为它仍然待在印度洋呢。据他的日文情报所判断,这些航空母舰就在日本附近。向这些舰只发出的大量无线电报自然涉及部署兵力的命令。哈尔西不得不认为这些航母以及其他海军舰只正在冲着他的特混部队而来。而且他们已经处于日本陆基轰炸机的作战范围内,他们马上将会受到空中威胁。

他没有别的选择,即使距预定的放飞点尚有150海里。他也得马上放飞杜立特。哈尔西明白,提前放飞意味着陆军飞行员生还的可能性很小。经过精心策划的冒险,正像他曾担心的那样,正在迅速演变成为自杀行动。纵使轰炸机能够抵达日本,袭击也只能在白天进行了。由于敌人已得到预警,杜立特一行可能在他们飞抵轰炸目标之前就被敌人战斗机击落。既已失去突然性,又得延长飞行距离,B-25再没有多余的燃油飞行增加的航程。他们飞越大洋到达中国机场的机会几乎不存在。正如亨利·米勒形象地比喻的，"我们知道，这些飞行员到达中国的机会渺若烟云"。

无论是中途放弃袭击还是把轰炸机扔进大海都是哈尔西和杜立特所不能接受的。他们还持有计划可能行得通的一线希望。然而，哈尔西不能拿舰只冒险。他优先考虑的是舰队的安全。他的航空母舰是美国太平洋舰队50%的航母作战力量；他的巡洋舰和驱逐舰一旦遭受损失或破坏，要想替换绝非易事。

哈尔西再也不能远送杜立特了。哈尔西在写给尼米兹上将的述职报告中把提前放飞B-25称为"遗憾"。但是在当时的情况下，这是他所能做出的唯一选择。"大黄蜂"号的米切尔舰长也表示赞同，他们不能拿航空母舰去冒险。

上午8时，当"纳什维尔"号巡洋舰还在向监视艇"第二十三日东号"号进攻时，哈尔西签署了命令，并用闪光灯信号传达给"大黄蜂"号：

放飞飞机。哈尔西致杜立特中校及英勇的指挥部：祝好运，愿上帝保佑你们。

这时起飞，比原计划提前了31个小时，比因日期变更线而调整的计划起飞时间提前了7个小时。飞机要比原计划多飞机150海里（约合270公里）。

如果日本监视艇队轮值天数没有前述的变更的话，这片海域就没有监视艇。就不会发现美16特混舰队，空袭行动就可能按计划进行。

与米切尔同在"大黄蜂"舰桥上的杜立特也看到了这个命令，他知道海军能把他的轰炸机队送到这儿已经尽力了。他和米切尔握手后便离开了舰桥。电警笛又尖叫起来，接着传来了命令："陆军飞行员们，各就各位！"

队员们被突如其来的变故弄得有些蒙头。一些人一直在船舱中休息，其他人刚刚起床或正在吃饭。水兵和飞行员聚集在B-25飞机旁。许多人对于凌晨击沉日本渔船的事一无所知，以为又是演习。可是他们在加入到在上下晃动而且滑溜溜的飞行甲板上忙乱的人群中时却发现与平时有些异样。

水兵们扯开蒙在发动机整流罩和炮塔上的帆布，撤走固定机轮的垫木，解开固定飞机的绳索。一种叫作"驴"的海军牵引车把轰炸机拖到甲板后部的起飞位置上，并排成两列。

飞机就位后，把垫木重又固定在机轮周围，水兵们给因挥发而储油下降的油箱重新注满汽油。油箱灌满后，海军人员拉住机翼尖前后晃动飞机以便使油箱中可能形成的气泡破裂。这样便可以给每只油箱再多加几夸脱汽油，因为他们知道轰炸机对汽油的需要将会是多么迫切。他们给每架飞机上的10只容量为5加仑的油罐注满油，然后通过后舱口搬上飞机。

"大黄蜂"号指挥塔台上的人员在面向飞机的一侧悬挂出巨大的显示牌，上面用大字标出罗经航向和风速。当时的风速已超过27节。有个人发现已经装进飞机炸弹舱的500磅炸弹的保险还没有打开。当人们忙着把燃烧弹运上甲板然后装飞机时，投弹手们逐个打开了炸弹的保险。

各轰炸机的领航员纷纷来到"大黄蜂"号的导航室索取有关日本和中国的最新气象报告。他们确定航空母舰当时的确切方位，查明在飞行目标途中可能遭遇到的风向和风力。使他们沮丧的是，他们发现去日本的方向全程将是24节的逆风，这会带来过多的油耗。

戴维·琼斯上尉发现他的飞机出现了一个严重问题。头天夜里已发现在炸弹舱里的油箱漏油。水兵们已修补过，但是在夜间油箱必须保持空罐。等到把所有飞机的输油管断开以便让领队飞机发动发动机时，琼斯飞机的油量表显示出左翼油箱仍然差30加仑未满。可是再加油已经来不及了。

当杜立特的队员爬上飞机时，站在一旁的人发出了欢呼声。"幸运鬼"，他们大声喊。有些人甚至出价150美元来和参加袭击的弟兄们交换位置。一个副驾驶员为此感到惊讶，人们为什么乐于花这么多钱去购买死亡的机会呢？

有些突击队员持有不那么乐观的看法。雅各布·德谢泽的驾驶员问他懂不懂划船，一名中士告诉他："我们只有千分之一的成功机会。"

约翰·希尔格告诉他的机组人员，他们没有足够的汽油飞到中国。"现在的情况是，"他说，"我们带的油只可以使我们到达距中国海岸200海里远的地方，情况就是这样。如果谁想退出，现在就可以说出来。"没有人应声。

大多数飞行员脑子里想的都是汽油。"需要做些计算，"特德·劳森说，"我们算出的结果……使我的胃顿时产生一种空虚感。"

教他们从航母起飞的亨利·米勒挨个查看飞机。他爬进座舱和每位驾驶员握手，祝他们好运。"我渴望能和你一起去。"他说。

米切尔舰长命令航母航向转向西北，顶风行驶。他命令轮机官帕特·克里汉中校尽其所能开足马力以获得最大航速，因为米切尔给飞机带来的顶头风愈强，飞机飞离甲板的机会就愈大。

杜立特爬进领队飞机，稳坐在驾驶员的位子上，和他的副驾驶员理查德·科尔开始起飞前的例行检查。"大黄蜂"号的飞行甲板官埃德加·奥斯本记得，"在走下甲板准备登上飞机时，吉米·杜立特停下来和我们许多人握手并预祝我们好运，和我们依依惜别"。

航空母舰劈波斩浪，在大海上颠簸。海浪撞碎在甲板上，阵阵苦涩的浪花摔落到飞机上。在这些飞行员看来，"大黄蜂"号的甲板从未显得这样狭小过。

驾驶员发动发动机很顺利。没有一架飞机出现被迫关机事故，也没有把任何一架飞机抛进大海。

可是,他们把视线转向风挡外时,看到短短的木质甲板在眼前一起一伏,巨浪被前进的舰首无情地劈裂开来,一个手持格子花旗的人站在甲板尽头的左面等候他们时,起飞前例行程序结束了。

他们都没有这样的经历。此时此刻,所有的人——水兵和飞行员,在舰桥上的米切尔舰长和拿着格子旗的奥斯本——全都注视着杜立特的飞机。

杜立特举目朝站在舰桥上的米切尔扫了一眼,挥了挥手。米切尔行礼致意。米切尔捏着一把汗,担心飞机会不会凌空而起,会不会摔下甲板被锋利的舰首一劈两半。他们都清楚,如果杜立特不能起飞,那么其他飞行员也很难办到。杜立特首飞成败将影响整个飞行队的信心。未来的三分钟可谓一发千钧。

奥斯本的任务是确定飞行员开始起飞滑跑的时机。他精神抖擞,任凭背后风逐浪花阵阵敲打。他把格子花旗举过头顶,划了个圆圈,这是送给杜立特要他启动油门的信号。B-25的两台发动机顿时吼叫起来。随着螺旋桨鼓起的强大气流冲击襟翼平滑的翼面,整个飞机都在颤动。奥斯本更迅速地摇动小旗,划了一个更大的圆圈,杜立特再把油门推向前面。飞机憋足劲向前拉动,发动机的轰鸣淹没了掠过甲板的啸啸风声。奥斯本挥动旗子的速度愈来愈快,划的圈子也愈来愈大。杜立特把油门直推到尽头,飞机好像要把自己抖搂成碎片。

奥斯本仔细地估量着甲板的一起一落。当认为正是时机时,他便用胳臂轻快地向下一劈。掌握向飞机发出开始滑跑的时机至关重要,史蒂夫·朱里卡对它作了这样的描述:"你知道他们滑行甲板所需的时间……你想要在舰首开始下跌时让飞机起步,因为在这段时间内飞机将滑行到距舰首尽头50至70英尺的地方,然后,随着甲板开始回升,你将在舰只上摆但未达到水平位置时使它们腾空而起,这样就等于在飞机升空时推了它一把。"

奥斯本与亨利·米勒通力合作放飞轰炸机。"亨利更了解B-25。他负责放飞前的检查工作,确保飞机达到我们的要求标准,其中包括发动机的声响及襟翼下垂。我负责观察航母的纵摇,确保当飞机滑跑到舰首时舰首正在上摆。在亨利向我竖起大拇指,飞行员也发出同样的信号后,我才发出准许起飞的旗语。"

奥斯本的手臂垂下后,杜立特把双脚从制动器上移开,甲板上的水兵猛地拉开卡住机轮的垫木,然后迅速躺卧在甲板上。大载荷的B-25开始缓缓地滑动。一个海军飞行员瞧着它那摇摇摆摆的前进动作,高声喊着它不可能飞起来。米切尔两臂紧抱,耸起双肩,好像是自己在驾驶飞机。

前轮和左轮压准白色标线后,飞机便开始加速。"我感到十分舒适,"杜立特说,"原因是有速度为30节的风。我知道,若是无风的话,航母必须以30节的速度行驶;然而,当时正刮着速度约为30节的风。在那波涛汹涌的海面上,航母仍然拼力以超过20节的速度前进,所以我们在甲板上可以利用时速超过50节的疾风……那可真是个救命之宝啊。"

在离甲板末端只有几码远的地方,杜立特把舵杆猛地向后拉,B-25腾空而起。这时是舰上时间(即东十区)1942年4月18日早晨8时20分,自日本偷袭珍珠港4个月零11天。起飞点在北纬35°43′,东经153°25′,距离东京1326公里。

"他依靠螺旋桨把飞机竖直地拉起来,"特

B-25轰炸机从"大黄蜂"号航空母舰上起飞

德·劳森说，"一直到我们能够看得见他的飞机的整个顶部，然后把飞机推平。"在杜立特后来所写的关于轰炸东京的报告里，他只是淡淡地说："起飞很容易。"每架飞机起飞后，需要顺着"大黄蜂"的航向，在甲板上空进行了一次通场，飞行员和领航员可以最后看上一眼挂在控制塔上的标识牌所显示的航母罗经航向，据此校准飞行罗盘。杜立特起飞后在空中兜了一小圈，通场校准罗盘后，没有等后面的飞机编队，调准航向，直飞东京。

"大黄蜂"号的舰员发出的欢呼声非常响亮，完全穿透了瑟瑟的风声和发动机的轰鸣。特拉维斯·胡佛把飞机滑到起飞点，水兵们把垫块塞在机轮周围，气氛又紧张起来。胡佛使发动机高速转动作为对奥斯本旗语的回答，当奥斯本发出信号后便开始沿跑道滑跑。飞机的速度越来越快，可是就在机轮脱离甲板的一刹那，胡佛把机首抬得过高，飞机发动机濒临失速。飞机头高尾低，开始向大海坠落。

亨利·米勒还记得胡佛"像驾驶战斗机那样把机首抬高，我猜想他肯定要失速，可他终于纠正过来，飞了出去"。胡佛把飞机推平，爬高，倾斜飞机突然来了个急转弯。他学着杜立特的样子，从"大黄蜂"号甲板上方隆隆驶过，然后朝日本飞去。

接下来的四架轰炸机起飞得很顺利。当轮到特德·劳森时，他在重新发动发动机时放下了襟翼。可是由于飞机颤动得太厉害，他暂时又把襟翼升了起来。奥斯本在头顶上方摇动小旗愈来愈快，劳森又给发动机加了些汽油。他担心左舷发动机，因为它发动得较慢。

劳森在加大油门时，双眼紧盯着奥斯本摇动的小旗，两脚压在制动器上。15秒钟过去了。可是奥斯本仍然没有放下小旗。最后，奥斯本在飞机憋足了整整30秒钟后终于猝然甩下小旗，劳森及机组人员朝着飞行甲板的左侧冲了过去。制动器刚一松开，吹过来的一股疾风把飞机推向左舷。劳森轻轻地叩动脚踏制动器，吃力地把机轮拉回到白色标线上来。在他还没有反应过来时，飞机已经悬在水面上空了。飞机倾斜着机身开始爬升,他下意识伸出右手想去拨杆升起襟翼,这时他才意识到起飞时并未放下襟翼。

"设想一下我们的心情吧,"奥斯本说,"我们看到飞机冲上甲板时没有放下襟翼,从舰首跌了出去,擦过浪尖,似乎经历了一个漫无休止的时期才又开始爬高。"

由威廉·法罗和机组人员命名为"撺出地狱"的最后一架飞机一开始就举步维艰。由于排在队尾,16号机机尾必须从舰尾悬伸出去;飞机如果不前移,机械师兼机枪手哈罗德·斯帕兹便不能从后舱门携带物品登上飞机。法罗还没有做好开始滑行的准备,前面史密斯飞机螺旋桨发出的猛烈气旋就咬住了他的机首,把机首举到空中。飞机尾部朝一旁倾斜,可是机尾下面不是甲板而是海水。法罗面临着后滚翻入海中的巨大危险。

水兵们慌乱地往机首的挂钩抛掷绳索,可是绳索偏偏断开了。正在登机的雅各布·德谢泽协助水兵们抓住了机首,终于把它拉回来。正在这时,一个叫罗伯特·沃尔的水兵滑倒在甲板上。猛烈的甲板风把他掀起卷进了一个正在旋转的螺旋桨里,他的一只手臂几乎被割断。他侥幸从螺旋桨里脱身出来,可是在当天晚些时候就做了截肢手术。法罗的领航员乔治·巴尔对这次事故深感烦恼。这也许是某种更大灾难的征兆。

过了好一会儿,飞机滑行到起飞位置。德谢泽爬进投弹手舱,结果发现在机首的有机玻璃上有一个直径约为12英寸的洞。很显然,这架飞机曾撞过15号机史密斯飞机的尾部。要修补已经来不及了。除了带着机首上的裂洞以150英里的时速飞行外别无选择。

在杜立特的领队机起飞59分钟后,法罗终于在9时19分升空,随着最后一架飞机飞过甲板后向西驶去,16号机上的德谢泽发现特混舰队已经在调转航向。海军的任务完成了。海军把杜立特的飞行员运载到了尽可能接近日本的地方。没有海军的巨大努力,不可能在战争开始后不久就如此迅速地对东京发动袭击。

第三节　日本人的焦躁与判断

日本人十分焦躁不安。4月18日6时30分(东京时间,东九区),海上警戒线的监视艇"第二十三日东号"发来报告称:"发现敌水上飞机3架,航向西南,又发现敌机2架。"6时50分又发来重要报告称:"发现敌航空母舰3艘。"数天来,日本人一直等待有关美国航空母舰舰队位置的消息。可之后日本人再没有收到警戒线上监视艇的报告。

日本联合舰队的参谋长宇垣缠少将当时正在广岛南面的柱岛海军基地,他是迎击杜立特部队的最高责任者。这天他在他的日记《战藻录》中写道:

> 敌人的特遣部队急袭本土。
> 早餐结束时(七点五十分),军令部的电话通报,接到第五舰队的巡逻艇第二十三日东号,上午六点半东京以东720海里处发现敌人三艘航母的报告。瞬间司令部气氛紧张起来。

突然紧张起来的样子可见一斑。但上午6时30分接收到急报,而到达日本海军作战中枢为7时50分,居然花了近一个半小时。难道是解读密码花了很长时间吗? 但是接到通报的他还是赶紧下达命令应对。

宇垣于8时20分下令对美国的威胁做出反应,发布"第3号命令"(一项在海岸外击退美国舰队的应急计划)。宇垣有充足的兵力向前来的美国舰队发动进攻,包括刚从菲律宾撤回国的35架飞机、"加贺"号航空母舰上的63架舰载飞机、90架战斗机、80架中型轰炸机、36架舰载轰炸机和两艘飞艇。

由近藤信竹中将指挥的日本第2舰队刚刚从印度洋返回,进入横须贺港,便收到命令急遽出击。这支舰队由10艘驱逐舰和6艘重型巡洋舰组成。在南云忠一中将指挥下的第1航空舰队也正在从印度洋回国的途中，当时已到达台湾以南海域。这时也收到命令，要求提高速度，自巴士海峡迅即向本州东方前进。第1航空舰队拥有5艘航母：赤诚号、飞龙号、苍龙号、瑞鹤号和翔鹤号；6艘重巡洋舰；9艘潜艇；10艘驱逐舰和208架攻击机。16日从濑户内海出发驶向澳洲东岸的第8潜水战队的6只潜艇也调转了方向；还有已经配备在距美舰出现位置的西方约200海里的第3潜水战队的3艘潜艇也正在向敌人方向急驶①。

宇垣以美国海军舰载飞机必须从距日本海岸300海里以内的海域起飞为预想基础，判断美国航母将于19日发动袭击。由于不知道"大黄蜂"号所载的是双发动机B-25轰炸机，他的计算是基于舰载单发动机海军飞机。他认为当美国舰只进入300海里防卫圈时，他的舰艇和潜艇正在等候他们。

日本第26航空战队从军令部的通报获悉这一情报，立即命令攻击机队做好出发准备。之前，当天上午6时30分起飞的日本海军巡逻机，除9时45分在东京以东600海里附近发现双发动机敌机2架外，关于美军舰队情况再也没有任何报告。海军司令部怀疑这个报告，因为据他们所知美国航母上没有装备双发动机飞机。日本巡逻机发现的飞机正是从"大黄蜂"号上起飞、由杜立特和胡佛驾驶的头两架轰炸机。11时30分，日本第26航空战队先令3架陆地攻击机作为接触机起飞前往。嗣后，担心虚度时光错过战机的日军攻击机队决定于12时45分出发，29架陆地攻击机在24架战斗机的掩护下东进搜索敌人。阴霾的天气和海上的飓风加大了"米切尔"轰炸机从航母起飞的难度，但却为哈尔西、"米切尔"和特混舰队的撤退提供了最佳掩护。"企业"号雷达发现有飞机向舰队方向飞来，不过由于能见度极低，它们又全部返航。

---

① 根据[日]服部卓四郎著，张玉祥等译：《大东亚战争全史》（世界知识出版社1984年版）、《日本军国主义侵华资料长编》，四川人民出版社，1987年。

根据海军有关发现美军飞机的情报,防卫总司令官于18日8时30分命令东部军司令官发出警戒警报,关于来袭的时间,也与海军同样,估计在19日晨的可能性最大。在发出警戒警报的同时,防空部队严密警戒,地上防空部队进入战斗配置。在19日晨以前敌机不可能对日本本土进行空袭的判断下,进行了一系列反击准备。做出如此判断的根据,是预想来袭的是续航力小的航母舰载机。

另一方面,关于防空问题,由于判断美机的空袭可能是在19日,因而暂未发出警报,只有横须贺镇守府管区在上午8时39分发出了警戒警报。日本大凑警备府认为如考虑着陆点在苏联领土,则可能从远距离出发进行空袭,遂于7时30分下令发出空袭警报,但军令部等方面,均按空袭将在19日晨发生采取对策。

根据原定的计划,日本准备在4月18日在东京进行一次防空演习,并已提前通知了市民。4月18日晨,日本已收到了"第二十三日东号"发出的警报。一方面,这个警报没有得到证实;另一方面,日本判断,美军就是要空袭也要到19晨发生,所以,日方决定这个防空演习还是按原计划进行。

就在第16架B-25从"大黄蜂"号甲板上起飞的同时,东京已经按预定时间开始了防空演习。这是一场低调的演习,甚至没有尖厉的警笛声。在过去的几个月中进行过多次这种演习,人们习以为常了,大多数人漠然置之。因为没有理由再去关注防空演习。人们再三地被告知日本国的圣土不容侵犯,任何敌人都不可能轰炸它。

演习为"一级警戒",这种级别的演习并不要求东京市民到防空掩体去躲藏。消防队在街道上演练使用消防器材,空袭监察人员都站在各自的岗位上。在演习过程中还有别的许多与演习无关的飞机掠过东京上空。早在两天前政府就把这次飞行通知东京居民。这些飞机在为即将来临的天皇的诞辰贺典以及为同时举行的日本阵亡人员神殿的落成典礼进行预演。战斗机在东京上空相互追逐演习空中混战。在飞机下方的滨水区,日本人在部署防空袭阻塞气球。

中午时分,所有这些活动宣告结束。人们降下了阻塞气球,大多数飞机已经在城市郊区的机场降落。只有不多几架战斗机在城市上空盘旋,其余的战斗机停在跑道上。

第四节 突袭成功

杜立特机队的飞机都进行低空飞行:因为一架伪装的飞机在低空飞行,无论是从空中或海面都很难看到;第二,这是他们最经济的巡航高度,他们不得不用好每一滴汽油;最后,美军猜测日本人可能有某种雷达设备,飞机贴近水面飞行能使雷达屏幕上的图像不佳,使雷达操作员不容易察觉。

为了节约燃油,杜立特率领的轰炸机队不在航母上空中盘旋进行编队。由各机自行导航直接飞向目标。整个机队16架飞机在前后长150英里、宽50英里的范围内分散飞行。从起飞点到东京有800英里,以经济巡航速度飞行,需要四个半小时。西北风带来的不光是恶劣天气,而且飞机在顶头风中飞行,会消耗更多的燃油。在飞向目标的过程中,一些问题突现出来。轰炸机上简单的磁罗盘和强劲的顶侧风影响了导航的准确性,有的机组起飞后没有校准罗盘,这些都使他们很难直接找到计划中的轰炸目标。燃油量是机组每个成员心中最大的担心。另外,糟糕的机顶炮塔关系到轰炸机轰炸时的安全。为了保持可能还存在的袭击突然性,队员们小心地躲避着遇到的日本船只和飞机。

8号机机长约克在飞行中检查耗油量,发现他们每小时的耗油量是93加仑。可是他们的定额时耗油量不应超过75加仑。他们不明白为什么会消耗这么多汽油。不管什么原因,他们已不可能飞到中国的机场。他们不想在日本降落,而迫降在中国海的想法也不可取。那么只剩下一个选择，就是在投下炸弹后北上飞往苏联。约克要领航员拟定一份从东京飞往苏联的飞行图。他告诉机组人员到达日本后要再一次核查汽油，届时决定怎么办。

在飞向目标的途中，大多数机组起码看到了一架日本巡逻机、一艘舰艇、一艘货轮或渔船。而且距离大都非常近，上面的日本人也必定看见了美国的B-25型飞机。可是除了一架巡逻机曾经报告过有两架双发动机飞机外，似乎没有人向东京当局发出美国飞机正向他们飞来的警报。然而这唯一的报告也无人予以重视。

直到18日12时过后，日本的东部军司令部突然接到水户北方约10公里的菅谷防空监视哨发现敌1架大型机的报告。这报告从当地发来大约用了7分钟。东部军司令部因原来判断敌机来袭时间为19日晨，对此情报感到有些不安，但并未立即发出空袭警报，开始对之审查。

12时30分左右，日本东京突然遭受了美大型机的初次攻击。日本东部军司令部这才确认美军飞机来袭，发出了空袭警报。在这时，东部军司令部收到关东地区（东京及附近六县）各防空监视哨纷纷发来发现敌机的报告，以及京滨各地发来受到敌机扫射轰炸的报告。日本人对这次袭击毫无戒备。这完全是一次奇袭。

杜立特和他的飞行员在跨海飞行的前半部分航程中，天气恶劣，云层低厚，有利于隐藏行踪。接近日本海岸时，天气又变得晴朗，有利于找到轰炸目标。同时他们还享受到了另外一项意料之外的有利条件，由于罗盘出现误差，速度为40节的强风也把他们吹得偏离航线，又加上阴霾的天空妨碍领航员准确地判断方位，预定飞往东京—横滨地区的13架飞机中只有3架到了预定地点。少数几架偏南，多数偏北。领航员一旦根据陆上标识确定了方位，便立即给驾驶员指引飞机以捷径飞往东京的新航线。因此，有些飞机从北面接近东京，有些则从南面；而另外3架又从东面海上飞来。结果，日本人迷惑了。美国轰炸机连续飞越东京上空一个多小时,日本当局难以判断他们来自何方。晕头转向的东京防空部队无法迅速进行部署,组织协调一致的防御。

1942年4月18日,星期六,距1941年12月7日的珍珠港事件,已有4个月零11天,地处太平洋西岸的日本天气晴朗,炎热得有些不合时令。到了下午,许多平民才开始外出,骑车、购物,到新体育馆观看棒球比赛,在公园或海岸上享受日光浴。

海岸上的平民首先发现了机首短平的美国B-25飞机。草绿色的飞机贴着城市建筑呼啸而过,险些撞上电线和闪光的无线电塔。人人都以为那是日本海军战斗机,飞行员在表演大胆惊险的特技飞行,炫耀他们出色的技术,许多人,尤其是孩子仰望着飞机招手欢呼。

太平洋战争初期,美国航空兵团的战机常常被误认为是日本飞机。那时美机的机徽还是蓝圈白星红心,特别是中间的红色圆心远远看去很像日军战机上的旭日标记。所以美军地面机枪手误击己方战斗机的事件时有发生,后来美国航空兵不得不取消红色圆心。然而此刻,这个易混淆的机徽却像保护色一样迷惑了敌人。草绿色的机身,贴地飞行,也减少了从空中被发现的概率。

轰炸机队以犬吠崎作为飞行登陆的检查点。但实际上只有少数飞机找到犬吠崎检查点。杜立特在海岸上空低空飞行,发现前面有一个宽阔的湖泊,这成为他判断方位的第一个地标。他随即侧翅左转弯,掉头向南飞往东京,飞机几乎擦着树梢。当他接近东京时,他看到前上方1000英尺处有9架日本战斗机在分成三组飞行。他向左侧转机身,日本战斗机也跟随着左转,而且速度很快,飞到B-25机的前面,准备进行拦击。

他们继续飞行,日本战斗机几乎在他们的正上方,副驾驶科尔猛向右转,直飞最后几英里插向东京市中心,结果甩掉了那几架战斗机。他转向西南方,飞过散布郊区的房舍,爬高到1200英尺,告诉投弹手弗雷德·布雷姆他们正在接近目标。杜立特把飞机开得很平稳,布雷姆迅速打开炸弹舱门。他们飞过皇宫上空,来到兵工厂东北和西南部厂房密集的目标区。

12时30分(此为东京时间,舰上时间为下午1时30分),在杜立特仪表盘底部的一个小红灯闪亮了三下,投弹员弗雷德·布雷姆把三颗集束燃烧弹投了下去。布雷姆发现前面有一个更好的目标,所以保留了最后一颗集束燃烧弹。炸弹落下后,建筑物燃起熊熊烈火,为后面轰炸机指引目标。这时,在轰炸机周围100码远的地方出现团团黑烟和火团,日本的防空炮火开火了。防空炮火异常猛烈,越来越多的炮弹在飞机四周炸裂。有一颗炮弹在100英尺外爆炸了,弹片撞到了机身上。这时伦纳德看到后面胡佛的第一弹也击中目标。杜立特忽喊暂停投弹,因为胡佛的飞机正从1号机腹下100英尺横穿而过。最后一颗燃烧弹投下去了,似乎没有什么大效果。4颗集束燃烧弹都投下去,飞机一共减轻了2000磅负重,一跃而起。许多机组成员还记得,当时投弹后机内欢欣的气氛似是在庆祝国庆节。

杜立特往前推了推舵柄,加大油门,俯冲而下,尽可能接近地面飞行。高射炮火继续追赶他的飞机。他看到前面有一家飞机制造厂,大约有30架飞机整齐地排列成一行。这倒是个诱人的目标。

领航员亨利·波特回忆说看到那些飞机使他们个个怒不可遏。"它们使我们恼怒万分,因为我们的炸弹已经投光,对它们无计可施。那些是红色和银白色相间的训练机,看上去相当漂亮,整齐地停在机场上。你根本不用戴耳机就能听见杜立特失望地咆哮:连一小点'美国造'的温也加不起来。"

当接近海岸时,他们便顺着一条公路飞了一会儿。弗雷德·布雷姆发现了一辆坦克车或是装甲车,他想用7.62毫米机枪进行攻击,为了不引起日军的注意,杜立特制止了他。

杜立特知道其他的B-25还可能顺那条路过来。没有理由惊动地面部队使他们注意轰炸机可能经过的路线。杜立特和他的机组已经完成了任务。现在他们必须飞往中国。

首批炸弹落下15分钟后,东京的空袭警报器到12时45分才发出尖叫声。到这时防空部队才完全处于戒备状态。后面的轰炸机正在接近一座虽然一片混乱却也开始组织起像样的防御的城市。由于在杜立特和胡佛轰隆隆地飞离东京和3号机"威士忌皮特"号到来之间有15到20分钟的间歇,日本人完全有时间组织有效的防御。

由戴维·琼斯驾驶的5号轰炸机仅在海滨上方50英尺的高度越上海岸。他向内陆继续飞行约10分钟,突然感觉到迷失了方向。他不清楚是在东京北面还是南面。他把机头调转向南,终于发现了一个主要陆标:东京湾口。

由于担心浪费燃料,他再次调转机头向北飞向东京。在起飞前没有来得及把油箱全部灌油,再加上寻找东京所损失的时间,这意味着他们现有的汽油比预计的少。

琼斯决定不去轰炸原来指定的目标。因为那样必须飞到城市的另一面;他将轰炸所碰到的第一个目标。他接近滨水区时把飞机拉高到1200英尺,迅速为他的投弹手丹佛·特鲁洛夫选定了瞄准的目标。

第一颗炸弹正击中距码头有两个街区远的一个储油罐中央。第二颗炸弹投到一个有三层楼高的动力塔内。投下炸弹后,琼斯"转了个弯,因此我们能够看见所投爆破弹的爆炸情形。在被炸弹击中后,动力塔变成了圆筒状。四面围墙拉圆,顶部成了圆盖。然后'圆筒'就爆炸了。烟尘弥漫,砖头横飞"。

地面上的防空炮群吐出猛烈的炮火。炮弹在飞机的前后左右炸裂开来,每颗炮弹炸裂后的黑色烟团直径可达8英尺。当特鲁洛夫把第三颗炸弹(集束燃烧弹)投向一栋两层楼时,地面上响起机关枪声。燃烧弹把锯齿形屋顶点燃后又滚落到地面上。

他们把第四颗炸弹投向另一栋两层楼，可是仅仅炸着楼房的一角，因为躲避高射炮火，琼斯已加速到时速270英里。最后一颗炸弹投出后，他把驾驶杆猛地向前一推，俯冲到树梢的高度，向西南方向飞去。山边的高射炮一齐发射，曳光弹一路追踪5号机直到城郊。

驾驶6号机"绿色大黄蜂"号的迪安·霍尔马克尾随戴维·琼斯第六个进入日本海岸。美国方面关于他们轰炸的情形记载不详，"绿色大黄蜂"号是不幸飞机中的一架。日本人柴田武彦、原腾洋所著《日米全調査 ドーリットル空襲秘録》中对他们轰炸的情形有较详细的描述。6号机与5号机和7号机几乎是集中行动的，当琼斯调头向南时，霍尔马克也紧追不舍，可是一会便看不见他了。霍尔马克的6号机和5号机组一样从东京湾口向北飞行。于中午12时40分左右飞入川崎地区。到达工业地区上空后，在多摩川上空徘徊。他们遇到了猛烈的防空炮火，随后投下两枚炸弹，接着返回东京湾上空。机上人员看到第一次轰炸没有全部命中。

其中一枚落在了川崎大师附近的日本制铁富士制钢所门前的道路上。将厚达19厘米的混凝土道路炸出了一个直径10米、深2.5米的大洞，炸飞了20立方米的沙土。此次爆炸造成川崎市大师门前町周边的民居等7户建筑全毁，另11户建筑遭受损害。然而，人员伤亡方面，仅有重伤者一名，并未造成人员死亡。

第二枚炸弹，落在了川崎市大师河原的日本火工厂。打穿了公司内木造工厂的房顶，贯穿了厚达12厘米的混凝土地面之后爆炸。炸毁了该工厂的约10坪的建筑物，临近的钢骨石板工厂的房顶和窗户也被炸飞。人员伤亡方面，只有若干人因被爆炸产生的碎片砸中受了轻伤。爆炸时工人们全员躲避态势，未造成大规模伤亡。

这之后，6号机从海上朝横滨方向飞去，投下了剩余的炸弹和燃烧弹。这炸弹落在了横滨港的海里，没有落到地面上，所以没有造成伤害。燃烧弹飞散在横滨市中区堀之内町一带。集束燃烧弹的128发子燃烧弹散布在长约300米、宽约50米的范围内。除去11发哑弹,其中约半数69发命中居民房屋,剩下的落在了马路上和田间。虽然被子燃烧弹直接打中负伤的有3人,但是皆为轻伤。但是,在6号机通过该地区上空时的机枪扫射中,一位走出家门的幼儿中村由郎后背中弹身亡。

这片为住宅区,只有两栋三户房屋(24坪)被全部烧毁。人们都采取了准确合适的灭火措施避免了火灾的发生。这可以说是日本政府长期教育民众,民众一直以来不断地学习用湿草席和水桶接力灭火等防空演习所培养出来的成果。

轰炸结束后,6号机消失在西南方向,13时10分左右从辻堂上空飞离日本本土。

当地时间12时40分。"斯基"约克和罗伯特·埃门斯驾驶8号轰炸机从铫子半岛以北的鹿岛滩登陆日本。

他们向内陆飞行了30分钟,飞机飞得很低,他们甚至能够看清儿童欢快的笑脸和泥垒墙壁稻草盖顶的房舍。他们焦急地寻找可能显示与东京相对方位的陆上标识,可是一无所获,飞越的仅仅是农舍和稻田。九架日本战斗机列队从他们上方飞过;他们望见了日本JOAK无线电台高耸的发射塔,在"大黄蜂"号上的史蒂夫·朱里卡此时正在监听这家电台。

约克及其机组完全迷失了方向。他们在东京以北飞行,一无所获,只是无谓消耗他们那宝贵并正在迅速减少的燃料。他决定轰炸撞见的第一个目标。13时3分,8号机在栃木县西那须野町投下一枚炸弹。气浪对弹着点附近的房子造成轻微损坏,没有人员伤亡。

8号机继续向西北方向飞行。约克爬高到8000多英尺以飞越在西北部阻碍道路的山脉。他擦着山峰上几株瘦骨嶙峋的矮树顶飞过后,一眼望见前方大约50英里外的日本海。再不投弹就要飞出日本陆地了。他发现一家工厂,厂房傍着大河而建,至少有三层楼高,4个大烟囱喷着烟,几条铁路线延伸至厂内。约克把飞机拉到1500英尺,并通知赫恩登打开炸弹舱门。13时20分左右,余下的二枚炸弹和一枚集束燃烧弹投在新潟县内的阿贺野川铁桥附近。飞机的重量顿时减轻了许多。约克陡然冲到树梢的高度,抖动着翅膀以超过200英里的时速疾驰,时刻警惕着敌人战斗机。他们飞过一座机场上空,机场上排列着像是教练机的双翼飞机。但来不及了,不然这是机头机枪不错的目标。他们越过新潟,前面是茫茫大海,在朦胧的地平线以外600英里处就是苏联。

约克和机组人员掠海撤离时,又讨论了面临的选择,最后约克告诉领航员兼投弹手诺兰·赫恩登,领航飞向苏联的符拉迪沃斯托克。

轰炸横滨的第一架飞机是罗斯·格里宁驾驶的11号机"哈里信使"号。他们在犬吠崎以北的水户附近登陆,然后左转进入东京北部房总上空。向内陆飞了几分钟后,格里宁向南部的房总半岛飞去。越过一个湖之后从一个飞行训练机场上空飞过。几架双翼飞机正在绕机场练习起飞和降落。当美国的B-25飞机从500英尺高空吼叫着飞过时,机场上有些人挥手,其他人则跑开躲藏起来。

10分钟后,有4架战斗机爬到格里宁头顶上。这是日本陆军的一种新型战斗机川崎61-3型。它飞得很快。格里宁把速度推到每小时260英里,但日本的战斗机仍与他并驾齐驱。"我一生中从未如此超低空飞行过。"格里宁说,"我们闪身躲到小河床上低空飞行,在树丛中左右穿行,反正尽量避免暴露在敌战斗机上空。我们拼命紧贴地面飞行,甚至从电线底下钻过去,以期使那些战斗机撞到电线上,但它们竟然没有。"

机械师兼机枪手梅尔文·加德纳使用他的12.7毫米双管机枪开火,击中两架战斗机。其中一架起火,另一架被击成重伤摇晃起来,但没看见它们坠毁。他们发现右边机翼后缘上出现了8至15个小口径的弹洞,那些洞不知道是何时留下的。成功击退敌驱逐机后,加德纳报告机枪卡住,炮塔电动机彻底烧坏了。当格里宁向轰炸目标飞去时,更多的飞机从四面八方向他扑过来,处境危急。

在远处，他看见有个地方像是一个茅屋村落，飞近时才看出来是一些精心伪装的汽油库。这是千叶县佐仓市的一个油库①。眼前有这么个诱人的目标，又有敌机纠缠，他决定放弃原来的目标横滨去轰炸这些汽油库。由于敌机压在头顶上，他最高能升到600英尺。对这样一个易燃的轰炸目标，飞这么低太危险了。

"当我们把炸弹投下去后，"格里宁回忆说，"下边变成一片火海，响起猛烈的爆炸声，我和副驾驶员被抛离座位，尽管系着安全带，头也还是把座舱撞得当当响；我全神贯注于我的任务，但是我记得心里还这样想着：'哦，现在夫人要是能看到我有多好。'"

13号机轰炸横须贺海军基地时拍摄的照片

---

① 根据柴田武彦、原腾洋所著《日米全調查 ドーリットル空襲秘録》，11号机轰炸的是犬吠崎附近的香取飞行场。

133

13时41分,麦克尔罗伊的第13号机机组投下最后一枚炸弹,标志着3架飞机对横滨空袭的结束,也是投往东京附近的最后一颗炸弹。最后那3架飞机正向南边的目标名古屋和神户飞去。

杜立特的副手约翰·希尔格驾驶14号机从东京湾口进入日本海岸,那里距横须贺海军基地不远。他在距地面100英尺的空中沿曲折的海岸飞行1小时15分钟后,到达伊势湾上空,从这里可以飞往距东京175英里的名古屋港。他从南边沿着多知湾的中线飞行,飞向名古屋的北郊,他期望像地图所标的那样从低平的原野飞往目标,然而使他惊奇的是,他不得不爬高到1000英尺的高空以飞越山脊。

飞到郊区时,他们从一个公园上空掠过。一群人正在那里观看一场球赛。希尔格看到这番农村与小城镇紧紧相连的景象很美丽。他忽然想到,往这里投炸弹是一种耻辱,但他又想起了珍珠港。不管杜立特指挥的这次空袭造成多大破坏,那也是日本人自找的。希尔格驾驶飞机向左转了一个U型弯。从北向南临近目标区。他爬高到1500英尺高空准备轰炸,高射炮火突然射向飞机四周,但打得不准,只有两三发炮弹打得比较近。炸裂的直径大小表明它来自中等口径(约40毫米)。

马希亚找到了目标,打开弹舱门,准备投弹,时速是220英里。第一个目标是一座环绕着名古屋城堡的军营,是该地区的军事总部,投下的集束燃烧弹引起巨大的火焰。这时日军高射炮火较为密集,但都没有命中。当希尔格对准第二个目标时,他采取规避战术,以避开地面炮火。第二个目标是一个大型的石油和汽油仓库。集束燃烧弹准确击中建筑物,冲破了屋顶。飞行员们预计会炸起一个巨大的火球,但他们没有看到任何火焰。他们击中的是名古屋机关库。第三个目标是一个巨大的军火库,拱形屋顶。他们正中靶心。日军的防空火力更加激烈。通信员艾尔曼认为右翼上被打穿了一个小孔,但没有打穿机翼里的油箱。最后的目标是三菱飞机厂,14号机组把它作为最重要的目标。如果打掉它,就能削弱日本双发动机中型轰炸机的生产,如海军96型轰炸机(G3M)"内尔"和海军型1型歼击轰炸机(G4M)"贝蒂"。他们都期待敲掉这个目标。机鼻子里的轰炸员马希亚准确地炸中了它。刚投完炸弹,希尔格就向两艘油轮俯冲下来。贝恩向油轮发射三四十发子弹,但两艘油轮都未起火。

希尔格驾驶飞机转过海湾岬角,然后沿海岸向中国海飞去。

唐纳德·史密斯的15号机紧跟希尔格的14号机自东京湾进入陆地上空,却一直不见法罗的16号机。15号机与14号机在伊势湾分手。希尔格飞往名古屋,史密斯继续向前飞往大约130英里之外的神户。

按照他们的地图,越过东京湾之后地势应是平坦的。但史密斯看到了一座估计有2500英尺高的山峰。他爬升到3000英尺,从大阪北边飞过去。大阪绵延的郊区与神户郊区连在一起。史密斯和他的机组乘员开始怀疑自己迷失了方向。但他们一越过这座山就看见远处的神户。他们沿着神户的东部边缘飞行,降到2000英尺高度准备投弹。

史密斯以每小时240英里的速度飞越海滨,领航员兼投弹手霍华德·塞斯勒打开弹舱门,他的目标是川崎造船公司、川崎飞机制造厂、电力机械厂和神户钢铁厂。随着炸弹落地,两门高射炮开火了。史密斯以每小时325英里的速度向海湾俯冲下去,高射炮发射的炮火离他很远。有两架日本战斗机追赶他们,但未能追上。在他们匆匆飞离时,谁也没有看见炸弹炸在什么地方。

从航空母舰"大黄蜂"号上起飞的最后一架飞机从东京正南方飞入陆地上空。驾驶员威廉·法罗照直向名古屋飞去,他尽自己的胆量贴近地面飞行,但飞越群山时不得不升至7000英尺高空。接着他又再度下降到100英尺,低空飞近名古屋。

当飞临名古屋时,法罗爬到500英尺高度,开始轰炸飞行,他告诉德谢泽第一个目标就在正前方。他们要轰炸的目标包括一个大型储油库,机上载的都是集束燃烧弹,德谢泽瞄准油库投下两颗集束燃烧弹,但不知为什么却掉下去3颗。

当飞机前往下一个目标时,高射炮弹便在飞机四周炸裂起来。油库着火了,但没有爆炸。法罗冲着飞机制造厂飞去。他们看见机身右边(北边)希尔格和史密斯的炸弹掀起的烟柱。蜷在机背炮塔里的哈罗德·斯巴茨注意到,8架日本驱逐机悄悄逼近机尾,近得他都能看见机枪发射的火舌。他马上瞄准敌机开火。德谢泽投下最后一颗集束燃烧弹,机上人员谁也没有看到是不是投中了。轰炸机减轻重量,速度比敌机快很多。他们很快甩开敌机,钻入一条峡谷向大阪飞去。

在机首,雅各布·德谢泽紧握着7.62毫米机枪,看到有人站在渔船上就开了几枪,但没有伤着他。

法罗驾着飞机向南然后再向西飞。在飞离日本本土绕开日本西南角的时候,他们一直保持在最低高度上。B-25的螺旋桨一度撞到浪涛。

第五节　陷入混乱的日本当局

不同时间、不同方向来袭的飞机使日本当局的指挥陷入混乱。

宇垣缠于空袭当日13时得到来电:东京遭到空袭。他在日记中写道:"敌机在千叶方向紧急降落,横滨、川崎、横须贺遭空袭等各种信息蜂拥而来,真伪不清,敌军企图难以判断。"混乱的情报一个接一个,日本人无法确定美国特混舰队的行踪,又搞不清突袭机队的主攻目标。

下午2时,日本东部军区司令部发布杜立特首次突袭日本的情况报告:

　　东部军司令部发表(昭和十七年四月十八日午后二时)
　　一、下午零点三十分左右,敌机从西北方向往京滨地方来袭,遭到我地空两部队的强力反击,均相继退散而去,到现在为止判明击落敌机九架,我方损伤轻微,皇室安然无恙。

这个报告称,击落9架敌机,事实上没有一架来袭的美军飞机被击落。日本高炮部队将美机急速下降的规避动作和被击落的日本战机误认为击落敌机并上报,东部军未加查实就发布了。在日语中"九机"与"空气"同音。于是"击落的不是九机是空气"的笑话在日本广为流传。日本国民对官方的信任感开始动摇。击落9架飞机的消息也传到了中国,一度困扰了杜立特和他的空袭队员。

接着东部军下午4时30分又进行发布:

一、皇室的御安泰能如亘,应是我等均需不胜庆祝之处。

二、防空监视队能迅速发现敌机并报告,及时发出空袭警报。

三、敌人的空袭在我空地防空部队的奋斗和国民沉着敏捷的行动下损害降到了最低限度,国民诸君请进一步做好防火灭火的准备。

四、敌人在若干炸弹外主要使用是燃烧弹,燃烧弹虽只有两公斤的东西,威力不值得害怕,但有穿过屋顶后,落在天花板上的可能,这要特别注意。

五、军队防空部队也第一次与实际敌人相遇,士气旺盛,对再犯来敌还需切实做迎战好准备。

六、对所有因敌轰炸而死伤的官兵、百姓表示最沉痛的哀悼。

当日5时50分,大本营对这一天的空袭情况作了如下发布:

一、四月十八日凌晨,以航空母舰3艘①为基干之敌部队出现于本州东方洋面远距离处,因恐我方攻击,未敢接近帝国本土已退却而去。

---

① 实际是2艘。

137

二、同日,来袭我首都及其他地区之敌,为美国B-25型轰炸机十数架,每批1至3架分扰各地,其残存之机似向中国大陆方面遁去。

三、各地损失均极轻微。

这次大本营发布的消息中没有提及战果。此后日本战斗相关情况都由大本营统一发布。

日本的指挥官对美军飞机突然来袭,又安然离去非常懊恼。宇垣在他日记中写道:

在此接二连三放虎归山真是可惜,原先东京乃至本土空袭是绝对不可有的,被我的这种自尊所害遗憾至极……反正今天不知敌人名为什么……不知敌情的我只好由敌人任意而为了。

《大本营机密战争日志》有如下记载:

一、天气极为晴朗,12时30分顷,首都突遭空袭,仅为烧夷弹。使国民初次感到似已卷入大东亚战争之漩涡。从屋顶瞭望。有数处起火,但火势不大。敌我飞机难以识别,或云二架,或云十数架,或云百架。

二、去年今日,日美谈判开始之急电,使上层领导惊愕,本年今日,首都遭受空袭,上下震惊。

三、总之,本日国民防空成功,军事防空失败。东部军司令部14时发表之击落敌机9架,真假不明。

日本服部卓四郎在1951年所著的《"大东亚"战争全史》中这样写道：

> 敌B-25轰炸机从18日下午1时前后开始，在50分钟之内经房总方面相继飞来，轰炸了东京、横滨、川崎、横须贺、名古屋、神户之后，就像过路妖魔似的飞走了。警报器在炸弹开始落下之后才发出报警，起飞的截击战斗机正在提升高度的时候，超低空的敌机已从容不迫地轰炸了目标。

第六节　第一次遭到空袭的东京

当炸弹落下时，东京等地居民还不知道他们正在挨炸，他们认为担心炸弹落到日本、落到首都是杞人忧天。日本正在打胜仗，美国和盟国正在从整个太平洋上败退。自从摧毁性地进攻了珍珠港之后，美国已没有舰队了，没有哪一架美国飞机可以飞抵日本。

在东京市中心，那天下午没有什么变化，人们还是和往常那样。剧院还在演出日场，汽车、公共汽车、电车和行人像往常一样塞满了街道。很多街上的行人听到从低空飞过的飞机轰鸣声。但他们都没有认出飞机上的美国标志。他们谁也不知道飞机正在扔炸弹。他们都认为听到的爆炸声是正在演习的高射炮发出的。他们认为空袭警报是为演习拉响的。

美机来袭时，日本首相东条英机正乘飞机去东京郊外的水户航校观察。东条曾接到警告说发现了美国舰队。然而，同其他军界头目一样，他相信将会有足够长的预警时间以对付任何进攻。他知道，美国航空母舰必须开到距海岸300英里的水域才能将飞机放出。他坚信日本不会遭到偷袭。当他的座机飞临水户航校跑道时，一架双发动机飞机吼叫着从它的右侧爬向空中。东条的秘书西浦上校看到了这架"样子古怪"的飞机，首相这位全日本第二号要人第一次亲眼看到了敌人。

那天,明仁亲王患猩红热没去上学。看到设在学习院初等科的屋顶上的高射炮开火,佐藤久侍用医用毛毯把亲王裹起,和山田康彦传育官两人合抱着亲王,驱车赶往赤坂御用地内的大宫皇宫。并送入皇宫附近为皇太后(贞明皇后)设置的防空设施"文库"内躲避空袭。

遭到空袭的日本平民目睹了他们从来没有见过的情形。在东京的早稻田中学,许多学生午饭后涌向操场。一架飞机从他们头顶上轰鸣而过。他们听着好像一辆货车在吼叫。铃木菊治郎以为这是日本的飞机,后来他看到有个东西从天上掉下来,原来是颗燃烧弹。燃烧弹落在铃木的一个同学的头上,这个学生倒下去不动弹了。学校对面,青木利生夫人要去看一位长辈亲戚。刚和丈夫、儿子道过别正要出门,她就听到一声可怕的巨响。她冲出屋去,看到在不到一树高的空中有一架飞机。一些黑色的小筒罐样的东西从飞机的肚子落下来,有一些掉到她家的房顶上。

在东京的另一个地方,惶恐的居民看到一架飞机从邻居家掠过。燃烧弹落到冈崎医院,房子起火了,火势在蔓延,护士们把病人搬到街上。街那边,一个妇女在她家二楼上看到一个黑乎乎的东西,原来是砸破房顶后掉下来的,正在冒着烟,她把草浸了水扑灭火烟。在楼上另一个房间里,顶棚着火了。她弄了些湿草,捆到竹竿上扑火。

阪田实听到飞机的声音,从他父亲的杂货店跑了出来。飞机掠过时,他看到炸弹一颗接一颗地落下。他沿街跑去,高声喊着"敌机!敌机!空袭了……"一颗炸弹落到屋檐下,咔咔冒烟。这个小伙子跑回店里,抄起灭火的沙桶掩埋那颗冒烟的炸弹,又装来沙子掩埋散落在街上的一些正在冒烟的燃烧弹。

在空袭期间和突袭之后,日本内务大臣汤泽道雄两次进入皇宫谒见天皇,报告空袭及损害情形[1]。日首相东条、海相岛田、外相东乡,于18日

---

[1]《美机进袭日本、东京横滨被炸 关东工业中心被投大量烧夷弹》《前线日报》1942年4月19日第一版。

夜晋谒日皇,亦对空袭事有所报告,并问安康。东京广播称:"天皇镇静如恒,对空袭一事其表关切。"①

很多在东京的外籍人以完全不同的心情目击了这次轰炸过程。美国驻日大使约瑟夫·格鲁正在宴请瑞士大使。格鲁回忆说:"我们听到头顶上有不少飞机,并且看到在不同的方向有五六处地方着火,浓烟滚滚。""在东边,我们看到一架飞机尾后紧随着一溜黑烟,那是高射炮弹的火焰;那架飞机不像轰炸机。我们想,肯定是日本的高射炮手搞昏了,向追歼美机的日本飞机开起炮来。那是一个很热闹的场面,不相信那是日本的实弹演习。"

美国海军武官亨利·史密斯·赫顿上校从宴后离开的瑞士大使身旁经过,问他他是不是遭轰炸了。这位大使说,不是。一架飞机在使馆上空一树高的地方滚雷而过,没有人怀疑这是美国飞机。史密斯·赫顿说,"有一半人认为这是一场真的空袭,但没有人能断定这些飞机的国籍。在最后一架飞机从居民区上空飞过之前,有两三架飞机从这里飞过去。显然,它们开火了。我们根本猜不出它们是从哪里飞来的。而另一半人却认为这是一场演习"。

当天下午,美国大使格鲁得知不是演习而是美机轰炸。他说:"我们使馆的人都感到高兴和自豪,后来英国人说,他们一整天都在为美国飞行员举杯祝贺。"

阿根廷商务专员拉蒙·姆尼兹·拉瓦利听到飞机轰鸣声后跑向楼顶,看见离街不过100英尺的空中有4架美国飞机。炸弹落到他周围。他说:"我朝街上望下去,整个东京一片混乱。日本佬四处乱跑,推搡着,喊叫着。我看到大火是从港口附近烧起来的。"

"我们使馆的两位日本翻译吓得魂不附体。我让人下去叫他们,但他们不敢到楼顶上来。空袭过后,在我们使馆打杂的一名日本妇女对我说:

①《敌全国已成惊弓之鸟 盟邦飞机复临倭上空》《东南日报》1942年4月20日第二版。

日本受突袭后的现场

'如果再要轰炸,我们都会被吓疯的。'"

空袭过去一年之后,拉瓦利说:"杜立特这次空袭是最有效的心理战术之一。它使日本人大吃一惊。他们放心大胆的自信心开始瓦解了。"

当时住在东京的一个波兰人看到炸弹落到工厂区,一座楼被炸得乱七八糟。烈火蔓延到其他楼上。那些单位的消防人员只有水桶用于灭火。专业消防队员当时正在别处灭火。几百名妇女从家里提水。这个波兰人看到高射炮好像有些混乱,不断开炮,几乎向空中乱放一气。

《纽约时报》记者奥特·托利斯库斯也感到吃惊。当时他正在东京拘留所受到盘查。在被关的最初几天里他希望美国人打到日本来。这个星期六,随着警报长鸣,他高兴起来。他看到看守们沿走廊跑来在牢门上加了双锁,从他们的表情看,当时不是在演习。

第七节　美军特混舰队撤退

当陆军的第16架轰炸机从甲板刚一起飞,哈尔西上将就向舰队发出了命令。"企业"号的航海日志上记载着:"舰队改变航向,方位角90度,开始以25节的速度从该区域撤退。"这一快速撤退行动在整个太平洋地区十分出名。水兵们把它叫作"拉着哈尔西的跑驴"。

这时,"大黄蜂"号上所有的人,包括海军飞机驾驶员,都开始匆忙工作以使舰载飞机回到原来的位置,这样做,是为了尽快恢复"大黄蜂"号的战斗力。在机库甲板上,顶板上拴着F4F格鲁门"野猫"式战斗机;为节省空间,已将道格拉斯SBD"无畏"式俯冲轰炸机和道格拉斯TB-166"劫掠者"式鱼雷飞机的机翼卸下来堆放在一起;现在必须重新装上,并使升降机把所有飞机提升到飞行甲板上,这件工作非常艰苦,费力耗时。

日本已派出了第1航空舰队、第2舰队、第8潜水战队、第3潜水战队、第26航空战队等几路人马向这一区域杀来。如果,美军特混舰队在这儿踌躇不定,他们将遭受灭顶之灾。

"当然,日本佬一路上穷追不舍,"哈尔西回忆道,"每次雷达一发现敌侦察机,我就忍不住想要起飞我们的战斗机,但是我明白,隐藏行踪要远比击落几架侦察机重要得多;日本人派一个特混舰队追击我们,试图用潜艇拦截我们,甚至其他一些航母也加入到了追踪的行列,但在恶劣天气的掩护下,我们迂回前进,从他们眼皮底下溜走了。"与"第二十三日东号"遭遇后,提前行动是正确的抉择。美军陆军部事后断定,如果第16特混舰队按原计划进入起飞点,杜立特轰炸队在飞往日本寻找目标途中,前往拦截的日本飞机有可能会发现"大黄蜂"号。

哈尔西的特混舰队向东航行了近一个小时,为了隐蔽行踪,舰队转向西北行驶了一段海域,接着又向东驶去。

从发现"第二十三日东号"开始,至当天下午,美特混舰队的舰载机和舰只相继发现日第二和第三监视艇队的舰艇，并对他们发起了攻击。击沉"第二十三日东号""长渡号"等监视艇5艘，击伤包括第二监视艇队支援舰"粟田号"在内的监视船只8艘。监视艇队死亡33人，受伤23人，被俘5人。归航途中，一架特混舰队的轰炸机侦察完毕返航时因燃油不足在太平洋上坠毁。两名美军飞行员失踪。

美军特混舰队一边警惕日本舰队的进攻，一边期待来自东京的消息。终于在13时45分（舰上时间），他们听到了日本电台播出的东京被袭消息。史蒂夫·朱里卡将报道翻译成英语，交给米切尔；米切尔通过扬声器向"大黄蜂"号的船员宣布了这一振奋人心的消息，又用旗语通知其他船只；顿时甲板上欢声如雷，为珍珠港报仇雪耻，海军在这次行动中发挥了至关重要的作用。

19日航空母舰部队与驱逐舰会合，21日与供油舰会合，25日早上特混舰队最终顺利地返回珍珠港。一路上他们再没有和敌人遭遇过。唯一重大的问题就是缺少新鲜食品。但他们为放飞了攻击日本的杜立特而获得了某种成就感。

在经过国际日期变更线时，杜立特曾请求哈尔西在他的轰炸机飞离航母后立即把变更日期的事通知珍珠港和华盛顿，并转告重庆。现在，杜立特机队提前起飞。按照约定，哈尔西应发出电报通报这一情况。但是，提前行动的电文并没有发出，这给杜立特的轰炸机队带来了致命的后果。

导致哈尔西的舰队没有发出电文的因素有以下几个：第一，哈尔西的舰队放飞杜立特的轰炸机队后，在撤退的航程上遇到了多艘日本监视艇，整个舰队都在高度紧张地对付这些监视艇。哈尔西急于恢复"大黄蜂"号正常作战能力，把发报通知的事被放到了脑后。第二，哈尔西通过日本的来往电文知道日本海军的舰只正在附近，并正向这个地区赶来。现在发出电报，无疑向日军通报了舰队的具体位置，会给舰队招来灭顶之灾。第三，整个行动都在绝密的状况下进行准备和实施。哈尔西只掌握运送和放飞轰炸机这一部分细节。对于中国空军机场准备情况并不清楚。在海上时,杜立特与哈尔西不在同一艘军舰上,不能进行充分沟通与讨论。所以,他并不知道及时通知珍珠港和华盛顿有关部门对于杜立特机队是多么重要。

第五章　华东迷雾

第一节　迷航在华东

完成轰炸后,杜立特的轰炸机队陆续向南飞离日本陆地,飞临日本东面的太平洋,转向西南擦过日本九州,再飞越广阔的中国东海,他们的目的地是中国东部的衢州、丽水、玉山机场。从东京到中国机场有1200英里,飞行员们被告知这些机场有导航信号,用火光标出跑道,备有足够的燃料供他们飞往重庆。可是他们不知道的是,中国方面已经做好准备并已同意向美军飞机开放的只有衢州机场。为节省汽油,飞行员以每小时150~l65英里的经济速度飞行,这意味着他们飞完全程至少需要8个小时,而且大部分时间在公海上飞行,15架飞机前后相距60英里。

他们刚进入海上,就遭遇顶风,1号机的领航员亨利·波特估计,燃料可能只能坚持到距中国海岸135英里处的海域。可幸运的是,当他们完全飞离敌军地区时,风向突然变了,他们遇到了时速30英里的东风。这股顺风使他们多飞了250英里,这无疑是雪中送炭。"我们确实没有想到,"戴维·琼斯回忆道,"那个顺风送了我们五个小时,那是我们能够到达中国大陆的唯一原因。"

美军轰炸机飞向中国大陆的同时,4月18日14时30分,日本的中国派遣军接到大本营发来的特急电称:敌大型飞机空袭东京等地后有向中国方面退避模样;他们又收到神户也遭受轰炸的通报。于是,日军命令第1飞行团对早已处在监视之中的玉山、衢县、丽水等机场展开行动。第1

飞行团不顾天气恶劣,立即以侦察机、战斗机在美机可能通过的航路进行拦截,并轰炸了玉山、衢县两机场①。

中国军民通过广播得知美军飞机轰炸日本本土的消息后,"无不欢欣振奋,对于美国空军之英勇,尤表衷心敬意"。

在重庆,18日18时记者就此事采访参谋总长何应钦和航空委员会主任周至柔。他们对这次美军空袭日本本土作了十分积极的评价。抗战时期,中国官方统一使用重庆时间,重庆处在东七区。也就是说,至晚在杜立特投下第一颗炸弹后的7个半小时后,在重庆的中国国民政府和中国空军,已经知道美军飞机轰炸了东京。

不幸的是,中美官方之间的繁文缛节还在继续。4月18日下午(重庆时间),蒋介石批阅比塞尔呈阅的备忘录。备忘录上,美国方面又一次提到了第一特别计划,继续为第一特别计划没有根据中方的要求延至5月份实施进行解释。而这时杜立特实际上已经发动了空袭。

美国在中、缅、印派遣军司令部空军武官毕赛尔自重庆呈蒋委员长说明美国对华空援之现局备忘录。

民国三十一年四月十八日

奉本国军政部命,亲自向钧座说明下列各点:

一、钧座致总统电业经详加研究。缅甸前线……

……

六、华盛顿对于第一特别计划实行之日期,未能得蒋委员长之完全谅解,深感歉疚,惟诚恳希望此举尚不致使钧座感觉困难。此项计画既已进行,今实已无法中止。

七、第二特别计划将涉及夏季中屡次应用中国东部之机场问题,未得钧座同意与合作,决不实行。

①《日本军国主义侵华资料长编》(中册),四川人民出版社,1987年,第207页。

美国在中缅印派遣军司令部空军武官比塞尔启①

由于美方保密,中方对计划知之甚少。这时中方虽然已知道美军飞机轰炸了东京,但不知道这些就是美方希望在衢州机场降落的飞机。同时,中方没有收到美方轰炸机将提前到达的通知,蒋介石在这天的日记中写道:

> 美空军本午轰炸东京、横滨、神户、名古屋各地。此为倭国有史以来第一次遭受轰炸。未知是否即与我约定来衢着落之飞机。果尔,则其时间相差一日,必致误事。美军做事,何如此之不慎耶。

如果中方事先知道美方的详细计划,不需要美方的提前通知,中方也可以根据日本广播所传出来的消息,做好迎接杜立特轰炸机队的准备。但是,在不明情况又没有得到通知的情况下,中国方面不会盲目开放机场,否则就会引来日军的轰炸,一旦跑道被毁来不及修复,美国飞机将无法降落。

16架B-25飞机中,最早降落的是8号机。这架飞机因为过高的耗油量而选择飞向苏联。17时25分左右,8号机降落在海参崴以东95公里乌纳施的苏联机场。

另15架B-25正飞近中国大陆。夜幕降临时,中国东部地区的天气越来越坏,顺风没有了。乌云浓厚,狂风和大雨笼罩着华东大地。这天在黄海至日本本州西部有一个高压区。高压中心在济州岛。杜立特轰炸机队飞向东京时是顶头风。在东京上空时是晴朗的天气。飞到日本本州南

---

① 引自《蒋中正"总统"档案·事略稿本49》,其中提到了第二特别计划。

8号机降落在苏联机场

端时天气开始变坏。飞离日本时,他们遇到了顺风,接着又进入了恶劣天气。队员们在浓雾中艰难地飞行,还得同那些气流较劲,强大的气流可以把飞机甩到任何一个方向,所有人都迷失了方向。

　　天渐渐黑了下来,雨、雾和云包裹着每一架飞机,暴风雨敲打着机身,迫使筋疲力尽的驾驶员和副驾驶员奋力去保持飞机平衡,维持正确航线。能见度降到零,机上人员很难看到翼梢。焦急的驾驶员盯着油量表,忧虑的领航员瞅着地图,希望他们的航线没有出错。他们的生命完全寄托在这条航线上,寄托在还剩多少汽油以及发动机能否继续转下去。

　　杜立特的轰炸机队飞到中国大陆时,汽油所剩无几。有几架飞到中国海岸或飞近海岸时汽油已耗完。它们或因为飞得太偏西北而耗油太多,或者因为连续14小时不停地飞行加大了发动机的耗油量。耗完汽油的飞机已无法把他们带到更加安全的内陆,黑夜也阻止他们继续飞行,有4架飞机选择在浙江东部沿海迫降。

　　另11架飞机冒险飞进内陆,但他们没有认出任何地面标志,有些人甚至也没有看到海岸线,因为他们是单靠仪表飞行的。因此,他们除去知道大致的方向外也说不清飞到什么地方了。下面是连绵起伏的江南丘陵，他们在云层和暗夜中盲目飞行。群山覆盖着浓雾，山峰也看不见。飞行员们只能大致估计一下山峰的高度（因为任何地图上都没有标出中国这些山的高度），修正高度，并在黑夜逼近时继续飞行，穿过那令人头晕的灰色夜空……远方地面上的灯光偶尔透过云隙闪烁一下，这就是他们看到的中国的一切。

飞行员们专心收听导航信号。根据计划，衢州机场应该发出导航信号。美军飞机根据导航信号，就能找到衢州机场并降落。但是除了死一般的沉寂，什么声音也没有。"我们曾试图唤醒在衢州的电台，可提前九小时，他们没有守着我们的频率。"[1]

"我们试着同衢州基地联系，"杜立特回忆说，"没有应答。这就意味着队员们安全到达目的地的可能性几乎是零。衢州……若是没有地面电台的指引，我们根本找不到那儿。我们能做的只有一直朝着衢州的方向飞，希望能够落在中国人控制的地区。"

他们在华东的夜空中盲目地盘旋，希望能找到计划中接收他们降落的中国机场。实际上，有几架正从衢州上空经过，但是发动机的轰鸣声使得城里警报骤起，顷刻所有的灯光都消失了，他们根本不会想到已经到达了目的地。有两架飞机甚至深入到内陆600公里的江西省中部。但这些努力没有一点结果。B-25的油箱已经见底，接下来怎么办，他们要做出抉择。

美国陆军官方报告这样描述他们的命运："他们等待的信号没有到，所以只好摸索着向前。他们进入亚洲大陆的上空，但没有看到任何的航标，甚至没有看见海岸线……他们没有因为中方的安排不到位感到气愤，而是由于不得不放弃战机而伤感。"从这个报告中可以看到美方认为是中方安排没到位。

---

① 根据托马斯·怀特（TR White）写的回忆录：*Memoirs of "Doc" White.*

　　11架飞进了中国内陆的杜立特轰炸机在空中盘旋,徒劳地找寻预计着陆的机场。这片地区有的已被日军占领,敌我双方的控制区犬牙交错,战火频仍,而且这里属于江南丘陵,多有高山峡谷、江河湖泊,少有平地。在这个风雨黑夜,根本无法找到迫降的场地。跳伞是他们唯一的选择,虽然在所有队员中,只有杜立特有过跳伞的经历。有的机组推算已到达衢州上空时,就弃机跳伞了,也有的机组直到油表的指针到了零刻度,发出警报时,才把飞机尽可能地拉高,随后一个接一个跳出舱外,用力拉开伞索,落在了陌生的土地上。他们没有在预想的破晓时分降落,而是在漆黑的深夜,穿过了风暴和浓雾,落到了地球另一端,下面是陆地,还是海洋,是自由的国土,还是敌人控制下的土地,只能听天由命。

　　在美国陆军航空队一年后的官方报告中如此描述:

　　　　天气是那样糟——完全不允许着陆——他们并没有因为中国方面未能安排他们着陆而懊恼,只是因为不得不丢弃把他们载回来的飞机而感到心酸。从飞行员的报告中,可以明显地看出,他们知道天气使他们不能降落;没有任何东西能保证他们完成任务后安全飞抵中国基地……

第二节　不同寻常的防空警报

　　由于中美沟通方面出现问题,中国方面没有收到提前接收美军轰炸机队的通知。东南地区的防空情报网侦知杜立特轰炸机队的飞临,以为是日机来袭,浙江、江西各地都发出了防空警报。沿海岸的日占区也发了空袭警报。抗日战争爆发后,中国军民深受日军狂轰滥炸之苦。白天跑警报,晚上回家做事,已成为日常生活方式。但这次防空警报与以往不同,不光飞机的数量、发动机的声音与以往不一样,就是来袭时间也发生了变化,日机一般上午来袭,下午来得比较少,傍晚则从来没有过。因此,这次不同寻常防空警报留在了很多人的记忆中。

4月上旬,浙江省主席黄绍竑与浙江省民政厅厅长兼省警察大队大队长阮毅成从浙江省临时省会永康方岩出发,赴台州、温州两署各县视察。4月18日,黄绍竑、阮毅成在临海。黄绍竑在回忆录中记述了当天在临海的情况:

> 三十一年四月十八日,我正巡视到临海,是日傍晚暮色苍茫的时候,忽然听到空袭警报声,这是过去所未有的。同时接获报告:临海三门沿海各地,以及衢县浙西方面都有飞机在盲目地乱飞。我当时心里想,这不像向我们空袭轰炸的样子,一定是敌机因为那日天气非常恶劣,受不了狂风暴雨的袭击,而迷失了方向,觅不到降落的场所。如果它在我们的境内强迫降落,我们定可活捉几个他们的空军,稍泄这几年来遭受无情袭击所感遇的种种苦痛和怨气。决然断定不是我们的空军,更不料会有同盟美国的空军,能飞到中国的天空上来![1]

当时阮毅成受邀住在望天台上的恩泽医院。在他专门记述参与救助杜立特轰炸队员的回忆文章《杜立德首炸东京》中记述了4月18日晚上的情况:

> 战时战地,经常有空袭警报。临海县面临大海,更为敌机上下出入之所。……但空袭警报多在上午,过中午后已不常有,黄昏时更为难得。是晚(4月18日晚)警报发出后,不久天黑,灯火

---

[1] 黄绍竑:《五十回忆》,岳麓书社,1999年,第372页。

管制。我在医院中，闻空中有飞机多架的飞行声，更为奇怪。盖自京杭沦陷，战事重心后移，很难听到有多架飞机的飞行声音。且其声极为沉重，似非敌机。如系我国空军来临，事先必有情报，防空监视哨不会发出警报。而在当时，我国空军基地远在大后方，亦不可能飞来东南最前线。未数分钟，接到沿海各地防空监视哨的电话报告，谓有不明飞机数架，在沿海盲目乱飞。……未一小时，空中机声顿告沉寂，我想必是皆已迫降。警报解除，灯火复明。①

在临安天目山，浙西行署主任贺扬灵也记录了当天晚上的情况：

一九四二年四月十八日，天气阴霾，山里的白昼显得分外的短促，五点一过，屋外已经是黑漆一团，雾气从门窗的隙缝中透进来，春寒逼人。饭后，天气越来越坏，暴风夹着骤雨，一阵紧似一阵，这时我正在一盏晕黯的煤油灯下处理一件不关紧要的公务，偶尔听到一阵低沉的发动机声。起初，我还以为是风刮树林的呼啸，过后，这声音不绝的在山四围回荡，时远时近，我确信这是一种重轰炸机上发出来的吼声，立刻打电话给防空哨和驻在附近的部队机关，寺院和居民，提高警觉，施行灯火管制和派出必要的警戒。机声一直在左近盘旋，约莫有二十分钟，忽然一声巨响，落在不远的山外，消逝了。屋外除了风雨交作的喧扰，再也听不出其他声息。

这一夜，大家都以这怪机声做话题，打发坏天气带来的不愉快之后，怀着不安和诡异的心进入睡乡。②

---

① 阮毅成：《杜立德首炸东京》，《八十忆述》，台湾联经出版事业公司，1984年。
② 贺扬灵：《杜立特降落天目记》，"中国文化服务总社"印行，1947年。

在江西都昌：

4月18日夜9时，天空一片昏黑。因为日机的轰炸和日舰近日在鄱阳湖内频繁的骚扰，都昌县城内的居民百姓一日数惊。忽然，从东北方向的空中传来一阵沉重的马达轰鸣声，城头上的守兵认为是日机夜袭，迅速发出了警报。这时，飞机已飞临县城上空，城防门卫队即开枪对空射击。奇怪的是，这架飞机盘旋数周后，并未像白天的日机那样投掷炸弹，而是掉头向东飞去，转瞬间，即消逝不见了。①

在遂昌。4月18日晚，遂昌县建设科长兼主任秘书卢炘在家宴请教育科长叶蓴等人。晚上7时许，突闻紧急空袭警报，接着机声隆隆，当即熄灭煤气灯，换上蜡烛，大家匆匆吃罢散席。②

在金华。阮捷成任金兰警备司令部参谋。多年后他回忆当天的情况：

这天我吃了晚饭，准备休息。这时听到了防空警报。平时金华也受到日本飞机的轰炸，但都在白天进行，从来没有晚上来轰炸的，这次防空警报显得特别。当时我就住在司令部内，我马上给浙江省防空司令部打电话了解情况。这个防空司令部，管着全省的防空。他们说现在收到防空哨的报告。在浙东沿海有飞机的声音。这天天下雨，天气不好，也不知道这是什么飞机。过了一会儿警报就解除了。③

---

① 罗水生：《记抢救坠落鄱阳湖美机的经过》，《江西文史资料选辑》第18辑，1985年12月。
② 卢炘：《两次飞机失事在遂昌》，《遂昌文史资料》第5辑，1988年12月。
③ 据阮捷成所述。

同样,衢州也发出了防空警报。下午6时左右,防空监视哨接前方监视哨电话通知,有飞机向衢州方向飞去,于是立即发出空袭警报。当时衢州正下雨,居民刚从乡间逃避空袭回到家中,突然听到警报声,又纷纷离家逃向防空洞躲避,有的已到洞口,有的还在路上奔跑,接着又听到紧急警报的声音,同时听到了上空机声隆隆,盘旋不已,飞机越来越多。由于灯火管制,全城一片漆黑。①

八十六军辎重兵团连长李天祥,时驻防衢城西门外龚家埠,他目睹了当时的情况:"听到在夜空中有十几架飞机在衢州上空盘旋,并且先后向地面投下两颗绿色信号弹,打算与机场取得联系。但是,航空十三总站人员,不但不发信号答复,反而放出空袭紧急警报,实行灯火管制,这时是下午六点多钟,地面一片漆黑。飞机只好向南继续飞行,无法着陆。"

衢州电灯公司一位宁波籍傅老师反映,飞机在上空盘旋时,发电机房的红色信号灯突然亮过几回,认为这是可疑的事。十几分钟后,机声消失,旋即发出解除警报。居民纷纷回家做饭、休息。

当美军飞机飞过衢州机场上空时,机场工程师钱南欣回忆当时的情况:"我们的地勤人员闻高空机声,曾对空放出信号弹,惜无反应。眺望云层,间隙抛下红色曦光,机声由近而远,未闻回转。"②

衢州机场空军士兵吴老四是衢江区长柱乡庄底村人,60多年后他讲述了他当年在衢州机场看到的情形:

4月18日夜,我们仍旧和往常一样带着灯到机场上去。到了后来天下起雨来,越下越大,大家都用各种各样的东西把灯遮住不让雨淋湿。老兵说这种天气飞机降落会很困难,我们地面上这

---

① 郑根泉:《抗战时期嵊衢记事》,《兰溪文史资料》(第六辑),1988年7月。

② 引自钱南欣:《美空军B25C轰炸东京回航衢州机场纪实》。其中所提到的信号弹似为飞机投下,不可能是机场发出的信号。

么小的灯光在空中不一定能看到。很晚了,天空中还是没有一点动静,我以为又要空等一夜了。

就在大家准备等长官下命令回去的时候,天空中传来隐隐约约的飞机马达声。大家仔细听,声音越来越近越来越响,没错,是飞机来了! 大家一起看总信号灯,可是灯没有亮。转眼飞机已经到头顶了,灯还是没有亮。我们一个个都急起来,再不亮灯,飞机就要飞过去了。可是总信号灯就是命令,没有命令,谁也不敢乱跑,更不敢把手中的灯点亮,否则就是杀头的罪。飞机好像还在机场上空转了个圈,最终飞走了。我们一直看着总信号灯,它始终没有亮。

回去后尽管已经很晚了,好多人还是睡不着。我老是想:万一今天飞来的就是美国飞机呢?[1]

航空十三站负责人感到有些奇怪和突然,就向桂林空军第二路司令部无线电联系,报告情况。

刚从重庆运送航空器材和油料到衢州机场准备继续担任运输任务的麻境兴当天见到的情况是这样的:

下午六时,发生空袭警报,我们都在跑警报,天下了一阵雨。约八时左右,听到上空机声隆隆,盘旋不已,飞机越来越多,不久,逐渐减少以致消失。将近十时,听说航委会来电报了,美国空军要在这里机场降落,这时才明白,在空中盘旋的飞机是美国飞机。[2]

[1] 陈炜《艰辛与遗憾——一个抗战老兵的记忆片段》,《衢州晚报》2003 年 7 月 22 日。
[2] 麻境兴:《美国空军奇袭东京参加接运工作的见闻》,《沙坪坝文史资料》第 3 辑,1984 年 9 月。

4月19日,日本在华第一飞行团派出飞机计划轰炸衢州机场,因天气阴雨日军飞机中途返航。从4月20日开始,只要天气许可,日军飞机每天空袭衢州及周边机场,破坏浙赣铁路沿线交通桥梁。金华、衢州、上饶等主要城市皆受到密集式轰炸,损失惨重。

第三节　第三战区当夜通知营救美国飞行员

当杜立特轰炸机队全部迫降或弃机跳伞后的几个小时后,在上饶的第三战区司令长官部知道了美军飞机已在第三战区迫降。第三战区司令长官部连夜通知地方政府和军队,营救美国飞行员。

第三战区司令长官部参谋处少将处长岳星明回忆了当时的情况:

> 当时,江南已届梅雨季节。入夜,阴云密布,月黑无光。四月十八日深夜,顾祝同司令长官打电话给我,要我通知当地政府和部队全面出动,协力营救跳伞降落的美国飞行员。[1]

顾祝同在4月27日电蒋介石《美机轰炸日本被迫降落本站区之美籍空军人员情形》中报告:

> ……本部十九日晨得悉美机迫降我区消息后,立即密饬各机关部队及地方政府妥慎侦查保护。招待费用报由本部核发。

各地方政府和军队收到通知后,开始组织营救美国飞行员工作。

> 据当时任淳安县长的沈松林和遂安县长高德中次子高柏英回忆:当天深夜,两县县长分别接到第三战区司令长官顾祝同的

[1] 岳星明:《浙赣战役回忆》,1987年。

157

急电,命令立即组织搜山,抢救盟国飞行员。两县由警察局、自卫队分别组织人员下乡搜索抢救。遂安县还带着中学里的英文教师,手提喊话筒用英语大声呼叫:请盟军放心,这里是安全地带,不是日军占领区。[①]

以上3份资料相互印证,说明第三战区司令长官部是在18日深夜至19日晨这段时间,得到消息有美国飞机降落在第三战区,同时布置战区内军队和地方政府营救美机飞行员。这个消息来自何处? 是重庆,还是第三战区基层的报告,甚至是美国方面的通知? 有待进一步查考。

时任吉安航空站站长的郑梓湘回忆当时的情况:

> 迨至次晨,我方始得知该批美机临时改期、提前出动的消息,然一切已经来不及,惨剧已告演出了! 其时我方东南地区各空基地,唯有加紧从事救护工作。在笔者方面,立即加速地出动所属人员,尽最大努力,在穷乡僻壤找寻抢救,并着本基地的空军电台急电通知各地,再发动军民人等四出侦寻,我更以电话通知江西省政府……请省府即行通令各地加紧救护。[②]

4月18日夜,从天上掉下来的突袭队员在中国度过了第一个凄风惨雨的夜晚。当天晚上只有两个机组得到了中国当地百姓的帮忙,其他的突袭队员只能在夜雨中等待黎明的到来。最惨的第16号机组成员,当天夜里就遭到日军的搜捕。另有3名突袭队员在这个夜晚牺牲了。19日天明之后,突袭队员终于看清了所处的环境。他们大部分降落在江南丘陵的群山之间,有的降落在海岛滩涂,有的落在湖边水田。有的在中国控制

---

① 方浩然:《美机飞行员在遂安降落情况》,《淳安文史资料》第7辑,1991年。

② 郑梓湘:《第一次轰炸日本的美国空军》,《春秋》(第一〇三期),1961年10月。

区,有的在日本占领区。突袭队员从最初的降落地走出来,他们希望搞清自己的方位,找到同伴,更希望能去衢州或重庆。

最早发现并帮助杜立特突袭者的是中国最普通的老百姓。虽然第三战区司令长官部已开始通知营救飞行员,但消息还没有传达到老百姓。这时的中国大部分地区还处在农耕社会,自给自足,对外交往很少。大部分中国当地百姓第一次见到白种人。老百姓身上有着热情善良和富有正义感的中华民族传统美德。抗日战争已经进行了5年,老百姓知道谁是朋友,谁是敌人。当他们搞清楚这些从天而降的怪人的身份后,立即提供食宿和衣服,并为他们治伤,把他们送到政府机关。在日占区,中国老百姓和自卫队帮助美国飞行员躲开日军的搜捕,带着他们通过日军的封锁线,把他们送到安全的地方,还有人为此献出了生命。

第四节 未开放机场的原因

是什么原因使空军第十三总站没有及时开放机场?对此国民党军政当局讳莫如深,保守绝密。坊间有各种传说。

有的说,是重庆机要室译电组长午后醉酒耽误发送电报,致使空军第十三总站没有及时收到通知。有的说,机场人员彻夜打牌,电报没有翻译。有的说,是衢州航空站译电员白天带着密电码逃警报,没有及时译出重庆的电报。甚至有的说,衢州机场负责人当时因故不在机场,重庆发来的急电未能及时译出。

以上这些有关工作人员不负责的说法,是错误的。

首先,从蒋介石日记来看。直到蒋介石4月18日写日记时,他还没有收到美方提前起飞的通知,所以他对美方行动时间感到疑惑。其次,这次美军飞机全部损失,飞行员或死或伤或俘,其他的飞行员也身处危险之中,后果严重。而且事关中国第一次与同盟国美国联合作战。如因空军第十三总站没有及时接收重庆的通知电报而招此后果,航空总站长和总站附难逃罪责,会受到军法制裁。但事实上,他们不但没有受到制裁,还在短期内得到了升迁。总站附狄志扬之后任航空委员会人事处铨叙科科长,1943年6月任第三航空总站(梁山)总站长。1943年总站长陈又超升任航空委员会航政处处长。这反过来能证明,空军第十三总站在接收美机降落这个问题上没有过错。

当时在衢州机场的空军人员麻境兴认为:

> 总结此次奇袭,飞机全部损失,主要是由于起飞地点离日本太近,美机行动过度保密,没有及时和中国联系,加以中国的通讯系统较差,衢州机场连塔台都没有。[1]

当时在衢州的维思在衢州机场有熟人,他得知的情况是:

> 黄蜂号……提前四十八小时作业……在航舰起飞,通知华盛顿最高作战指挥部,而华盛顿转到重庆,由重庆转衢州,已在午夜十二时,立即开放机场,但未见美机飞临。[2]

刘同声护送杜立特突袭队2号机机组成员向后方转移,4月29日到达衢州。他在衢州空军第十三总站了解到一些情况。在他的回忆文章中写道:

> 在这里也了解到,此次行动是早与重庆的中国政府联系好的,由空军总部负责全盘计划,如汽油的准备,翻译的派遣,机场

---

[1] 麻境兴:《美国空军奇袭东京参加接运工作的见闻》,《沙坪坝文史资料》第3辑,1984年9月。

[2] 维思:《1942年日军进犯衢州的原因和经过》,《衢县文史资料》第三辑,1991年1月。

的接应等等。但因美军飞机提前起飞,消息未能及时到达重庆,也未能通知衢县空军基地。当美军飞机飞临衢县上空时,不但没有导航信号,机场跑道无灯光,而且还拉响了防空警报。美军飞机或因汽油用尽迫降,或机员跳伞逃生。

阮毅成在1976年给杜立特写信"查证当年他们自东京回航,为什么未能找到衢州飞机场"。杜立特给他回信说:

> 亲爱的阮先生:很高兴收到您十八日的来信。我们非常感谢中国友人为我们建筑机场,及照顾我们的机员。由于携带导航无线电的飞机,在来到中国途中坠毁,所以在中国机场,没有信号引导着落。此次轰炸日本,我们并没有提供太多的消息。因为这次的成功,是为了要造成惊人的效果。
>
> 杜立特敬上,1976年5月27日[①]

以下是浙西行署秘书赵福基报给行署主任贺扬灵的与杜立特谈话笔录:

> 衢州途中杜赵问答笔录
> 赵:在离开美国之前,足下与衢州飞机场(或丽水、玉山)有无通讯办法或密码?
> 杜:在美时已约好办法。显然现在此办法被误解,并且我们早到了一天半。
> 赵:足下飞越中国海岸时,衢州飞机场为何不能接受足下所

---

① 阮毅成:《杜立德首炸东京》,《八十忆述》,台湾联经出版事业公司,1984年,第576页。

发之无线电?

杜:亦许他们没有预备好,因为我们到的较他们想定时间为早。

赵:假使事前并未与衢州机场约定,足下能否寻找到该飞机场?

杜:当时海岸上若无重雾,山谷间若无层云,我们就容易寻到衢州。但在夜间,如确定飞机场之界限,则须地上备有灯光标识,此层似乎彼此早已约定了。

赵:足下没有较现在手边更详细准确中国地图吗?我想中国军事委员会备有军用之1:50000之中国地图最好。

杜:我们当时未能备有较好之地图,这是我们的一大障碍。美国来华飞机师,应备有更详细地图。现在就应将此种好地图,送往美国,因为我们在路上尚须若干时日。

赵:足下是否确知当起飞时,中国军事当局已获通知?

杜:已通知史蒂威尔将军,吾等即将于四月廿日左右到达衢州。我想他会通知蒋介石将军。再说负责代我们装备汽油者,知道廿日以前必须齐备,并且我们托他转达下列各点:

一、无线电之帮助;

二、巨大亮光,指示飞行场所在地;

三、小亮光指示飞行场四周界限;

我们飞行前最大困难,是我们组织起飞,必绝对秘密与迅速,实在没工夫交换情报(通讯)和确定情报。

关于衢州机场没有及时开放机场的原因,杜立特在1942年6月5日写给陆军航空队的报告能较好地回答这个问题。以下就是报告内容。

詹姆斯·H.杜立特东京突袭个人报告

1942年6月5日

致:陆军航空队指挥的将军

主题:关于日本的空中轰炸的报告

我们希望可以通知重庆我们提前起飞,但由于必须严格保持无线电静默,我们实际起飞之前不能这么做。我们要求,在我们起飞后立即告知重庆。并且我们认为,即使他们并没有被海军告知,日本广播电台将给予他们所需的信息。由于一个现实的问题,重庆知道我们将到来,但官方通知没有发送到衢州,大概是由于极其恶劣的天气和由此造成的沟通困难。因此在衢州没有为我们提供无线电导航,也没有灯光航标或着陆用照明弹。与此相反,当听到我们的飞机在头顶时,空袭警报响起,灯光被关闭。连同在中国海岸非常不利飞行的天气,使我们不可能在目的地安全着陆。因此,所有的飞机或者降落在海岸附近或机组人员跳伞降落。

第六章　战果意义

第一节　日本遭到空袭的消息四处传扬

日本本土遭到空袭。关于被炸的最初细节都来自日本发布的消息。

4月18日下午,日本电台女播音员一声尖叫,中断正常节目,插播了一则新闻:"今天下午,大批敌轰炸机出现在东京上空,轰炸了一些非军事目标和工厂,目前已知死亡人数达到3000至4000人。据报道,东京上空没有敌机被击落。大阪也遭到轰炸。东京报道几处大火仍在燃烧。"突然,她的广播完全中止了。

就在B-25飞机向中国东部海岸飞去时,日本政府开始干涉新闻报道,试图弱化这次空袭的影响。

据东京广播,东京今日下午十二时三十八分被飞机轰炸、郊外数处起火、离东京二十英里之横滨亦被炸,来袭之机,飞行并不甚高,机翼下所绘之美国标志,自地面视之非常清晰。[1]

据东京广播,中部防卫司令部今午四时公报,名古屋及神户两地,因"敌"机投掷燃烧弹发生之火势,已在控制之中。名古屋附近六处,落有燃烧弹;神户有三处各中燃烧弹一枚;和歌山志营等县有若干村落遭"敌"机枪扫射、惟无损失。[2]

---

[1]《前线日报》1942年4月19日第一版。

[2]《盟国空军首次突袭敌本土 东京横滨区遍遭轰炸》《正报》1942年4月19日第二版。

东京广播,据当局发表,"十八日下午零时半,美机数队飞至东京名古屋及神户各市空袭。日本本土日防空战斗机队接报后,即起飞迎击,地上防空部队亦发炮射击。当将敌机九架击落,并将残余之敌机驱逐至东方洋上。美机于空袭时投下烧夷弹及炸弹,因之东京等地发生火灾,经陆防团消防队迅速消弭"云。①

东京的空防参谋长则轻描淡写,将轰炸说成是一次很好的防空训练机会。呼吁所有的日本人诚心祈祷,祈祷着一场大雨能扑灭美国人轰炸引起的大火。日本公众根本不知道这次空袭的真实情况。毁坏程度秘而不宣。

日本遭受空袭的消息世界期待已久。不管毁坏程度如何,这个消息本身具有的震撼效果,使它立即被四处传扬。

中国人当天收听了日本的广播,这是中国人民所听到的最好消息。当天下午晚些时候,已遭受日本百多次轰炸的中国城市重庆从日本JOAK广播电台收听到这一消息。对中国人来说,可恨的日本人怎么试图歪曲这次空袭都没关系。重要的是,日本本土也遭到了轰炸。中国报纸为此刊出"号外",影院的银幕上也频频闪出这一消息,到处响起喜悦的爆竹声。当地的大小报纸用特别字体刊发了这则消息,海报贴满了当地的电影院。

18日在桂林,"此间获悉东京神户被炸消息后,人心极为振奋,扫荡及广西日报均出号外,情绪热烈"②。

在缅甸前线的史迪威也从收音机里得知了东京被轰炸的消息。无法知道他当时是否意识到这次轰炸与他之前与中国方面协调使用中国东部

①《美国空军远征倭本土 东京等地被炸起火》《东南日报》1942年4月19日第二版。
②《三岛遭炸后 美人无不称妙 渝报认为予敌以大教训》《东南日报》1942年4月20日第二版。

1942年4月19日出版的《读卖新闻》

机场有关。他在日记中只是简单记录了这个消息。

在英国伦敦，18日各晚报多于显著位置刊载东京、横滨、神户及日本其他城市被同盟国飞机攻击的消息。《明星晚报》于第一版刊载消息，标题为"东京白昼被炸"。《标准晚报》标题称"东京开始被炸、同盟军飞机活跃"。《新闻晚报》标题为"日方称东京被炸"。

在美国，18日清晨各广播电台播报新闻，报告美国炸弹落于日本境内

1942年4月19日出版的《解放日报》

的消息,使美国听众大感兴奋。前一天夜间,各报都赶速把轰炸东京的消息放在第一版,以大字刊载"东京被炸"的标题。首先出版的晚报也以显著地位及大号标题刊登这个讯息,作为电讯的首句,横跨全页。对于美国炸弹落于日本境内的消息,美国一般民众的反映可以用"绝妙"两字概括。民众都想知道飞机从何处出发。日方的消息使各方想象空袭日本的飞机分批由3路飞至日本。美国人忙于查看地图,寻找传闻已被轰炸的东京、横滨、神户及名古屋等地的所在。

数日中,日本的报纸和电台说美国飞机未能飞近任何重要的军事设施,那里的防守太严密了,遭轰炸的只是学校和医院等平民目标。说有9架飞机被击落,并详细地描述了东京的家庭和学校、医院、影剧院被毁坏的情形,极力赞扬扑灭烈火的平民。接连几天,报纸社论鼓噪"不人道的、狂妄的、不加区别的轰炸"和美国人的"残暴行为"。

蒋介石在4月19日的日记中写道:"倭广播称美机轰炸日本为最不人道与不守国际公法之举。不知其轰炸我国平民达五年之久,将何以自解也?"[1]

东京被炸的消息传出,着实鼓舞了同盟国,特别是中国和美国的军民。

甲午战争以来,中国一直饱受日本的欺凌。九一八事变、七七事变,山河遭沦陷,人民被屠戮,艰苦抗战的中国军民迫切希望得到其他国家的支援。直到日本偷袭珍珠港,美国终于加入反法西斯的正义的战争中来。中国希望有美国的加入能很快击垮日本军国主义。但接下来却是美国在太平洋上遭受到一连串的失败。中国刚因强大盟友的加入而激发起来的士气,被一个个失败的消息所冷却。民众感到前途的黯淡。当东京被炸的消息传到中国。民众是百感交集,悲愤俱发。抗战15年来,无论城

---

[1] 周美华编辑:《蒋中正"总统"档案:事略稿本49》,2011年,第155页。

市乡村、前线后方,全国到处遭受敌机残酷的轰炸。多少人因此伤亡,多少财产因此毁灭。亲人离散,家园被毁。这些都拜日本鬼子所赐。过去5年日寇不断制造战争、从事战争,在他国土地上杀人放火,烧杀掳掠。今日战火烧到他自己的本土,中国人闻讯能不兴奋吗?

这次日本被炸的是心脏地带。东京是首都;横滨是重要港口;神户不但是工业中心,而且是造船工业中心;名古屋是日本本州的交通中枢,日本的第三大都市。美国能一击打到这些关键部位,让民众对美国的军事实力有了新的认识,对美太平洋战略有了新的期待,并为之兴奋不已。

国民党中宣部长王世杰发表谈话称:"盟国空军首次轰炸东京、横滨等地,陪都方面认其意义极为重大,可显示美政府以前曾宣布'各盟国必即将战事移至日本本土'为非虚言,此举除对敌予以物质上之损失外,对敌国人民精神上之打击亦必甚大,因敌国人民久为其军阀所愚弄,对盟国之实力亦昧然无知也。"

《大公报》评论说:轰炸日本土事件,一能动摇日本的人心,二者影响日本的士气,三在军事上使其不敢畅所欲为,须留一部空军看家。

《中央日报》认为意义的重大与深刻有三点:"美国飞机已如世人所期待,可以远袭日寇本地,这可以证明美机性能的优秀及美空军战士的勇敢。并足证美飞机产量已达预定目标,其实力不但以援英援华援苏,而且可以大举远征。这次虽尚系远袭的尝试,今后必能继续不断有更大规模的远袭。不独可使敌方国民的精神遭受重大的打击,即军部盲目的自负亦必因而削弱。"

还有评论认为轰炸东京是美国"愈战愈强"的具体证明,是美国在太平洋上转变战略、采取攻势的前奏。这将减轻日本对荷属东印度、缅甸、印度和澳大利亚的压力,是敌空军将退居劣势,美国空军将转为优势的象征。对于敌国日本国民心理是一个致命的打击。与其重视日方物质上所受的损失,不如重视其精神上所受的重创。

在4月19日,发生了两件耐人寻味的事情。这一天,蒋介石在发往华盛顿的信中指示宋子文,在同罗斯福总统及其顾问会谈时,必须强调中国在盟国处于不平等地位。在主管军事供应的联合参谋机构中没有中国代表,实质上意味着中国往往被看作是一个受托管的国家。蒋介石断言,"如果这种状况不改变,中国将只是一个听人摆布的走卒"。同一天,宋美龄在《纽约时报》上发表长篇文章,提出美英国家应该废除对中国的不平等条约。她谴责西方"以枪口相威逼,一次一次令中国蒙羞受辱",侵犯中国主权,领事裁判权是"一种恶劣的司法制度"。这篇文章在美国引起了强烈的反响,许多报刊发表文章,还有人发表演说或致函美国政府,要求取消在华领事裁判权。后来美国表示自动取消不平等条约。1943年1月11日,正式签署了《中美新约》和《中英新约》。不能不说是杜立特突袭东京行动直接导致了中国方面提出以上要求。中国已独立抗击了日本军国主义5年时间。太平洋战争爆发后,中国战场继续牵制、消耗着很大一部分日本军队,中国远征军已出国在缅甸作战。中国在反法西斯战争中的战略地位日益提高。中国需要美英增加军事援助,同时需要提高在盟国决定战争问题的影响力。近代中国饱受列强欺凌。废除不平等条约,走向强国之路是几代中国人为之奋斗的理想。国际反法西斯同盟已形成,美国似乎把战略重心移向了亚洲。中国方面希望借机会恢复正当权益。蒋介石、宋美龄提出的观点定是长期酝酿的结果。为什么能在轰炸东京后这一天同时提出,也许是巧合,也许是他们受到美国轰炸东京消息的现实鼓舞。

美国报纸也对轰炸东京做出积极评论。《圣路易明星时报》称:我们美国人民获悉轰炸东京的消息以来,感到非常快慰。这等凶残蛮横的凶手今天也开始自食其果,品尝到战争恐怖的滋味。在中国,人民一定更加感到欣喜快慰。可以断言,自珍珠港被袭以来,美国忍耐至今才开始实行报复。中国方面则忍耐的时间比我们更长。而在过去忍耐期间里,中国军民能保持勇敢坚忍的心,虽经莫大的痛苦,也毫不动摇。现在中国报复的时间已近,中国胜利之日已近。

《纽约时报》发表评论文章称:说我们在太平洋上的远距离攻击力量正在迅速增长,这已获得事实证明。将来一定会有一天,我们不但可以袭击敌人的占领区。而且可利用航空母舰的水上飞机和阿拉斯加与中国起飞的陆上飞机,甚至西伯利亚起飞的飞机,向日本心脏猛炸。这个日子恐怕不会远了。

《纽约前锋论坛报》称:华盛顿方面尚未发表关于轰炸的消息。但不论轰炸机的来源如何,这是英勇机敏的进攻精神的表现,是确凿无疑的。日本应该知道这仅仅是开始。

英国报纸标以大字标题刊载盟机轰炸东京及横滨的消息,认为这是太平洋战事爆发以来同盟国最佳的消息。

美国、中国报纸根据日本发布的消息进行种种分析。从日本的木质房屋多,猜测他们必遭火灾损失严重。从日本官方呼吁要镇静,猜测日本民心动摇。猜测的焦点是飞机如何飞到日本去的。各方猜测的飞机型号、基地和飞行方向有10多种。有的说是从停泊在阿留申群岛的航空母舰上起飞的;有的说是以远程轰炸机由澳洲起飞;也有的说是由菲律宾之秘密根据地起飞;还有的说从中国起飞;有的说是从前进基地起飞,轰炸后继续飞行1300海里进入中国境内。其他还有好多有趣的猜测,不过是对日本被轰炸和之后种种表现的嘲笑罢了。

美国各地组织"轰炸东京协会",准备筹款奖励向东京投第一弹的美国飞行员。有报道称,在东京投掷第一枚炸弹的飞行员可获总共3295美元的奖金。待政府查明该轰炸机中投弹者是谁,即可向这位飞行员颁发这项奖金。这些奖金中有1000元为战时储蓄公债芝加哥卡车业巨商吉欣所赠。吉欣的公司是协助中国政府办理滇缅路运输出力最多者。加利福尼亚州亨丁顿巴克地方商人伯克也赠送1000元。波特兰300名造船

1942年4月18日的明尼阿波利斯论坛报

工人共赠815元。奥卡尼地方第一次大战退伍军人多兰赠100元。此外，美国全国各地馈赠这项奖金的还大有人在。

　　但美国陆海军条例严禁军人以其战功而接受任何酬报或犒赏。因为这是职责所在。有报道称，美国各社团及私人奖励向东京掷第一枚炸弹的飞行员的现款及国防公债估计将达50万元，但不能颁发给个人。该款最终将移捐到战时救济机关。从这个小事情中可以看出美国民众得知轰炸东京消息的欣喜之情。

　　与此同时，哈尔西上将在"企业"号的舱内给吉米·杜立特写信：

　　　　特混部队的光荣属于你，了不起！起飞如此成功，我们航空
　　母舰上的飞行员正在仿效这种起飞技术，只不过他们没有那么

171

熟练。

我对我的部下说,你着陆后应增加两颗星,还应挂上荣誉勋章。我为你和你的部下在我手下的短期服役感到十分荣耀。我不知道在历史上是否还有比这更辉煌的业绩。

天知道这封信什么时候才能到你手里。不管什么时候到你手,我将很高兴听你讲一讲这次经历。当然,这要在你方便的时候。再一次向你致以衷心的祝贺,继续揍那些日本杂种。[1]

在中国的昆明,著名的"飞虎队"队长克莱尔·李·陈纳德听到空袭东京的飞机大多坠毁在中国的消息之后大发雷霆。经历了日军5年的狂轰滥炸,中国用无线电和电话连接成一个庞大有效的防空预警网。同时这也是较好的空军情报网。它与中国空军指挥系统连接,对陈纳德的志愿航空队和之后的美国第十四航空队重创敌机起了很大作用。陈纳德坚信,如果他知道这些轰炸机要飞抵华东,接通飞虎队的任何一个电台,中国空军即可指挥所有飞机安全着陆。

由于马歇尔和阿诺德有令,陈纳德对轰炸东京的事一点也不知道。阿诺德认为,陈纳德与中国领导人关系太密切了,不相信他会对这次空袭计划保密。陈纳德认为,由于"策划不周",杜立特的飞机成为无谓的牺牲品。多年来,他一想起此事就恼。

杜立特的空袭使马歇尔和阿诺德为日本可能对美国实行报复而担忧。日本人在珍珠港重创美国太平洋舰队,在4个月内占领了威克岛、巴丹、中国香港、新加坡和荷属东印度,给人军事实力强劲,战争潜力巨大的错觉。

4月19日,美国报纸第一次报道东京被空袭之后的那天,民防局主任

---

[1] (美)James H. "Jimmy" Doolittle, Carroll V. Glines: *I Could Never Be So Lucky Again*. Schiffer Military History, 1991.

詹姆斯·兰迪斯便开始动员美国人民准备对付日本人的空袭。他发出警告后几个小时,防空警报就响彻了旧金山。金门桥和海湾桥的交通停止了,从萨克拉门托到蒙塔尼的所有电台都停止播音,以免被敌机用作导航信号。警报一直持续了3个小时。发出警报的原因是第四截击机司令部说"西海岸海域发现不明目标",但始终未能辨明那些目标是什么。惊慌的市民向华盛顿表示担心,要求加强西海岸的防卫。为了防范日军向沿海城市投放毒气,美国向西海岸的警察、防空人员以及其他在空袭期间必须活下来的文职官员发放了60万套防毒面具。

4月20日,在华盛顿的战争计划处远东太平洋地区副参谋长德怀特·艾森豪威尔的情报官评估了日本轰炸美国目标的能力。送给艾森豪威尔的报告说,日本人为保住面子,将袭击那些更为重要的目标,比如首都华盛顿。次要目标是巴拿马运河和沿西海岸的海军基地、造船厂和飞机制造厂等。陆军部长史汀生也担心日本将用航空母舰对美国进行报复性打击。西海岸的防卫仍很薄弱,麻烦的是很难再向这里增援轰炸机。在此期间,美国竭尽一切努力加强西部各州的防卫力量。另外,又补充了更多的战斗机和轰炸机。然而,一个半月后,日本舰队在中途岛被打败,想象中的因杜立特空袭东京招致的日本报复的危险,由于日本为此发动的一场海战而消除了。

第二节　中美沟通还在继续

美国的各种大小报纸在头版刊登了日本东京被轰炸的消息的同时,乔治·马歇尔和"乐天派"阿诺德也急切地想知道有几架飞机飞到了目标上空,轰炸的效果如何,被击落了几架,现在飞机降落在何方。他们没有从史迪威和比塞尔那里收到任何报告,也没有得到杜立特的信息,得到的只有日本发出的非常含糊、相互矛盾的消息,无法证实这次空袭的成败。如像日本所说,飞机被击落9架,只给敌人造成轻微破坏,这无法鼓舞美国人士气,这次行动的策划和实施情况的细节则不宜公之于众。另外,日本的联合舰队还在狂追哈尔西的航母编队。马歇尔或阿诺德在从驻华美军当局得到消息之前,将对公众保持沉默。

美国人被告知:"陆军部和海军部今天早晨说他们还未证实(盟国)飞机轰炸东京的报道。但官方对此事不感到惊奇,也不否认美国飞机参与攻击日本首都的可能性。"

为了使华盛顿对可能是一场灾难的事不承担责任,军事发言人对记者说:"这样的一种攻击可能不是由华盛顿直接下令进行的。即使轰炸日本首都的计划可能是在华盛顿战略家们的帮助或鼓励下制定出来的,但在什么时间具体行动主要是执行这一任务的陆海军军官们的事。"换言之,如果这次轰炸失败了并成为众矢之的,掉脑袋的将不是华盛顿的任何人。

马歇尔认为有必要马上就没能在事先告知行动细节对中方表示歉意。为此他给重庆发去电报:

马歇尔电蒋中正首次空袭日本利用中国机场降落计画未先奉告表歉意①

美国陆军参谋总长马歇尔将军,命将下电于收到后,即速亲呈阁下:

一、歇自史迪威尔将军处获悉阁下对于临时空袭计画,未能全予赞同,此项计画业已酝酿若干时日,并须利用中国机场,作为降落之用,此计画之详细内容,当初未告阁下,甚以为歉,因须保守机密,不愿将其内容由无线电中转达,然歇已知阁下由前在中国服务之美空军军官处获闻甚详矣。

---

① 秦孝仪主编:《第三编 战时外交(三)》,《"中华民国"重要史料初编对日抗战时期》,"中央"文物供应社,1981年,第134页。

二、阁下之困难，全为总统所了解，彼尤愿将美国在中国战区内之一切行动，置于阁下统辖之下，而遵循阁下之意向，当总统获悉阁下不以此时实施此计划为然，彼极愿将此计划取消，但因此项计画实有迫切实施之必要，故未能予以中止，而总统对于阁下下令采取有效之步骤，以确保此计划之成功，尤为感激。

三、歇愿乘此机会，向阁下保证，以后美国陆军非确得阁下完全同意前，决不在阁下战区内，从事任何之行动。

四、歇望第一次空袭计画中之大部分飞机，皆能达成其任务，并再能在史迪威尔将军指导之下，参加印度与中国之空战，以支持阁下伟大之努力，歇等正尽一切之可能，赶派空军，至此一重要地区也。

4月19日（重庆时间）下午，蒋介石批阅由比塞尔转呈的马歇尔电报。这时，杜立特及其队员已完成轰炸东京，飞机大部分已在中国大陆坠毁。蒋介石在电报上批示：

此应即复电表示此乃中国应尽之义务，何足言谢，只有事先准备未周，甚为抱歉而已。[1]

与上一封电报同时，马歇尔发了一则电报给重庆的比塞尔，指示说："完全神秘的气氛仍应涵盖特案，史迪威得否认与此案有关。关于公布新闻：对此案不宜公开，盼蒋委员长遵行同一政策。特案结果之任何消息，立即报部。"

同样，比塞尔将这份电报的内容以备忘录的形式转给蒋介石。

---

① 周美华编辑：《蒋中正"总统"档案·事略稿本49》，台北"国史馆"印行，2010年，第153页。

备忘录略称："美陆军部曾令史迪威将军对于空袭日本以及与此有关之消息，概不予以公布，敌人奉令，特请同意此项政策，并采取必要措置，与美国相合作。"

第三节　各方报告陆续传回

杜立特突袭者降落后分散在很广阔的地区。当时中国通讯落后，电话和电报只有县级以上政府机关才有，乡村通讯以递步哨来完成。交通很不方便，出行主要以步行为主。这一地区火车只有浙赣铁路一条线。汽车也十分罕见。突袭者们与当地百姓语言不通，当时中国只有很少受过高等教育的人能粗通英语。第十三空航总站，第三战区，浙江、江西、安徽、福建等省防空司令部等都在尽力收集杜立特突袭队员的信息，寻找、抢救、接待这些飞行员，向重庆报告情况。但在最初一两天里，汇集到衢州的突袭队员很少，收到的信息混乱含糊，无法为美方提供有用的信息。

19日白天，降落在浙江江山的5号机的3位机组成员到达衢州空军第十三总站。晚上，5号机组的另两位成员到达衢州，成为最早在衢州团聚的机组。这天蒋介石得报有3架美国飞机在浙赣各地被发现，"谓此必昨日轰炸倭国之飞机也"。另外，杜立特的1号机组被於潜的百姓救助，送到天目山上的浙西行署，受到浙西行署主任贺扬灵招待。在这一天，其他机组成员大部分被各地村民带到乡公所或县城。有的得到自卫队的保护。在之后的几天中，他们由当地政府、军队机关陆续护送到衢州空军第十三总站，也有个别突袭队员降落在渺无人烟的原始森林中，几天后才被当地人发现送出大山。21日，3位6号机幸存者被伪军带到象山县城后被日军俘虏。

美国飞行员到达衢州后，有很多人指责中国空军没有开放机场而招致巨大损失。轰炸行动后，中国当局依约保守绝对机密。对于事件详情讳莫如深，对外不做解释。部分人员只知其一，不知其二，对中国空军产生误解。有的驻衢陆军军官窃窃私语,暗地谈论飞机助战失败,为抗战前途忧虑。

空军第十三总站官兵承受着巨大的压力。多年后吴老四回忆说:

> 第二天,我们当兵的就听说美国的轰炸机摔掉了,后来还听说这些飞机是轰炸日本后飞过来的。大家一听都难过死了,花了那么多的人力财力把机场修起来,死伤了那么多的民工和士兵,可最后一架飞机也没有降落下来,就从我们头顶飞过去了! 怎么会这样呢? 有人说事先美国方面没有和我们联系好,长官还以为飞来的是日本飞机;有的说美国飞机飞来的时间不对,比原定的提早了;也有人说可能有人搞破坏。
>
> 过了几天,我押车出城。回来时守城的陆军士兵把我们拦住了,大声喝问:"你们是哪一部分的?"我们的人回答说是空军十三总站的。陆军士兵大骂起来:"你们十三总站是干什么吃的! 修了飞机场又不让飞机降落,摔掉了那么多。你们到底搞什么!"他们骂个不停,我们也不回嘴,开车就走了。本来大家都是当兵的,不存在谁怕谁的问题。我们心里本来就难过,再被别人指着鼻子骂,都快抬不起头来了。

4月19日,美国方面收到比塞尔传回的一个来自中国空军的使人困惑的消息:

> 3位,重复,3位B-25机组成员在衢州。机组人员报告,他们飞了21个小时。16架飞机起飞了,恶劣天气分散了编队,天气还影响了飞行的整个地区。有进一步信息将在收到后转发。[1]

---

[1] 美国国会图书馆阿诺德将军档案。

这天晚些时候,比塞尔发回的另一消息说,他收到许多相互矛盾的报告,因此不能肯定伤亡的具体数字。

美国白宫和陆军部对这些轰炸仍然保持沉默,弄得新闻界一时摸不着头脑。如果是美国飞机轰炸了日本,为什么没人对此负责?对东京的这些报道进行官方评论的只有罗斯福总统的新闻秘书斯蒂芬·厄尔利,他只说他对任何空袭一概不知。

4月21日,马歇尔和阿诺德仍极度盼望杜立特的消息,他们不能总是敷衍国会的质询和新闻界的压力。终于,他们收到中国外交部长宋子文的一个照会。杜立特通过浙江省政府浙西行署主任贺扬灵发了一个电报。他希望通过中国驻美大使胡适向阿诺德报告他所知的情况。电报通过中国通信设施从重庆发给在华盛顿的宋子文。因此,阿诺德两天后才收到电报。

> 31 4 20
>
> 天目山
>
> 即到渝军事委员会有密美轰炸机东京机队中校队长都立德
> 有电美国空军司令一则转发原文如下
>
> 华盛顿胡大使密请译转美国空军司令阿诺德中将,轰炸东京已达成任务,以中国境内气候恶劣,全部飞机疑均毁坏,至现在止已有航空员五人安然无恙。中校队长都立德
>
> 浙江省政府浙西行署　叩号印[①]

---

① 以上电文录自浙江省政府浙西行署电军事委员会美国轰炸东京轰炸机队队长都立德请转电美国空军司令阿诺德电文 1942-4-20,台湾"国史馆"数位典藏号:002-090103-00004-008。贺扬灵著《杜立特降落天目记》所录的电报文字有所差别,意思相同。"都立德"为 Doolittle 的又一种音译。

阿诺德最担心的事被证实了。全部16架B-25轰炸机都失踪了,80人中有75人下落不明,这是个不能承受的伤亡率。如果这个信息泄漏出去,对陆军航空队的声望和国民士气的打击都是不可估量的。阿诺德本人的声望也将很成问题;毕竟他是这次任务的负责人。收到杜立特的电报后,他给罗斯福写了个备忘录:

议题:最近对日本的进攻

几天来,我们几乎没有杜立特上校飞行队起飞后轰炸日本的确切消息。现在收到的消息虽慢,但却弄清了这次任务的执行情况。显然,杜立特飞行队相当成功地击中了位于东京—大阪地区的目标。同样明显的是,这次进攻引起相当的震惊。有16架B-25飞机从航空母舰起飞去执行这次任务。

恶劣的天气使这次飞行在中国上空遇到麻烦。

从对敌人的设施和财产造成的损失来看,从对敌我双方士气的影响来看,这次轰炸还是成功的。但从航空队作战本身来看,这次空袭是不成功的。因为一次空袭中损失超过百分之十就不算成功,而看来我们大概损失了全部飞机。

这一天,阿诺德又从重庆收到了空袭东京后幸存者的进一步消息,有19人还活着。这是截至20日晚上衢州空军第十三总站掌握到的确切情况。21日,比塞尔打电报问阿诺德,还有多少飞机和乘员需他去查找。他报告说,被救起的飞行员是在华东几千平方英里的区域内找到的,找到其他幸存者并把他们转往重庆不是一件轻而易举的事,也快不了。

这些事成为每天报纸的新闻,但政府依然保持沉默,仍未正式承认空袭日本。最后罗斯福总统站出来对这件事发表了明确的评论,这对美国人民是一个鼓舞,而对日本人则是一个打击。它成为罗斯福总统一件有趣的逸事。

罗斯福曾经问他的亲密朋友和讲演撰稿人塞缪尔·罗斯曼,如果记者问轰炸机从哪里起飞,他应怎样回答。

"总统先生,"罗斯曼说,"你还记得詹姆斯·希尔顿的小说《失去的地平线》中提到一个什么朝代的那个叫做香格里拉的地方吗?它位于西藏一个人迹罕至的荒凉地方。你怎么不告诉他们飞机就是从那里起飞的呢?如果你用这么个虚构的地方,你的回答就很得体,表明你不想告诉敌人或其他任何人飞机是从什么地方起飞的。"

罗斯福把他的新闻秘书斯蒂芬·厄尔利招来,告诉他,如果有人问飞机是从什么地方起飞的,就说是从"香格里拉"。

4月21日,罗斯福总统接见记者时声明,他对东京被炸之报道不能予以证实,甚至此事是否发生也不能予以证实。他个人也未接到智利大使提出智利侨民在日被炸的报告。罗斯福总统说:"我曾在宴会上对某个愚笨的询问者说,空袭东京的轰炸机恐怕是从'香格里拉'起飞的吧。"

4月22日,陆军部官员收到美国驻苏联大使威廉·斯坦利的一封密电,报告在符拉迪沃斯托克附近着陆的一架B-25飞机的情况。斯坦利开列了机组人员名单,幸存者又增加了5个人,并说他们健康状况良好,但仍被拘留。

随着时间的推移,更多的飞行员集中到衢州,更多的幸存者消息被汇总。但是,阿诺德收到的消息越多,越证实杜立特报告的部分内容属实——B-25飞机都丢了。15架坠毁和烧毁的B-25飞机残骸碎片散落在中国东部广阔的大地上。与好消息同时传来的还有坏消息,有报告说一架飞机坠落在日占区,乘员被俘,还有报告说有3人已死亡。

蒋介石也关注着美国飞行员的下落。4月24日,他在接见比塞尔时谈到了这方面的情况。

蒋委员长在重庆接见美国在中、缅、印派遣军司令部空军武官毕赛尔商谈美志愿军改编入伍后其所属中国地上人员之组织与待遇等问题谈话记录

民国三十一年四月二十四日①

毕：兹有四事奉陈。第一事，呈阅罗斯福总统来电。……

第二事，答复钧座所询参加第一特别计划飞机与人员之数目。兹缮具备忘录奉呈（附件二）。华盛顿目前不能供给此项资料之原因，实因航空母舰尚未驶达可以与华盛顿安全通报之洋面。深信数日后必可以此项资料报告钧座。第三事，归还前向中国借用之飞机汽油三万加仑及飞机机油五百加仑。此项油类，未经动用，今原数奉还（附件三）。深喜此项油类能按照周主任所指定地点一一送达。

委座：以后需用时仍可取用。

毕：当俟需用时取用之。……

……

委座：……不识阁下曾与轰炸机队之领队官长通电否？

毕：尚未，本人尚未与彼等任何一人直接通电，盖曾奉华盛顿命，嘱严守秘密，勿令敌人有何推测根据。惟本人业已托周主任转送数言与我方人员，彼等皆已出险。目前现状如下：安全者二十六人，死者三人，伤者四人。昨日又寻获一架，总数已有十架。已嘱在衢州之二十六人，除留一人在衢外，余皆首途赴衡阳。又得华盛顿讯，领队者为杜李德尔中校，彼为我国空军专家之上选，五年前双足踝皆受伤，并经敷膏包裹，乃于翌日轮值时，竟仍跃登

---

① 周美华编辑：《蒋中正"总统"档案·事略稿本49》，台北"国史馆"印行，2010年，第185—191页。从谈话中可知当时美军的航空油料没有运输到位，而需从中国空军借用。"毕赛尔"即比塞尔。

飞机,若未受丝毫损伤者。同时又有一次,彼头面皆包裹于一兜帽中,惟藉耳机无线电之指挥,竟得驾驶其飞机安全降落。

委座:阁下闻此中一机降落在南昌者否?

毕:未闻之。

商(震)主任:据政治部第三厅截听敌方广播,称三日前有一机因汽油耗尽,强迫降落于九江附近,机中人员四人,皆为俘虏。

委座:阁下曾闻此否? 于电华盛顿时,可告以日方今仍竭力保守此秘密。

毕:本人闻周主任言及之,并已电告华盛顿。今承嘱,当再以钧示续报。

好消息不断传来。24日,华盛顿得知有28位突袭队员幸存。

25日,得知共有54名飞行员着陆。

25日晚,第一批20位突袭队员从衢州出发前往重庆。

26日,杜立特和他的机组成员到达衢州。

华盛顿方面把零碎消息凑到一起,全部情况即可明了。根据中国方面提供的消息,有11架飞机已经找到了,加上1架在苏联降落。这就是说,日本最多击落了4架飞机。一切过程都证明,杜立特的任务完成得很好,特别是他当机立断提前12个小时起飞,到达日本上空的时间非常有利。

阿诺德还发给比塞尔一封电报,命令他授给杜立特飞行队每人一枚飞行十字勋章,但不要对外公开,因为还有一半人的下落不明,政府也还未正式承认这次空袭。马歇尔将军在发往重庆的电文中向杜立特表示祝贺:

总统向你和你的部下在执行这次艰巨任务中表现的高度英勇果敢的精神和出色的表现表示感谢与祝贺。你们为国家和盟国报了仇。晋升你为准将的提名已于今天呈交参议院。对于我来说，你的指挥才能已成为一种巨大的鼓舞力量，使我对未来充满希望。

当时不可能将勋章授给他们，也未能将晋升的消息通知杜立特。那时他们之中谁也没有到达重庆，比塞尔也不知道他们现在哪里。

4月27日，顾祝同向蒋介石报告轰炸日本后迫降于第三战区的美国军机飞行员情形。

集中到衢州等地的突袭队员分别于4月29日、5月3日和5月14日分3批到达重庆。留在临海养伤的4位伤员和1位医生也于5月18日向后方撤离，于6月4日到达昆明。至此，64位得到中国百姓救助的突袭队员全部安全护送到大后方。

5月10日，阿诺德根据重庆及檀香山的报告，将一份总结的备忘录呈罗斯福总统，说明任务的经过。

四月十八日，大黄蜂号航空母舰在东京东方668海里处，海军特遣舰队遭遇日方一艘巡逻艇，这艘小艇被巡洋舰纳什维尔号击沉，但该艇仍有机会发出电文，说明正遭受敌舰攻击。须提示的是，特遣舰队所在的这一点，较杜立特将军计划起飞东京还远了150海里至400海里……

下午1:30，日本的英语广播节目中，一位女播报员（推测为"东京玫瑰"）正播报说日本无虞轰炸十分安全时，播报切断，另一项广播发布消息，当时有低飞的快速飞机正轰炸日本；后来的播报说多处起火，请老百姓祈求下雨。然而，直到48小时后，广播中说火势已经控制住了。更后一点的广播，报道死伤人数总共达

三四千人。……①

同一天,美国陆军部发布公报,官方首次确认美国陆军飞机轰炸东京、横滨、名古屋等地。

(路透十日华盛顿电)陆军部公布,美国空军轰炸东京详情全文如下:最近轰炸东京之飞机,为美国陆军轰炸机。是日天气晴朗。美机于中午飞往日本。降至适可避免敌方高射炮火及掩护气球之高度。在东京、横滨、名古屋等地附近工业区域投掷大量爆炸弹及烧夷弹。美机飞行甚低,故轰炸各目标甚为准确。被炸之处均有大火,为时至少达二日之久。其最有兴趣者,即美机飞近日本之际,适获东京英语广播,尚称日本生活之优裕,决无空袭之危险。美机即以极大速度,飞至日本本部,投下大量炸弹矣。其后日本广播称,来袭之飞机速度过大,无法拦截。旋又谓,日方有三架起飞迎战之战斗机未返基地。间又有广播称,日方死伤约为三千人至四千人。呼吁人民设置消防设备,俾敌机下次来袭时,可以减少损失程度。再后,日本之广播即改变语气谓,仅有医院学校被炸,无关军事价值,损失甚微云。②

美国陆军部在这个公报中对于美军飞机起飞基地,以及参加飞机之数目,没有透露任何消息。陆军部对于美机此次勇敢的轰炸,不仅投中敌方军事目标,且能打击日本民气一节,深表满意。该公报未提及轰炸的详细情形,对于美机种类及损失数目亦未说明。杜立特的名字和美国海军

---

① (美)James H. "Jimmy" Doolittle, Carroll V. Glines: *I Could Never Be So Lucky Again*. Schiffer Military History, 1991.

②《美军部正式宣布 轰炸倭本土详情》《东南日报》1942年5月12日。

"大黄蜂"号也都没有透露。马歇尔和阿诺德感到这件事仍需保密,这倒不是因为他们担心这次轰炸因为损失人员和飞机而成为失败之举。那时,他们知道大多数飞行员脱险了,但他们认为有必要保密以保护落入日本人手中的那些人。在临海的劳森、麦克鲁尔和怀特等人,还没有到达中国的大后方。此外,他们不想让美国人,也不想让日本人知道16架飞机都丢了。

另外,要陆军部发布这次空袭消息的压力也小了。尤其是这次空袭鼓舞美国的士气的目的已经达到了。一个月过去了,其他战役,特别是菲律宾科雷吉多尔陷落已成为报纸的要闻。轰炸东京已成为旧闻了。

5月13日,蒋介石给在华盛顿的宋子文发去电报,通报杜立特突袭队在中国迫降、伤亡及获救情况。

第四节 突袭的战果与损失

杜立特在他回国后的报告中写道:这次空袭有不利的地方,也有有利的地方。

不利的方面:

(1)由于舰队发现疑似敌方的情报船,飞机提早起飞。

(2)飞机飞过东京上空时,天空过于明朗。

(3)飞机返航中国时,天空过于灰暗。

有利的方面:最后1200英里的航程中,风速保持在每小时20英里的顺风状况。他写道:起飞如在天亮前三小时开始。趁着黑暗接近目标,效果将会更好。天气过坏,即使是白昼,在衢县机场没有无线电帮助的情况下着陆,是否安全也有问题。原方案在黄昏前先起飞一架,三小时后在黄昏中其余15架起飞,仍不失为所有情况下最好的策划。

日本的失误显然在于没有料到美方启用了高性能的双发动机轰炸机。它的速度、载运量与航程足以在400海里外起飞去轰炸东京而能安然返航。日本的防空惯例是敌舰距岸300海里范围时发空袭警报。这是这批B-25能深入日本本土而没有遇到大批飞机阻击以及高射炮火稀疏、最后能够在日本上空未曾损失一架飞机的关键所在。

直到二战结束后，美军公开了一些日军文件，世人才得知杜立特空袭给日本造成的实际损失是：50人死亡，252人受伤，90座建筑物遭到破坏或被彻底摧毁，主要包括日本柴油机制造企业，日本钢铁公司的横滨制造公司仓库。名古屋飞机制造厂，1个军火库，1家海军化学厂，1个机场，1个弹药临时堆集处，9座电力建筑，6个燃料库，1个服装厂，1个食物储存仓库，1个燃油公司，名古屋第二临时部队医院的6个病房，6所小学或中学和无数的非军事住宅。

柴田武彦、原腾洋所著《日米全調查 ドーリットル空襲秘録》中统计的日本损失情况是：空袭直接人员损失死亡87人，重伤151人，轻伤311+人。房屋损失全毁、全烧112栋（180间），半毁、半烧53栋（106间）。海上监视艇队被击沉监视艇5艘，击伤监视船只8艘。监视艇队死亡33人，受伤23人，被俘5人。其他如高射炮炸膛，飞机迫降、误击，高射炮弹片掉落等造成的死亡11人，重伤6人，轻伤26人。

美国方面在轰炸行动中3人死亡，8人被俘，5名飞行员被苏联扣留。64人得到中国百姓救助转移到安全大后方，其中6人重伤。16架B-25轰炸机全部损失。美国陆军的官方报告总结道：此次美国的物质损失达320万美元。

中国方面，因营救跳伞的美军遭日本报复而付出了巨大的牺牲。空袭后，日本发动旨在破坏衢州、玉山、丽水机场的浙赣战役，25万中国军民被日寇杀害。浙赣战役后期，日军撤退时大量撒播细菌武器，因此而死伤的人数更是无法统计。

第五节　日本军队的迷茫与动摇

杜立特突袭队的攻击,使日本军队如同被捅的蜂窝一样慌乱不堪,紧张兮兮。日军士气军心相当动摇。

4月18日,杜立特轰炸机队飞离后,直到19时日本本土才全面解除空袭警报。4月19日,从凌晨2时21分开始,日本国内各地陆续发出空袭警报:有报告称,发现美军机群又沿着昨天的航线飞来。于是本土的战斗机部队,都组织升空拦截,高炮部队也进入了战斗准备;各城市鸣放防空警报。因昨天已遭美机轰炸,所以这次警报,市民都信以为真,结果一些大城市顿时陷入秩序混乱、虚惊恐慌之中。

日军中国派遣军19日13时也接到了这一通报,于是令第1飞行团在杭州、绍兴、舟山群岛、杭州湾等地轮番升空警戒,但直至傍晚也未发现任何空中目标。

日军侦察部队在后来几天,不断有如发现敌机、受敌人驱逐舰攻击之类的误报。在日本本土,也有一段时间能听到各地发现敌机的通报,每次都拉响警报。因此大本营和联合舰队无法做出正确的敌情研判,混乱的状态笼罩着整个日本军队。进入5月,也有发现敌人的报告,影响持续了相当长时间。

在杜立特部队攻击的第二天,即4月19日,日本鹿屋海军航空队的九六式陆上攻击机9架,一式陆上攻击机8架,凌晨4时从木更津基地出发进行侦察,在水户上空遭到日本陆军战斗机攻击,致其中一架飞机紧急迫降,一人死亡。日本军队的混乱情况由此可见一斑。

这个时期日本方面对和杜立特突袭队有关联的事物异常敏感。18日,日本海军在日本南方足摺岬的南方200海里附近发现有苏联船只。宇垣怀疑杜立特突袭队的飞机在这些船的附近落水,飞行人员被这些船救助。日本海军对这些苏联船进行登临检查。有的苏联船只还被带回日本,交由大阪警备府作详细调查后释放。

4月19日正午,大本营海军部对其所属各部队通报如下:

> 敌机动部队以3艘航空母舰为骨干,于4月18日上午9时左右,在犬吠崎东方600海里附近,以B-25型轰炸机起飞,扰乱攻击我警戒线,旋即退去。

> 来袭之敌轰炸机,最多不逾10架,在低空投下4~5公斤重的炸弹及1公斤左右的烧夷弹,对有些地方也用机枪扫射。袭击东京、横滨、千叶、栃木、新潟、名古屋、神户等地,飞经三重、四国中西部及九州等地,沿途的村街、船舶也受到扫射。认为大部向中国近海基地(衢县,丽水等)飞去(两架已证实)。一部飞向西伯利亚方面,或被潜水艇、苏联船只救起。在途中肯定有迫降者。尚无击落敌机的确实报告。

> 飞向中国方面(和西伯利亚方面)的敌机,今后有可能对我国西部,台湾,法属印支及我本土进行游击式的袭击,应予以警戒。①

日军大本营对美军的这次轰炸进行了研究,认为美军机群西去在中国浙赣地区机场着陆。为防止盟军再次利用这些机场进行穿梭式轰炸,4月18日决定,轰炸衢州、玉山、丽水、建瓯等机场;4月19日决定,强化本土的防空体系;4月20日决定,海军必须加强日本以东远海的对空警戒,进行空情通报并攻占美国海、空军基地中途岛与阿留申群岛;21日,令中国派遣军停止对江南广德、宁国地区的作战,集中兵力准备攻占浙赣铁路沿线地区,彻底破坏这一地区的机场群。

日本海军联合舰队接连三天上演哈尔西舰队追踪剧,却一无所获。始终被美军牵着走的宇垣和追踪部队都已疲惫不堪,他在4月20日日记

---

① 《日本军国主义侵华资料长编》(中册),四川人民出版社,1987年,第208页。

中表达的想法具有代表性。

> 敌人已远在东方,仅以无线电手段刺探我方喧嚣的情况,只好被他们藐视了。其结果是我本土被空袭,未能报一箭之仇,放虎归山,实在可惜至极云云。
>
> 逝去的春天和长蛇在东飞机在西。
>
> 棣棠花微微凋谢是炸弹的痕迹。

宇垣没有重视到被美方侦测无线电信号这一情况。这一细节在以后的大战中改变了整个战局的发展方向。

美军的两支密码破译部队从开战始,就致力于所谓JN25[1]的日本海军主要作战密码的破译。JN25在日本方面称作"D-普通密码本",它占了日本海军密码通信的一半。破译密码需要不分昼夜的努力、敏锐的直觉、大量的密码电文数据和相当艰巨的计算工作。1942年初,美国从被击沉的日本海军的伊-124号潜艇残骸里打捞出密码本,得到了破解JN25第一把钥匙,对JN25破解小有成果。

杜立特突袭日本本土之后,日本联合舰队动员了几乎所有的兵力追踪哈尔西舰队,慌乱中他们发送了大量的无线电信号。美军从阿拉斯加到澳大利亚各地配置的无线电设施逐一监听了这些信号,并立即将这些信号电传给密码破译部队。破译部队在之前的成果的基础上,成功地对JN25进行极其有效的分析,也因此获得了窥探日本海军计划的能力。这个杜立特第二"战果"在接下来的珊瑚海海战显现出来。之后,中途岛海战中美国取得胜利,决定了太平洋战争的走势。这次战役能胜利,很重要的原因是美军成功破译日本海军密码,掌握着日本军队的动向。

空袭已过数日,日本对于美军飞机行动细节仍然莫名其妙。18日夜,

---

[1] JN是Japanese Navy"日本海军"首字母,25是整理序号。

日本中国派遣军接到驻武汉的第十一军报告：1架美军的飞机，在南昌江中着水，机上5名飞行员事先跳伞，已全部被俘。大本营陆军部得知后，当即要求中国派遣军特别要查明美机起飞的地点。派遣军自19日开始审讯，俘虏们胡乱回答，有说是从中途岛西方的海哀尔（法国的地名）岛，有说是从莫莱尔（西班牙的地名）岛起飞。据此审讯报告，大本营陆军部曾怀疑美机是从中途岛、阿留申群岛、澳洲等方面起飞的。日本方面急于搞清美国发动突袭的全部情况，以准备好今后的对策。对于成了俘虏依然顽抗的美国飞行员，日本方面一筹莫展。

4月19日，在南昌俘获的5位飞行员被送至南京再次审讯后，这才弄清楚是从航空母舰起飞的。日方判断因为美国飞行员受到严格命令，在其航母特混舰队脱离日机进攻的危险以前，不许说出从航空母舰起飞的缘故。另外，中国派遣军接到报告，有1架飞机在浙江省象山海面坠落，还有美国飞行员被俘。4月21日，在南京的5名美国陆航俘虏被空运到东京，正式的讯问才算开始。为了此次讯问，日本对外宣传广播"广播·东京"的两名英语广播员应宪兵队的邀请参加了翻译工作。在接下来的3天里，日本宪兵队逐步从美军飞行员的嘴里撬出了一些实情。根据大本营陆军部记录，到4月24日为止，"空袭全貌已明显"。知道此次空袭的指挥官为美军杜立特中校。美国航母"大黄蜂"号装载16架飞机，巡洋舰2艘、驱逐舰4艘、供油船1艘一起于4月1日从西岸出发。中途加入1艘空母及巡洋舰和驱逐舰。18日发现附近敌人潜水艇。出发时合成风速20米，甲板长度700英尺，滑行距离550英尺云云。日本方面渐渐地清楚了杜立特部队之"谜"，但还是想不通航空母舰如何搭载16架中型轰炸机。甚至到最后仍然有部分海军首脑相信杜立特突袭队是从中途岛飞来的。

第六节　日本国民遭受的心理打击巨大

杜立特突袭对于日本国民心理的巨大打击，效果要比轰炸实际损失明显。这是日本第一次被轰炸。据东条英机说,这对于日本人是一个极大的"震动"。日本防卫总司令部参谋长小林浅三郎中将,于美机轰炸东京后,即发表谈话,要求国民镇静;并说在战争未终结前,日本随时有遭受大规模空袭的可能;但因为空袭而崩溃的国家,世界上没有先例可循,所以日本人不要震惊。前日本驻英大使重光葵,也发表谈话,竭力呼吁日本平民镇静。可见日本国民的惊惶、动摇和沮丧,其狼狈恐怖之情溢于言表。

在日本人民心目中"攻不破的日本堡垒"的神话已被打破。不管新闻报道说损失多么小,许多日本人对美机居然能够轰炸到他们本土上来深感震惊。一些报纸对国家的防空能力提出疑问。一位作家说,他不能理解为什么防空部队没有及时进入戒备状态。新闻检查官都把这些字句删掉,以免公众知道。

4月25日,比尔·法罗那架飞机("攥出地狱"号)的部分残骸送往东京靖国神社前展览示众。那个残片上印有"北美"字样,已经扭曲了,是起落架上的那一片。同时展出的还有一个降落伞,降落伞罩在一棵树上,以使人们看见悬带上"美国陆军航空队"几个字。日本官方说,这只是被其击落的其中一架飞机的残骸,还有8架飞机的残骸散落在日本各地。约有200万日本人排队参观了这一展览,使日本宣传官员们大为高兴,他们要日本人民不必担心以后的空袭。日本似乎真的有一支坚强的防空力量。

日本有一位有名的飞机驾驶员荣井三郎在新几内亚的拉伊空军基地听到了这次空袭的消息。他的一个表弟写信告诉他:"东京和其他几个城市遭轰炸,使人们对战争的态度发生了很大的转变。现在情况不一样了,炸弹已经落到我们自己家里,后方和前方已没有多大区别了。"

荣井对此说道:"这次空袭使拉伊基地的几乎每个飞行员都感到沮丧。他们得知敌人还有这么大的力量打到我们国内,尽管这次袭击是惩罚性的,但对今后是否会受到更沉重的打击感到惶恐不安。"

许多日本人开始认识到,政府保证他们永远不会受到袭击只不过是吹牛而已。日本国内也很脆弱。如果日本免不了挨炸,或许有一天它也会被占领。胜利不再有保障了。

第七节　杜立特突袭行动的战略意义

杜立特突袭行动,首先,极大地鼓舞了同盟国人民,这是美国反攻的开始,让同盟国人民看到战胜日本帝国主义的希望。

其次,打乱了日军在中国战场的作战计划。因受杜立特空袭的刺激,日军发动浙赣战役。这次战役前后进行了三个半月。使日军原定的1942年进攻西安、重庆等重大作战计划受到影响。

再次,这次空袭直接迫使日本把4个陆军战斗机大队留在了国内,以保卫东京等城市,大大牵制了日军在太平洋战场上的兵力。

最后,这次空袭促使日军大本营决定进行中途岛作战。以解除来自太平洋美军对日本本土的威胁。1942年6月,日本山本五十六大将发动针对美国海军的中途岛大海战,遭到了彻底的失败。日本参加战斗的4艘大型航空母舰全部沉没,还损失了1艘巡洋舰、322架飞机和大批优秀的飞行员,太平洋的战局从此向有利于同盟国一方发展。杜立特轰炸东京是这一转折的发端。

历史学家认为,轰炸东京是一次了不起的战略胜利。日本从此走了下坡路,日本军国主义加速灭亡。

但是杜立特突袭行动之后,美国方面没有根据计划和人们预期的那样继续对日本本土进行轰炸。固然有衢州等前线机场已受日本侵占破坏和战略补给困难的因素,但主要是因为美国实行先欧后亚的战略。计划调往中国的美国空中力量被调到了北非战场。在之后的两年间,中、缅、印战场盟军一直取守势。日本方面却因此方寸大乱。所以说,杜立特突袭行动是一次成功的战略牵制行动。

第七章 集结衢州

所有在中国降落的杜立特突袭队员第一个念头就是去衢州,这里有他们计划中的降落加油的机场,他们希望从这里乘飞机去重庆。

第一节 4月19日

1942年4月19日清晨,江山县长台镇贺陈村贺陈际自然村的村民与以往一样起床开门,看到两个外国人从塘底尾山里走出来。这两个外国人个子高高的,穿皮衣,戴帽子,头发红红的,手拿着鲜艳的尼龙袋似的东西。他们是5号机机械士兼机枪手约瑟夫·曼斯克和投弹手丹佛·特鲁洛夫。他们手上拿着的是跳伞时穿着的救生背心,经过朱德贵家门口时,把救生背心挂在了路边梧桐树上。他们试图与村民沟通,但没有任何效果。村民原来都以为他们是日本人,但这两个人笑嘻嘻的,一点也不让人害怕。村民给他们吃的,他们什么都不吃。同村人朱金富(又名朱王富)当年15岁,一大早出门去长台上学,他判断这两个人不是日本鬼子。

曼斯克、特鲁洛夫跟着去上学的朱金富来到贺陈保长徐尚志家。徐尚志和朱金富、徐德法等人把他们送往长台镇公所。上午6时他们到了长台镇公所,镇长

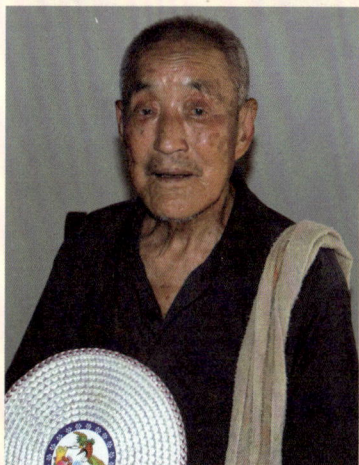

江山贺陈村村民朱王富

193

江山县长台镇贺陈村徐尚志家

周仁贵

朱敏材怀疑两人是日本人，不敢接待，让徐尚志把他们带到江山县初级中学去问问老师。这时江山县中因战乱迁移到长台朱家祠堂。校长周仁贵略懂英语。他和曼斯克、特鲁洛夫又说又写字地交谈，和英语教师姜德康一起，终于弄明白他们是美国飞行员[①]，便垫了32元钱雇了两辆人力车，送他俩到江山县城。江山县城文明坊基督教堂中住着中国内地会（China Inland Mission）三位外籍传教士：巴勒姆小姐（Miss Barham）、

① 根据江山长台镇贺陈村村民朱德贵（1930年生）、朱王富（1928年5月15日生）、徐以忠（1935年生）所述。

福特夫人（Mrs. Ford）和安德鲁斯夫人（Mrs. T. H. Andrews）。在她们的帮助下，曼斯克和特鲁洛夫于4月19日15时被送到衢州东门空军第十三总站。他们俩是最早到达衢州的突袭队员[1]。

送走了两名美国飞行员后，贺陈村的村民们又在山上发现了两具降落伞。一具在贺陈际东北约一公里大皮石附近塘底尾山火烧弄，另一具挂在贺陈际北偏西约一公里与外深渡相邻的人骨头坳的松树上。这是两个美国飞行员最初降落的地点。两个地点相距约一公里，中间是几道平缓的山坡。村民看到降落伞附近有美国飞行员在山上休息的痕迹。降落伞被送到徐尚志家，村里人都来看热闹。降落伞料子又白又结实，面积很大，铺满了徐尚志家整个堂屋也没有全部张开。当天下午保长徐尚志组织人员将降落伞、救生衣等物用罗担挑到了长台镇公所[2]。根据档案记载，上交物品的人有朱三才、朱得丰、朱得旺、朱得志、朱寿鸿、朱王富、徐炳维、朱嵩高、徐松青等[3]，均为贺陈村人。

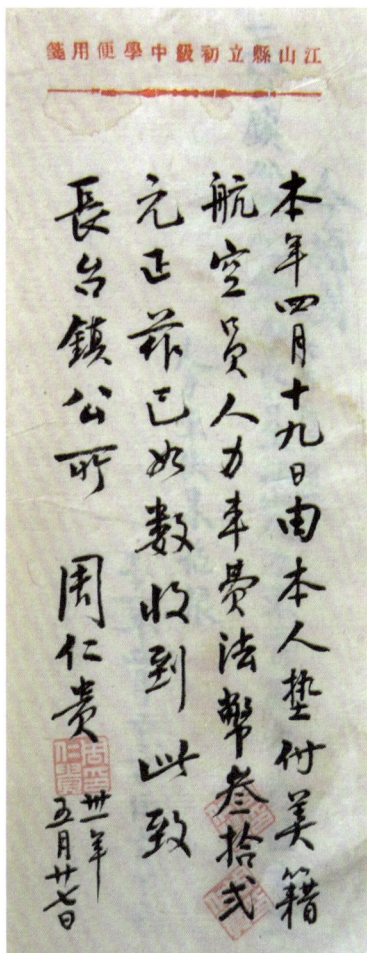

周仁贵收到垫付人力车费收条
（江山档案馆资料）

---

[1] 根据丹佛·特鲁洛夫日记。

[2] 根据江山长台镇贺陈村村民朱德贵、朱王富、徐以忠所述。

[3] 根据江山市档案馆档案《江山县营救友机降落飞行员出力人员事实清册》，档案号449-1-170。

　　5号机组领航员尤金·麦格尔中尉降落在湖前村南面的一片水稻田中，头部着地。不知何故，一落地，他就开始尽情释放自己，用尽全力快跑。在泥泞的水稻田里快跑很困难，但是他做到了，而且没有人阻止他，这给他带来一些满足感。

　　4月19日清晨6时左右，江山清湖镇湖前村村民徐葆吉（人称徐麻子，帮人做长工），早早地出工了。因东家修灶，他去大塘尾山上挑黄泥。大塘尾位于村南偏东约一公里处，在缓坡中间有一个大池塘，池塘边有几块水田。徐葆吉在这里发现了一个"怪人"，却无法与之交流。徐葆吉挑着黄泥下山，"怪人"跟在后面，村人远远看到他们二人一前一后走进村里。7时左右，他们来到湖前村徐姓祠堂门前，很多村民围上来看热闹。这个"怪人"中等个子，身穿布衣，没戴帽子，手臂上长满细毛，比手画脚，说着奇怪的语言。这人就是麦格尔。

　　徐姓祠堂在村东南，是一栋三进的飞檐画栋的古建筑，非常出众。当时祠堂被征用作为国民党军七十九师的仓库。周翰辉上尉和一位50岁开外的士兵是仓库管理员。徐麻子将这个"怪人"带到祠堂里，想让周翰辉认认这个不会讲中国话的怪人。但这天周翰辉进城有事。管仓库老兵把这个"怪人"请进屋坐下，想盘问几句，但他不懂英语，无法交谈。

　　到了8时左右，看热闹的人更多了。其中有位妇女叫周玉杯，三十多岁，信耶稣。她看到这情况后跑到邻居徐明哲家，要他去看看能不能与这个"怪人"交谈。徐明哲曾参加黄埔军校第十六期桂林分校学习，是个见过

江山湖前村民徐明哲

世面的人。

徐明哲略懂英语，用英语问："Who are you?""怪人"答："I am a fighter of American."经过简单英语对话和纸笔交流，才搞清楚这"怪人"是美国大兵，是个飞行员。后来，有村民在姜墩树毛芋竹大塘尾发现了美国飞行员的降落伞。

保队附徐葆才的母亲端来了稀饭，周玉杯煮了鸡蛋面，但麦格尔不敢吃。徐明哲拿起筷子吃给他看，麦格尔才放心。但他用不惯筷

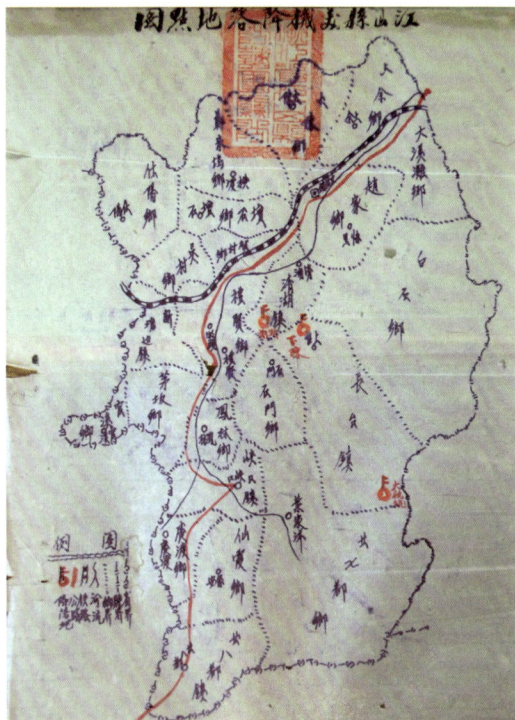

江山县美机降落地点图（江山档案馆资料）

子，他拿着筷子连扒带夹地吃了很长时间才把一碗面吃完。麦格尔用手帕揩揩嘴巴，摸出一只黄灿灿的钱币要给玉杯嫂。大家都劝他把钱收起来，说不能要他的钱①。

麦格尔吃饱后，保队附徐葆才、徐明哲和几位青年人一道护送他去清湖镇公所。临走时湖前村的村民们给麦格尔带上好多好吃的，炒熟的玉米与番薯片装了两衣袋。一路上看热闹的人很多。麦格尔等人11时左右到达清湖镇公所。镇公所雇人力车送麦格尔到江山县城。清湖警察局的

---

① 以上根据徐明哲的回忆手稿。徐明哲在回忆手稿中提到，此时有人见这美军腰边挂着一支手枪，就想缴了他的枪。被徐明哲厉声制止，说美国人是同盟军，与中国人一起打日本人的。想抢枪的人只好走了。但此事没有得到村民的证明，作为一说，记之于此。另：有村民说徐馀有也是出力之人。

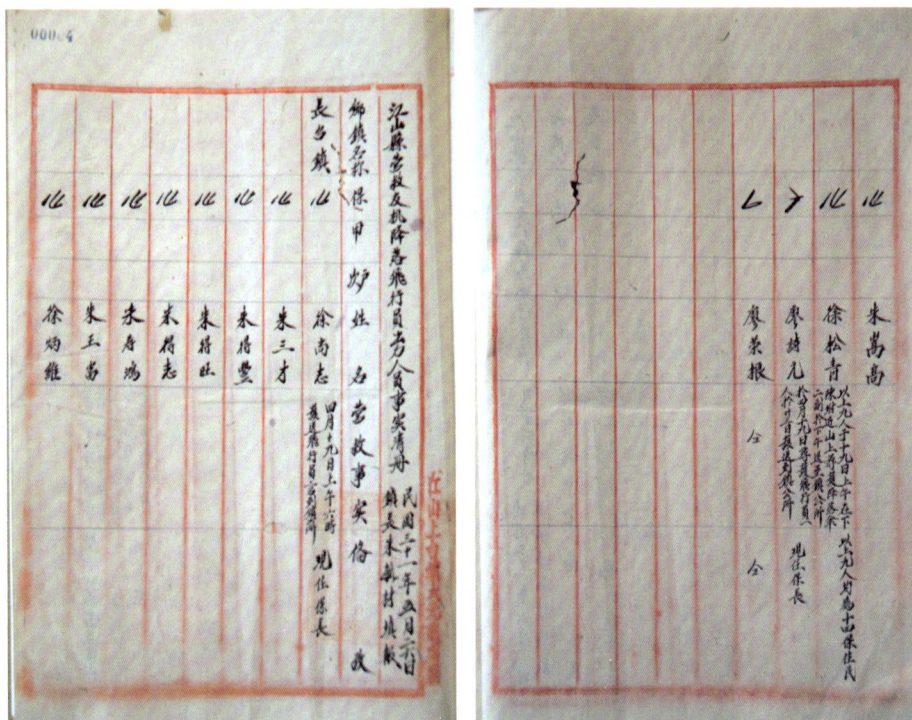

江山县营救友机降落飞行员出力人员事实清册(江山档案馆资料)

一位密探(江山清湖浮桥头人)跟着人力车护送。当天晚上,麦格尔被送到了衢州东门空军第十三总站。

　　4月19日早晨,江山县大桥镇苏源村村民毛光孝早早起床。他是裁缝,这些天在为邻村玉山县下镇湘坛村①一户人家做衣服。这时他要赶到东家家里吃早饭。当他走到两村交界的竹叶山境界坞大砾山顶上时,突然看见前面有一个长相奇特的巨人。这人是5号机的副驾驶罗德尼·罗斯·魏尔德。毛光孝听不懂他的话,就带着他到湘坛村。湘坛村村民纷纷出来看这个稀奇的怪人。第三战区军法执行监部的军法官刘则行出自该村。刘则行的儿子暨南大学大学生刘咸祺此时正在村中。他能说几句英

① 湘坛村现已淹没在双元水库下,村民大部搬迁到山上现在的庙下村。

语,经过沟通,知道这个怪人是美国飞行员。魏尔德说,他们在轰炸东京后准备晚上在衢州机场降落,但衢州机场没有开灯,飞机没有油了,飞行员只好跳伞。刘咸祺与湘坛村的保长刘志孟将魏尔德送到5里外的玉山县下镇。同日,江山县苏源村村民刘叶风在苏源村大湾坞的山上发现了魏尔德的降落伞。刘叶风把这个降落伞交给了保长①。

4月18日夜,戴维·琼斯降落在玉山县仙岩镇八都南偏东一公里的毛大垅,降落地土名叫猢狲跌死毛婉。4月19日早晨,雨还在下,5时左右,戴维·琼斯下山走进八都。好多八都村民见到了这个身材高大、穿着黄色布质军装、长相怪异的人。所有的村民都微笑着看着他,但无人能听懂他说的话。村民给琼斯吃的,他不吃,只吃自己挎包里带的饼干。村民姜文忠读过书,懂点英语,与他进行了简单的交谈,只知道他是一位美国飞行员②。琼斯不知道自己身处何地,也不知道能向何方。他在日记本上画了一个简单的中国东南地区地图,在图上用英文标出了衢县、玉山、丽水。但村民不知道他的意思。琼斯知道这一地区唯一的铁路浙赣铁路能到达衢州,就画了一个火车头和车厢。村民们猜出了他的意思,指给他铁路的方向。琼斯开始向着铁路方向步行③。八都村民上山砍柴时发现琼斯的降落伞,并上交。

琼斯一边走一边问,经过6个小时,走了7.5公里,来到下镇火车站。11时左右,魏尔德也来到下镇火车路。他俩会合了。浙赣铁路局下镇至章泉段管理员沈伯军能写一点儿英语。琼斯告诉沈伯军,他们想到衢县。沈伯军派了路警用手动压道车把他们两人送到下一站,在下一站派出一辆有铁壳车厢的专列把他们送到玉山火车站。数百位玉山民众已等

① 以上根据江山大桥镇村民毛树居、毛洪根、周兰花,玉山下镇双元村村民刘双善、刘叶勤、徐村溪所述。

② 八都有村民说,后来美军飞行员送给姜文忠一支金笔。

③ 以上根据玉山县八都毛村村民吴凡隆(1932年生)、姜文恭(1919年生)、毛达佳(1929年生)、周祖奇(1926年生)、吴德军(1926年生)所述。

在火车站迎接琼斯和魏尔德，人们大声地欢呼着。琼斯不明白中国人怎么知道他们和他们的任务，但是显然所有的人都知道他们这些"勇敢的美国英雄的伟大行动"。

琼斯和魏尔德被送到玉山航空站。玉山航空站的官兵热情地接待他们，为他们洗脚洗衣，给他们吃的，让他们休息。

玉山航空站站长施法祖在琼斯的日记本上签字：

　　杀敌归来　　施法祖

玉山航空站测候台孙儒范[①]在琼斯的日记本上欣喜地留下一段文字：

　　一九四二年四月十九日，美国飞行队长D. M. Jones轰炸敌
　　都东京归来，降抵玉山站。我于兴奋之余特草此聊作留念并祝：
　　安返根据地，再作二次轰炸敌都也。

　　　　　　　　　　　　　　　　　　　玉山空军站
　　　　　　　　　　　　　　　　　　　孙儒范谨书

在琼斯的日记本上还记着浙赣铁路局代局长张自立和副局长吴竞清的名字[②]。

傍晚，玉山航空站派汽车将他们两人送到衢州东门空军第十三总站[③]。

---

① 孙儒范原为南京北极阁地震台工作人员，抗战后调定海测候所、宁波空军测候台、玉山空军站测候台。

② 1941年3月，浙赣铁路局在玉山恢复，维持浙赣线东段运输。

③ 戴维·琼斯在后来的回忆文章中写道："大约17时我们乘一辆旅行汽车前往衢县，大约17时30分到达。"玉山到衢州直线距离约80公里。以当时的道路状况和汽车性能等条件，不可能在半个小时内从玉山到衢州。这文章中的行程时间有问题，但能从这段回忆中知道琼斯从玉山到衢州的大致时间。

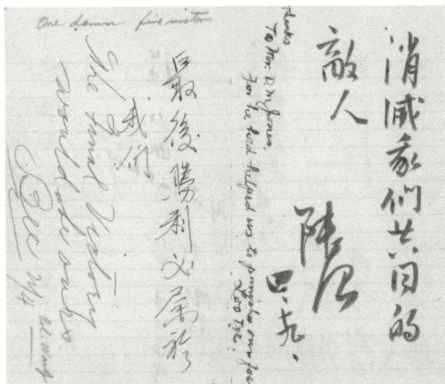

戴维·琼斯日记本上陈又超的签名　　戴维·琼斯日记本上狄志扬的签名

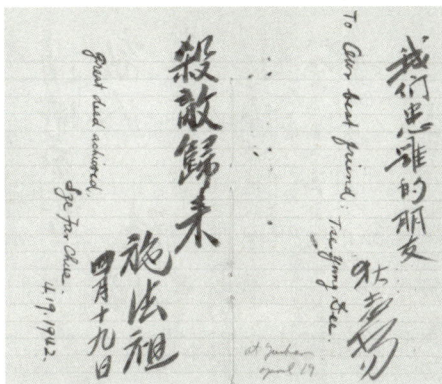

　　5号机机组成员的跳伞地点距衢州机场最近,他们最早安全到达衢州机场团聚。领航员尤金·麦格尔后来在报告中说:"独立计算,给出位置和牢固的周边国家知识对确定位置至关重要。"大家都很安全,个别人员有些小伤。其中,特鲁洛夫左腿受伤,已经能够走路。麦格尔在着陆时撞伤头部,流了很多血,他还伤到肋部,他怀疑断了一根肋骨。没有其他机组的消息,情况不乐观。

　　空军第十三总站接到他们以后十分高兴,总站长陈又超和总站附狄志扬在琼斯的日记本上签字留念。

　　他们下榻在衢州东门大马坊军事委员会战地服务团衢州空军招待所。经过10多个小时的飞行,又经过20多个小时的风雨和辗转,终于全机组平安到达衢州,可以安心休息了。

5号机机组成员

201

第二节　4月20日

　　4月20日5时，琼斯等人刚起床，日本鬼子即来空袭。琼斯认为可以用飞机迎击，中国良好的防空预警系统提供了20分钟的预警时间。但中国空军的飞机已在抗战之初消耗殆尽。自苏联志愿航空队之后，中国得到的外来援助很少，衢州及周围机场没有一架可以御敌的飞机。工作人员把琼斯等人带到东门城墙下的空军第十三总站防空洞，他们在这里度过了2个小时，然后他们开始吃早餐，有腌肉和鸡蛋。之后又来了一次空袭，警报期1小时。上午11时，警报再次响起。"这些混蛋一定是在寻找美军的B-25轰炸机，他们中很少有人意识到这里中国人的警惕性很高，总能提前20分钟预警。"15时的另一次警报，时间持续了1小时10分钟，来了6架敌机。

衢州东门地洞沿第十三航空总站防空洞

10号机组与12号机组与遂安县长高德中合影

　　晚上，降落在遂安的12号机组成员坐了4个小时的汽车到达衢州。载着他们的车子响着喇叭穿过衢州城，冲击着琼斯和他的机组成员的耳朵。战友相见，相互分享着各自的经历。12号机组降落在遂安县西南铜山村、荷家坞村和窄坑村一带。机长鲍尔被村民们带到枫树岭，接着庞德、布兰顿、比瑟也被村民们送到这里。他们在枫树岭住了一晚。杜凯特降落在荷家坞村砚家坞，腿上受了一点伤。他被荷家坞村村民王木寿发现并带回家。王木寿母亲胡满英和村民汪耀香照顾杜凯特，给他做饭。19日晚上，他住在王木寿家中。20日早晨，杜凯特被村民抬到枫树岭与鲍尔会合。接着他们被送到遂安县城。10号机组降落在遂安西部的横沿乡、汾口霞源山村、茅屏乡巧塘村、茅屏乡龙姚村等地。有4位机组成员已集中到遂安县城。遂安县长高德中为他们准备了肥皂、水、食物和干净的中国军装。还通知衢州派汽车来接他们。大家都相当高兴，但10号机长乔伊斯仍下落不明。来自两个机组的9位成员与高德中合影留念，并留下了自己的职务和姓名①。12号机组成员乘车先来衢州，10号机的4位成员则继续留在遂安等待乔伊斯的消息。

战地服务团衢州空军招待所有大量的食物，还能洗热水澡，更有干净的床铺。空军第十三总站已得到4个机组和在遂安的4位10号机成员的信息。每个人都有很多话要说。魏尔德有一品脱威士忌可以让大家分享，"那酒真是该死的带劲儿"。

半夜23时，罗斯·格里宁及其11号机组成员也出现了。他们18日晚在安徽歙县中部上空跳伞，分别降落在黄锦乡童川村五子坞、漳潭乡小源村铁斧宕、棉溪乡下由汰村附近。他们得到当地人的帮助，于19日晚集中到歙县县城。20日中午从歙县乘汽车来衢州，整个下午到晚上他们都坐

11号机坠落在安徽歙县黄备大圣堂

---

① 淳安县档案局档案《抄美藉空军人员降落情形》：旧1-14-2卷(87)归档号：11-01-06-02-P060-062。

在车上，一直向东南方向行进。他们担心受到的善意款待是陷阱，因为地图显示他们正前往中国的日占区。值得宽慰的是，在一天旅程结束时，11号机组到达了衢州。

他们被安排在战地服务团衢州空军招待所。格里宁回忆说：

11号机组在安徽歙县太白楼前合影

迎接我们的是一个非常奇怪的人。他个子高大，中式衣服对他来说太小了，他留着满洲式的长胡子。他是戴维·琼斯，我们很快称他为傅满·琼斯。他的衣服被戳破了，所以别人就给了他一些中国式的衣服。他让他嘴边的胡子往下长，这样便给了他一个扮成中国人的时代标记。自从我们美国人炸日本后，我们得到了他们最好的膳宿，补充的衣服虽然像硬纸板，但很厚很温暖，虽说这里的床太小啦，但是中国人都欢迎我们。

格里宁的机组状态全都很好，只有雷迪的前额里镶入一块一角硬币大小的石头，损害了他英俊的形象。现有三个完整的机组安全地到达衢州。大家高兴地分享自己的经历，所有人都降落在山上，只有麦格尔一人落在田里。

一位中国医生在楼上为雷迪检查头部，用了至少15分钟才从雷迪的头上取出石头。之后，中国医生通过翻译告诉雷迪，他将会在白天把残余

14号机组在江西广丰街头游行

的石头取出。其中最大的一片石头差不多有指甲盖大小，并且有1/16英寸厚，整个可能有1/8英寸厚。雷迪的膝盖仍旧很疼，但是他觉得这只是擦伤，就没管它。

希格尔少校的14号机组跳伞降落在广丰北部的下溪杨村、法雨乡密良坳、吴村乡前村纪家一带。19日晚上，他们集中到广丰县城。20日，他们被送到上饶皂头村的第三战区司令部，受到第三战区司令顾祝同、唐子长等中国将军的接见和宴请。20日晚，他们乘上来衢州的火车。

第三节　4月21日

4月21日凌晨3时30分，希尔格少校的14号机组到达衢州。他们也被带到东门机场附近的战地服务团空军招待所，现在已经集合起20位突袭者，形势比以往任何时候都更令人鼓舞。所有人都很高兴，希尔格认为在他的这辈子中，无论见到谁都没有现在这么高兴。"就像回家一样，我们都快乐得像孩子。没有什么能比在国外见到一个熟悉的面孔更高兴的了。"

为了能在空袭警报前吃上早饭，很多人很早就起了床。可空袭警报还是响起了。翻译人员姚[①]告诉他们，可以继续用早餐，直到吃完，但是要尽快。

很明显，美国飞行员不能再待在衢州城里，机场和城市已是日军轰炸的重点目标，城里的平民和单位已向城外疏散。另外，可能会有奸细向日本报告美国飞行员的行踪。为了美国飞行员的安全，长官们决定将他们转移到城外汪村附近的空军第十三总站临时指挥部。

早饭后，所有美国飞行员都涌入几辆旅行车。车子一路鸣着警笛，车子两边所有人都争相逃向郊区。飞行员们乘车穿过城市，通过双港口的板桥，经过一些小山和村庄，来到汪村空军第十三总站临时指挥部南面的防空洞。

格里宁记录了他一路上的所见：

> 我们通过街道被护送到山区。这是难以忍受的体验：在那些日子里，这一地区的中国人是多么艰难。当他们伏在路边沟里躲避日本战斗机扫射轰炸时，许多人被杀死在街头。在大多数情况下，他们被堆积在了一起，就像积木一样，等待以某种方式来处理。如此大量的尸体，对于我们来说是很痛苦的景象，因为我们以前从来就没有看到过这种状况。

防空洞在红砂岩崖壁上手工开凿而成，由于这是希尔格第一次遇到空袭，他想站在外面看飞机，但被翻译员及时拉进洞。

---

① 原文为 Yoa。在戴维·琼斯的日记本上，有一个签名"姚祖亮，一九四二年于中国浙江衢州"，签名日期为 1942 年 4 月 23 日，不知道是否就是这个人。

四个机组在衢州汪村第十三航空总站防空洞前合影

这一天,4个机组20名突袭者在防空洞前留下了一张十分珍贵的照片。

空军第十三总站临时指挥部是个美丽的地方,防空洞与营房相距大约半英里。之后的几天里,突袭者将在这里生活。然而因日本鬼子空袭,白天的大部分时间他们只能待在防空洞里。这里的工作人员尽其所能地给美国飞行员提供食物和舒适的环境,但还是在美国飞行员的最低标准之下。这里的食物对于美国飞行员来说很糟糕,床太短,他们觉得非常冷。中国人也没有想到会有这么多美国人来这里。

天气暖和了些。每个人都想为飞机的事伸出援手。有消息说,杜立特中校是安全的,前几日收到一些不知道名字的突袭队员的消息。但是今天没有收到。

12时30分,警报又一次响起,突袭队员们又得进防空洞。日本的轰炸机非常老旧,只能轰炸机场。美国人非常清楚他们在衢州的新家在轰炸范围之外,因为这已经超出日本飞机的轰炸能力。

下午晚些时候,希尔格拜访了航空站站长陈又超少校,并讲述了他们突袭东京的技术细节。下午一共有两次空袭,当他们再次回到防空洞的时候,以为会错过晚饭,大家很饿。可最终他们在防空洞里受到招待。这顿晚餐有4道菜,所有的饭菜都是从6公里外的城里送来的,并且在吃之前都经再次加热。戴维·琼斯认为晚饭不错,他喝了足够多的美酒,然后入睡,睡的还是草垫铺的床。这让希尔格的感觉很好,他的背疼也好些了。

鲍尔在日记中写道:

> 我们花了一天中的大部分时间在洞穴里看日本佬的轰炸练习,这是一种犯罪。但没有反击的迹象,我们只需要一架飞机。我们没有一架飞机正常降落,太糟糕了。
>
> 这些中国人是真正的男人,只字不提四年战争所造成的苦难。或许我们可以伸出援助之手,我希望。

第四节　4月22日

4月22日,早晨一觉醒来,突袭者感觉好多了,没有空袭警报。6时30分①吃早餐时,4号机驾驶员霍尔斯特罗姆独自一个人出现了。他显得

---

① 此时间据戴维·琼斯的日记。西姆斯的日记中,霍尔斯特罗姆出现的时间为5时30分。关于在衢州的生活,很多飞行员都记有日记,部分细节有出入。一方面,各人掌握的情况不尽全面;另一方面,有很多人的日记是补记的。戴维·琼斯写日记比较及时,有出入部分主要参照他的日记。

非常疲惫,感觉像从地狱来的。不过,他除了得了皮疹①外,其他都好。霍尔斯特罗姆的4号机组成员降落在江西上饶与福建崇安②之间的五府山区。霍尔斯特罗姆降落在上饶甘溪乡熊家坑,他一路向北到达上饶,然后乘火车来衢州。但是,他没有其他组员的消息。现在已有21人集中到这里,已有6个机组的消息,但只有4个机组是完整的。

不久,空袭警报响起,飞行员们又得进防空洞。其实,从他们突袭东京后,衢州机场就受到了几乎连续的轰炸。突袭者们向中国官员提出,他们要为反击日军的空袭做些努力。中国官员告诉他们最好忘掉这个想法,因为日本人花费数千美元成本用炸弹来制造这些弹坑,而中国人填平它们只要花费几美分。突袭者们被警告,不要以任何形式反抗日本人,哪怕他们点45手枪偶然走火,也可能会招致日本人对中国人的愤怒,而使中国人无法招架,中国人将会遭受比只是忍受轰炸更多的报复。

中国的防空系统能及时掌握日机的动向。防空洞内,有电话能联系各地的防空监视哨。美国飞行员无意中听到中方指挥员与防空监视哨的谈话内容。中方有时也会让美国飞行员听电话,他们能听到电话背景音是强烈的发动机声。防空监视哨和情报人员能报告日本飞机的飞行高度、时间和有关于空袭的每一个细节,甚至知道日本飞行员的名字。这些信息可能是中国情报人员从日本机场的地面指挥所得来的。突袭者们感叹中国方面能如此准确地掌握日军空袭的情报,甚至可以通过飞机到达的时间来校对他们的钟表。

美国飞行员在防空洞里时,翻译员 Hwang(音:黄)上校为他们读报纸。新闻里说,突袭东京的行动非常鼓舞人心,日本鬼子承认突袭造成了巨大的损失。他们说它造成了自1923年大地震以来的最大恐慌,且造成

---

① 戴维·琼斯的日记中,说霍尔斯特罗姆得了皮疹;可雷迪在日记中记载,霍尔斯特罗姆浑身都被昆虫叮咬。

② 现武夷山市。

了巨大破坏。中国媒体高调报道了此次突袭行动，突袭队所有人都突然成为中国人民的英雄。报纸上把他们的事说得这么好，使这些美国飞行员有些无法相信这是在说他们。当然，他们得到赞美，心中自然非常高兴。

中午时分，4位10号机组成员从遂安到达衢州汪村空军第十三总站临时指挥部。现在他们的总人数达到了25人，但是没有10号机驾驶员乔伊斯中尉的消息。

今天第一次空袭时间非常长，持续到下午两点。从衢州城给美国飞行员送食物的车无法通过被空袭区，所以突袭者们没有吃的。他们刚回到营房，新的突袭又来，不得不立刻回防空洞。这天大多时间里，突袭者们都在防空洞里为食物叫喊，每个人都渴望糖果、汉堡、啤酒和好的卷烟。而他们的午餐直到下午4点左右才送达。中方每天提供四次食物，但不都合他们的胃口。有人就只喝些茶水。

当天有3次空袭，日本人继续轰炸衢州机场，一共投了40颗炸弹，其中有22颗是哑弹。大家都在嘲笑日本人。突袭者们研究了炸弹碎片，发现这是用美国废金属制造的。

下午，突袭者参观空军第十三总站的空军医院等单位，还参观了汪村小学。希尔格觉得："孩子们干净、聪明和有纪律。他们与我们自己的孩子没有太多不同，只是他们表现得更好。他们使我们感觉到好像走得太拖沓，因为每一次我们在路上经过他们身边，他们都会停下来坚定地看着我们，直到我们走过去。"

今天有确切消息传来，杜立特中校是安全的。他们计划来衢州，有5天的行程。他们的跳伞地点更接近日本占领区。

航空总站给飞行员们送来了一些袜子和衬衫。琼斯的衬衫没了袖子，扣子也只剩下两颗。他的半支牙膏和剃须刀也在超期使用，昨天他的靴子被玉米茬儿割坏了，今天工作人员给他带来了一双短马靴。只是这双标准的靴子,琼斯穿着太大了。

琼斯遗憾错过了晚上7时的扑克游戏。晚餐从晚上8时开始,持续到晚上10时才结束。

今天所有人都很健康,除了10号机组的斯托克有点轻微发烧。

第五节　4月23日

4月23日。6时15分起床,吃早饭。8时响起空袭警报,又得回到防空洞。空袭通常都是连续的,持续几个小时。美国飞行员只能非常平静且厌倦地坐着看那些日本飞机飞过来。眼睁睁看着日本飞机悠闲地往停机坪上投炸弹,然后飞回,没有遭到任何反击。他们认为一个擅长空中格斗的飞行员驾驶战斗机可以很轻易地击落三角形编队的日本轰炸机。他们遗憾缺少一架飞机! 美国飞行员认为这些日本飞机在找他们。他们希望帮助中国人,结束日本鬼子的侵略,结束这看似无望的战争。

在防空洞里的时间是无聊的,每个人都在晒太阳或睡懒觉。雷迪等人向中国人要了些日记本,坐下来补写前几天的日记。琼斯等人则在学习中文,从"一、二、三……十、廿"开始学。

飞行员们都在指责海军,因为他们没有按照协议让陆军航空队的飞机在预期的时间和距离起飞,他们给"大黄蜂号"起了个新名字——美国海军的家蝇。

翻译人员继续为他们读报纸。空袭的新闻已完全占据了中国的报纸。今天的报纸上讲美国方面没有过多地说什么。大家都感到很兴奋,日本的报纸上说有3艘航空母舰,飞机是北美B-25式的。琼斯打赌说日本空袭警报网正在进行大重组。

琼斯为仍然没工作做而着急,他想他应该做点什么。杜立特中校可能今天来,有消息说他是一个人来。8号机约克仍然没有消息。中国方面已经找到了10架飞机,但仍然没有10号机驾驶员乔伊斯的消息。10号机其他人员已在昨天到达。来自遥远地区关于10号飞机失踪人员是安全的消息好像是谣传。

早上有过一次假警报。7架日本飞机轰炸了衢州机场。警报一直维持到下午3时。

警报解除后,他们可以好好吃点东西了。今天有罐头黄油吃了,让他们感觉超级棒。晚饭又吃了蛋奶冻,"真是非常好吃"。他们在慢慢地习惯中国人提供的食物。中国人也非常努力地使菜品美国化,但他们不可能做得太好。

晚饭后传来消息,有3名突袭者已到城里。晚上21时,3号机的格雷、曼奇和阿登·琼斯到达空军第十三总站临时指挥部,但他们带来了第一个坏消息,他们的机枪手法克特下士确认已死亡,领航员奥扎克失踪。

鲍勃·格雷驾驶着3号机"威士忌皮特"在18日的雨夜里没有看见海岸线。他们透过云层看到闪烁的灯光,才知道已经进入了大陆,而且下面是一座城市。一个小时后领航员中尉查尔斯·奥扎克判断他们已到达目的地上空。他们投下两颗照明弹,希望能找到可以迫降的平地,但什么也看不见,飞机燃料已所剩无几。

没错,3号机就在衢州机场上空,可惜的是机场已关闭。3号机沿着江山与遂昌交界的山脉由北向南飞行。晚上22时(舰上时间,重庆时间是18时),格雷下达跳伞命令。投弹手阿登·琼斯从前舱门跳下去,领航员查尔斯·奥扎克随后跳出。

30分钟前格雷已下令所有人员准备跳伞,15分钟后又一次明确命令[①]。当格雷用机内通话器下令跳伞时,后舱的法克特回答:"没听清楚,请再说一遍。""我命令你们跳伞!"格雷又重复一遍。

"法克特的机内通话器出了故障?"格雷不放心,于是叫副驾驶员雅各布·曼奇到后机舱看看。

---

① 根据格雷1942年5月2日在重庆写的任务报告。

曼奇用手电筒向后舱照了照,那里似乎空空的,认为法克特已经从后舱门跳下去了。慎重起见,格雷又一次呼叫法克特,但没有回答,格雷认为法克特肯定已跳出飞机。

曼奇收拾东西准备跳伞。他抓起一盒罗伯特伯恩香烟和一些巴比鲁思柄糖,只要能带走的东西,他都尽力塞进A-2飞机皮夹克袋里。他还带上一支44-40(是这个型号)温切斯特步枪、一支德国卢格手枪、两支点45手枪、一支点22手枪、一把斧头和一把鲍伊猎刀。据说,他跳出去时还抱着一台留声机。跳伞前,他告诉格雷,着陆后他将向西走,以后在重庆见,祝格雷好运。

轮到格雷了,他打开飞机自动驾驶仪,然后从6200英尺高空跳下[1]。

格雷降落在浙江省遂昌县西北部的碌岱乡。第二天早晨他得到了当地村民的帮助,下午被送到王村口区署上定办事处。

阿登·琼斯降落在遂昌洋溪乡(现西畈乡)岩坑村附近的山上。19日,被刘芳桥等人送到洋溪乡公所。20日晚,被送到上定与格雷汇合。

4月21日上午,上定办事处雇轿二乘,由柴路区长等陪同将格雷和琼斯送至曹碓岭脚(焦滩),计划22日雇船送至衢州。

4月18日夜,遂昌县柘德乡第二保北洋村村民听到大坞尾山上发出巨响。第二天早晨,村民黄富根(1921年生)、黄富海上山采树叶做肥料时,发现坠落的飞机。

西大坞是北洋村西700米大坞尾山上一条南北走向的山坳。在山坳的西侧有两条横着的小山坞。飞机就坠落在南边的这条叫水流坑尾(北纬28°23′47.71″,东经118°45′13.14″,海拔1092米)的小山坞中。飞机先撞断山岗上的一棵大树,然后翻滚下来,顺着山坞的走向向东翻滚。机身、机翼已经断裂,两个飞机发动机滚到山腰。但飞机整体比较完整,垂直尾翼上写着号码:02270。

---

[1] 根据格雷1942年5月2日在重庆写的任务报告。

几个大胆的村民走到飞机残骸近前,发现机内有一具尸体,是被飞机上变形的钢板夹死的①,但他的身体很完整,穿着军装,看不出何处是致命伤。村民奇怪的是这尸体高鼻黄发,不是中国人的模样。前面几个上山的村民把尸体拉出来,放在飞机旁②。

这是法克特的尸体。村民们不知道这是谁,但还是把尸体运到村里停在板上,搭起棚子守护两天两夜。21日,柘德乡乡长李祖富购买上等棺材收殓,雇丁抬到柘德乡公所驻地黄沙腰。22日,灵柩用筏运到乌溪江边的奕琴乡周公口暂厝地上,待命转送。30日,法克特的灵柩送到衢州汪村空军第十三总站临时指挥部。

关于法克特的死因,美方普遍认为是他跳伞时出了问题。负责处理法克特善后的米兹在汇报中称:"从美国陆军轰炸机上跳伞没有成功。"③劳森在《东京上空三十秒》中称:"法克特的降落伞打开,但落在山体,可能有过第二次跌降。"

当地村民说,法克特死在飞机内。遂昌县档案中对法克特尸体的发现位置有三种表达:"其上""机下""机旁"。不同的说法却能说明同一个情况:飞机坠落时,法克特没有脱离飞机。飞机是带着法克特一起坠落的。是法克特没有跳出机舱,还是他已跳出机舱又被挂在飞机外?已无从考证。

4月18日夜里,曼奇降落在遂昌北洋村以北的山上。第二天,天渐渐放亮时,曼奇才知道自己身处群山中。降落点接近山顶,山势较为平坦,

---

① 根据北洋村个别村民讲述:当时村民发现这个美国飞行员时,他尚有微弱气息。有村民移动飞机内物品时,飞机上某个物品发生爆炸,发出巨大声响。村民受惊,即跑离飞机。平静后村民再次进入残骸内,发现机内该飞行员已死亡。此为一说,记之于是。

② 根据北洋村村民黄春林(1922年生)、黄春富(1927年生)、东积尾村民毛继坤(1927年生)、毛继达(1928年生)讲述。

③ (美)Carroll V. Glines: *Doolittle's Tokyo Raiders*. Van Nostrand Reinhold,1981:第326.

可旁边就是陡坡,幸好他晚上及时止步。可惜跳伞时掉落的东西,曼奇一件都没找到。

曼奇割开伞背带,拉出橡皮垫子,做了一个水袋,在中间割个洞,可以背在身上备用,不慎小刀滑落,深深地划破了左手的食指。

曼奇灌好山泉,走上一条山间小路,向西南摸索着前进。他曾受到指导,这一地区只有一条铁路,找到它就会到达目的地。路上,曼奇碰上一对中国男女,他们惊惶地看一眼这个怪人,撒腿就跑①。曼奇又走了很久,遇到一位妇女正在捡柴火。她看见曼奇也吓了一跳,丢开柴火就逃,可那双裹过的小脚却拖住她的步子,怎么也跑不快。19日晚上,他露宿在第七个山头上。鞋子破损,雨下个不停,风很大,曼奇顿觉异国他乡度日如年②。

东积尾村是浙江省江山县廿七都乡的一个小山村,它位于江山东南与遂昌交界处。山的另一边就是遂昌县北洋村,这两个村的村民都有亲戚关系。

4月18日晚上,天下着雨。东积尾村的村民听到空中有飞机声响过。不一会儿,从远处传来轰的一声闷响。第二天便传来消息,说有一架飞机摔在遂昌北洋村大坞尾山,还有个外国人死在里面。有的村民翻山去看摔坏的飞机与死去的飞行员,还捡回飞机的残片。

东积尾村东北2.5公里的山坞内有一小村叫大仁坑,这里有两户人家。4月20日上午,村民陈裕有、陈裕发到对面的山上去扦苗,发现一尺多长的脚印,以为是什么野兽,循着脚印找寻,结果发现一个个子奇高、钩

---

① 北洋村民黄春林(1922年生)等人称:4月19日有北洋村民在北洋村以北孟冬降遇到一位美国飞行员,但没有把这个飞行员带回村子。孟冬降在苍坑尾附近,这里有山顶平地,是江山与遂昌的分水岭。孟冬降在飞机坠落地点以北,直线距离约2000米,海拔约1390米。从位置看,曼奇似是降落在这一范围内。若此,北洋村民遇到的可能是曼奇。

② (美)Carroll V. Glines: *Doolittle's Tokyo Raiders*. Van Nostrand Reinhold, 1981:159—160.

鼻、黄发、蓝眼、穿着古怪的"野人"，吓得扭头就跑。此"野人"便是曼奇。陈裕有到山下东积尾村叫了一批人带上鸟铳、砍刀等回去查看。东积尾村保长曾高阳叫上甲长毛继森、外甥毛继富等跟了上去，劝大家要小心，不要蛮来。在大仁坑南面1.5公里的乌鹰石壁底，村民们找到了曼奇。

迷失在山上的曼奇又饿又累，手、脸都被茅草划破，鲜血淋淋。他坐在小溪边洗手，准备休息一下再决定前进的方向。突然他看到草丛分开，出现了一位满脸笑容的中国人，伸手把他拉起。接着，又有一些中国人从草丛中涌出。当看到一群手拿武器的村民向他围来时，曼奇连忙摇手，示意不要动武。于是村民护送他下山。

曼奇的回忆文章中这样描述：

> 他们手持古老的17世纪的火石击发火枪，显然未曾见过橡皮，对我的水袋十分感兴趣。我曾割下一块橡皮垫在鞋子的后跟，他们玩起这块橡皮，在地面上卷来卷去，活像一群顽皮的孩子。[1]

山路不好走，曼奇走几步就要休息一下。走到坳门地方，他实在走不动了。毛继富主动要求背他。毛继富身高有174厘米，在村里也算高个子，年轻力壮，背着这个高大的美国人倒也不吃力。曼奇个子高，被背起来后，双脚还拖在地上。毛继富只好双手搂起曼奇的膝弯，后面还要别人托着。[2]

"我太累了，每走100码都要歇一歇。一个身高五英尺四英寸的中国人主动要求背我。我朝他笑笑，因为我觉得自己对他来说可能有点沉。"

---

[1] （美）Carroll V. Glines：*Doolittle's Tokyo Raiders.* Van Nostrand Reinhold，1981：160页．

[2] 毛继富的亲弟弟毛继达回忆，当时有毛继富、毛继森、毛继树等四五个村民们轮流背着这个美国人下山。

在曼奇的回忆录里,称毛继富为贝利山羊。出乎曼奇意料,毛继富背着他并不吃力,曼奇在他背上,好像没有重量似的。天黑时他们到达东积尾村。曼奇害羞起来,几次拍毛继富的头,示意放下自己。大个子怎么能让小个子背,曼奇自言自语,宁可自己走着进村,也不能让人笑话①。

毛继富把曼奇背到自己的家中,村民们都来看稀奇。村民看到的这个"怪人"有毛继富老宅子大门一样高,进出大门都要低头。甚至把一米高的四方桌当凳子座。曼奇身高六英尺四英寸,即一百九十三厘米。他的同伴为他起了个绰号叫"矮子"。他身上穿着紫红色的皮衣,背着一个背包,包中有些干粮。他的双手被茅草和荆棘划得满是血印。他还拿着一个软垫子,中间有个洞。一支手枪别在他的腰上②。他的降落伞已收好,斜背在身上。到村里后,村民帮他把降落伞摊开晾在毛继富门口对面的下坑上。降落伞已破了好多洞,可是降落伞上的线还是很牢。

毛继富让妻子吴梅玉做饭给曼奇吃。给他米饭,他不吃。给他煎鸡蛋,别人吃给他看,他才吃了一点。他吃自己带的干粮,那是褐红色的条状物,他也拿给旁人吃,吃过的人说有股药味。

无人能听懂曼奇的话,只能听懂他说的"重庆"两个字。见他用银白色的指南针指了指"重庆"方向。因为长得与北洋村死在飞机里的外国人一样,所以人们猜他也是从那架飞机上下来的。当晚,毛继富让曼奇住在西厢房。结果曼奇在房里坐着过了一夜。

21日早晨,保长曾高阳和毛继富、毛继森等人将曼奇送往北洋村。曼奇送给甲长毛继森一只金挂表。降落伞也留在东积尾村,村民后来交给上级政府。山里人清苦,挂表后来被毛继森换了粮食,没有留下来③。

---

① (美)Carroll V. Glines:*Doolittle's Tokyo Raiders*. Van Nostrand Reinhold,1981:161.

② 当年见过曼奇的毛继坤、毛继达都说当时曼奇有两支枪。一支手枪在他的腰上,还有一支长枪有七八十厘米长。而曼奇回忆他当时只剩下一支手枪。

③ 以上发现曼奇和他在东积尾村的情况是根据当地村民毛继坤(1927年生)、毛继达、毛洪金、叶万清、毛洪章等人讲述整理。

　　曼奇无法听懂村民的话，猜他们在说飞机就坠毁在山的那边。曼奇跟着曾高阳等人向南走，然后向东。路上遇到一些人扛着飞机的部件。他跟着村民来到飞机坠毁地，看见飞机已撕成条状。中午，他们到达北洋村，曼奇看到一些行李、衣物和航空器材。还看到村民从飞机坠落地点抬下来的尸体。曼奇通过尸体皮夹克上踢腿驴的队标确认这人是法克特。他看到法克特的伞包已变形，只张开一小部分。

　　区署指导员毛钟彪在北洋村接到曼奇后，随即雇轿将他送往上定。同时派人先到上定向王村口区上定办事处报信。曼奇于21日晚上被送到上定，并在这里过夜。

　　22日早晨，曼奇被当地官员用轿转送到曹碓岭脚，16时30分到达，见到了在这里等他的格雷和琼斯。三人在柴路区长的陪同下，乘小船顺乌溪江前往衢州，下午行进12英里，天暗下来，不得不上岸投宿[①]。

　　23日，早晨6时继续乘船赶路。船行驶14小时，格雷、曼奇、琼斯三人晚上20时到达目的地。他们在衢州汪村空军第十三总站临时指挥部，见到戴维·琼斯等队友。

　　想到法克特，格雷心情有点糟。格雷发出了跳伞指令，法克特其实也得到了这个指令，但他的尸体在飞机残骸的后机舱里被发现[②]。他是如何

3号机碎片

① 此根据曼奇的回忆。按照路程推测投宿地为周公口。
② 据雷迪日记。此与遂昌北洋村民的说法一致。

死的仍然是个谜。

集中到衢州的突袭
者可能在24日离开去重
庆，先乘车去桂林。晚上
他们接到几个电话，但信
号非常微弱，甚至不能确
定对方在讲什么。他们
得知一个坏消息——有
人在海岸边发现了两具
尸体，还好还有2个人是

3号机机组成员

活着的，这两人在水中已2天了①。在衢州的突袭者商定必须派人去识别
尸体，可到那里大约有20天的徒步行程，戴维·琼斯可能会被选派做这项
工作。另外有消息称，有10个人穿着救生衣在海上漂浮了两天两夜，在
黄海上被救起来②。

到今天已有28人到达衢州。晚上，中国官员告诉他们，已经查明52
个人的消息，并且13号机麦克尔罗伊和他的机组是安全的。

第六节　4月24日

4月24日。吃完早餐后，大约在7时30分警报响起。来了9架敌
机。空气很好很温暖，这样的天气已持续3天了。但突袭者们仍旧只能待
在防空洞里，做着各自的事情。很多人参加学习中文的课程。今天他们
学习"吃饭、咖啡、茶、牛奶、盐、糖、晚餐……谢谢你、你好吗"之类的词
语。突袭队员学得很认真。琼斯仔细地记了笔记。

有消息说3号机的领航员奥扎克即将到来。

---

① 这个消息是指在象山爵溪遇险的6号机组。
② 这应该是降落在象山石浦附近的7号机和15号机机组成员。

220

琼斯没有去海边。希尔格给在临海的15号机组发去了电报,让他们识别并火化那些尸体,带回一品脱的骨灰。如果不能识别尸体身份的话就把骨灰撒了。

Bee Wong(音:王弼)上校每天给突袭者们讲报纸上的新闻,报纸上仍有着大量空袭事件的信息,这些信息都来自伦敦、重庆、柏林、东京,但仍旧没有来自美国的消息。今天早晨东京表示将要惩罚防空预警团的所有成员,并说会重组空军。琼斯的预测是正确的,他很得意。

上午的空袭警报一直持续到12时30分。突袭者们刚回到营房不到5分钟,另一个警报又响起。这些日本鬼子肯定想要让人发疯。好在这次空袭只持续了2个小时。警报解除声在14时30分响起。突袭者们回到营房,争取获得更多的睡觉时间。

晚饭时奥扎克到了,他的腿情况相当糟糕,他是第29个到达的。

4月18日夜,奥扎克降落在江山县长台镇第七保大见坑村大见坑尾山上。这里距大见坑村大约3公里,是江山与遂昌的界山,以东是遂昌洋溪乡。

奥扎克在降落时左小腿被尖锐的岩脊划开一道大口子,胫骨都露了出来。他挂在降落伞上,流了一夜的血。19日早上,奥扎克竭尽全力挣脱绑在身上的降落伞带。他太虚弱了,没办法移动。他在山顶上待了两天两夜。后来他用树枝做了一根拐杖撑着吃力地前行,努力向西寻找下山的路。

住在山棚里的巡山人廖金和下山时在大见坑尾樵夫底发现坐在石头上的奥扎克。廖金和吓坏了,便下山告诉大见坑自然村的村民。大见坑村民朱财和朱天才等人上山,找到奥扎克,搀扶他下山。山民们不知道奥扎克是什么人,他们拿走了奥扎克所带的物品。保长廖诗元[1]在1942年年初因征办建设衢州机场的国防木料成绩优良受到嘉奖。他接到报告

---

[1] 廖诗元,1907年生,属羊,1999年去世。

江山小南坑口廖诗原老宅

后,带着弟弟廖诗清等人,用竹躺椅把奥扎克抬回了小南坑口自己家中。

村民们猜测这个长相奇怪的人是外国人。由于双方语言不通,无法正常交流,也不知道他是什么国家的人。小南坑口村民廖万富当年只有15岁,他在廖诗元的家中看见这外国人。这个外国人身上穿着一身蓝灰色的连体衣,没有穿皮衣,衣服和裤子被划破。头发上、身上都是树枝、刺等碎屑。手上脚上被山上的刺划破,没有一块好皮。左小腿受伤尤为严重,有条一尺长的伤口,能从伤口看到骨头,流出好多血。

廖诗元把奥扎克抬到自己家堂前。廖诗元的妻子周兰花①为他清洗伤口,廖诗元等村民采来草药,给这个飞行员敷上,为他治伤。周兰花为他清洗染血的裤子。廖诗元把自己的粗洋布裤子给奥扎克穿。由于奥扎克身材比保长高大,这裤子对他来说太小了。廖诗元给他吃玉米和土豆做成的饭。这是村民们日常的食物。奥扎克见廖诗元吃给他看,他才肯吃。为了给奥扎克补身体,廖诗元给他煮鸡蛋吃,他也不吃。村民把鸡蛋

---

① 周兰花,1918年生,属马,已去世。

剥开，掰一小块给旁边的
小孩子吃一口，他才敢
吃。白天廖诗元就让奥扎
克躺在堂前的竹躺椅上晒
太阳，当阳光随着时间移
动时，村民们又帮助他移
动竹躺椅，让他总能晒到
太阳。

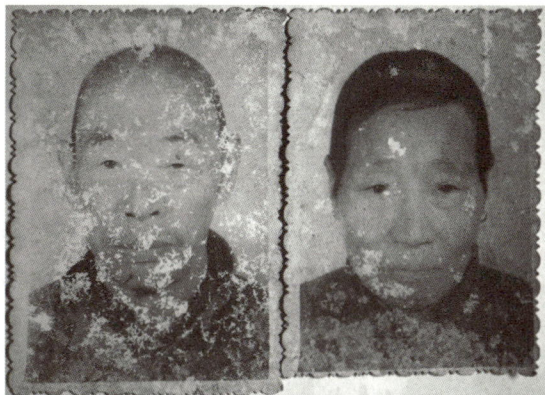

廖诗原和周兰花

　　廖诗元有四兄弟，住
在同一幢房子里，每个兄弟一间。廖诗清还没有结婚，晚上廖诗元让这个
外国人单独睡在廖诗清房间内。廖诗青则在阁楼上打地铺。就这样，奥
扎克在这位保长家住了几天。

奥祖克曾在这张床上休息

223

廖诗元收留外国人后,将此事报告给长台镇。长台镇在19日接待过5号机的两位美国飞行员,收到救护美国飞行员的命令。长台镇接到廖诗元的报告后,立即派员到小南坑口村迎接。来迎接的是一位江山中学懂英语的女教师。同来的还有三位长台镇台所的保丁,其中一位是江山长台镇长安坂村民邱训法,大家叫他邱班长,他们来时都穿黄军装,没有枪。

4月23日一大早,廖诗元组织村民用竹竿和竹躺椅扎成一个轿子。细心的周兰花还在躺椅上铺上床单,用被单搭成了轿子顶,为这位美国飞行员遮阳。这位外国人为了感谢廖诗元,从裤袋中拿出仅有的两个一美分硬币分别送给廖诗元和廖诗清。美国飞行员还送给廖诗清一个鹅蛋大小银白色的指南针,后来这个指南针被镇公所拿走①。

廖诗元先把奥扎克抬到邻村田青篷的第六保保长廖荣根②家。廖荣根找来同一保的陈明高、周柏日③等几个人来帮助抬轿。廖荣根的妻子周水仙做了一些点心给大家吃,让大家吃饱后出发④。从田青篷到长台镇有近30公里。山路难行,中间还要翻越梨木岭。大约11点多他们到了下许村,在下许保长张怀森家吃饭,休息了一会儿后继续出发。经过近8个小时的长途跋涉后,终于把奥扎克抬到长台镇公所。轿伕的肩膀被磨出斑斑血迹。

当日,镇公所雇长台下宅人力车夫朱招根将奥扎克转运到江山县城。

24日下午,奥扎克被送到衢州汪村第十三航空总部临时指挥部。

事后,长台镇公所发给周柏日和陈明高轿资共30元,发给朱招根人力车费15元⑤。

---

① 以上发现奥扎克和奥扎克在小南坑口的情况根据当地亲历者廖万富(1928年生)、廖江财、廖明法(1936年生)等所述。

② 廖荣根1905年生,属蛇,1967年去世。

③ 根据廖荣根之子廖水龙所述:周柏日即周柏善,小梅口人,廖荣根的丈人。

④ 此根据廖荣根之子廖水龙(1936年生)所述。

⑤ 江山市档案馆资料,档号449-1-910。

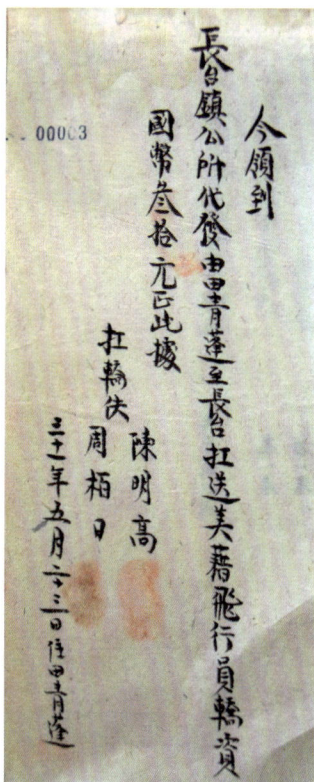

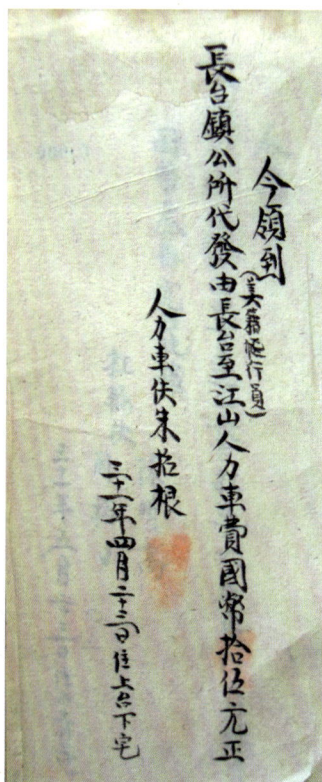

轿夫费收条　　　　　　　　　　　　人力车费收条

今天在汪村空军第十三总站临时指挥部的晚餐很棒,更棒的是降落在鄱阳的13号机组麦克尔·罗伊中尉和他全部的组员前来报到,他们状况都很好。现在已有34个人集中到这里。13号机组在江西省鄱阳县城以北的朗埠村附近上空跳伞。第二天他们集中到一起。20日17时,他们到达鄱阳县城,受到中国百姓的热烈欢迎和天主教传教士的帮助。4月22日早上,他们乘船去鹰潭。在鹰潭他们见到了另几位传教士,23日晚上他们乘坐火车,于24日17时30分到达衢州,大约18时30分来到总站临时指挥部。很多突袭队员对他们的火车中途被日本飞机袭击的经历印象深刻。他们说他们降落地点距日本占领区只有几英里远。说他们听到传言,另一个机组5人降落在他们的附近,已被俘。来自另一个机组的两个

13号机组在鄱阳

人淹死在湖里。

时间越长,情况就会变得越糟糕。传言有很多突袭者被俘了,2个淹死,1个死因不明。戴维·琼斯猜测胡佛可能是唯一即将到来的机组了。

第七节 4月25日

4月25日,大约6时,4号机的副驾驶员扬布拉德从上饶乘火车来了。18日晚,他降落在崇安丘上饶禹溪之间,离霍尔斯特罗姆很近,然后他一路追寻霍尔斯特罗姆所走过的路来到衢州。他状况良好,大家听说他在上饶得到了1000元法币。扬布拉德是第35个抵达的,重新见到这么多伙伴,无法形容他有多开心。同伴们说还有一些人正在来衢州的路上。

有小雨,日本人没有来轰炸,大家可以自由活动一下。

今天早上得到消息,有一架飞机可能降落在俄罗斯;另有报告称,有两位飞行员被抓,还有两位被日本鬼子杀害了;还有报告称,有10万日本人死于这次轰炸。

　　下午,空军第十三总站为突袭队员举办了一场精心准备的招待会和晚宴。第三战区炮兵主任唐子长中将从上饶赶来,同来的还有《前线日报》总编宦乡。希尔格曾在上饶皂头见过唐子长中将,他们已成为朋友。这次再相见,两人都分外高兴,他们在空军第十三总站临时指挥部招待所前合影。接着,他们和突袭队员、空军第十三总站军官们一起合影。

　　招待宴会在中山堂举行,墙壁上的海报上用中英文写着:"欢迎美国的英雄""消灭日本人""欢迎我们的同盟国"。15时,招待宴会开始,很多人发表了热情的讲话。唐将军是主要演讲者,他对突袭队员给予了很高的赞誉。突袭队员从演讲者的致辞中得知他们的行动已经大大提升了中国军民的士气。一支乐队不失时机地演奏了中国国歌,也演奏了他们印

唐子长、陈又超等与突袭队员合影(一)

唐子长、陈又超等与
突袭队员合影（二）

唐子长与希尔格在
衢州汪村第十三航
空总站合影

象中的美国国歌。

晚宴食物很丰盛，还送给突袭队员好多香烟、罐装牛奶、罐装牛肉、罐装牛奶饼干和近100度美制酒度的酒。这些战时稀有食物是工作人员从邻近几个城镇采购的，有的是唐子长将军带来的礼物。

戴维·琼斯在日记中写道：

> 你知道吗？这些极好的人从每个镇上为我们找来这些食物和酒。就像在旧金山、洛杉矶拜访一些中国人和他们喝酒一样。我想说我从来没遇到过像他们这样真诚、爽快、朴实的好人，而且他们已经打了5年的仗了。

空袭队员在与中国军官们的交流当中发现，中国人对于美国的印象就是罗斯福总统，因为他做过许多演讲。中国军官告诉突袭队员，他们是在日本2600年的历史中第一批真正攻击其本土的外国力量，他们造成了自1923年关东大地震以来日本最大的恐慌。

晚宴直到20时才结束。这一场盛宴令突袭队员印象深刻。他们看到了中国人对他们的行动是多么的感激，提振了突袭队员多天来一直比较低落的士气。

在晚宴正在进行的时候，大约18时，突袭队员们得到通知：今晚将有20位队员乘火车离开衢县去桂林。确定离开的20位是11号、12号全体机组成员，5号机组除戴维·琼斯的其他4位，10号机组的拉金和霍顿，3号机组的格林、曼奇和阿登·琼斯和今天早上刚到的扬布拉德。这批队员由罗斯·格里宁上尉带领。钱南欣找来两张纸，请突袭队员排队签名留念，这宝贵的签名，他当作无价之宝一直保存。19时20分，队员们打好行李。航空总站已准备好篷布遮盖的十轮大卡车等在门口。队员们在军警的护送下前往火车站。一列火车为等待他们已延迟了两个小时[①]。当他们登上火车时,每人获赠一件白色丝绸衬衫。21时火车开动,军委会战地服务团衢州空军招待所派员一路陪同。

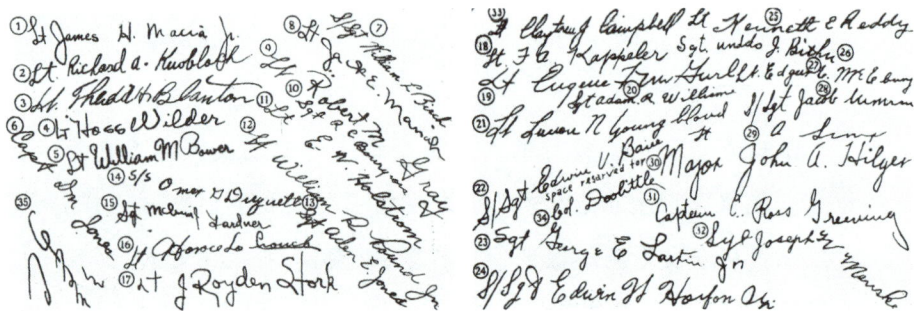

突袭队员在衢州的签名

杰克·希尔格少校和戴维·琼斯上尉等人继续留在衢州收集消息,收容后来的归队队员。今天他们收到消息,沃特森的9号机组在衢州西南的江西宜黄降落,整个机组成员都是安全的,他们将去桂林。他们还听说有一架飞机和机组安全抵达西伯利亚,戴维·琼斯推测可能降落在符拉迪沃斯托克。得知劳森和机组在海边的医院里,他们走了2天的水路。飘散在外的约克、霍尔马克、胡佛、史密斯和法罗机组还没有消息。戴维·琼斯很担心约克,很不喜欢讨论关于3位空袭队员被日本兵俘虏了的事,听说中国人马上进攻想夺回他们,但没成功。

第八节　4月26日

4月26日,仍然在下雨,没有空袭。

在没有日本鬼子捣乱的日子里,诺布洛克和艾尔曼到宿舍后面的河

[①] 1941年3月,浙赣铁路局在玉山恢复,在金华和鹰潭之间开行一、二次特别快车。其中一次特别快车15:00从金华发出,18:23经衢县,23:50到上饶,次晨4:15到达鹰潭。前后三批离开衢县后撤的飞行员有可能都乘坐这个班次的火车去鹰潭。

1号机组在潘庄与贺扬灵等合影

里抓鱼,但运气不好。很多汪村村民看到两三位美国飞行员拿着钓鱼竿到汪村西面的破塘钓鱼①。

中午时分,10号机驾驶员乔伊斯中尉到达。他降落在浙皖两省交界的安徽歙县狮石乡杨柏坪附近山上,被当地人带到屯溪镇,然后经过歙县、兰溪、金华,最后来到衢州。乔伊斯是他机组中最后出现的,大家已为他焦虑了好几天。

15时②,杜立特中校和他的全体机组成员经过4天的旅程从天目山到达衢州。杜立特的1号机组跳伞降在於潜县白滩溪、临安射干村、碧淙村一带。他们得到当地村民和驻军的帮助,于19日下午在天目山上的浙西

———————————

① 据汪村村民汪金元所述。
② 此时间根据赵福基给贺扬灵的报告。

天目山潘庄

安徽宁国壕堑关上的1号机坠机地点

行署集中。浙西行署主任贺扬灵在家中宴请他们。20日,杜立特利用浙西行署的电台发电报向华盛顿报告行动结果。杜立特和伦纳德在浙江行署赵福基等人陪同下到壕堑关察看坠毁的1号机残骸。当杜立特见到已摔成碎片的1号机,想到他没有

杜立特在坠毁机翼前

达成任务,突袭队员下落不明时情绪十分低落。伦纳德对杜立特说,他会被升为将军,会给他颁发国会荣誉勋章,还会给他另外一架飞机。杜立特非常感谢伦纳德,但认为他的话只是鼓励罢了。事后证明,这位上士对未来预测比中校准确。

23日,杜立特等5人在赵福基的陪同下离开天目山前来衢州。25日,在严东关码头,他们遇到一个叫约翰·伯奇的美国传教士。他熟悉当地情况,又能说中文,杜立特略略说及他们当前的困境,伯奇便同意和他们在一起,替他们翻译,陪同他们去兰溪。在路上,伯奇告诉杜立特,他靠非正式的收入过日子,生活很艰苦,他见到日本占领军对他所热爱的中国人所做的种种暴行,他希望以某种方式加入美军,最好担任军牧。杜立特答应为他美言,如果需要他帮忙寻找集中突袭队员,会和他接触。

26日9时,一行人在兰溪登岸,徐志道县长邀请他们到县政府喝早茶,第六十三师赵锡田师长前来陪客。徐县长电话通知衢州机场,派汽车来迎。衢州机场派来汽车,车身甚小,不能容纳行李,遂将行李留在兰溪。中午,和约翰·伯奇别过,杜立特和飞行员及赵福基一行6人,乘汽车来衢州。

钱南欣这样回忆他见到杜立特的情景:

……有三位便衣人员送来一位狼狈不堪的美国人,总值星官召来军医和翻译,随即带到总站长办公室密谈,知为领队杜立德(特)将军。此后总站就紧张起来,杜立德(特)将军即至防空洞集合已送到美军会面,知招待情况良好。①

已在的16位突袭队员拥上来迎接,没有欢呼,只有轻谈。见到杜立特中校和他的机组成员出现②,这是最可喜的景象和最大的士气助推器。

杜立特见到他们也很高兴,他以为有56人下落不明,没想到这里已集中了这么多人。希尔格说,还有几个机组已出发去重庆了。现在有12个机组已来报到或已联系上,41人到达衢州。尚无2号机、6号机、8号机、16号机的消息,已得到的明确的消息是:3人死亡,6人被日本鬼子抓获。而且没有飞机在日本被击落,都飞到衢州附近,除了一架去了西伯利亚,该机组被拘留。

杜立特、希尔格、戴维·琼斯等4人查看了衢州机场,他们第一次看到这样的战术飞机场,认为设施很齐全。

麻境兴多年后回忆了当时的情况:

总站用汽车载领他们绕飞机场周围巡视一周,又给他们开了一个欢迎会。

美国空军队长杜立德首先讲话:"我们太惭愧了。衢州机场这样大,设备这样好,我们都没有找到,向中国战友表示遗憾。我

---

① 钱南欣《杜立德将军过衢州真相》,《浙江月刊(台)》1988年第3期。
② 戴维·琼斯、西姆斯、希尔格等人日记中皆言见到杜立特及其机组成员。赵福基报告称"中午职及杜中校一行六人,偕乘汽车赴衢州,三时抵机场"。科尔告诉作者他没有到过衢州,又称一路上没有与杜立特分开。钱南欣称只见到杜立特一人到汪村临时指挥部。作者认为杜立特及其机组成员都到过汪村临时指挥部。科尔、钱南欣似回忆似有误。

们的作战计划是轰炸东京、长崎、名古屋三个目标,配备16架B-25型轻轰炸机,每架飞机5个工作人员,带500磅炸弹四枚。共分三组,长崎、名古屋各五架,东京六架,搭乘大黄蜂号航空母舰,由美国基地出发。为防敌人发觉,不准该舰向任何地方联系,至离日本400公里处飞机才起飞,距海面20米的低空飞行,到日本海岸即升高到东京上空,看见日本人正在打球、做体操、做游戏,毫无准备。我们选择人多的地方和大的建筑物,投下了500磅的炸弹;霎时,东京市内黑烟弥漫,烈火腾空。完成任务后即按预定计划向中国飞行,到达杭州湾才准许和中国联系。因天黑、阴雨,找不到机场,燃料已经用完,我们就弃机跳伞。此次轰炸东京虽然飞机都损失了,但起到了奇袭作用,给日本侵略者以沉重打击。"[①]

杜立特、琼斯等去航空站指挥官的家里拜访。经商议,计划杜立特中校和其他20个人明天动身前往桂林,留下戴维·琼斯和霍尔斯特罗姆在衢州调查、寻找和收容其余的队员直到最后。

在与杜立特交流时,突袭队员表达了对"该死的海军"的愤怒,还有,他们在航母上学到的中国话都没起作用。

西姆斯在这天的日记中写道:

> 在我们逗留衢州期间,这里的中国人尽一切可能使我们舒适。我希望我永远也不会忘记王上校,一个小个子的活泼的中国人。他以他的方式超过了我们,作为一名军官,他很多地方可以作为很好的榜样。我会继续说,任何种族都能很好回报哪怕一点

---

① 麻境兴:《美国空军奇袭东京——参加接运工作的见闻》,政协重庆沙坪坝区委员会、沙坪坝文史资料第33辑,1984.9。这是麻境兴多年后的回忆,虽然其中轰炸机队分组等与实际情况略不同外,大部分与实情相符。可见他掌握情况之准确。

点的真诚善良和谦卑。只是中国人的回报是如此丰厚,富人和穷人都这样。

正如西姆斯所希望的那样,他没有忘记。多年后,他在回忆录中写道:

> 我们被视为英雄,在我们待在衢州的一周里,我们见到的只有友善。王上校(60年后我已经不记得他的名字),一位谦逊的绅士,在我们"做客"期间,他提供了所有他能为我们提供的所有帮助。他是所有军队军官的光荣,他肯定也是中华民族的光荣!

这个王上校(Col. Wong)是谁？与王弼(Bee Wang)、黄上校(Col. Hwang)是否为同一个人？戴维·琼斯的日记本上有Col. Bee Wang的英文签名和王受符的中文、英文签名。好几位突袭队员的日记和回忆录里都提到过这个王(或黄)。

从4月19日起,降落在各地的突袭队员陆续由各方人士送到衢州空军第十三总站。有的飞行员由农民用牛车送来,总站方面记下名字,事后向所辖地方机关去函致谢。

航空总站接到美国飞行员后,即由医务室课员吴璞等人对他们例行检查医治。当时缺少检查仪器,只能一般视诊,处理外伤。工作人员对突袭队员照顾无微不至。举凡西式餐饮,事先训练主厨及助理。依照营养师所定早中晚菜单烹调,供其食用。菜品皆由战时得来不易的新鲜牛肉、鸡肉、蛋、蚕豆、青椒等食物调配而成。食品营养卫生均由医官专责检验。

保证突袭队员的安全是航空总站工作的重点。美国飞行员送来后,大家都尽量保密。把飞行员安置在比较独立的汪村空军第十三总站临时指挥部营区,由陈以功队长派纪律最严明的警卫警戒,力求做到万无一失,不被外界发现。当有空袭警报时,就把突袭队员转移到防空洞内。日本飞机常迫近石头山,好像低空侦察。由于隐蔽得法,未被敌机发现。但总站长及执事人员均忧心如焚,万一美国飞行员有伤亡,将无法向重庆交差①。

一连几天日本飞机整日空袭,总是待在防空洞中比较憋闷。为防止美国飞行员到处走动或离开军事区发生危险,钱南欣等人就想到一个办法,叫来摄影师为美国飞行员拍照片,告诉美国飞行员拍照片前不要离开。格里宁回忆道:

> 这里的人给我们拍了大量的照片,大部分的照片被他们所保管。当拍摄照片时,无论如何都能看到有趣的景象。他们安排位置,他们在队伍前精心准备。这最大程度上表明中国人对美国人的真实而持久的友谊。

钱南欣回忆道:

> 我们在战区中心,任何人身上不能带与军事有关东西。照相师只有奉命行事。拍摄后底片立刻呈送队长处理,不能保留。

在钱南欣的回忆中,为保守秘密,美国飞行员们很少说话,翻译陈琳等人洽询需要,只有一句"要见蒋委员长",其余不再多说。队员之间会面也不招手,早中晚餐大家齐集餐厅,团体生活秩序井然。餐后各选所好,有的坐台阶上晒太阳,有的静坐树荫下沉思,互不围聚谈论,空气相当沉闷。杜立特中校到达后,说出了任务过程,他们才自动解密。

---

① 以上三段根据钱南欣的回忆。

空军第十三总站与各地政府、各航空站、各个部队、第三战区、各地防空司令部联系，收集关于突袭队员下落的情报；安排各地的突袭队员集中到衢州；向航空委员会报告接收突袭队员情况；设法争取交通工具，护送突袭队员到后方。经过空军第十三总站等单位精心的组织和认真的实施，接送突袭队员的工作进行得很成功。

第九节　4月27日至28日

4月27日。杜立特中校、希尔格少校和西姆斯中尉于早上7时去上饶皂头第三战区司令长官部。然后，他们将在那里乘火车继续西去。临行前，杜立特让空军第十三总站给他曾在严东关遇到的传教士约翰·伯奇拍电报，要他到衢州来，等待美国军事代表团的指示。

今天空袭警报从10时开始，只响了1个小时。突袭队员们稍微玩了下纸牌，喝了点烈酒。下午，航空总站报告说有很多突袭队员被日本人抓获——希望那不是真的。戴维·琼斯又玩了一会儿纸牌，喝了点烈酒，早早上床了。原计划当天晚上第二批突袭者乘火车离开衢州，但没有列车。

4月28日。衢州仍然下雨，没有空袭，大家可以好好地睡一觉。

约翰·伯奇收到电报后立刻动身，乘火车来衢州。他于4月28日早晨到达，在第十三航空站临时指挥部见到戴维·琼斯等人。伯奇被告知杜立特中校和希尔格少校已经去了江西上饶，在那里他们要联系一些人，其中一位应该是被美国军事代表团委派，作为在衢州美国飞行员团队的牧师和干事。后来一些中国官员告诉伯奇，杜立特中校已经联系了在上饶附近洋口的加拿大人鲍尔森牧师（Rev. C. T. Paulson），他是伯奇的朋友。伯奇提出要马上离开，但是琼斯上尉和中国官员邀请伯奇等一天再决定。约翰·伯奇熟悉当地情况，又能说中文，他帮突袭队员们处理了很多事务。

当天晚上大约19时，15位突袭者乘上火车，经衡阳去重庆。他们分别是:1号机另4位机组成员,13号机5位机组成员,10号机余下的3位机组成员,14号机余下的3位机组成员。琼斯、霍尔斯特罗姆和腿受伤的奥扎克继续留在衢州,在这里做收尾工作。队员们都走了,空军第十三总站临时指挥部安静了下来。琼斯在日记中写道:"真希望留住这10天以来的美好时光。这儿的食物很不错,事实上是极好的,我们有25夸脱75度①的烧酒,我们不应该抱怨太多。"

目前,琼斯已知突袭者的情况统计如下:

4人(牺牲了1人)在衢州

38人(在火车上)

8人(霍尔斯特罗姆机组3人,沃特森机组5人)都很好,在去玉山的火车上②

10人在临海(他们大部分躺在床上)

5人(或许被俘?)

5人在宁波(4天的时间)

5人在南昌(2人牺牲了,其他3人可能被俘了)

5人在俄罗斯

总共80个人

琼斯和在上饶的希尔格通电话,他证实了琼斯的数据。琼斯担心在南昌的"斯基"约克。有消息称,已确认他们机组2人死亡,3人被俘。琼斯希望约克是死亡人员中的一个,这样能让他少受点罪。琼斯想把这个消息告诉约克的妻子M.E.,但他决定等到重庆了再说。琼斯对战友的情

---

① 美国酒度数。

② 这8人实际上没有去玉山。霍尔斯特罗姆机组3人在上饶与杜立特会合,乘火车西去。沃特森机组5人经南城去衡阳。

象山爵溪杨世淼老宅门口

谊在他的日记里表露无遗。

事后证明，琼斯当时掌握的突袭者的情况并不完全准确，约克机组的8号机由于油耗过大，只能转到苏联符拉迪沃斯托克以东95公里乌纳施机场降落。法罗的16号机组在南昌跳伞，全体被侵占南昌的日军第十一军第三十四师团俘获。霍尔马克的6号机组迫降象山爵溪近海，在游向海岸时迪特尔和菲兹莫里斯牺牲，第二天，幸存的霍尔马克、米德尔和尼尔森得到爵溪村民的帮助。村民们还帮助他们安葬了两位牺牲者。但是他们被驻爵溪的伪和平军带走，并带到象山县城，最终被日军俘虏。

第十节　4月29日至5月3日

4月29日。早晨5时30分警报响起。日本人向衢州机场和衢州城里投下大约150颗炸弹。其中衢州城内荷花巷炸死3人，蛟池街四眼井的衢县内地会礼拜堂震塌。安德鲁斯牧师和夫人（Rev. & Mrs. Andrews，中文名：安谦）恰巧从他们的住宅里出来，躲过一劫。

10时，总站附狄志扬少校来看望琼斯，他说有3位突袭队员今天下午将到衢州，琼斯猜来者可能是胡佛。狄志扬还邀请琼斯一起吃晚饭。中国方面已得到消息，日本人可能要进攻这一地区。琼斯发了一封电报给在临海的怀特医生，让他们离开那里。

4月29日早晨,鲍尔森牧师打电话告诉伯奇,杜立特中校留了2000元中国法币给他,并且授权他去买了一块地埋葬死者。鲍尔森邀请伯奇第二天去他家。伯奇于晚上乘火车前往上饶。

从宁波过来的胡佛和他的机组成员乘火车于晚上20时到达衢州[①]。

胡佛的2号飞机迫降在宁波鄞县海南乡大礁面村以东"南新塘"蔡小成、蔡阿四等户棉花田里。机组成员安然无恙。他们在山上躲了两天。21日,他们被村民发现,由当地游击队带到奉化松岙。22日,他们随游击队员渡过象山港。23日,他们在深甽镇公所遇到准备到大后方去的刘同声。刘同声清华大学毕业,会英语。他和当地军队一起保送胡佛的2号机

2号机组在嵊县合影

①此到达时间根据雷德尼日记。戴维·琼斯的日记中2号机组晚上大约19时到达,琼斯日记中的时间总与别人的相差一小时。可能与当时中国混乱的时制有关。

组来到衢州。

琼斯上尉和霍尔斯特罗姆中尉在门外迎接2号机组的到来。刘同声在他的回忆文章中写道：

> 到达空军基地招待所之后，改由空军官兵护送和招待。我发现这里有好几位空军军官会说英语，他们开始为美国飞行员当翻译。后来才弄清楚，原来这些空军军官都是从重庆派来的，原本就是为了给美国飞行员做翻译的，他们谁也没有料到，我在他们之前先充当了翻译的角色。派来的这些翻译中有一位是我的大学同学，在这种场合相见也真是始料不及。
>
> 比我见到同学要高兴得多的是胡佛他们，因为他们在这里见到许多其他机组的成员。从交谈中得知，他们也都是汽油耗尽后迫降的，由发现他们的中国军队或百姓护送他们来到这里。

空袭队员们又交流了各自得到的消息，并讨论每一个中国人告诉他们的传言，推测有一个机组降落在2号机着陆地点对面的海湾里，2名队员被杀，3名队员被日本人抓去。除了2号机、劳森的7号机和史密斯的15号机，所有机组都跳伞了。

中国的烈酒让琼斯变得很兴奋。大家一直聊到午夜才入睡。

4月30日。戴维·琼斯生病了。他很难受，觉得自己快要死了。雷德尼早上5时30分起床。刚来的2号机组之前被告知这里会有空袭。从18号以来，只要天晴，衢州每天都会被轰炸两次以上。上午10时传来空袭声。下午1时30分空袭警报又响起。看着日本人向衢州投掷炸弹，烟火四起。即使在山上也看得见那火焰。

雷德尼回到军营睡了会儿。他们每天得吃奎宁以防得疟疾。雷德尼感到很难受，他已经发烧3天了。琼斯大约在18时50分睡觉。

晚上21时30分,史密斯的4位15号机组成员和7号机的撒切尔在刘同葆的护送下到达衢州。大约22时,他们到达汪村。现在这里又有了13位突袭队员。

7号机和15号机的经历非常有戏剧性。4月18日晚上,劳森想驾驶7号机降落在三门县南田岛大沙村东面的海滩上,但在下降过程中两个发动机突然熄火,飞机坠落在近岸的海水里。除撒切尔受伤较轻外,其他4人都受了重伤。其中,劳森受伤最重,他的脸被撞凹进去,牙齿撞落。他的左腿剐到了挂耳机的金属钩,伤口从大腿上部一直延伸到小腿,伤口深达骨头,左边的肱二头肌被切了下来,翻倒在肘弯里。大沙村村民听到动静来帮助他们,把他们抬到村里。第二天郑财富的游击队护送他们到岛的另一头,找来船只从五屿门洋面偷越敌舰封锁线,把他们送到三门县治海游镇。由于劳森等人伤势严重,三门县政府立即通知临海把他们接到临海恩泽医院。

7号机坠机地点南田大沙海滩靴蚴头

243

三门县各界欢送15号机组

史密斯的15号机降落在檀头山岛东南稻桶礁至楼梯档之间以东的海面上。5位机组成员游泳来到檀头山岛，得到大王官村村民赵家木、麻良水、赵小宝等人帮助。第二天晚上，麻良水等5位村民划着小船偷过南潮港把他们送到南田岛郑财富的游击队手中。郑财富的游击队再一次找来小船把15号机的5位飞行员送到海游镇。15号机组中的怀特是医生。他们得知7号机机组成员有人受伤很着急，很快赶到临海恩泽医院与7号机组会合。

浙东的形势十分紧张，浙江省府担心日军会到临海对美国飞行员进行报复。4月27日，史密斯和机组成员威廉姆斯、塞斯勒、塞勒前来衢州，撒切尔和他们一起走，怀特医生则留在临海照顾伤员。临海县长庄强华派临海县建设科长刘同葆负责护送这5位飞行员。经过几天的跋涉,现在他们终于来到衢州。

去了上饶的伯奇牧师4月30日从鲍尔森牧师那里接到以下东西:(1)2000元中国法币;(2)一个口头命令。命令伯奇在衢州或者衢州附近买一块墓地,用来安葬利兰·法克特下士和其他运送到这里的突袭队员的遗体,收集所有飞行员可能死亡和失踪的消息。命令还要求伯奇作为干事,应采用任何有用的方法收留飞行员,陪同最后一组飞行员去重庆,并且在那里向美国军事代表团报告。

这天,法克特的遗体从遂昌运到衢州。

5月1日。戴维·琼斯感觉稍微好过了些,但仍然相当虚弱。他补写了前一天的日记。雷德尼昨晚睡得不是很好,还是很难受。他起床,7时吃了早饭,8时10分空袭,手榴弹似的小炸弹似乎造成不了多大的破坏。

这天早上,约翰·伯奇和Huang(音:黄)上校一起从上饶第三战区司令长官部回到衢州①。伯奇将在这里尽其所能地为突袭队员担任翻译兼牧师。

戴维·琼斯计划再过四五天他们也要离开这里了。他从史密斯机组那里得知劳森受到了相当严重的撞击,可能失去一条腿。戴维·琼斯写了一封信让刘同葆带给怀特医生和劳森。伯奇让他捎去一个收音机,但只能收到日本人的电台。空军第十三总站医院请刘同葆为在恩泽医院的四位伤员带去大批医药。

5月2日。戴维·琼斯今天感到自己已恢复正常。雷德尼也感觉好多了。由于下雨,所以没有警报。他们除了吃饭、喝下午茶,一整天都在打牌,感觉不错。

---

① 黄上校曾在衢州为突袭者们提供翻译服务。为什么这时他会在上饶?是否可能由他护送杜立特到上饶?如果是黄上校护送杜立特到上饶,那么周有光在衢州遇到杜立特的可能性下降。

晚饭后,他们和ChangJai(音:常捷)来的Wang(音:王)上校聊了3个小时。王上校谈到他的经历,南京被日本人占领时他正好在,2万名士兵和平民在长江岸边站成排被日本人射杀。他逃过搜捕,组织了一支由60名中国人组成的游击队,在敌后战斗了三四年。

除了在临海的4位伤员和怀特医生,不会再有别的突袭队员要到达衢州,日本鬼子正在加紧集结军队进攻衢州,形势一天比一天紧张,不少单位准备撤离。军队正在调动,并做好防御准备。在衢州的收容工作已结束,除两个被捕的机组外,下落都已明确。留在衢州的13位突袭队员计划明天晚上离开去重庆。

5月3日。7时起床,吃早饭的时候空袭警报响起到防空洞避难。这次空袭很惨烈,小型炸弹被倾泻在城里,整个衢州城都被机枪扫射。

10时,在伯奇的主持下,突袭者们在防空洞里为法克特下士举行了一个追悼会,法克特是撒切尔的好朋友。撒切尔到衢州后才知道法克特已在行动中牺牲。他向伯奇提供了法克特的很多信息。但撒切尔当时不知道法克特的确切年龄和他的家乡在艾奥瓦州。撒切尔认为伯奇牧师提供殡葬服务很体贴。

下午,站长陈又超来看望突袭者们。饭后,陈又超给他们每人200元中国法币①。戴维·琼斯感叹他从来没见过像他们这样慷慨的人。

撒切尔一直为在临海养伤的同机组成员担心,并希望他们都好。撒切尔是幸运的,但劳森等人不仅严重受伤,而且现在正处在日军前进的方向上。

16时,剩下的突袭队员去参观衢州机场。

将要离开生活了两个星期的地方,戴维·琼斯心中有着无限留恋。他在日记里写道:

---

① 据《衢县文史资料》第三辑。1941年,100元钱在衢县的购买力为一头肉猪;1942年,100元钱的购买力为一只火腿或两斗米。

我沿着房子来到后面的河边,这是一个我从来没见过的美丽而又安静的地方,我可以很肯定地说这是一个可以结婚生子和定居的好地方——无须担心,就像中国民间那样就行。他们远离世俗,他们过得很开心,并且完全不受外界的干扰。我可以告诉你浙江省给我留下了一段美好的回忆。

总站长陈又超少校和总站附狄志扬少校与戴维·琼斯一起共进了晚餐,然后送他匆忙去赶火车。送行的车子陷在泥里,突袭者们不得不帮着把车弄回路上。5月3日19时30分,最后一批13位突袭者和刘同声登上了西去的火车,离开衢州,之后他们再也没有人能回到这里。

第十一节　伯奇在衢州收尾

约翰·伯奇留在衢州,他要完成杜立特交给他的任务。关于墓地,衢州的官员告诉伯奇,直接购买一处墓地,为现有国际法所禁止。但陈又超少校代表中国空军,愿意提供一块墓地给美国陆军航空队免费使用一百年或者更久的时间。伯奇对他们的友好表示感谢,他最迟将在5月5日答复。5月2日,伯奇发了一封电报给重庆的美国军事代表团:"杜立特中校要求买墓地的命令已经收到。衢州航空站的陈少校提供一块地而不是出售,给美国自由使用。如果在5月5日前没有其他指示的话,准备接受。伯奇。"

伯奇之所以没有立刻接受陈少校的好意而发此电报,是不想贸然地更改杜立特中校给他的命令。至于购买墓地在国际法方面的问题,他认为美国军事代表团会更清楚。他自己没有这方面的知识,所以复述了中国官员的话。

伯奇没有收到反对指示,于是他在5月5日接受了陈少校的提议。陈又超又找来帮忙下葬的工人,并让伯奇指挥这些工人工作。不断的空袭警报和空袭延缓了工作进度，直到5月19日才将墓地与石碑备好。17时，衢州空军第十三总站站长陈又超少校和200位航空总站人员，代表中国空军以军礼安葬了法克特[①]。汪村小学的学生也参加了葬礼，参加葬礼的人抬着花圈为法克特送葬[②]。

法克特的墓地位于汪村南面一座小山的北坡，空军第十三总站临时指挥部主要建筑群以东约700米，在汪村村庄中心东南约500米，在衢常公路以南100米。墓背靠山朝着村子，没有坟丘，一前一后立有两块青石碑，标志着墓的位置。靠山的一块约120厘米高、65厘米宽，石碑上沿为半圆形，上部刻着美国航空队的飞翼标志。两米外，对着村子的一块大约70厘米高、40厘米宽，上沿也是半圆形。

在约翰·伯奇提交给美国陆军航空队的《关于利兰·D.法克特的死亡和葬礼报告》中，法克特的死亡原因为："未能成功从美国陆军轰炸机中跳伞，在浙江不适合着陆的环境里遇难。"法克特的身份证件和金属身份牌，或许在飞机坠毁时被毁坏，或许在飞机坠毁后搜寻遗物时丢失。结合同机组其他成员和在飞机坠毁后负责尸体装殓的遂昌官员的证词，对尸体的身份进行了可靠认证。但缺少法克特真实年龄、家庭地址和其他相关信息。

伯奇在衢州收集到一些落在中国控制地区以外的突袭队员的消息，这些消息来自非官方和不确定报道。一个机组降落在西伯利亚，情况和身份不明。有两个机组落日本占领区的南昌附近和象山，有些人已死亡，有些人被俘，传闻一人已安全到达中国控制地区。伯奇将这些不怎么准确的消息报告给美国军事代表团。

5月18日，衢州收到一份来自在临海的怀特医生的电报，他和4位7号机的伤员正前来衢州。预计5月22日到达衢州和伯奇会合。5月20

---

① 根据约翰·伯奇《关于利兰·D.法克特的死亡和葬礼报告》。
② 根据汪村村民汪文洋、古根海所述。

日,伯奇发电报给美国军事代表团,询问他是否应该陪同怀特等人去重庆。由于日军推进速度很快,5月22日怀特等人到达丽水后,直接向西,不再经过衢州。5月23日,伯奇收到军事代表团答复,让他去重庆。同一天,中国空军长官在汪村把美军突袭队员大量的私人物品转交给伯奇。这些物品来自坠毁在浙江遂昌的B-25飞机残骸中,由伯奇带往重庆交给军事代表团。伯奇没有动用鲍尔森牧师转交的资金。食宿费用,从4月28日到5月26日,伯奇作为客人,都由中国空军招待。

吉米·杜立特没有再见到约翰·伯奇,但是他很感激伯奇给予的帮助。杜立特在重庆时帮他向美国军事代表团转达了他参军的请求,杜立特也向陈纳德推荐了伯奇。1942年7月4日,陈纳德任命约翰·伯奇为中尉,那天是美国陆军航空队驻华特遣队正式成立的日子。陈纳德已有一位随军牧师,但他急需一个中国通做情报官。这人要了解中国人,会说中文,知道中国错综复杂的习俗,可以吃中国菜,伯奇是最好的人选。伯奇用全部的时间为特遣队及以后的第14航空队服务,同时也没有忘记他牧师的身份。每个礼拜天,无论他在哪里,一定会安排做礼拜。他经常冒着危险到日本人的后方。陈纳德怕他会在持续的地下活动压力下崩溃,就努力劝他离开,让他暂时回美国休假。他感谢陈纳德的好意,却不肯休假,他说:"谢谢你,将军,只有最后一个小日本死了,我才会离开中国。"

第八章　分批后撤

第一节　第一批队员离衢撤到重庆

为了杜立特突袭队员的安全,中国空军分批将他们撤向重庆。

4月25日21时,第一批20位突袭队员乘火车离开衢县去桂林,预计需要4天时间,军委会战地服务团衢州空军招待所的工作人员当他们的随行翻译。

为避开日本人的空袭,火车只能在夜间开行。4月26日早晨,他们到达这趟火车的终点江西鹰潭,前方的南昌是日占区。

他们在鹰潭的仁爱会传教所(Sister of Charity Mission)享受到了非常愉快的早餐。早餐后,突袭队员们挤入一辆摇晃的旧公共汽车,前往衡阳。这段路他们走了3天。途中分别在宁都和吉安住了一夜,受到当地政府官员的热情接待。他们晓行夜宿,4月28日这天连续乘了16个小时的汽车,终于在晚上12时到达衡阳,入住军事委员会战地服务团衡阳空军招待所。这是另一处专门接待美国志愿航空队的招待所。突袭者们享受到最好的住宿条件。半夜12时30分他们吃了一顿丰富的晚餐。食物是他们这些天见到过最好的,也许是因为厨师拥有9年在纽约经营一个炒杂烩店操练的经验。晚餐一直持续到凌晨1时。每个接待人员都努力比别人做得更好,让突袭者们感到他们是受欢迎的。这是疲惫而又愉快的一天。

车子经过南城时,他们遇见了降落在宜黄的9号机哈罗德·沃特森和他的机组,他们全都安然无恙。

4月29日,突袭者们的计划再一次改变。原计划乘车去桂林,并且在明天或者后天赶上飞机,现在的计划是从重庆来一架C-47美国运输机直接从衡阳接他们去重庆,这一消息使突袭者们的士气增加到100%。

运输机计划早上9时到,但是日本侦察机使它推迟了。在等待的时候,雷迪骑着中国人俘获的日本马玩。鲍尔等人则在白天的大部分时间试图使自己的皮肤晒成棕色。

大约下午2时30分,一架机身画着美国陆军航空队白五角星红点徽章的C-47运输机嗡嗡地飞过招待所上空,这是很长时间来突袭者们所看到的最受欢迎的景象。跳伞之后,飞行员们再没有见过美国飞机。他们在最短时间内赶到机场。突袭者们见到停在身旁的美国飞机时,都欢呼起来。

飞机由理查森上尉(Capt. Richardson)和康威中尉(2nd Lt. Conway)驾驶。比塞尔也同机来迎接突袭队员,他已升为准将,所以他现在是比塞尔将军(Gen. Bissell)。他急于避免在地面上被轰炸的危险,因为小日本的飞机能够很快地从一个地区飞到另一个地区。比塞尔让突袭者尽可能快地进入飞机,他们甚至没有关闭发动机或滑行到跑道的另一头。怀着激动的心情,突袭者们快速登上飞机。飞到空中的时候,他们才发现两位中国人和他们在一起,这两位中国人一路护送突袭者们。虽然不是意料中的,但他们两位乘坐这架也是合理的①。

突袭者们不停地向比塞尔提问题。比塞尔告诉他们,日本人完全是两眼一抹黑,如突袭者们从什么地方来和飞机的数量,他们都无从知道。从今以后他们要否认所有关于任务的内容,这是来自美国的命令。某将军②提议中国方面也这样做。

---

① 军事委员会战地服务团衢州空军招待所翻译员周隽说,他听主任杜荣棠说,招待所派出翻译员护送突袭者去衡阳,后来这位翻译员没有回衢州。杜荣棠猜测他是共产党,护送工作完成后被捕了。

② 马歇尔将军曾向中方提出这个要求。

第一批突袭队员从衡阳乘飞机去重庆

经过两个半小时的飞行,他们到达重庆上空。飞机下降高度,正好对着长江中的珊瑚坝机场。驾驶员已放下轮子和副翼,但飞机并没有如突袭队员猜想的那样降落在这个机场。理查德森上尉收起轮子和副翼,向左转,沿着河床滑行几英里,最终降落在伪装得很好的九龙坡机场。发动机刚停下来,飞机就被拉到山边,一张巨大的伪装网罩着机库的入口。

突袭队员们被带到了重庆国府路大溪别墅2号美国军事代表团总办事处。这里非常小但很高,在一处岩石台地上。这里的人员由几个中尉、几个上尉、几个少校、许多上校、一些将军,以及一些招募来的秘书构成。向导和司机都是中国人。

许多大人物被介绍给了突袭队员们。美国军事代表团团长少将马格鲁德将军(General Magruder)与突袭队员们一起非常愉快地用餐。到了晚上,比塞尔将军告诉突袭队员们,明天早上他会告诉他们一个好消息。他告诉格里宁,杜立特跳过上校军衔升为准将,但还在保密中。

第二节　中美两国分别授予勋章

4月30日上午9时①，突袭者们集合，房间里还集合着一些军官和士兵。在马格鲁德将军和参谋人员的陪同下，比塞尔将军开始宣读授予突袭者杰出飞行十字勋章的名单。20位突袭者都获得了杰出飞行十字勋章，但要等回国后才能拿到。他们还受到了来自罗斯福总统、马歇尔将军、阿诺德将军的隆重祝贺。没人预料到会得到这样的荣誉，他们都震惊了。鲍尔有个时刻很紧张，觉得就好像有人在勒他的胃。格里宁发现自己几乎不能很好地呼吸，那是他一生以来最紧张激动的时刻。营区所有高层人士都来了，并且祝贺他们，给他们发了雪茄。然后，突袭者们被告知他们要前往加尔各答。在那里，他们会重新添置新的衣服和装备。任务一直被保密，因此突袭者们只是知道有关自己的信息。他们仍然不知道那些下落不明的和被推测已在日本人手中的队员发生了什么。中国航空委员会主任周至柔将军②亲自来邀请突袭者们参加宴会。

这天的其余时间，突袭者们根据库柏上校（Colonel Cooper）的指示撰写任务报告，提出困难，给出一些增加或者更改装备的建议。

大部分军官住在嘉陵江上游的大房子里，离美国军事代表团驻地大概一英里。晚上，突袭者们被邀请到他们的房子里面。当时苏格兰威士忌是75美元。在这里他们唯一能提供的是冰过的杜松子酒。好在它也是酒，达到了应有的效果。

美国军事代表团的军官们都说，当他们发现突袭者们并没有出现在衢州机场时，他们真的很为突袭者们担心。代表团不能告诉中国人将会

---

① 对比鲍尔和雷迪的日记，鲍尔的时间总要比雷迪的早半个小时。这里以鲍尔的时间为准。

② 在格里宁的回忆录中此人为毛将军（General Mou），应为周至柔。后来格里宁在成都与毛邦初有接触，推测因此有记忆错误。

有美国飞行员降落到中国。即使轰炸东京的计划,也不能让中国人知道。军官们说,有些俄罗斯人降落在中国时遭到了中国军队的枪击,许多中国飞行员在迫降时也被枪击过,因为那个地方的人不懂他们的方言。

雷迪却认为:

    这些军官们总会混杂战争和对中国的观念,但是我不想对他们表达任何意见,因为这是他们自己的事情。

5月1日早上,突袭者们继续写报告。

大约10时,突袭者们被告知他们都被邀请与蒋介石夫妇共进午餐。鲍尔为他们自己的穿着而感到不好意思。他打赌在曾与任何国家的统治者吃过饭的人里,他们是穿着最混杂的一群人。他们还穿着突袭时的衣服,而这些衣服与他们一起历经种种磨难。工作服、皮夹克、几条领带,上面粘着各种各样的斑点和泥星。

蒋介石夫妇的家里面非常漂亮,典型中式设计的间接照明,舒适的现代化的椅子,带坐垫的凳子,银质烟灰缸,鲱鱼骨硬木地板和缓缓燃烧的壁炉。比塞尔将军陪同突袭队员一起到访。蒋介石的翻译王博士(Dr. Wung)招待了他们。军委会办公厅主任兼外事局局长商震将军①和周至柔将军也在场。

蒋介石夫人宋美龄进来了,聚会进入了高潮。她的到来打破突袭队员们因害怕比塞尔将军而产生的沉默。她向客人们道歉,同时也使气氛变得令人惊奇地活跃。蒋夫人给所有突袭队员留下了深刻印象。大家都

---

① 商震(1891—1978),字启予,河北保定人。国民革命军二级陆军上将,早年参加同盟会。历任河北省主席、山西省主席、河南省主席。抗战时期的第二十集团军总司令、第六战区司令长官,军事委员会办公厅主任兼外事局局长、战后中国驻美军事代表团团长,国民政府参军长、中国驻日代表团团长,力主废除天皇制。后定居日本。解放后两次回国。逝世后,其骨灰安葬在八宝山革命公墓。

认为她是他们见过的最和蔼的人。餐前,宋美龄与突袭队员们聊天,问他们轰炸东京后不同阶段的经历,谈到他们的旅行经历,还有美国的新闻。她在美国长大,英语说得极棒。她的美国俚语运用得当。她聪明、诙谐、美丽,是一个非常出色的人。

午餐不是很正式。格里宁是这20人小团队中军衔最高的,他在午餐的时候做一个即席演讲和介绍。格里宁赠送给宋美龄一对美国陆军航空队的飞翼领章,他笨手笨脚地把它们别在宋美龄衣服上时有些尴尬。

这是突袭者们在中国吃到的最好的一餐,是典型美国式的。开始他们喝了美味的洋葱汤,土豆、冷火腿和牛肉是下一道菜,再下一道菜是混有鸡肉卷、绿豌豆和一些蔬菜的面条。接着他们吃了柠檬派。宋美龄对此很不好意思,因为没有苹果派。紧接着,突袭者们吃到在中国第一次也是最后一次的冰激凌。桌子上还有她称之为支持生命的一碟碟橘子果酱。这是她的私房菜,做得很好吃。还有一些花生糖,这些和突袭者们吃过的都不一样。

在吃了一半的时候,总司令蒋介石带着明显的疲倦急匆匆地走了进来。这段时期他正为缅甸战场的失利焦头烂额,还有日军已在杭州等地集结,准备进攻、破坏衢州机场。蒋介石通过翻译和突袭队员交谈并且表达歉意。在简短的欢迎辞之后,蒋介石提议为突袭者们的健康、总统和胜利而干杯,突袭者们回敬了他一杯。然后他走过去,和作为突袭者团队代表的格里宁握了握手,就离开了。

咖啡迷们在这里喝到了第一杯真正的美国咖啡,这是非常稀缺的。

吃过饭之后,宾主回到了起居室,在那里他们聊了一段时间。宋美龄一直在场。这是很重要的,她能使一切变得平等,即使将军一直在。他们度过了半小时愉快的时间。

比塞尔将军给宋美龄一副美国飞翼徽章,她说她想要这徽章很长时间了。突袭者们又送给她一个第十七轰炸团的徽章,她很喜欢。

鲍尔在日记中说:有人提出希望得到亲笔签名,所以在我的本子后面也有了这个是很荣幸的签名。

雷迪在日记中写道:她在日记本前面的地图上签名,也在我的美元钱币上签了名。我是唯一一个有她美元签名的。比塞尔将军阻止了后面其他三位让她在美元上签名的人。

突袭者们离开之前,宋美龄说还有一样小东西她很喜欢,那就是一顶飞行帽。突袭者中好几个想要贡献出自己的飞行帽,但最后还是决定由杜立特将军(现在不在场)将来从美国给她寄一顶新的。为了确定大小,她试戴了格里宁上尉的,然后是雷迪的,雷迪的帽子刚好。

回到美国军事代表团驻地,突袭者们都在吹嘘着午餐的事。晚餐后,他们被告知不要走开。晚上9时左右,突袭者被叫下来,到接待室接受行动指令。同时每个在重庆的美国人都在场。几分钟后宋美龄进来了,她穿着精心制作的简单款式的制服,在她胸前明显的位置上戴着美国陆军航空队的飞翼徽章和飞翼领章。

周至柔将军和两三个其他军官护卫着宋美龄。她是中国航空委员会秘书长。她以这个身份给突袭者们颁发勋章。每一枚勋章都代表了中国政府对他们圆满完成一项艰巨任务的褒奖。突袭者们被告知,这些勋章都是很稀有的,并且很难得到。这些勋章根据他们的军衔颁发。格里宁上尉作为最高军衔的军官,被授予五等云麾勋章。其他人被授予陆海空甲种一等奖章。这些勋章看着令人印象深刻。但突袭者们无法了解中国勋奖的名称和制度。他们只看到格里宁获得比其他人更加精细的勋章。雷迪的理解,军衔越高,勋章上的黄铜就越多。总之,突袭者们都很激动和自豪地接受了这项荣誉。

授勋仪式进行得很顺利,突然发生了一个意外。当宋美龄走向雷迪时,她拿的勋章掉在地上。有三四个人挤在一起争着帮她拾起奖章。

结束之后,突袭者们站成一排拍了一些合影照片。宋美龄加入突袭者们中间时就站在雷迪的面前。雷迪对旁边的同伴咕哝说："这会让我家里的女朋友嫉妒的。"宋美龄听到后问："是金发的还是黑发的?"最后宋美龄还挽着比塞尔、周至柔与突袭者们合影。

5月2日,一切跌宕的波澜归于平静。没有炸弹,没有邀请,没有勋章。这一天显得相当枯燥。有消息说他们马上要离开。他们时刻准备着。

尽管远在中国,今天他们依然收到了定期发放的薪水。这令突袭者们很惊奇。突袭队员们打算买一些衣服。他们在重庆市中心逛了一些商店,没发现合意的东西。他们什么也没有买。他们省下一笔钱去了印度。

这天早上,宋美龄给每位突袭者寄了一封信。

    致轰炸日本的全体英勇的美国飞行员:

    我是怀着双重的感情写下面这些话的。我一直期待有幸见到你们,因为你们代表了我有着那么多朋友的美国,并告诉你们,你们冒了无法预料的危险对日开战的英勇业绩对我国人民所含的巨大意义。

    五年来,我们不仅在陆地和海上而且也在空中遭受了日本军队的非人暴行和野蛮蹂躏。对我的成千上万同胞——他们无怨言地可仍然是痛苦地经受住了日本残酷无情的侵略——的不幸,你们伟大总统的伟大之心一定在悲痛地跳动。我敢肯定,这必然对他大有影响,终于决定派遣你们执行一次将会结束非人道战争的使命。因为你们的英勇业绩,全体中国人民对你们并对他表示由衷的感谢。我敢冒昧地说,你们甚至帮助驱散了城市、农村男女老少的无数冤魂,他们都是日本炸弹的无辜受害者。

    我很高兴乘此机会代表我的同胞感谢你们。总司令和我也都很高兴见到你们。我们希望,你们在美好环境中重访中国的日子将会来到。我们中国人民将永会以友好和敬佩之情欢迎你们。

同时,愿你们万事如意;愿你们继续维护自由和正义,待到我们胜利之时,靠你们的努力,一个更加幸福、更加无私的国际社会就要到来。

蒋宋美龄于中国四川重庆总司令部

鲍尔认为他需要一个箱子来装这些精神兴奋剂。他说:

我们从来没有期待过任何东西,我们知道别的人在这场战争中做出了更多的牺牲而得不到承认。今晚得到了回报。

比塞尔向华盛顿报告了突袭队员被授予中国勋章的情况:

5月1日,总司令和蒋夫人盛情款待了我们,并授予我们勋章。且请求权威机构承认这个奖章,这将会促进每个人遵守军规。

之后中国政府为每一位突袭东京的队员都颁发了勋章。美国国会通过一项法案:中国政府颁发给突袭队员的勋章或略表他们都可以佩戴。

5月3日,第一批突袭者离开重庆飞往南部。

机场上一架曾载过他们的C-47载着杜立特中校和第二批20位突袭队员降落。机场上两批空袭队员只有几分钟时间打招呼,他们必须保持安静。之后第一批突袭者登上C-47被载往云南驿。

下午5时30分,飞机在云南驿着陆。这里有一个由美国人管理的中国初级航校。战地服务团云南驿招待所负责接待美国志愿航空队员。这里的床铺和食物都非常好。招待所靠近滇缅公路。突袭者们第一次与这条著名的公路近距离接触。雷迪和庞德住在一个房间,面对着公路。经过的几乎所有的都是卡车。后面坐着一些从缅甸逃出来的人。

5月4日,突袭队员乘飞机到达印度加尔各答。在接下来的几天里,突袭队员们忙着购物,享受美食,尽情享乐,放松自己。

第三节　第二批队员后撤

浙江衢州。4月27日清晨5时,杜立特、希尔格和西姆斯乘车去上饶。路过玉山,他们检查其机场、燃油和加油设施。下午2点到达上饶后,西姆斯去广丰查看14号机的坠机现场,并希望还能找回点什么东西。杜立特和希尔格则去拜访第三战区司令顾祝同。

西蒙、杜立特、希尔格和中国军官合影

第三战区司令长官部设在上饶皂头,顾祝同的住房是谢家村外北面的自建房屋,不同于其他所辖的八大处等单位征用民房。房屋坐南朝北,四五间砖木结构一层平房,门口有小路连接通向上饶的大路,小路北有一口池塘。司令长官办公室在住房东50米,北面约200米有发电机房,东北120米建有防空洞,防空洞以钢轨铺顶。日本飞机曾轰炸过司令长官部,最近的一颗炸弹落在顾祝同住房前40米的池塘里。

杜立特和希尔格与顾祝同协商营救被俘人员事宜,顾祝同愿意尽力帮忙,反对武力营救。杜立特要求组织人员搜索落在国统区的飞行员,顾祝同下令搜寻杭州湾到温州湾沿线一带,告诫海岸线各船只,留意落海的机组人员。

这天,杜立特向华盛顿发电,详细汇报各机组情况。

晚上,顾祝同请杜立特和希尔格和4个苏联军事顾问一起吃饭。这是一顿很好的晚餐,他们被白兰地酒灌醉了,两位美国飞行员都认为那是他们喝过最好的酒。与苏联军事顾问交谈,中间要通过两个翻译员才能进行,与他们谈话很困难。

宴会结束后,顾祝同悄悄给杜立特中校20000元中国法币。他解释说这是为了补偿飞机上丢失的物品。希尔格再次感慨:

> 他们无法为我们做得更多了,自从我到中国以来我没有花一
> 分钱。他们是很好的人,我们都同意,我们要为他们而战。

4月28日,中国的雨季已经开始,整个上午不停地下着倾盆大雨。

下午3时,杜立特和希尔格去唐子长将军家喝茶。唐子长派了一个警卫作为他们的随扈,这让他们的感觉很好。唐子长的妻子是第一位介绍给他们认识的中国女士,她很迷人,很漂亮,让希尔格印象深刻。

喝茶后,他们观看唐将军的一个反坦克部队的演练。反坦克部队用

西姆斯去广丰坠机地

一门37毫米炮,非常准确地击中了900米外的目标。

　　27日下午3时20分,西姆斯又一次来到广丰。28日早晨5时,西姆斯在当地官员的陪同下前往壶桥乡苦坑。他们雇了4顶轿子,12个中国士兵陪同护送。经过30里的跋涉,寻机队在苦坑接城坞山腰见到坠毁的飞机,机上所有的东西已被拆走。仪器仪表、五金、工具和所有有价值的东西,包括B-4个人物品袋都不见了。在5里远的村子里,也没有看到值得回收的东西①。西姆斯只找到一个降落伞伞衣,他认为这是他的那顶。他带着这伞衣回到上饶。

---

① 据西姆斯的日记。

在上饶,迎接西姆斯的是4号机的3位飞行员:哈里·麦克库、罗伯特·史蒂文斯和伯特·乔丹。他们从福建崇安过来,在西姆斯离开的时候到达上饶,这样证实幸存者有44位。

28日19时,15位突袭队员从衢州乘火车前往鹰潭。29日凌晨3时,在上饶的杜立特、希尔格、西姆斯和4号机3位飞行员一起登上同一列火车。他们在火车上会合,组成第二批后撤的突袭者团队。

天亮了。从6时开始,日本鬼子的飞机开始定期攻击扫射突袭者乘坐的火车。火车会突然停下来,飞行员和乘客跳出车厢到最近的沟里隐蔽。他们惊愕地看着日本人的小威力、小口径的子弹从火车上反弹下来。然后,他们上车继续走,直至下一次攻击,再次观看同样没有造成损害的射击。

10时30分,火车到达终点站鹰潭。接下来的几天里,21位突袭者和4位陪同人员需要乘客车去衡阳。这是一段痛苦而又漫长的旅程。低劣的道路和硬邦邦的座位,对于这些美国飞行员来说一场噩梦。汽车司机把车子开得飞快。

在杜立特后撤到衡阳的过程中,后来成为文字学家的周有光先生与杜立特一行人巧遇,周有光正好也要去大后方,于是他当临时翻译,一路同行到衡阳。

5月1日下午,他们来到衡阳,下榻在军事委员会战地服务团衡阳空军招待所。这里的床上有真正的床垫,房间里有真正的淋浴器和污水处理系统。这让飞行员们觉得他们真的重新开始生活。明天,来自重庆的飞机将载他们去重庆。罗斯·格里宁和他的第一批成员两天前已到达这里,现在他们已乘飞机去了重庆。

5月2日,天气不好,来接他们的飞机没有来。衡阳空军招待所工作人员与第二批的21位突袭者成员合影留念。

5月3日,一架道格拉斯C-47"达科他"双发动机运输机把第二批突

第二批突袭队员在衡阳招待所

袭队员接到重庆。在机场迎接他们的是比塞尔将军和亚历山大上校,还有先期抵达重庆的第一批空袭队员。他们正准备离开去印度的加尔各答。

为了保密,汽车立即把第二批突袭队员带到美国军事代表团驻地。午餐后,比塞尔将军宣读了由总统、马歇尔将军和阿诺德将军给他们的贺电,然后宣读总统签发的嘉奖令,每个人都获得杰出飞行十字勋章。这的确是他们没想到的,当然勋章还是要回美国补发,后来有传闻说运送勋章的卡车在滇缅公路上被日本人缴获了。

比塞尔通知杜立特,阿诺德把杜立特由中校晋升到准将,跳过了上校这一阶,任命在4月26日就已下达。那时候,杜立特还在衢州,伦纳德预料的三件事中的第一件成真了。这个越级晋升是陆军部与美国参议院的一个不寻常举动,即使在战时,也是极少有的。杜立特很高兴,也很意外,有些担心同侪的议论。

263

新晋升的杜立特没有将星阶章可佩,比塞尔在同一份命令中也晋升为准将。他笑着从口袋里掏出一对将星说:"你的肩上增添这点东西,会更加壮观。"他把自己的将星阶章送了一对给杜立特。然后把自己一瓶昂贵的苏格兰威士忌酒,让杜立特喝了一口来庆贺。杜立特咕噜噜喝了一大口,这一点比塞尔可不欣赏,他估计这一大口值80美元。

自己晋升了,杜立特也尽力使每一名突袭队员得到晋升。由于陆军的繁文缛节,在一两案中,花了些力气,不过他都办到了。

杜立特急着去见蒋介石。蒋介石和宋美龄对他的突然到来没有准备。蒋介石从旁边一员勋章很多的中国将领身上取下一枚陆海空军甲种二等奖章,挂在杜立特胸前。"据说,中国人都喜怒不形于色,可是这位将军被委员长褫夺了他的勋章时,却显露出了激动。"[1]

杜立特直截了当地提出他最关心的是法罗机组的安全问题,宋美龄允诺竭尽全力营救或赎回他们。

第二批突袭队员参观了重庆。重庆只是另一个拥挤的城市。剃刀片是25美分,苏格兰威士忌是250美元一瓶。这东西很少见,很难找得到。香烟每支是3美分,希尔格很高兴自己不抽烟。

第二批突袭队员住在当地的空军基地,并见到了美国志愿航空队,即大家所熟知的"飞虎队"。他们曾在珍珠港被偷袭后不久与日本空战。

在重庆的比塞尔与阿诺德将军一直在不断地进行通讯联系,尽可能

---

[1] 此情节来自杜立特的回忆录 *I Could Never Be So Lucky Again*〔(美)James H. "Jimmy" Doolittle , Carroll V. Glines: *I Could Never Be So Lucky Again*.Schiffer Military History, 1991.〕。陈列在美国华盛顿美国航空航天博物馆中的杜立特所获勋章中,有一枚三等云麾勋章和一枚陆海空军甲种二等奖章。在本书中,杜立特所获勋章表中记录了三等云麾勋章,此勋章由宋美龄于5月4日正式授予,并有授勋时的照片为证,但勋章表中没有记录陆海空军甲种二等奖章。推测如杜立特自己所述这勋章是赠给的而不是授予的。记录蒋介石每日工作生活的《事略稿本》中,5月3日至5月4日无接见杜立特的记录。陆海空军甲种二等奖章是何人所赠待考。

多地向美国空军首脑通报突袭者的状况和空袭成果。在此期间，突袭队员了解到，他们轰炸的城市燃烧了两天，日本航空队有相当大的"改组"。

5月4日中午，第二批突袭队员受到邀请，来到蒋介石和宋美龄府邸松厅。宋美龄热情地欢迎他们，以中国政府的名义招待杜立特和他的突袭队员。然后请他们品尝蜜饯。这些蜜饯是用她所谓的月亮花①制成的，味道非常好。蒋介石发表讲话，但是飞行员们并没有听懂，因为他不会说英语。

宋美龄主持了一个仪式，也向杜立特和他的空袭队员授予了中国勋章。商震、周至柔、国民党中央宣传部副部长董显光和美军驻华陆军航空队参谋克莱顿·比塞尔将军出席了仪式。颁给杜立特三等云麾勋章，颁给希尔格四等云麾勋章，其他队员获颁陆海空军甲种一等奖章。宋美龄宣

宋美龄为杜立特、希尔格等人授勋

① 来自诺布鲁克的 The Lucky Thir Teenth，原文是 flower of the moon。猜测为桂花，或月季花。

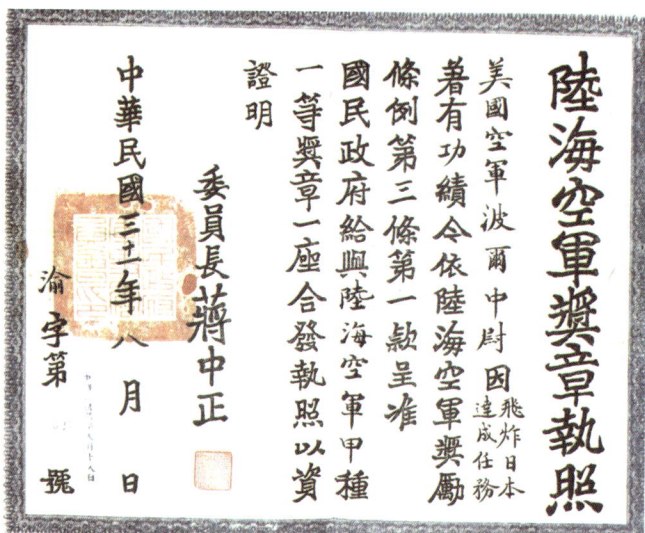

国民政府颁给12号机长威廉鲍尔的奖章执照

读颁奖的褒词，突袭队员备极荣光。只是他在这种场合所穿的服装形形色色，而且很脏。颁奖仪式后，宋美龄请他们吃午餐。

杜立特和宋美龄讨论营救被俘队员事宜，杜立特希望中国方面能帮助尽力从傀儡政权手中赎出被俘者。但这时已知在鄱阳湖附近的被俘者已落入日本人手中。如从日军手中夺回飞行员至少需要有两个团的兵力，并且在如此巨大的行动期间难保俘虏不被杀害。这个想法也被放弃了。最后他们寄希望于小游击队，准备向小游击队提供一定数量的钱，希望他们可以把被俘者活着带出日占区。可事实上，8名被俘者已转押到日本，谁都已无能为力。

下午的时间花在写大量的行动报告上，但仍然只做了一半。杜立特得到命令，要他"以任何可能的方法返回美国"，而且不得张扬。希尔格和其他队员则留在重庆。希尔格说："我想我们将去印度，参加他们的战斗。我会喜欢的。"

第四节　杜立特先期回国

5月5日,中国航空公司飞行员陈文宽[1]来到重庆珊瑚坝机场。他是有十年飞行经验的老手。前一天陈文宽刚从加尔各答飞回重庆,以为能休息一天。随即他就收到第二天还要执行重庆—昆明—加尔各答往返飞行任务的命令。

早晨9点,陈文宽登上中航公司道格拉斯DC-3飞机。飞机缓缓滑出,突然接到公司总部发来的电报命令,在昆明落地加油后,务必临时落一次缅甸境内的密支那机场,接出中航驻守该机场的场站人员,抢运出所有航材。电报中还特地说明,据留守人员来电,今晨密支那郊外已经能听到日本人的枪声,所以必须争取时间。

陈文宽意识到,自己必须抢在日本人占领密支那机场之前抵达,否则全机人员都将成为俘虏。DC-3滑到起飞线,陈文宽正要推油门起飞,塔台突然传来指令:暂缓起飞,美国大使馆有重要客人要搭乘此机。此时,时间无比珍贵,机组人员急得直跺脚。足足过了30分钟,一辆吉普车直接开到起飞线,几位美国军人匆匆登上了飞机。其中一位正是奉命回国的杜立特。

陈文宽

---

[1] 陈文宽,1913年生于广东台山,1924年随父亲到美国。1932年在美国取得商业飞行执照,曾在泛美航空公司工作。1933年回到中国,加入中航公司。1937年,日寇全面侵华,抗日战争爆发,国民政府一路撤退。动荡岁月里,不论中航疏散人员还是运输物资,陈文宽和他的同事们都一直冲在前头。为粉碎日本军国主义的侵略和封锁,陈文宽先与国民政府航空委员会副主任毛邦初一起试航飞越"驼峰"贯通中印的航线,之后又试航由中国新疆南部飞往印度航线并获得成功。

起飞后,陈文宽接到通知,昆明巫家坝机场正遭日机空袭,于是临时降落云南昭通。在那里等了一个小时,待日机走后才飞到巫家坝机场降落。

在飞机进行加油、下客、上客、手续交接等诸多事项时,杜立特拜访了在这里的陈纳德。陈纳德已晋升为准将,但也未得到将星阶章。杜立特正要回国,于是就把比塞尔给他的将星阶章给了陈纳德。他很老练,没告诉陈纳德星徽来自比塞尔,他知道两个人有深仇。

5月6日,陈文宽驾驶DC-3再次升空,飞向密支那。机上的几位美国军人都是行家,他们马上察觉到航向并非加尔各答,而是日占区,顿时紧张起来。杜立特担心一旦落到残忍的日本人手里,大量机密情报将有可能外泄。他闯进机舱,质询陈文宽:"为什么改变航向?"陈文宽告诉他缘由。杜立特听罢,嘱咐他必须保证他们的安全。陈文宽微笑着答应:"一定!"

天气不错,DC-3降落到密支那,奇怪的是,公司人员和航材并没有在这里,而日军已到密支那城南,正向机场开来。逃难的缅甸人把飞机团团围住,争先恐后地往里钻。日本人的先头部队正向这里杀来。陈文宽和杜立特跳下飞机,督导定额外的乘客登机。按照先妇孺、后男人的顺序,把人强塞入机舱。飞机已严重超员,陈文宽没有停下来的意思。

杜立特对陈文宽说道:"我希望你知道自己在做什么。"

陈文宽对乘客的数目压根儿就不操心,就像他每天都运这么多客人似的。他看见杜立特这么不安,便说道:"我们这里在打仗,所做的好多事情,在美国不会这么做的。"

等到第60个人扎进机舱,陈文宽才关上机门,从人堆中分开一条路到驾驶舱去。杜立特简直不相信见到的情况。机舱内宛如罐装沙丁鱼一样,挤了满满一舱人。尽管超载,可这架道格拉斯公司忠实的"笨鸟",在跑完跑道之前就升空了,大家如释重负。

飞机原来要飞汀江,可是陈文宽决定直飞印度的加尔各答,经过4小时飞行后抵达。傍晚,DC-3飞机重重地降落到加尔各答机场跑道上。舱门开启,后舱一共钻出72人,副驾驶后来在行李舱内又发现酣然入睡的6名缅甸人。

被汗水湿透衣服的陈文宽瘫坐在座椅上,过了很久,才走下飞机。78名,这是道格拉斯飞机公司鼎鼎大名的DC-3客机的载客最高纪录——它的额定载客是28名! 这也是密支那机场起飞的最后一个航班,5月8日密支那失陷。

杜立特与第一批突袭队员会合,突袭队员得知他要回美国,让他带回他们的信件。雷迪猜测当他回国后,传说中他们再次突袭东京的事会中断。突袭队员们已知道他已晋升为将军,在杜立特到达重庆之前,突袭队员们就预见到他不再会是他们的指挥官。他们都很失落,但是他是非常有价值的人,可以推动战斗任务继续下去。雷迪希望他已经提出了一个大的作战计划同他们一起去完成。

杜立特想找一套像样的军服,换下满是泥垢的卡其军服,可这里什么都没有,不得不找一个当地裁缝来解决。裁缝做了一件英军丛林外套和短裤,再补上一双齐膝的长袜和一顶软木帽,很是可笑。

杜立特在加尔各答待了两天。罗斯·格里宁和威廉·鲍尔跟着他跑腿办事。他很快收到了继续前行的命令。5月8日,格里宁和鲍尔等人买来一些威士忌,为杜立特举办一次送别晚会。晚上20时,大家聚集到他们房间里,每个人都有些伤感。杜立特不愿意离开大家,就像大家不愿意离开他一样。鲍尔等人送给杜立特一个搪瓷夜壶,这是关于"鸟"的美好回忆。他们到达中国后,全都多多少少有过方便时不方便的事。杜立特认为这把夜壶是他们共同有过不舒服经验的适当纪念品。

5月9日,杜立特继续回国的旅程,一路上经过7站:印度、伊朗、埃及、卡拉奇、达卡、纳塔耳、波多黎各。终于,杜立特在1942年5月18日抵达华盛顿,这已是离开重庆两星期后了。

杜立特离开后,希尔格成了留在重庆的第二批队员的头儿。他们除了写报告外无所事事,他们认为写报告所花的时间比执行它还长。有的队员再次见到一些"飞虎队"飞行员,他们带着突袭队员参观重庆市区。

希尔格在日记中写道:

> 我们将于明天去加尔各答。我们每个人都急切地想回到在缅甸发生的战斗中去。盟友的战局看起来相当令人沮丧,但我们可以帮助改变。

接下来的几天内,战况变得更严峻。日军接连攻下了缅甸的几个战略要点,可以从空中封锁重庆和其他地区。第二批突袭者希望尽快离开重庆,但因为天气和降落伞短缺等原因,撤离计划不断延迟。

5月7日是雨下得最多的一天,日本人在这天拿下八莫,突袭队员们担心如果不快点离开重庆就太晚了。

5月9日早晨,第二批突袭队员乘飞机离开重庆经昆明到达汀江。

5月10日4时,第二批20位突袭队员前往加尔各答,中午抵达,入住大东方酒店,与第一批突袭队员会合。第二批突袭队员带来了其他突袭队员的新消息,让所有队员感到遗憾和悲伤。

第五节 第三批队员后撤到印度集中

第9号机组5位飞行员从宜黄到达南城后,在这里停留了几天。5月1日第9号机组乘旅行车离开南城,经过泰和,5月3日抵达衡阳。

5月3日晚,在衢州的最后13位突袭队员和刘同声乘火车去鹰潭,又经过三天的汽车旅行于5月6日16时20分到达衡阳。他们与9号机沃特森中尉和他的机组成员汇合,第三批突袭者增加到18位。

第三批突袭队员在衡阳招待所

5月14日，第三批突袭者乘DC-3飞机到达重庆。

5月17日12时30分，第三批突袭队员去蒋介石夫人家里吃午饭，那是一个丰盛的宴会。之后宋美龄为他们颁发了陆海空军甲种一等奖章。参加颁发仪式的还有周至柔、商震和董显光。蒋介石也来了一段时间。突袭队员以拿到夫人的亲笔签名为荣。

5月19日7时50分第三批突袭队员飞离重庆，9时50分到达昆明。其他队员继续前往印度，琼斯留了下来，他将与从印度回到中国的希尔格和格里宁会合，执行一项秘密任务。他把他的日记本通过另一架飞机运回，也许他预计以后的任务会更危险。

一架C-47飞机载着第三批突袭队员穿过了中国和缅甸之间的驼峰。飞机要飞到17000英尺以上才能通过山峰，C-47飞机没有密封机舱。氧气只供给驾驶员和副驾驶员，其余的人在3至4个小时内处在极度缺氧的状态，只能躺着放松。运输机驾驶员告诉突袭队员："你们会没事的,我们已经多次这么做了。你们会感到呼吸困难和对一些事物有无力感,但只要放轻松,就会没事。"他们照着做了,顺利到达加尔各答。

5月上中旬,当突袭者们在加尔各答的时候,战局变得越发糟糕。盟军所有的战线都在后退。日本人可能要入侵印度,加尔各答的人们正准备乘车逃离。战士们正做战前准备,防空气球停在加尔各答城市中心的公园里。第七轰炸机团第十一轰炸机中队的B-17飞机按照计划到达达姆达姆机场挂炸弹和加燃料,他们的任务是空袭仰光和其他在推进的日本人的地面目标。史迪威将军正在创造他的历史,徒步从缅北丛林撤到印度。

在加尔各答,突袭者们花了几天时间,试图回到美国或者加入别的美国军事机构,比如驻扎在印度的美国第十航空队。

5月12日下午,希尔格、格里宁等一些第一、第二批到达的军官飞往阿拉哈巴德。18时他们到达阿拉哈巴德第七轰炸机团第九轰炸中队的驻地。

5月14日,希尔格等人得到命令,要他们到新德里美国第十航空队总部报到。希尔格希望把他们派到印度以外的其他地方。第二天中午,希尔格、格里宁等人搭乘一架B-17抵达新德里,他们见到美第十航空队指挥官内登将军的助手克莱德·鲍克斯,他立即拉着突袭者们的手,把他们介绍给周围的人。

总部表示,中国只有够两个月的弹药,比塞尔将军的飞机随时准备撤离。飞行员是稀缺的,航空队问轰炸东京的老兵是否愿意留下来帮助战斗。埃德加·麦克尔罗伊、理查德·诺布鲁克、鲍勃·格雷和迪克·乔伊斯等人同意了,在接下来的几个月里,他们开着DC-3信天翁等运输机飞行在中国缅甸印度一带。他们飞越驼峰,运送军事物资,为中国抗战输血。

之后一些留在加尔各答的空袭队员们也被分配到驻印度的第十航空队下属的各轰炸中队中去,大部分分配到卡拉奇的第十一轰炸中队。西姆斯被分配到卡拉奇第十一轰炸中队的第七轰炸机团,在阿拉伯海上进行巡逻。

当15号机爱德华·塞勒等人到达卡拉奇时,他们看到那里排着数十架B-17的美国轰炸机,他们以为美国陆军航空队在这里肯定是相当活跃。但是他们发现这些轰炸机的发动机都是坏的,印度的空气中充满了沙子,这些沙子就像在气缸中的砂纸。发动机在这种情况下运转几个小时就会完全瘫痪。这种四发动机重型轰炸机对于中缅印战场非常宝贵,中国方面数年来一直希望得到它们。但现在这些飞机却停在那里等待新的发动机和某种防止沙子进入发动机的空气过滤系统。

第六节 延期执行第二次轰炸日本计划

在突袭者向后方撤退的同时,美国陆军航空队继续为第二次空袭日本本土做准备。第二次空袭日本本土计划即前文所提到的"哈泼乐大队"的23架B-24重型轰炸机,将从中国基地出发,展开对日本长距离的战略攻击。

5月11日,比塞尔向蒋介石呈报美军第二次空袭日本的计划,并请求中国空军配合实施。

毕赛尔呈蒋中正二十三架轰炸机拟于五月十五日空袭日本

美国在中、缅、印派遣军司令部空军武官毕赛尔自重庆呈蒋委员长请决定实施第二次临时空袭所需之初步准备备忘录(译文) 民国三十一年五月十一日

三月廿八日经以第二次临时空袭计划——以四发动轰炸机空袭日本,报告阁下,乃荷阁下在原则上予以同意,惟以延至五月底实施条件。敝军部对此时间亦已予以同意。

现悉特备之廿三架,B-24轰炸机业将准备完毕,拟于五月十

五日于赫佛苏上校指挥之下,飞离美国,经非洲、印度前赴成都,而以成都为基地,最多利用不超过三次以上,由成都出发,于空袭日本目的地前,在衢州加油。如能以桂林为基地,实施轰炸一次,甚为适当。

军部并请求与美志愿队合作,予以主要驱逐机之保护。

赛奉命如上项作战计划,蒙阁下赞同,其详细事项,可与陈纳德将军及阁下指定之贵国空军之代表会同商定之。

关于实施此次突袭所需之初步准备。敬恳阁下决定实施为祷。

比塞尔的呈报得到了蒋介石的批准。

5月15日,杰克·希尔格,戴维·琼斯刚到新德里,就得到一道特殊指令:他两人和罗斯·格里宁需要回到中国,为抗击日本做进一步工作。他们要去成都,为第二次空袭日本行动做准备。在机场、炸弹和一般后勤方面保障将要到达的哈维逊上校(Col. Harry A. Halverson)和他的B-24轰炸机队,使他们能够轰炸东京。

5月18日,比塞尔在重庆告诉戴维·琼斯,第三批其他突袭队员将去印度,琼斯则还要回来。

5月20日,在新德里飞机跑道上,格里宁遇到11号机投弹手比尔奇,他要求比尔奇照着做一个"20美分的马克·吐温轰炸瞄准器",就是他们在突袭时用过的。在比尔奇去卡拉奇之前,在飞机跑道上又见到格里宁上尉,并把做好的瞄准器给他。这时格里宁正准备去中国。

希尔格和格里宁乘坐C-47到达汀江。第二天清晨,两人又换乘B-24飞机第一时间前往中国。他们预测,这可能会带来更多有趣的经历。而毫无疑问的是,这将对日本人非常不利,尤其是将会看到美国飞机能够携带足量的炸弹接近他们的本土。

　　他们降落在昆明加油时,陈纳德将军邀请希尔格和格里宁去他的地面指挥所,希望他们留下来一起打日本鬼子,但希尔格等人已被指派了明确的任务,他们拒绝了陈纳德的盛情邀请。虽然将军对他们的决定感到失望,但还是提供了燃料让他们继续前往他们的目的地成都。

　　在成都,希尔格、格里宁和琼斯看到了惊人的一幕。数十万中国人在机场上工作,他们的工作会得到任何一位美国工程师的称赞。跑道很厚并且结实,构建良好。它作为B-24这样的美国重型飞机的作战基地足够长。进场、伪装,工程建设的每个部分都很好。神奇的是,为了完成这个工程,竟然有12万的中国劳工受雇并完全通过手工劳动完成。有3万民工的工作只是为全部人员做食物。格里宁想:"看来,当中国人想要移动一座山,他们将会把这群苦力带到山上,每个苦力将尽可能多地搬运石头和泥土,直到山被移走。"

　　希尔格、格里宁和琼斯被分配到一套设施像样的住所,住所在机场附近的一幢大楼里。他们在大楼里设立了地面指挥所。

　　B-24只偶尔飞行,从已掌握的日本各方面情况进行预测,然后设计一个最佳投弹攻角,而希尔格等人的主要任务是在成都为哈维逊上校的B-24飞机提供炸弹和供应燃料。他们发现炸弹由中国人设计,但其实是仿制了苏联炸弹、美国炸弹、意大利炸弹和德国炸弹,它们的形状和种类都不同。有些很重,有些很长,有些很细还有长尾翼。有些有单挂环把炸弹悬挂在炸弹舱中,有的是两只挂环。最终希尔格等人不得不切下一些挂环,把它们重新焊接到缺少的地方,使它们和美国轰炸机的炸弹舱挂锁吻合。格里宁指导中国乙炔炬工人完成了改造工作,幸运的是没有发生意外。

　　希尔格等人在B-24飞机上装了很多炸弹去附近的轰炸靶场。他们告诉中国人要为他们的轰炸测试做好准备。中国空军司令毛邦初将军乘坐他们的B-24飞机陪同进行第一次试验轰炸。希尔格等人把每种类型炸弹都装了一颗到炸弹舱里,此外他们用装填了水的练习弹作为他们的第一发。在轰炸测试前几天,在这个地方的中国人已经被警告须从这片很大的区域里完全撤离。不幸的是,这个警告被好奇的中国人视为一种邀请。在测试当天,轰炸试验目标区域周围挤满了老百姓。试验的B-24飞机正盘旋在7000英尺高度准备第一次投弹。希尔格等人注意到中国人已经涌入目标区域,他们告知毛邦初并建议放弃任务。毛邦初回答说:"我建议你们继续,并投弹,因为我们已通知他们离开这个地区。另外,我不认为我们会伤到很多人。"希尔格等人私下里决定不投高能炸弹,而投装填水的练习弹。练习弹非常糟糕,当它离开炸弹舱,内部的水都流掉了。它落在一堆旧物上,弹着点离目标半英里。好奇的中国人并没有受伤,但是他们很奇怪,炸弹并没有爆炸。希尔格等人没有机会收回炸弹的任何部分。在他们到达那里之前,中国老百姓已经拿走了所有碎片。

5月15日,日军发动浙赣战役。日军推进很快。为了防止资敌,5月24日,浙江省第五区专员兼保安司令公署征集民工10000名开始破坏衢州机场。

5月24日,比塞尔将军向宋美龄、周至柔通报:华盛顿已下令延期执行第二次利用衢州机场轰炸日本的计划。5月25日,又向毛邦初通报此情况。5月26日,比塞尔见蒋介石,递交美国第二特别空军计划备忘录:

> 浙东战事发生,目前运用中国根据地,出动B-24式飞机轰炸日本之计划,暂难实行。业已奉华盛顿令,实行该计划之准备暂予以延期,以待后命。
>
> 本人得此令后,即于五月二十四日晚奉告夫人、周主任,毛司令则于五月二十五日尽可能觅得其本人亲告之。
>
> 二公意见,皆以为局势既有此转变,B-24式机耗油既多,亏损机件之速率亦大,事后修配亦感困难,暂时以不用为佳,此实为

本人所得之印象。浙江根据地今既不能应用,中型之轰炸,以中国可及之地点为目标,施放需量之炸弹,同时使中国国内有限制之空军资源不致受严重消耗,实为比较有效之办法。①

哈泼乐大队在中止行动后留在埃及,参加了北非战役。第二次轰炸日本计划一延期就是两年。直至1944年6月16日,美国轰炸机从成都起飞再次轰炸日本本土。

5月26日,比塞尔见蒋介石时,提到了希尔格等人在成都进行的B-24测验工作,附载谈话记录如次:

毕塞尔:本人适曾提及B-24机今在成都,此机赴蓉目的在测验此项美国大型轰炸机与中国炸弹如何可以配合运用,测验完成之后,该机即将飞返昆明,受美国志愿空军之保护,此机实为全世界轰炸机中之最佳者,亟盼钧座能一观之,所不幸者,此机太重不能在重庆着陆耳。

委座:余亟愿一观,惟日来忙甚,无暇也,该机如留蓉有危险性,应速返昆明,余可留待他日观之。

毕塞尔:B-25式即为轰炸日本所用之飞机,查此项轰炸机在中国应用,最为适宜,盖B-25式能载B-24式同样之重量,而所耗汽油只需B-24式所用之三分之一,目前中国汽油供给渐感缺乏,应用此项飞机实最适宜。②

---

① 周美华编辑:《蒋中正"总统"档案·事略稿本49》,台北"国史馆"印行,2011年,第481页。

② 周美华编辑:《蒋中正"总统"档案·事略稿本49》,台北"国史馆"印行,2011年,第471—479页。

希尔格、格里宁和琼斯在成都已经工作了一段时间。一天,他们收到一条相当含混的信息。似乎是说,命令全体东京突袭队的成员调回美国。随之而来的是哈维逊上校的团队已在埃及被无限期迟延的消息。

戴维·琼斯离开希尔格和格里宁,6月2日0时45分回到重庆。6月3日,他乘13号机机长麦克尔罗伊驾驶的DC-3到桂林,去接后撤到那里的7号机长劳森和他的机组成员。

希尔格和格里宁乘坐B-24返回印度。他们先在昆明降落。几天后,再次越过驼峰到达印度汀江。

第七节 劳森、怀特等5人从临海后撤

散落在各地的突袭队员陆续向衢州集结,然后分三批向后方撤离。但7号机的4位伤员和怀特医生还在浙江临海。克莱弗、达文波特、麦克卢尔的伤情慢慢好转。劳森的情况却一天天差下去,他受伤的腿开始坏死,产生的毒素使他昏迷不醒。5月4日,劳森的状况更糟,怀特和陈慎言医生给他做了截肢手术。手术后劳森逐渐好起来。

5月15日,4位伤员中的克莱弗已痊愈,达文波特恢复得不错,麦克卢尔肩上还有一个脓肿,伤情最重的劳森也一天比一天好。他们准备近期出发去重庆。就在这天,日军发动了浙赣战役,从杭州、宁波方向向衢州推进。前方战火纷飞,后方各种传言四起,人心惶惶。在永康方岩的浙江省政府向临海发出电示:"将伤员转送重庆疗养。"专员杜伟和县长庄强华来到医院,与大家商讨将美国飞行员后撤事宜。

5月18日,这天离轰炸东京刚好一个月,飞行员们离开临海前往衢县。陈慎言医生与他们同行去重庆。路途中,他们接到浙江省政府的电话,说日本已开始进攻浙赣线,要他们绕开金华、衢州,经过丽水向后方撤退。

他们于5月21日晚上到达丽水。在接下来的几天里,他们经过浙江

龙泉,福建浦城、光泽、江西南城、吉安,在5月27日晚到达湖南衡阳空军招待所。

5月28日傍晚,他们登上火车前往桂林。火车慢悠悠走了一夜到达桂林。火车站有为他们准备的汽车,把他们接到5公里外的飞虎队的招待所。招待所的条件很好,他们要在这里住几天,等待接他们的飞机。其间,日本飞机常来轰炸。

6月3日下午。飞机终于来了。先是听见声音,然后就看见了飞机,一架DC-3客机,上面还标有美国航空队的涂装。劳森等人在招待所又是呼喊又是招手。机场在两英里外,不知这架是不是来接他们的飞机。

他们只能怀着急切而又复杂的心情等待着。这半个小时的等待似乎长得无边无际。终于听见吉普车的声音,开车的是飞虎队的伙计。车上还坐着劳森在凯利基地的同学泰克斯·卡尔顿上尉、一同参加空袭任务的13号机机长艾德·麦克尔罗伊,还有戴维·琼斯,他手里拿着一套医疗器材。

劳森等人都迫不及待地想知道其他人的近况。他们在招待所坐下,戴维和麦克尔罗伊与他们说了大半夜的话,告诉他们其他人的具体情况和经历。

6月4日早晨5时,载着突袭者的飞机从桂林的小机场起飞,仅仅一个小时之后日本人又一次轰炸了桂林机场。这是他们最惊险的一次化险为夷。一个月以来,他们一直担心被日本人抓捕,在此以后终于可以放下心来。

劳森和戴维等人的飞机于上午9时30分抵达昆明。陈慎言医生离开他们前往重庆。

6月5日,劳森等人乘坐的飞机飞越驼峰前往印度。他们住进新德里帝国饭店。饭店豪华得让人受不了。看着各式精美的盛馔、绲边的帷帘、厚厚的地毯,还有各式家具,在战乱、穷困、随时处在日本鬼子带来的危险之中的中国生活了一个多月之后,这里的一切简直让他们无法适应,他们肆意享受着这里的安宁和丰富的物质生活。

第八节　新的战斗和授勋仪式

5月27日,驻卡拉奇的美国陆军航空队的一个分队被派往阿拉哈巴德,然后他们将去汀江等地对侵入滇缅地区的日军作战。其中包括一些已撤到印度的东京突袭队队员。

6月2日,刚从美国调来的林兰德少校(Mayor Leiland)带领6架飞机从汀江飞往中国昆明。加德纳中士任林兰德少校B-25飞机上的机枪手。这6架飞机在中途遭到日军战斗机的截击。只有1架到达目的地,其他的都被击落了。击落的飞机上有参加东京突袭行动的5号机的尤金·麦克格尔、11号机的梅尔文·加德纳、12号机的奥默·杜凯特。他们在缅北丛林中机毁人亡。这是自东京突袭行动后突袭队员最大的一次损失。

杜立特回国后,向阿诺德提交备忘录,要求将其余队员调回国内。6月4日起,东京突袭队员陆续收到了返回美国的命令。他们向卡拉奇集中,分批经过中东、北非、南美、回到华盛顿。但新来的战区指挥官发布了禁止人员调离的命令,突袭队员中有16个人留在了中缅印战区和日本人继续战斗,有几位在那儿牺牲了。

1号机副驾驶理查德·科尔被分配到中国昆明的第十一轰炸中队。两个月后,由于飞机太少,飞行员太多,科尔志愿申请调到空运指挥部担任"驼峰"航线飞行员,并在那里一直服务到1943年。

1942年10月18日,3号机机长罗伯特·格雷和10号机的投弹手小乔治·拉金在驼峰航线上阵亡。

13号机副驾驶诺布鲁克在完成超过50次B-25飞行任务之后回到美国。

13号机机长艾德·麦克尔罗伊没能在宝宝出生的时候回家。他留在了印度,在接下来的几个月里,他开着DC-3"信天翁"飞行在中缅印战区,飞越驼峰。当B-25终于达到印度时,麦克尔罗伊在缅甸执行战斗任务。在后来的战争里,他开着B-29从马里亚纳群岛起飞,飞向日本,一次又一次地轰炸它。

杜立特于5月18日到达华盛顿,一辆阿诺德办公室派来的参谋车在机场接他。

驾驶兵得到指示,把杜立特直接送到五角大楼阿诺德办公室的后面楼梯。阿诺德热烈迎接他。他们谈了很久。杜立特叙述了这次任务的细节,并且表达了对队员的关怀,尤其是那些为敌人俘去的队员。他报告说,他的任务只有部分成功。阿诺德要杜立特放心,从没有人责备他这次任务的下一半:交付飞机。

阿诺德和杜立特谈完后,便去见马歇尔将军。马歇尔以罕见的开怀的笑容迎接杜立特,这是他很少表现过的态度。杜立特向他报告了这次任务的要点。阿诺德以他常有的笑容建议说,杜立特应当去一下军服店,换下他身上的英式军服,那样才像一位新将军。然后阿诺德又要杜立特到公寓里去休息,地址为华盛顿西北区十八街2500号。他要求杜立特待在公寓里,不要见人,除非他打电话来,不得通电话。杜立特很想打电话给西海岸的夫人娇懿,可是他不敢用电话机。

这天早上,阿诺德和马歇尔接杜立特去白宫。马歇尔告诉杜立特,总统要给他颁授荣誉勋章。杜立特很吃惊,他认为他不够资格。但他的反对无效。马歇尔等人到了白宫,由人引导进了休息室。事前阿诺德已安排人把杜立特的妻子娇懿接到白宫。两人在白宫休息室见面时都大吃一惊,又万分高兴。阿诺德和马歇尔微笑着看着他们。

他们被领进总统的椭圆形办公室时,阿诺德又咧着嘴笑,马歇尔又恢复了他通常那副沉静的神态。

罗斯福总统笑容可掬,热烈迎接他们。他心情愉快,握杜立特的手握得又紧又久。他说杜立特突袭日本,对美国的民心士气起到了他所希望的那种十分有利的效果。他认为这是他自己的主意,并很高兴为成功完成这项任务的人戴上勋章。

尽管马歇尔将军对保密问题担忧,罗斯福

罗斯福在白宫为杜立特授勋

还是邀请记者到白宫采访授勋仪式。他同记者开玩笑说,没有一个记者甚至一个辛迪加专栏作家猜出是杜立特指挥了这次对日本的空袭。他说,杜立特那天已从香格里拉秘密基地返回来了。

杜立特告诉记者们,他的飞机没有一架被击落,这是事实;他还说,"也没有一架因受伤而未能飞到目的地",这也是事实。事实上,这些飞机都飞到了目的地中国,至于没有一架按预定计划着陆,反而全部摔毁这些事,他没有提,随后一年里也没有提过这件事。

罗斯福同记者开过玩笑之后,便宣布杜立特在当天下午要在陆军部举行一个记者招待会。然后,总统转向马歇尔,马歇尔高声宣读了嘉奖令:

> 美国陆军准将詹姆斯·杜立特,超越职责的召唤,表现出出类拔萃的领导艺术,冒了极大的生命危险,英勇果敢。尽管很明显必定会被迫降落于敌人领土或坠落于海上,杜立特将军仍亲率由志愿机组人员配置的陆军轰炸机队,对日本本土进行了一次高度摧毁性的突击。

马歇尔把嘉奖令交给杜立特夫人,她神情紧张地把它卷起来紧紧捏在手里。马歇尔真想从她手里拿回来以防把它揉坏了。

杜立特朝罗斯福弯下身去,让他把勋章戴到胸前。伦纳德中士在中国荒凉山坡上的第二个预言又成现实。

应罗斯福的要求,杜立特报告了这次空袭情况,并且谢谢总统颁发这座勋章。接着他们便被引导出来。在经过大门时,阿诺德向杜立特道贺。杜立特说非常感谢,他今后将以一生力求配得上它。

杜立特在他的回忆录中写道:

> 我当时以及以后一向都觉得,我代表这次空袭中全体队员接受了这座勋章。而总是觉得,荣誉勋章应当保留给在作战中冒自己生命危险而救别人的人,而不是颁发给击落敌机多架或者轰炸敌人目标等功绩的人。

到6月底,杜立特突袭队员中已有许多人回美国,足以举行一个仪式颁发优秀飞行十字勋章了。他们在重庆时已接到通知说要授予他们勋章,但一直没有戴上,因为在美国驻华军事代表团的总部里一个勋章也没有。1942年6月15日,杜立特向"香格里拉的全体官兵"发出命令,要他们到华盛顿军需部大楼4414房间报到,注意对这次空袭细节保密仍至关重要,他在命令中提醒他们注意这一问题:

> 你们不要见新闻记者,不要拍照,在你们给家人的信中只简单地告诉他们你们在回美国途中即可。在接到指示告诉你们可以说些什么之前,务必慎之又慎,以免给其他战友招致危险。换句话说,除去美国陆军的情报人员之外,对任何人都要小心。

在华盛顿授勋

　　为了能够见到总统，突袭队员们等待了10天，但因为英国的温斯顿·丘吉尔首相来访，罗斯福总统一直没空。

　　6月27日，在华盛顿博林机场，23名空袭队员以一架废弃的B–18轰炸机为背景列好队。陆军军乐队和护旗队与几队士兵立正站在那里。华盛顿的《星期日星报》称颂杜立特手下这些人在空袭中未损失一架飞机的战绩。有几个人的妻子也参加了这一仪式，自豪地看着陆军航空队司令阿诺德上将为她们的丈夫戴上勋章。这是一个光荣的时刻。他们因成功地完成使命而获得应有的荣誉。

　　仪式结束后，突袭队员们离开军队，到他们的家乡去演讲并且销售战争债券。债券销售结束后，他们被分配到不同的作战单位，参加在欧洲、北非或者是南太平洋战区的战斗行动，只有少数几个人没有再参战。

　　7月6日，杜立特陪同陆军航空队参谋长哈默少将、财政部长摩根索、麦克卢尔的母亲、沃特森的妻子和双亲及劳森的妻子又来到沃尔特·里德陆军医院。三位飞行员坐在轮椅上出席了授勋仪式。当哈默少将把勋章戴到他们的睡衣上时，杜立特盯着他们，脸上展现出非常自豪的笑容。

7月25日，中国驻美国大使馆武官朱世明少将到医院授予劳森、麦克卢尔和沃特森陆海空军甲种一等奖章。授奖时，劳森还穿着陈慎言在临海为他定做的黑色丝绸布鞋。杜立特再次到场，他与伤员们度过了很长一段时间。

另外，中国政府向迪安·达文波特，托马斯·怀特，罗伯特·克莱弗和在苏联迫降的8号机组五位成员授予陆海空军甲种一等奖章。向在跳伞、迫降时牺牲的3号机的利兰·法卡特、6号机的威廉·迪特尔和唐纳德·菲兹莫里斯追授云麾勋章。向被俘的6号机迪安·霍马克、罗伯特·米德尔、蔡

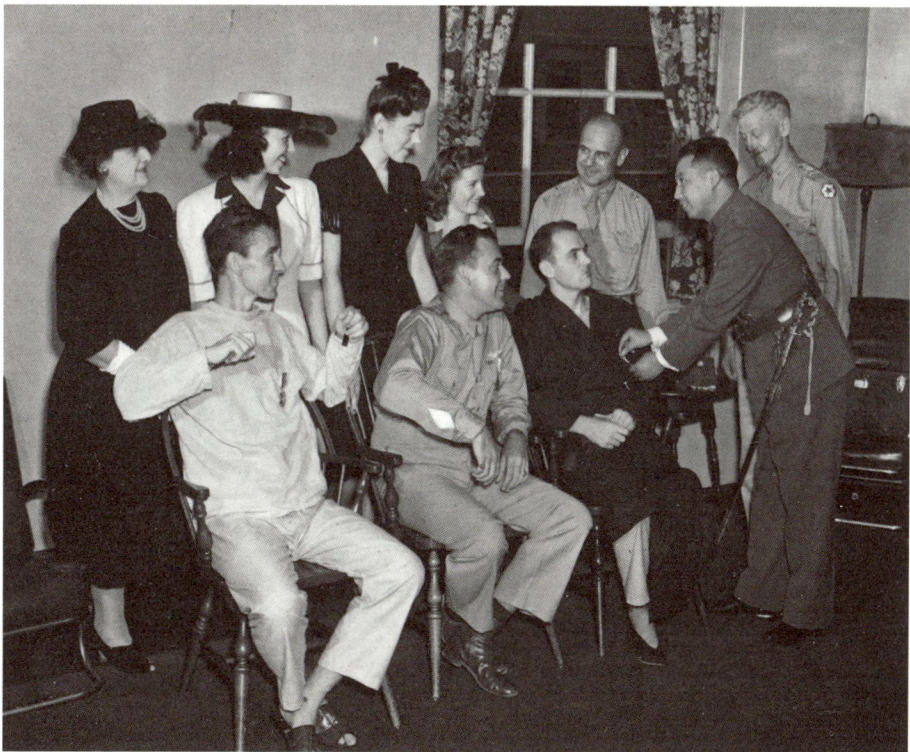

朱世明给劳森等授勋

285

斯·尼尔森和16号机的威廉·法罗、罗伯特·海特、乔治·巴尔授予宝鼎勋章，向被俘的16号机雅各布·德萨泽和哈罗德·斯帕兹授予云麾勋章。

在白宫举行过授勋仪式后，阿诺德要杜立特驾驶一架B-25出差，去巡视国防工厂，对工人发表鼓舞士气的演讲，在电台发表演讲。当他驾着这架B-25飞机出发时，他想到了伦纳德所预言的三件事——晋升为将军，得到"大"勋章和另一架飞机——全部实现了。杜立特也曾在中国壕堑关上对伦纳德许诺：倘若他有一架飞机，伦纳德将会是他的机械师。他一回到华盛顿就要求调伦纳德为他的机械师，这项申请立刻就批准了。

杜立特渴望去指挥战斗，他想在战争中发挥更大的作用。8月初，阿诺德把杜立特派往伦敦，让他在艾森豪威尔手下组建和指挥第十二航空队。第十二航空队在进攻北非及后来的陆战中发挥了重要作用。1942年11月，艾森豪威尔提名晋升杜立特为少将。之后又让他统率地中海的第十五航空队。1943年7月中旬，曾经指挥过16架飞机去执行美军第一次空袭日本任务的杜立特又亲自指挥500架飞机第一次空袭轴心国的另一个首都罗马。1944年1月6日，杜立特中将取代伊拉·伊克尔成为驻英国的第八航空队司令，指挥第八航空队继续轰炸德国首都柏林等地。

很多参加过东京突袭的队员再次回到杜立特麾下参加进攻北非和欧洲的战斗。

第九章　日军报复

第一节　日本加强本土防御

这次突然轰炸引起日本皇室、政府和陆、海军的极大震惊,他们感到本土已不安全,并对本国的空防能力产生怀疑。16架轰炸机在无战斗机护航的情况下,居然能在大白天在日本的主要城市进行轰炸后即直线西飞,且通过不少航空队基地的上空,而1架都没被击落。日本不得不分出力量以加强国内防务,特别是美国航空母舰在珍珠港事变后又开始活跃,这迫使日本重新考虑整个太平洋的作战攻势,放弃全面进攻的战略。

首相兼陆军大臣东条英机在4月20日的《局长会刊》上发表了"对敌人是小看麻痹了。B-25从航母起飞到中国着陆等做梦也没有想到。低空的单机攻击在意料之外。我方准备迎战、审查情报方面做得不好"的意见之后,指示有关当局要准确掌握击落机数,快速部署低空用高射机枪,装备本土防空战斗机新机种。

另外,空袭之后,杉山元参谋总长向天皇上奏了有关空袭的报告,之后,决定采取以下措施:

(一)以重型轰炸机攻击浙江省的敌人飞机场;

(二)增强内地防空部队,改变机种;

(三)增强针对要地防空的高射炮、高射机关炮;

(四)有关气球的处置。

并且基于此,日本大本营在4月20日将开战以来活跃在第一线的南方军下属的独立飞行第47中队划给防卫司令指挥,令其担当日本帝国首都的防卫。这是拥有比九七式战斗机战斗力更强的两型战斗机的部队。

日本大本营还将独立野战高射炮第30、31中队从南方召回,给各管区军队的防空部队追加配备了总计160门的高射炮。

北海道方面此前未曾配置战斗机部队,以此为契机,4月下旬将原日本中部军司令指挥下的飞行第13战队第2中队调至北海道,承担室兰地区的防卫。珍贵的战斗力没在前线有效发挥作用,却无奈被钉在了日本本土。

杜立特部队突袭日本时,东京防空飞行队是西部军指挥下的飞行第4战队。他们以空袭为契机,8月进行了防空专职航空部队的改革。首先,8月4日,在北九州新设第19飞行团司令部,8月10日在北九州地区新组成飞行第248战队,和以前的飞行第4战队一起被编入第19飞行团。

此外,这些防空专职航空部队曾归1942年5月新设立的第一航空军所属,由防卫总司令指挥。根据8月10日大陆第670号规定,脱离其指挥,转而被指定为"平时以防空任务为主的××航空部队"。同时,防卫总司令将第19飞行团划给西部军司令官指挥,令其负责防空任务。

同时飞行团司令部侦察中队、飞行团司令部情报队,飞行团司令部通信队也开始组建。

第二节　日军计划发动浙江作战

日本大本营为防止中、美空军利用中国浙江一带的机场对日本本土实施"穿梭式轰炸",决定摧毁中国浙赣线上的空军基地和前进机场。

4月21日,日军参谋本部为防止美军使用我国机场对日本进行轰炸,向中国派遣军下达了如下两条指示:

(一)必须集中航空队力量,对浙江就近地区之衢州、丽水、玉山等机场进行攻击、轰炸,将其彻底破坏而无法使用。鉴于目前在中国战场的第1飞行团部队数量有限,已决定调驻菲律宾克拉克机场的重轰炸机第62飞行战队、调驻马来亚克恩机场的轻轰炸第90飞行战队和南方军直辖的独立战斗飞行第84中队至中国战场,以加强空中之攻击力量。

（二）为使上述地区的机场完全失去作用,确定由地面部队予以攻占,进行彻底破坏,然后视情况撤回。派遣军应依此从速订出进攻之作战计划和兵力使用方案。①

日本陆军航空队驻中国南京、杭州的日军第1飞行团从4月18日下午开始对衢州等机场进行连续攻击。4月20日开始,主要执行以下三项任务:

（一）进行要地防空。

（二）侦察中国各地机场的兴建和恢复情况;搜索、炸毁美军在江南各地迫降的飞机。

（三）再次轰炸中国浙、赣地区的机场。②

集中到衢州的杜立特突袭队员领教了他们的轰炸。

日军中国派遣军将从东南亚等地新调来航空部队,主要先部署于南京地区。由菲律宾空中转场的大西洋中佐重轰炸第62战队,经台湾于4月27日到达南京,其第3中队则空中转场至武汉,该战队实力比较充足,每中队保有飞机9架;轻轰炸濑户克己中佐的第90战队于4月26日由马来亚向北空中转场,经西贡于28日到达广州,除留第2中队在广州外,其

---

① 王辅:《日军侵华战争》,辽宁人民出版社,1990年,第1768—1769页。
② 王辅:《日军侵华战争》,第1768页。

余于5月初飞抵南京,但该战队实力不足,每中队只有飞机五六架;长野纲男少佐的独立战斗飞行第84中队,也于4月下旬飞抵广州,编入第23军的飞行队。

日军航空部队部署完毕后,于4月29日开始至5月7日,对我国后方各机场进行轰炸,一部分海军航空部队也参加了这次作战。

驻宁、沪、杭地区的陆军航空部队,对衢州、玉山、丽水、吉安、建昌(江西省南城)、黎川、建瓯等机场进行了破坏性的轰炸。驻南昌地区的第44战队,独立飞行第10战队各一部,则轰炸了建瓯、南城机场。驻武汉的陆军航空队,则对衡阳、吉安、老河口、安康进行了攻击、轰炸。重轰炸机第62战队的第3中队5月6日还轰炸了湘西的芷江机场。驻广州的第23军飞行队则对桂林、衡阳、赣州等机场进行了连续的攻击轰炸。

日军在进行以上轰炸时,其驻南京的重轰炸机第62战队第1中队的全部8架飞机,在5月7日拟轰炸福建的建瓯机场时,在飞行中因全部迷航而未发现目标。

根据空军第十三总站统计:1942年4月至5月,衢州机场遭受空袭59次,敌机出动335架次,投下各类炸弹1341枚,炸死231人,炸伤302人,炸毁房屋131间。

时任衢县建设科长郑根泉回忆:

从一九四二年四月二十日早晨起,日本飞机就天天来衢轰炸。累得全城居民天天逃警报。开始空袭的目标是机场,后来扩大到商业区、居民区和村外田野。有时掷炸弹,有时机枪扫射。投下的炸弹,先是轻磅的,如50磅、100磅,后来投下的多是500磅的重磅炸弹。其杀伤力与破坏力就更大了。每次空袭,差不多都有男女老少被炸死的。有一次,投下燃烧弹,引起一场大火,烧了一条当时最热闹的商业街。其中棉布绸缎商店毛源泰店主毛楫唐比我大二十多岁,我们友好相处。顷刻间,他由富商变成破落户。大火中,我因职责所在,和县长柳一弥、崔警察局长冒着危险,亲临火场,指挥抢救与灭火。各机关白天停止办公,各自在乡间躲避空袭。晚上则要工作到半夜,主要是处理文件。每晚睡不到五小时又要下乡逃避空袭,当时每人都有一个自备的布袋,叫做警报袋。公务员的袋里放着文件,商人放的是单据簿册,居民放的是贵重首饰和现金或银行存折。我因公务在身,不陪妻小下乡躲避,而是随同县长和其他科长秘书在附近乡政府中或在原来办公场所,一俟听到紧急警报声后,才下防空室(即地下室),待敌机离开,立即到临时办公室工作。这种紧张生活大概经过了个把月。后来,城关各条街道、小巷,都构筑城防巷战工事,储备足够供应守城部队短期生活需要的主、副食以及柴草等,以迎战入侵之敌。①

陆军方面。关于发动浙江作战问题,日本的中国派遣军和大本营的认识不一致,派遣军正在研究四川(重庆)作战。他们认为发动浙江作战对于四川作战影响极大,对浙江作战缺乏紧迫感。第13军已经下达命令于4月25日开始第19号作战,计划进攻在广德、宁国的中国军队。因而派遣军总司令官畑俊六向杉山元建议继续第19号作战。22日,杉山元答复说:"根据全面形势,必须立即摧毁浙江机场群。为此,立即中止第十三军的第19号作战,迅速转入摧毁机场群作战。"

4月24日,日军大本营派负责中国方面作战的参谋高山信武中佐,携带浙、赣作战方案飞抵南京,与派遣军进行了具体研究。

4月30日,大本营下达了"大陆命"第621号命令:"中国派遣军总司

---

① 郑根泉:《抗战时期嵊衢记事》,《兰溪文史资料》第六辑,1988年7月。

日军海军航空兵派兵浙赣战役时轰炸衢州城

令官应尽快开始作战,主要是击溃浙江省方面之敌,摧毁其主要航空基地,粉碎敌利用该地区轰炸帝国本土之企图。"使用兵力,"以第十三军的主力和从第十一军及华北方面军抽调的部分部队组成,以40余个步兵大队为骨干。"

　　畑俊六和第13军司令官泽田茂对大本营的作战企图及兵力部署颇有意见,认为破坏机场后撤回来,机场很快即可修复利用,而且仅以击溃敌军为目的也太消极。第11军司令官阿南维几"希望对主要作战部队第13军采取积极的策应行动,尤其希望利用此时机,对西面第三战区之敌予以痛击"。派遣军希望打通浙赣线,进行破坏,掠夺浙赣线的铁路资材和其他物资。于是决定改变作战目的及部署,增大使用兵力,扩大作战规模,"以歼灭第三战区之敌为主要目的,占领飞行基地为次要目的"。东线以第13军为主干,加上抽调华北的部分兵力,合计56个大队约66300人,另有配属部队2个大队,从杭州方面向东部第三战区进攻;西线以第11军使用27个大队约25000人"攻击西面第三战区军,以策应第13军"。6月中旬,华北方面又将2个大队增调给第13军。总计使用兵力达87个大队,约为大本营原定方案的两倍。第1飞行团、海军派炮艇队和陆战队配合作战。从关东军抽调飞行队和铁道兵、工兵参加作战。战役发动后由于"作战地区并不仅限于浙江省,远至江西省,甚至企图打通浙赣线,作战名称也从原定的'浙江作战'改为'浙赣作战'"。

1942年4月下旬,中国军事委员会发现第三战区当面日军自本月中旬以来调动极为频繁,判断日军有可能向金华、兰溪、衢州地区发动进攻,于是令第九战区调第七十四军、第二十六军两个主力军及装备精良的预备第五师加强第三战区防御,作为其机动部队。第三战区司令长官顾祝同命副长官第三十二集团军总司令上官云相进驻淳安,指挥驻钱塘江北岸各部队;命第十集团军总司令王敬久指挥钱塘江南岸各部队及金华、兰溪守军。后又根据军事委员会的电令,另行组建第二十五集团军,以李觉为总司令,进驻缙云,指挥浙南各军。第二十三集团军总司令唐式遵部从皖南和赣东向江南移动。西线日军从南昌发起进攻后,第九战区又调第四军、第五十八军、第七十九军进入赣东作战。参加浙赣战役的中国军队共13个军计40个师。

第三战区的作战方针是:以最小限度的兵力,配置于浙、赣路西段,进行持久抵抗;集中主力于浙、赣路东段节节抗击逐次消耗敌人,坚固守卫衢州及机场,以此为核心,利用已有坚固工事,诱敌胶着于核心周围,运用主力从衢州南北山区两面夹击包围日军而歼灭之。

第三节　日军发动浙赣战役

1942年5月14日至17日,展开在奉化、上虞、绍兴、萧山、富阳的日军第13军第一线部队先后发起进攻,分五路向浙中地区进犯。

5月16日,第三战区乐观地认为日军共约4万,如无后续部队增加,似无力进犯衢州。第三战区报请将丁治磐的第二十六军和王铁汉的第四十九军前移到金兰参加会战。蒋介石得报后,一连三天发了4份电报要求第三战区不得变更在衢州决战的作战方针,务将第四十九军、第二十六军、第七十四军调集于衢州附近以备决战①。

日军攻势很猛,第70师团于5月14日夜从奉化、溪口地区开始行动,经尖山镇、安文镇向永康方向进攻,23日由永康转向西北,进至孝顺以西地区,扑向金华核心阵地;第22师团于5月15日晨从上虞沿曹娥江南下,经三界、嵊县向横店进攻,22日占永康,后向西转进至武义西北;河野旅团于5月15日傍晚从绍兴经枫桥镇向义乌、东阳方向进攻,于21日占东阳,后进至金华东南;第15师团于5月15日夜从萧山附近渡过浦阳江,沿西岸南下经诸暨向浦江方向进攻,21日陷义乌,于22日占孝顺,后进至兰溪以北;第116师团指挥原田旅团于5月16日晨从富阳西北方沿富阳江西岸向建德方向进攻。18日陷新登、桐庐,23日陷建德,后进至兰溪以西地区。第32师团于5月17日14时从富阳出发,在第116师团后方前进。

各路日军在进攻途中遭到守军暂九军冯圣法部、第八十八军何绍周部、预五师、第一九二师、第四十师等部队不同程度的节节抵抗。至25日,日军各部队均已到达金华、兰溪外围地区,形成三面包围的态势。

其间,19日午后,日本中国派遣军司令官畑俊六飞抵杭州了解战况,听取作战汇报。5月20日上午畑俊六和泽田茂乘运输机飞至桐庐、义乌、东阳等地上空,视察战场。下午返回南京。

25日拂晓,日军第七十师团进攻金华。同时,日军第15师团第60联队进攻兰溪。金华守军第七十九师和兰溪守军第六十三师官兵坚强抵抗,与之激战。日军出动数十架飞机对守军阵地、城垣轮番轰炸,摧毁守军核心阵地工事。守军数日内顽强抗击。27日晚21时,日军突入兰溪城

---

① 秦孝仪主编:《"中华民国"重要史料初编——对日抗战时期》1981年,第560—564页。

内。28日晨,日军攻陷金华城,守军突围。日军第15师团长酒井直次中将于28日上午在距兰溪15公里处被地雷炸成重伤,旋即毙命。日军战史称:"现任师团长阵亡,自陆军创建以来还是首次。"

日军在进攻建德与金华西北时,皆施用毒瓦斯炮弹,在建德上空且施用飞机投掷毒弹,以致我军中毒伤亡者甚多。并在金华东关附近投掷毒气弹多枚,掩护其步兵冲击。①中国外交部长宋子文奉令向美国通报这一情况。

6月5日美国总统罗斯福发表声明:

> 本国政府接获真确报告,日军曾在中国各地使用毒气或有损健康之瓦斯,余今特明确宣示,倘日本坚欲以此非人道之作战方式,对付中国或其他任何盟国,本国政府认为此项行动无异对美而发,将采取同样方法,尽力报复,吾人将准备实施完全之报复,其责任应由日本负之。②

浙赣战役爆发后,蒋介石考虑衢州弃守之方针,认为不必为美军轰炸日本而勉强固守衢州机场。5月23日,蒋介石考虑破坏衢州等处机场,认为:

> 衢州与丽水两机场,于郑重考虑之后,决心破坏,不能再以美国预约施用该场关系,而置我本国本军之得失成败于不顾也。敌军目的全在此机场,若我自动澈底破坏,或可懈敌攻衢之意。果尔,则吾计售矣,否则衢丽虽被敌所占,亦于吾计无损也。③

---

① 《"中华民国"重要史料初编——对日抗战时期》第二编,第572页。
② 《"中华民国"重要史料初编——对日抗战时期》第二编,第574页。
③ 《蒋中正"总统"档案——事略稿本49》,第445页。

第三战区司令长官部下令对衢州、丽水机场进行破坏。5月24日，浙江省第五区专员兼保安司令公署征集民工10000名破坏衢州机场①。机场上的民工，上午还在抢修未完工程，填平敌机轰炸的弹坑，下午接到命令，即开始破坏，限令3天内完成彻底破坏任务。在场民工不够，又临时征集700余人，丁壮不足，老弱妇女亦参加。由于浙赣战役已打响，平民已疏散。地方政府征集民工十分困难。第八十六军派工兵营参与爆破及埋设地雷。刚修好的跑道，要分段掘壕。历时三日三夜，将主体已完成的机场作彻底破坏②。

多年后，衢州机场老兵吴老四回忆道：

一天，我们接到命令，停止抢修，改为对机场进行破坏。日本鬼子已经打到金华了，破坏机场是为了不让它落到敌人手中。我们哪里舍得，这么好一个机场，怎么说破坏就破坏呢？这里有我们多少兄弟的血汗啊！可是军令如山，我们一点办法也没有。

所有的人开始动手破坏机场。我跟车出去，把炸弹运回来爆破跑道等地方。这些炸弹我原来都希望挂上我们自己的飞机上去轰炸日本鬼子，没想到最后却来炸自己建起来的机场，心里很不是滋味。我们一连运了好几天炸弹，总有一百多枚吧，都挖个深坑埋进去。工兵把炸弹的尾巴拆掉，一个个装上引爆装置。埋弹装弹费了好几天工夫。全部装好后，爆破开始了，响声震天，二十里外都听得见。

如前述，美国延期执行第二次轰炸日本计划。

---

① 《衢县县政府奉办军事征用事项汇报表》，《衢州市抗战时期人口伤亡和财产损失资料汇编》，第114—115页。

② 据汪振国：《衢州飞机场的抢修与破坏》，《第二次国共合作在浙江》，浙江人民出版社，1987年版；李天祥：《回忆抗日战争时期几桩趣事》，《衢县文史资料》，1989第2辑。

第四节 衢州城破

衢州机场已经被主动破坏，但日军没有停止进攻的铁蹄。金华、兰溪激战同时，部分日军继续向西推进。27日龙游失陷。日军先头部队进至衢州外围，着手准备进攻衢州。日军计划：第一百一十六师团攻击在衢江北岸的外围守军。第15师团、河野混成旅团在衢江以南沿铁路向衢州正面前进，攻占衢州；第22师团、第116师团从衢州南北外围迂回到回江山、常山，以遮断衢州守军向西的退路；第70师团留在金华。"将小薗江旅团对丽水方面的作战推迟到衢州进攻战以后再开始，而将该旅团调至龙游附近防备北方的第二十六军及南方号称精锐部队的第七十四军的侧击。"

第三战区的作战方针是：王铁汉第四十九军、王耀武第七十四军隐蔽于衢州以南地区，第二十五军、第二十六军隐蔽于衢州以北地区。以莫与硕第八十六军固守衢州，诱敌胶着于衢州外围，尔后以4个军实施南北夹击，包围日军而歼灭之。以上5个军，5月底以前均已先后到达了预定的地区，进行战备。

当时负责衢州城郊防守的第八十六军兵力部署为：第六十七师附第十六师的第四十六团主力及1个独立炮兵团，防守衢

第八十六军军长莫与硕

州城东南樟树潭、西伯陇及飞机场等处据点群阵地；第十六师（欠第六十四团）附1个山炮营，防守衢州城北部西部的梅坞、姜家坞、芥山一带据点群阵地；第十六师第四十六团防守衢州城核心阵地；第八十六军军部及直属队位于衢州城内南部。

早在1942年1月中旬，蒋介石已下令构筑衢州城防工事。在保卫大

机场、准备大反攻的口号下,第三战区征工征料。周边各县民众积极响应。4月下旬,侦知日军将要进犯衢州以后,顾祝同又一次亲临衢州指导衢州防御工作。经过4个多月的艰苦工作。利用衢江、乌溪江天然屏障,以衢州城和机场为核心建立数道防线。在周围高地建立野战环形、半环形工事,阻止敌人进攻。工事大部分以木竹作支撑。重机枪掩体和部分指挥所用钢筋混凝土。衢州城有完整的城墙,城墙下有衢江、护城河保护。第四十六团沿城墙修筑工事,筑起鹿砦扫清射界。大街小巷也堆叠沙包,摆起铁蒺藜路障,房屋挖好枪眼,打通屋与屋之间的通道。衢州城内的平民全部疏散完毕,做好坚壁清野工作,做死守衢城的准备。驻衢州的机关也各自撤离。浙江省第五区专署和衢县县政府撤到衢县、江山、遂昌三县的毗连山区何家村。空军第十三总站撤到福建建瓯。多年积累起来的设备、汽油、炸弹一部分撤到建瓯,一部分来不及撤运的后被日军所获。军委会战地服务团衢州空军招待所先撤至玉山,后战局紧张起来,玉山难保,只有人员撤退到建瓯,招待所的所有床架、餐具等设备全部留在玉山,终为日军所获。

至6月3日,北线日军第32师团进至姜家坞,116师团进至衢江左岸。衢江以北守军第十六师鸡鸣山、杨家岭、姜家坞等处阵地全被日军攻占。蒋家滩以西的芥山要塞经过两天激战失守,部队大部溃散及伤亡,航头村的第十六师部受威胁,师长曹振铎带副师长、参谋长和少数随从渡江退入城中。日军第116师团逐步将衢州西侧的国军逼进衢江,一部进抵距衢州城2公里衢江西岸的龚家埠一带。守军第四十六团二营营长宋汉武组织火力打击龚家埠日军,日军败退;日军第32师团进至航埠。

南线日军22师团、15师团进至樟树潭、西伯垅,与守军第六十七师一九九团激战。一九九团官兵利用工事顽强抵抗,反复拼杀数日。团长石补天负伤,副团长汪忠民,营长戴锐、徐隆铁、阎思柱等先后英勇牺牲。西伯垅阵地仍在我军手中。6月3日,日军第22师团在拂晓开始的大洲镇附近的机动战中,在正面2000米战线上使用毒气中红筒1000个、山炮红弹400发、迫击炮红弹450发,且因其"效果甚大",第一线部队很快就突破了中国军队的阵地。第13军司令部(司令官泽田茂)"奖励特殊'攻击'方法,即使用化学战器材,特别是在第22师团正面进行最为有利的使用"①。6月3日,22师团、河野旅团到达乌溪江东岸。衢州外围部队也与日军激战终日。守军于3日半夜炸毁浙赣铁路桥。15师团一部由石室、上叶渡过乌溪江,企图迂回到衢州以南地区,与双港口之敌会合,对衢州形成四面包围态势,尔后逐步缩小包围圈,企图全歼我守城部队。

负责固守衢州城郊的第八十六军军长莫与硕见形势严峻,竟以收容第十六师溃散部队为借口擅离职守,出城向江山方向逃去,军直属部队亦大多随之离去(本会战后,莫与硕和其参谋长胡炎被判有期徒刑5年,十六师师长曹振铎亦因作战不力而被撤职)。衢州防守战斗由副军长陈颐鼎接替指挥。

在衢州外围战斗期间,在汪村的空军第十三总站空军医院收治了大批陆军伤员。日本飞机发现了这个目标,在空中盘旋准备轰炸。空军医院的工作人员即在地上铺上红十字旗,表示这里是医院。但日本飞机还是向空军医院投下一颗颗黑色的炸弹。空军医院的三堂大房子,全部被炸平。医院中几百名陆军伤员全部被炸死。有的肠子挂在树上,场面惨不忍睹。一颗炸弹落在空军招待所的楼房前,在地上炸开了一个大洞,幸好无人伤亡②。

在东线日军向衢州进攻的时候,5月31日夜,西线日军第11军为策应第13军在浙江的作战,从南昌附近渡过抚河,向第三战区西部第一百军防线发动进攻。6月3日,当日军第13军开始对衢州发动总攻时,第11军占领了进贤,并逼近临川。

①粟屋宪太郎、吉见义明:《毒气战的真相》,《文史研究》1991年第1期。
②根据汪村村民汪金元(1936年生)所述。

6月3日晚,第三战区认为衢州决战时机成熟,下令各部转入攻势。蒋介石改变原来的作战决心,于3日夜发"一元江亥电"令第三战区"避免在衢州决战",第三战区遵令部署。

早在5月22日,蒋介石已开始犹豫衢州的弃守。他一边督促前方将士用命作战,一边考虑是否放弃衢州。直至6月3日夜,最后下令避免在衢州决战。

蒋介石为何在决战前夜改变计划?

在分析其原因之前。先要插述两件当时因中美之间战略分歧而引起的史实。

5月19日,宋子文向蒋介石报告与美方交涉向中国战场交拨飞机情形,并称:美国态度始终以先击败德国为主,亚洲战场视为次要,此种错误观念不能打破,一切自难推动。

5月22日,蒋介石给驻美国军事代表团团长熊式辉电报:

> 熊团长天翼:敌军最近集中六个师团以上兵力加以二百架以上空军协助,进攻我衢州、丽水、玉山各飞机场所在地。其志在必得。我军虽有准备,但空军绝无,重武器缺乏,其势甚危。自缅战失败以来,全国心理有鉴于同盟国对远东战事毫不注意,对中国战场尤甚漠视。故军心民心皆形动摇,势甚危急。此不得不实告于美国军部。如果中国抗战根本动摇,窃恐将来虽欲挽救,以击溃日本当更非易矣。

据辑录蒋介石档案、日记的《蒋中正"总统"档案:事略稿本》分析,蒋介石改变计划有以下几点原因:

一、蒋介石认为配合美军轰炸日本要考虑中方的得失。美方已延期执行第二次轰炸日本计划,中方更无固守机场必要。

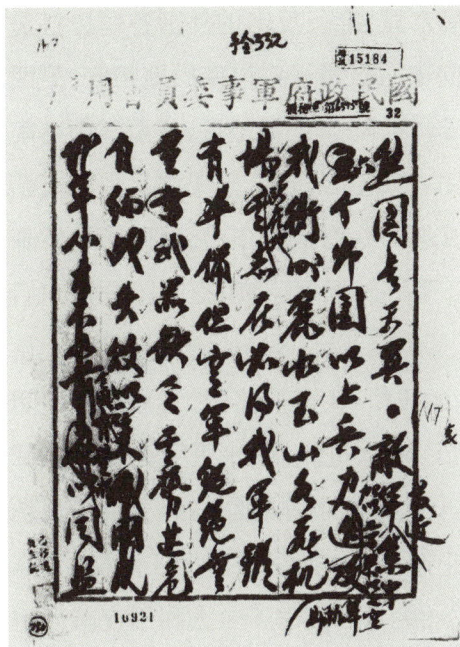

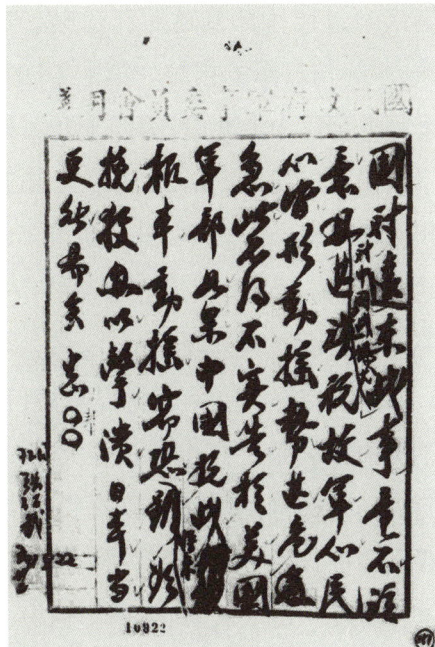

蒋介石5月21日致驻美军事代表团长熊式辉,指示实告美军部日军攻击衢州等地机场敌情电。据《"中华民国"重要史料初编——对日抗战时期》。

二、中国远征军第一次入缅作战失败,军力损失惨重,不易补充,需要保存实力。

三、日军已进入滇西怒江西岸腾冲一带,威胁中国战略后方。蒋介石要力保川陕。第三战区与之相比只是战略前沿,可以放弃。保存实力以屏障赣湘。

四、日军从华北地区抽调兵力,东西对进攻取衢州,志在必得。蒋介石认为中方不必与之硬拼,并认为日军攻下衢州后不会长久占领。

五、1942年上半年,蒋一直判断日本将向北进攻苏联。果真如此,将对中国抗战有利。所以蒋介石不希望在衢州与日军硬拼把东北的日军吸引过来。

6月4日,天降暴雨。南路日军继续寻机渡江,北路32师团进到常山港南岸,116师团到达衢江西岸。守军方面,准备反击的外围各军边打边撤,脱离与日军的接触。第七十四军向南撤至黄坛口以南山地防守;第四十师退至江山港北岸;第四十九军与日军第32师团激战后,撤至常山港南岸招贤附近防守。5日,日军第15师团在航空兵掩护下,集中兵力猛攻衢州南郊阵地。进攻中,日军使用了毒瓦斯弹。激战至午后,突破落马桥阵地,守军第六十七师退守衢州城南;日军第32师团和第22师团分别向后溪街和江山方向进攻。

城内守军因通信器材已全被日军的飞机、大炮所击毁,与战区及集团军均失去联系。江山船民乔大年从衢江游水进城,带来王敬久关于守军向枫林街突围的指示。副军长、第六十七师师长陈颐鼎与第十六师师长曹振铎商议后开始突围。他们留第四十六团一部在城内担任掩护,丢弃重伤员及一切重武器、骡马车辆等。于6月5日夜率千余人利用夜暗天雨分两路沿乌溪江南岸、孔家(当地地名,没有问题)向东南方向突围,进入七十四军第五十七师阵地。

日军侵占衢州东门外衢州机场

6月6日,双方在大雨中激战。日军河野旅团于拂晓后通过修好的临时铁路桥,进至乌溪江以西,立即向衢州城北门逼进;第15师团主力从铁路附近猛攻大南门及南城墙,其一部兵力与河野旅团一部于8时许攻占衢州飞机场。第15师团配属的独立混成第2联队(常冈部队)之一部,占领衢州城西南营盘山附近的空军第十三总站临时指挥部[1],获50公斤炸弹共140箱及其他大量物资。

蒋介石此时不知陈颐鼎等人已突围,6月6日下午设法派飞机赴衢州投送命城内部队突围手令:

陈师长颐鼎、戚副师长、方副师长:本(六)日夜间应即由江山港与常山港中间地区或其他敌军薄弱处突围为要。[2]

日军第15师团进至大南门前及火车站以北的新开门前,河野旅团攻至北门城下。守军仍依托城防工事继续苦战,血战至晚。第十六师二营营长宋汉武在新开门中弹英勇牺牲。7日凌晨,日军从北门和新开门突入衢州城垣。第四十六团团长谢士炎率领残部100余人从东门突围。衢州被日军占领。

第五节　中国军队退却

第三战区按军事委员会意图,避免在衢州决战,保存军力,机动打击敌人,逐步向衢州以西铁路两侧地区撤退。由于连续大雨,江河泛滥,衢州附近平地尽被水淹没,日军龙游前进机场停放的飞机,3架被水冲走,其

---

[1] 日军以为此地为航空学校,实为第十三航空总站临时指挥部。杜立特空袭队员曾集中到此休整。

[2] 此据《蒋中正"总统"档案:事略稿本49》,手令时间为6月6日。《"中华民国"重要史料初编》第576页,手令时间为6月7日。

余机舱进水，均已不能使用；加以各师团的重武器及车辆等仍被阻于乌溪江东岸，因而日军第13军决定暂缓实施追击，令各师团原地集结警备，待命行动。6月9日，雨已停止，水位下降。日军以小部队于中午占领常山。泽田茂遂决定继续追击。10日，日军第13军战斗指挥所推进至衢州。11日中午，日军占领江山。第三战区在江山峡口、广丰、上饶地区各部队尚未调整完毕，日军即发起进攻。12日中午，日军占领玉山。14日晨，占领了广丰，中午前后占领原第三战区长官司令部所在地上饶。日军占领上饶后，为确保已占领地区，暂取守势。另外，第116师团除部分兵力在龙游附近外，主力向衢州附近集结。小蒀江旅团准备16日从龙游附近出发向丽水前进。

6月15日，第三战区遵照军事委员会命其乘敌深入分散、积极反攻歼敌的电令，下达了反攻的命令。第七十四军及第四十九军在广丰以南，第二十六军在信江南岸，对日军进行反攻，互有攻守。23日以后，上饶地区中、日两军除不时有小的战斗外，基本呈对峙态势。

丽水机场是日本大本营指示此次会战以地面兵力攻占的航空基地，日军计划使用小蒀江混成旅团完成。小蒀江旅团是由"华北方面军"抽调部队组成，所属部队总计约5000人。5月中旬到达杭州，后进至龙游，6月15日，日第13军命令小蒀江旅团"攻克丽水后准备进攻温州"。

当时负责防守温州、丽水等浙东南地区的为第二十五集团军的暂九军的5个师（第八十八军2个师临时归其指挥）。日军小蒀江旅团避开有中国军队防守的经缙云至丽水的公路，由武义附近进入南方山地，从小路进袭丽水，沿途遇到保安团的抵抗。6月24日晚，日军小蒀江旅团主力占领丽水，开始破坏丽水机场。之后第70师团奈良支队接防丽水，与小蒀江旅团一部一起破坏丽水机场。

小蒀江旅团7月2日向温州进攻。"温州作战指导要领"指出，"攻占温州附近后，摧毁秘密运输线及英美潜艇辅助设施，没收或销毁军用物资，完成任务后立即返回,在丽水附近集结"[1]。7月11日,小薗江旅团的两个纵队与在瓯江口以南强行登陆的日海军陆战队100余人东西对进。日暮,温州为日军占领。7月13日下午占领瑞安。

7月29日凌晨,原田旅团由龙游出发,与丽水的奈良支队对进,合击松阳地区的中国军队。8月3日拂晓,日军原田旅团及奈良支队分由坛口及裕溪向松阳进攻。10时许,守军已全部南撤,日军占领松阳。

8月15日,小薗江旅团放弃温州,转至丽水集结。离开温州时劫走大量物资。17日,奈良支队返回丽水。27日,丽水、松阳两地日军分别撤至武义、永康集结。浙东南地区又全部为第二十五集团军收复。

第六节　浙赣路西段战斗

日军第11军为策应第13军的浙江作战,自5月上旬起即令各参战部队开始向南昌集中。第3师团、第34师团及第40师团、第68师团、第6师团各一部于5月31日在南昌以南地区展开,完成了进攻准备。第11军司令官阿南惟几率其战斗指挥所于同日到达南昌,下令于22时开始行动,兵分三路向东进攻。第三战区防守浙赣路西段的为第一百军刘广济(欠第六十三师,附第一四七师),军部位于鹰潭。防守进贤地区的为该军第七十五师;防守抚河以西市汉街地区的为第九战区所属江西保安第九团。

第11军发起进攻时,畑俊六又至南昌地区视察了战场,于6月3日飞回南京。

左路日军在鄱阳湖登陆后,连克都昌、余干、瑞洪、波阳等地,控制鄱阳湖与信汇水上交通,策应中路日军沿浙赣线进攻。

中路日军于3日拂晓占领进贤。4日晨,第3师团占领临川。此时第九战区策应第三战区的第七十九军主力已进至宜黄水西岸地区,迫近临

---

① [日]日本战史研究所:《昭和十七、十八年中国派遣军》,第215—216页。

川。阿南惟几急令第34师团由进贤南下,与第3师团等向临川以西第九战区的第七十九军等部进攻,第34师岩永支队继续沿浙赣路向东进攻。岩永支队于6日傍晚以一部兵力袭占东乡。第七十五师集中兵力组织反击,7日收复东乡。11日,岩永支队强渡白塔河,攻占了邓家埠(今余江县城)。6月15日,岩永支队与金溪方向的独立步兵第61大队在第29独立飞行队的配合下分路进攻鹰潭。16日晨守军第一四七师溃退。日军于当日占领鹰潭。

6月18日,日军大本营指示:"中国派遣军司令官根据需要可实施南昌以东浙赣线全线作战。"日军大本营原来预定的由第13军主攻、第11军仅为策应的浙江作战,正式发展为第13军和第11军东西对进、夹击第三战区、打通浙赣路的"浙赣会战"。

东线日军第22师团编成谷津支队,于6月30日晨从上饶附近出发,沿浙赣路西进。西线第34师团的岩永支队于6月30日从贵溪附近出发东进。两个支队沿途仅遇轻微抵抗,于7月1日10时许在横峰会合,完成了打通浙赣线的任务。7月5日,这2个支队同时撤离横峰,分别返回上饶和贵溪。

日军开始向浙赣路东段发动进攻后,中国军事委员会判断日军第11军有在浙赣线西段发动进攻以策应其第13军作战的可能,5月16日令第九战区将第七十九军夏楚中、第四军欧震部从湖南东调至抚河、赣江间地区,以加强赣东方面的守备力量。但薛岳并未立即执行。

当日军第11军在进攻位置展开时,中国军事委员会于5月31日拂晓直接电令第七十九军:"着该军克日兼程驰往临川,参加赣东会战。"并令暂归第三战区司令长官指挥。该军于当日13时由株洲向临川急进。4日夜,第七十九军第九十八师的先头部队进入临川城西部,与突入临川城东部的日军第3师团进行激烈巷战。6月5日,日军第13军令第34师团主力在进贤转向南进保护右翼,与刚到南昌的竹原支队及第3师团等在抚河以西地区围攻已到达临川以南地区第七十九军。6月6日,日军第3师团等向第七十九军阵地进攻;第34师团等向第四军阵地进攻。激战终日,守军突围。6月7日,日军第3师团攻占宜黄、崇仁,第34师团进至崇仁以北地区。第七十九军退守南城、梨溪。6月9日,日军第3师团从宜黄向梨溪第七十九军进攻,第七十九军向南城且战且退,激战至6月12日晨,南城为日军占领。第七十九军转移至洋墩、硝石一带集结整顿。

日军攻占南城后,命第34师团向临川以东集结,准备转用于浙赣路方面;同时令第3师团进至南城以东的金溪地区。第九战区见日军主力东移,6月14日,第四军及第五十八军开始行动,向崇仁、宜黄及临川等地实施反攻。经过15、16日两天战斗,第四军先后收复了崇仁、宜黄,第五十八军先头部队进至临川西南之线,第七十九军一部向北推进至南城洪门街附近。

日军第11军见第九战区在抚河以西发动反攻,决定再次向抚河以西发动攻势。25日夜,日军由浒湾渡和临川向南突进;踞南城的日军向西突进。激战至29日下午,第四军已陷于被包围的危境。第九战区急令第四军向宜黄以南乐安附近山地突围。至30日,第四军各师在异常艰难的情况下分别突围,到达凤冈圩、崇二都、崇五都各附近地区,突围途中迭遭日军连续截击,伤亡惨重。日军再次占领宜黄、崇仁。

日军7月初在崇仁集结整顿。此时日军第11军司令官已换为冢田攻。7月4日晚,日军分几路向临川以西的第五十八军发动围攻。第五十八军相互掩护,逐次向富水西岸转移。

日军第11军临川地区的军队开始撤回原驻地。第九战区遵令集结部队,任日军安全退走。7月18日和20日,第3师团一部和今井支队撤向南昌。8月22日日军放弃临川,24日放弃三江口,撤回南昌。至此,临川地区的战斗结束。

第七节　日军破坏机场后撤退

日军占领机场后,没有急于破坏,反而先行修复,利其飞机参加进攻作战,通过飞机送伤病员,利用飞机运走掠夺所得的物资。

日军攻陷衢州后,即以衢州为侵略江、常、闽、赣的根据地,驱使数千名被俘的中国军人和平民修复衢州机场。6月10日,衢州机场已能使用。第1飞行团战斗指挥所推进至衢州。"时赣东战事正急,敌机降落,常数十架。节当夏至,淫雨不止,六月二十二日,江山再涨,一夕骤发,敌机四散漂流,虽岛夷深知水性,泅水捞取,穷日之力,不能尽。次日水退,则停搁圩茔村舍间,数日始复于场,自是始有戒心,不敢多停机矣。"[①]

日军占领丽水初期,常有日本飞机向机场空投物资,飞机来时,日军摊开白色布幔接受空投物资。之后丽水机场跑道也被修复,并开挖周围的排水沟。跑道修好后,每天有日军飞机停在机场上。

进攻作战一结束,日军第13军即向所属师团布置了破坏机场的任务。除机场外,还将机场周围的一切设施全部予以彻底破坏。日军在破坏机场的过程中,在衢州和丽水机场保留了最少限度的跑道,以确保日军地空进攻态势。另一个目的是空运细菌战剂,为其撒布细菌毒害中国人做准备。达到以上目的之后,残存的跑道也被破坏。

玉山机场由日军32师团进行破坏。破坏主旨是使中方难以再次修复机场,扫清机场周围的隐蔽物,利于日军以后在空中进行判别和攻击。破坏作业动用工兵734人次,步兵4205人次,抓本地民工1132人次。进行破坏作业35天,至8月12日结束。在机场跑道上挖出纵横大沟,开挖量2438立方米,开掘深度1.5米,上幅宽3米的壕沟总长676米,炸成114处深坑。以机场为中心半径5公里内建筑树木都遭到了破坏。破坏机场设

---

① 青霞旧主:《衢州飞机场记》,《国防月刊》,1948年第2期。

施4栋,破坏周围民宅727户,树木、竹林共127333棵被砍伐,破坏桥梁13座。

丽水机场较小,由小蒝江旅团和第70师团破坏,至8月26日结束。计挖0.5米深上幅宽1～3米的沟4265米,开挖量11299立方米。半径1.5公里之内的机场设施、居民住宅、桥梁全部被破坏,树木全被砍伐。动用工兵274人次,步兵377人次,抓本地民工3492人次。

衢州机场及周围遭到的破坏最为严重。116师团破坏工作计划周密,

日军破坏丽水机场作业图

军工兵队还采取水淹措施。跑道及周围的交通网络、防空设施全部破坏，其破坏十分彻底。破坏工作共用了约两个月的时间，于8月25日结束，计动用工兵4723人次，步兵34461人次；抓本地民工17072人次；用各类被俘人员39993人次。

其破坏的方法是，先在跑道的中心线挖成与跑道同样长度的大沟，然后再挖成等距与大沟垂直的横沟（包括滑行道、备降道、停机坪），使跑道像篦子一样。计挖1.5米深、上幅宽2～3米的沟32127米，开挖量141789立方米。另外在距机场约8公里的乌溪江支流，建成水闸，提高水位。通过一条河道，把江水引进机场区，流入这些开挖的纵横深沟，破坏场内排水设施，使机场被水淹没。并在水闸、河堤附近埋设了地雷，防止今后的排水。

至于衢州机场的飞机隐蔽所13处，营房21栋，周边民宅200户，都被破坏，树木、竹林共115486棵被砍伐。原有道路、桥梁、营房、机库、弹药库、油库、修理厂、器材库都彻底被毁，附近的民房亦全被推倒。"城郊各处大火连续，经月不熄。"

因衢州机场被指定为破坏的重点，敌116师团长武内俊二郎、参谋长山田卓尔、第13军司令官泽田茂、参谋长唐泽安夫等多次至该机场检查破坏情况。泽田茂在检查时认为衢州机场"就好像是专为用以帮助美国人而建的样子，排水设备及各种附属设备正等着被分开装配好。有必要改变我国关于机场设备的原始的思想，迅速改善自身装备"；日军认为玉山、衢州机场虽已破坏，如中国需要恢复兴建，也就是个把月的时间；这带机场早晚总要恢复使用，进行对南京、上海等地的轰炸，因此日军对上海、南京地区的防空，应从速加强[1]。

---

[1] 以上根据日本战史研究所的《昭和十七、十八年中国派遣军》第252—254页。关于人数，有的中文资料译为"人"，应"人次"为对。参加破坏衢州机场的日116师团总人数为10000余人。日军记录参加衢州破坏的步兵数为34461，所以推定数量单位为人次。

日军被坏衢州机场作业图

日军撤离后,空军第十三总站人员回来看到衢州机场破败不堪,场面有破沟122条,房屋全毁。克莱尔·陈纳德在他的回忆录中写道,这些机场"被严重毁坏,就是建个新机场也比修复这些机场省事"。至抗战胜利前,只有玉山机场得以修复。

日军发动此次会战的战略企图本来是破坏衢州等飞行基地,防止中美盟军再次空袭日本本土。所以最初规定至7月中旬撤军。但日军为了掠夺和运走铁路器材及各种物资,将主力撤退的时间延期至8月中旬。7月28日,日本大本营下达了结束浙江作战并固守金华的命令。第13军各部按照军部的意图进行撤退准备。为掩蔽撤退,各师团首先在周围地区进行了仙霞关战斗等反击作战。蒋介石因此判断错误,于8月中旬指示第三战区"将战区重心西移"。第三战区遵照指示调整了部署。8月19日晚,日军第32、第15、第22师团、河野旅团分别从玉山、广丰、上饶、常山和

311

江山向衢州撤退,第34师团从贵溪向南昌撤退。

第三战区发觉日军撤退后,于8月20日下令各部跟踪追击。第三战区各部队接到命令后,并未采取积极的攻击行动,仅派出小部兵力与撤退日军保持接触。8月29日,日军第13军退到金华、兰溪、武义、嵊县地区,留第22师团并配属7个步兵大队固守这些地方。日军一方面可以此为前进基地,"保持对第三战区再进攻的态势",一旦发现修复机场,可从此发动进攻;另一方面,可以掠夺武义的战略物资——萤石。西线第11军也返回南昌。第三战区各部队尾随至这些地区,发现日军固守不退。9月上旬军事委员会下令停止攻击行动。浙赣会战由此结束。

第八节 浙赣战役是一场细菌战

如前所述,日军在1942年3月10日制定了实施细菌战的《昭和十七年"保号"指导计划》。将丽水、玉山、衢县、桂林、南宁等沿岸飞行基地作为细菌攻击的目标。杜立特突袭东京后,日本发动浙赣战役。同时,为了贯彻大本营的作战命令,日本陆军参谋本部决定,把《昭和十七年"保号"指导计划》中对浙江的细菌战与陆军的地面进攻结合起来,利用日军占领浙赣前线各地之机,进行大规模的地面撒布细菌实验,以期达到在日军撤退后,使各机场所在地变为传染病流行区,使得我国无力再度修复机场,以解除对其本土的威胁。从整个过程来看,浙赣战役实际上就是利用陆军制造条件的一场细菌战。

作战方针确定之后,日本军方开始为此次细菌战进行准备。石井四郎担任细菌队指挥。

5月27日,日军参谋本部召开了有关细菌战的协商会议。据《井本日志》第18卷记载,参加会议的有:石井四郎少将、村上隆中佐、增田知贞中佐、小野寺义男中佐、增田保美少佐。会议确认对浙赣实行细菌战的一些事项:要注意保密;要编成装备具体计划;确定可用的细菌武器的种类;要加强细菌制造能力；要向华中派遣军派出"731 细菌部队"人员帮助自身防疫。

5月30日，关东军参谋部第一部长田中新一少将向石井四郎、村上隆、增田知贞、小野寺义、增田保美传达大本营陆军部指令，宣布天皇裕仁批准细菌战计划，这项计划包括有空中撒播、地面直接撒播、直接投放三种方法相结合的攻击方法。

石井回到731部队后，先后两次召开了全体指挥人员会议，传达参谋本部关于组织"远征队"到华中去的命令，指出此次远征的主要任务是要研究所谓地面传染方法，即在地面上撒布细菌的方法。"远征队"的人数规定为100至300人，由73l部队和南京荣字1644部队共同派人组成，以荣字1644部队为基地。随后731和荣字1644部队加紧制造霍乱、鼠疫、伤寒、副伤寒、赤痢、炭疽等各种细菌共数百公斤，供浙赣战场使用。

6月底到7月，荣字1644部队在金华一带撒播细菌。"六、七月间，战事正在进行，鄞县、宁海等县即有霍乱发生。八、九月间，蔓延至临海、黄岩、温岭、仙居、天台等地。此后，温属各县如永嘉、瑞安、乐清、平阳、玉环等相继传播，更由青田、丽水而至龙泉，势颇猖，死亡甚多。"[①]

"对金华的作战中，日本地面部队进入了由飞机撒布细菌而污染的地区，这次进军显然比计划在这一地区实行细菌战者的预计提前了。""结果，由于中国军迅速撤退，日军进入撒布地区，休息、住宿时使用附近的水作为饮料或烧饭，发生许多传染病患者。"[②]从石井的报告看似乎没有取得他所期待的效果。

7月6日，731部队的碇常重中佐飞往东京，向参谋本部报告："中国'保号'已准备就绪，如天气许可，随时可以出动。"

---

① 1942年度《浙江省卫生处第一科工作报告》。

② 南京第1644部队榛时修证言，中国第二历史档案馆所藏文件593.8705；中央档案馆主编，江田编译：《细菌战证言》。

由于考虑到实施细菌战的利弊,第13军司令官泽田茂和中国派遣军总司令畑俊六等对石井部队进行细菌战提出反对意见并提出自己的见解。但浙赣作战中实施细菌战是由大本营决定,经天皇命令而进行的。因此泽田等也无法抗命。经过协商,最后决定采取于日军撤退时在居民已逃亡地区撒布细菌的方法,"以返回居民为目标,造成无人地带"。

7月20日,日军(关东军)参谋部再次受命制订对浙赣地区扩大细菌战的地面直接攻击计划。

7月28日,日军大本营下达"大陆命666号"及"大陆指1217号"命令:浙赣作战于8月中旬末结束,并开始从作战地区撤退。除准备长期占领的金华地区外,撤离浙赣沿线各地。

至8月3日,约110名日军"731细菌部队""荣字1644细菌部队"组成的"远征队"在上饶、衢州、丽水地区展开。其中三分之一乘飞机到达、其余乘汽车从杭州出发。细菌弹药在南京集中,通过飞机运到衢州,再用汽车运到目的地。

8月19日夜,日军地面部队第22、15师团等接到从上饶、广丰等地撤退的命令,开始撤退。同时,日军细菌部队随着主力的撤离,在广信(上饶)、广丰、玉山、江山、常山、衢县、丽水等7个县地面投撒细菌。日本关东军作战参谋主任井本熊男在他8月28日的日记中记录了这次细菌攻击的细节:对广信、广丰、玉山投放鼠疫菌,分别用投放毒化跳蚤、施放经过注射的鼠、把鼠疫干燥菌混入米中的方法投放,达到鼠、蚤、人间的传染;对江山、常山用霍乱菌攻击,将细菌直接投入井中、撒布在食物上、注射于水果中的方法进行传播;对衢县、丽水是用伤寒与副伤寒菌攻击的。对不同地区的不同攻击目标,采用不同的细菌和不同的投放方式进行攻击,以平民为对象,进行种种实战实验。日军将染毒的糕饼放在门边、墙边、石头上,就像离开时遗忘在此一样。回家的村民吃了这些糕饼,就会感染死亡。"远征队"专门制作3000个烧饼,注射入伤寒与副伤寒菌,分发给在玉山等地战俘集中营里的中国战俘吃,然后把战俘放走,目的是引起伤寒与副伤寒的流行[②]。另外,日军细菌部队还使用了炭疽菌。浙赣战役后在衢州、江山、丽水以及金华、松阳都同时暴发大范围的炭疽病。

8月24日或25日,石井四郎乘飞机到达衢县,并在日军第13军团司令部与司令官泽田茂及参谋长、作战科长等人召开秘密会议[③]。

8月31日,日军地面部队与"远征队"全部撤离至金华。在地面撒布并撤离后,9、10月间日军又用飞机撒布细菌进行"二次强化"。

9月初,上饶、衢州各县沿浙赣交通线附近和丽水的城乡居民区相继遭遇鼠疫、霍乱、伤寒与副伤寒、痢疾、疟疾与恶性疟疾、炭疽、疥疮、脓包疮、头癣等多种传染病的恶性暴发。其中流传地域最广、时间最长和危害最烈的是鼠疫。

9月10日后,中国政府在各大报刊上公开谴责"日本侵略军在中国各地实施细菌战"的罪恶行径,呼吁国际社会予以制裁。

日军对浙江的细菌攻击,不仅给中国人民造成极大的危害,也搬起石头砸自己的脚,给在疫区作战的日军本身造成相当大的伤亡。日军合计整个作战期间战死1284人,战伤2767人,战病11812人(战死者中包括战病死的、因战病需住院的人)。比较这些数字,可见战病的人数比战伤的人数多得多。战病者与战死者的比率在整个战役期间为9倍多,尤其在第四期中(第13军总队从攻陷了的地区撤退到金华以北同时展开真正的细菌战的所谓"作战返同时期",8月15日至9月30日),达到约61倍之高。这是一般战斗中难以想象的事态[③]。

---

② 拂洋编写:《伯力审判——12名前日本细菌战犯自供词》,吉林人民出版社,1997年,第305—306页。

③ 同上,第342—343页。

③ 〔日〕藤本治:《浙赣作战与细菌战》,《浙江学刊》,1999年第5期。

第九节　中国军民损失巨大

日本发动这次浙赣战役,破坏了衢州、丽水、玉山机场,打击了第三战区的中国军队,破坏了浙赣铁路这个连接前后方人员、物资交流的重要交通线,同时抢掠了大量的战略物资,达到了"以战养战"的目的。还掳劫青壮年以弥补其人力的严重匮缺。另外,这次会战成功阻止了美军第二次利用衢州机场轰炸日本本土的计划。这个战果日本方面并不知情。盟军方面知道这个情况的人也为数不多。就战役的过程和结果来看,日军遭到了一定的损失,一个中将师团长被炸死,伤亡官兵17148人(包括因病住院而致减员的11812人),基本上实现了预定目的。但战役持续时间、所占兵力都超过了计划,影响了日本1942年其他作战计划,特别是进攻重庆的四川作战计划的完成,在一定程度上打乱了日本的战略。

浙赣战役对中国来说是一场失败的战役。中国军队未能实现"在衢州附近决战""以主力分由衢州南北山地,合力围击而歼灭之"的目的,没有像第三次长沙会战那样痛创日军,自身却遭到巨大的人员、物资损失;军队伤亡惨重,有的军、师遭到歼灭性打击,丧失战斗力。日军记载中国军队战场遗尸40188人,被俘10847人。

这次战役失败的根本原因是国民政府保存实力、消极抗战。太平洋战争爆发之后,盟军节节败退。美、英的世界战略是"先欧后亚",对国民政府的有效援助极为微少,这使中国方面极为失望。蒋介石等人为保存实力、坐观事态发展的消极抗战思想上升到主导地位。

日军向浙江进攻时,蒋介石计划在衢州地区再实施一次第三次长沙会战式的围歼反击战;但为保存实力,蒋介石在战斗发展至紧急关头时下达了避免衢州决战的命令。主力退到衢州南北山区,放弃浙赣路。结果反而陷于被动挨打的不利境地,许多重要战略据点被日军占领,指挥的混乱使部队在退却时发生大量伤亡。6月下旬以后,中国军队不再积极活动。日军撤退时,国民党军队也没有实施有效追击,使日军能在浙赣路从容地占领2个多月,并抢掠物资,杀害人民;使日军能在浙赣路畅通的条件下,夜以继日地向后方运送抢掠的物资,然后从容退走。

第三战区在赣东地区兵力薄弱。第九战区没有执行调三个军到赣东的命令。日军发起进攻后,第九战区的三个军仓促应战,被围受创,逐次投入战斗,以致被日军各个击破。

作战地区的人民因此遭受了深重的灾难和巨大的损失。浙赣战役时,日军沿浙赣铁路东西对进。侵扰浙中、浙西、浙南、赣东等广大地区。日军打通浙赣铁路后,为了彻底破坏机场、抢劫物资,延长占领时间,整个战役时间牵延长达近4个月。日军所到之处烧、杀、淫、掠,作恶无所不用其极,百姓深受其害。日军撤退时针对回乡百姓投放细菌武器,造成恶疫流行,无辜生命惨遭毒害。浙赣战役期间,中国军民至少死亡25万人。其中仅衢县一地平民就"死亡10246人,被掳掠失踪者1400余人,房屋被毁一万余间,物质损失三万万元,灾情至为惨重"。这些数字来自1942年11月浙江收复地区抚慰团第二团的报告,而实际损失大大超过此数字。当时亲历者、著名史家徐映璞老先生记录的数字数倍于此报告,以上数字还没有包括后来因受细菌武器毒害而失去生命的人数。

衢州百姓在浙赣战役中所受的苦难在整个作战地区有代表性。开战之初,为迟滞日军前进速度,地方政府受命破毁道路。铁路公路要破坏,乡村乃至山头的羊肠小道也要破坏,各处道路被挖去半幅,或每隔一段距离挖一条深沟,只能单人勉强通行。衢州守城部队为扫清射界,强令拆除城外沿城民房。不愿拆除的,军队就放火焚烧,将浮桥头至大西门一带及火车站附近的城外民房全部烧毁,几百家民房连烧数昼夜,化为灰烬。工厂里十分珍贵的机器设备、原料产品也被搬去做防御工事。

5月29日,警备司令莫与硕下达命令,限衢州城内居民于6月3日前全部撤出,城内不准留下一人。县长柳一弥、崔警察局长、建设科长郑根

泉三人,挨户清查。郑根泉回忆:

> 六月三日晚上九时许,还有个别不愿离家的老人,我们劝导他们立即出城,到天亮就出不了城了,开起火来有生命危险。全城房屋已打通,连成几片,街道口堆垒沙袋,小巷通道口也已封闭,这是死守衢州的决心。我们一行五人(另两人是卫士)清查到第二天(4日)二时左右,才从坊门街出大南门离开衢城,我们沿公路步行到廿里街(与江山交界处)县农场暂歇,农场已于前数日撤退到南乡山村,这条长达十公里的公路上,挤满逃难的人群。沿途丢失的包裹、箱子、被褥等甚多,无人拾取,还有重病号在板车上呻吟,也有断气的尸体丢在路旁,无人掩埋,触目惊心,凄凉万状。②

这时正逢六十年未有的特大洪水,大雨连日不停。西门浮桥已被大水吞没,难民全靠渡船交通,人多船少,十分拥挤,有些人失足落水,丧失了生命。城区菜农的牛和猪,难民携带的细软财物,甚至于食油、盐,都被沿路驻扎的国军夺去。一时间散兵地痞乘隙作乱,剪径劫财、杀人越货之事非常普遍。难民无处投靠者,食宿无着,只能奔避山谷间,吃糠、吃野菜度日,呼吁无从,进退失据,颠沛流离之苦,无可言喻。

日军占领后又开始下乡扫荡。村民和难民只能逃向山区。不及逃走或被日军杀害,或被日军捉去充当苦力,为他们挑担、牵马、抬伤兵。这些被掳去的人最后大部分被残杀。日军强令数千名掳劫来的平民和被俘军人修复衢州机场。苦役们被集中到东门周家、沙湾一带的所谓"难民所"里,每人发给"苦力"臂章。每日枪押绳牵,往机场搜掘地雷,填平壕堑,稍

---

② 郑根泉:《抗战时期嵊衢记事》,《兰溪文史资料》第六辑,1988年7月。

不如意,即予杀戮,死尸狼藉。撤退前,日军彻底破坏机场,被俘的苦役受害尤深。日军令苦役用锄头及圆锹挖土,每隔一段距离挖一与跑道垂直壕沟。沟宽2～3米,深1.5米,长800米。53道这样的壕沟垂直排列于2000米的跑道上。开挖量大,跑道硬度高。日军

日军侵占衢州北门

规定每人每日进度,如不能达到要求,立即就地枪决,因此死于机场者不知其数。"时值酷暑,终日挥锄,饥不得食,渴不得饮,汗不得浴,倦不得休,老者、弱者、病者、疲者、索食者、逡巡欲遁者,辄杀之,尸骸稠叠,幸而免者,什不二三。"②苦役潜逃,重则活埋,轻则毒打。菜农邵正昌潜逃被捉回,打下门牙一排,几次昏厥才止。一般罚以杠抬重物,以毛竹作抬杠,两端凿洞,各串铁圈,抬杠时,将铁圈套在被罚者颈上,两人前后牵累,行走困难,一人受打两人遭殃,并不予休息,直至昏厥。被掳"苦力"每日仅发给四两砻糙米,病饿而死于"难民所"的,每日都有。死者被裸体抛在北门郊外乱坟堆中,任饿狗啃食。

8月下旬,完成机场的破毁工作。日军杀死机场上的苦役,密布地雷,散放细菌,全军东窜,并掳去民夫八九万人。第一批回到机场的空军第十三总站的工程技术员钱南欣回忆了当时见到的情况:

---

② 青霞旧主:《衢州飞机场记》,《国防月刊》,1948年第2期。

日军撤退后,余奉命第一时间进机场查勘。日军在全场有计划破坏后,将工人用铁丝串连一起,在跑道北头和西侧,将数百挖沟工人用机枪射杀,惨不忍睹。据近乡老渔民告知:撤退前夜,日军将场内军民人等漏夜枪杀。天明日军均已撤完,我先头部队亦即进入。衢市府补做"道场",超度忠贞亡魂超生。

日寇占领浙赣线后,以铁路、公路沿线及水陆要点城镇为据点,设防守堡垒,分兵数百人驻守。白天日本兵到周围乡村大肆抢劫物资,晚上带着劫得的物资退回据点。距城三十里内,一日可以往返者莫不遍及,米、盐、牛、猪日常用品,扫地以尽。抓来村民为他们搬运物资。带不走的物品就以各种十分卑劣的方法毁掉。浙赣地区本是较为富庶的物产丰富之地。日寇通过抢掠不仅可以充分保证全军就地自给,还可以将抢来的物资大批运往后方,以达到他们以战养战的目的。仅西线日军11军就劫得粮食7675吨,食盐430吨。日寇还破坏民众的生活、生产工具,残杀平民、奸淫女性,使我生产能力下降,人口急剧减少,削弱我抗战潜能。国军退守山区战线后方,没有积极保护平民,没有主动打击小股日军,使日寇更加骄横猖狂。村民如稍有反抗,或有不满其欲者,日寇则焚毁全村房子,残酷地杀光全村人。日寇种种恶行发生在浙赣战役整个作战地区,发生在整个浙赣战役期间。仅衢县一地"房屋被焚者,十余万架;耕牛被杀者,万七千余头;猪被杀者,十一万九千余只;米粟被劫者,九万七千余石"。

盈川是衢州城与龙游之间衢江边的一个村子。罗炎林在《日寇侵略军在盈川》中记录的日军暴行很有代表性:

一九四二年五月二十六日凌晨,日本侵略军占据盈川后,将衢江封锁,居高临下,控制了近五十里、上百个村庄,将过往船只全部截下。并四出抢掠,实行"清乡扫荡",打家劫舍奸淫掳掠,小的七、八岁,老的六、七十岁的妇女都被其糟蹋,民间的物资包括布匹、红糖、食盐、酱酒等以及国民党东南运输处存放盈川的数万箱茶叶,万桶桐油,都被装运一空。其毛猪要后腿二只,其余到处丢弃。

七月二十日(农历六月十七日)当地自卫队长夜袭盈川凤凰山及大垄山的日寇,交战约二小时,毙伤伤敌数人。日寇大怒,将盈川街中廊柱作为刑场,把抓来农民绑在柱上,用开水从头淋下,活活烫死。盈川刘天吉五十多岁了,眼看日寇残害人民,他伙同数人摸进村中,欲偷日寇枪支,不小心被日寇发觉抓住,竟将他绑在大石头上沉入潭中毙命,这个月被日寇残杀的达十三四人。盈川沦陷五十七天,计烧毁瓦房三十七间,茅屋一百二十间,杀害群众十七人。许多房子被打洞凿穿,桌子被锯去四只脚,当中打个洞,当作蹲厕,秋苗割去喂马,无法带走的粮食,撒上粪便;死鸡、死猪、腥臭难闻,惨景目不忍睹。[②]

衢州城被日军侵占近3个月,多次企图搜罗汉奸组织维持会,都告失败,这表现了衢州人民爱祖国、不愿做亡国奴、更不愿充当为虎作伥的汉奸的民族气节。

江山县民性强悍,不甘屈服,时予敌人以袭击。日寇的报复烧杀更烈。全县民众死亡4812人,伤5329人,房屋被毁69605间。曾经帮助过杜立特突袭队5号机队员的江山清湖前村、长台贺陈村也遭到日军的蹂躏。据湖前村村民徐馀泉(1931年生人)回忆,浙赣战役时,湖前村民抓住一个落单的日本鬼子小队长,当地守军用仓库的中国兵用枪打死了这个鬼子。日本鬼子大队人马杀到村里进行报复。守仓库的中国兵已逃离,日军在村里各处杀了好多村民。根据江山档案馆的民国档案记录:湖前

---

② 罗炎林:《日寇侵略军在盈川》,《衢县文史资料》第1辑,1987年12月。

美机降落地居民被敌打死统计表
（江山档案馆资料）

美机降落地被敌房屋焚毁统计表
（江山档案馆资料）

村被日寇杀害13人，被毁房屋455间；贺陈村被日寇杀害14人，被毁房屋11间。

日军快速地突入第三战区的核心地区，很多物资、设施和其他资源没来得及撤运就被日军所占。据日军记载，这次会战从浙江掠走的物资，不说武器装备，仅一般物资就有汽车129辆，民船1282艘，铜、铁、铝材1025吨，汽油、石油15590桶，桐油94000桶，木材4000立方米，被服合价400万日元。总的数量，当然不止此数。

日军在新占领区武义找到萤石的优良丰富的矿脉地带。萤石是炼钢、炼铝的助熔剂。日军为了掠夺这一战略资源，专门修建铁路支线，运输萤石矿产。

浙赣铁路在抗战时期发挥了重大作用。杜立特突袭者曾通过浙赣铁路向后方转移。浙赣战役打响后，"由于两端均无出路，所有机车、客货车、机厂站台设备水塔煤站无从撤退，一律自动加以破坏，以免资敌。所余未拆之轨道,亦一并悉数拆毁,至此全线全部建设毁损殆尽。"[②]"员工殉职于空袭下者,竟达九十余人。"[③]日军占领浙赣线后,为转运抢劫来的物资,修通玉山至金华的铁路,将中国方面储存在玉山的重、轻铁轨一万条,以及其他大批铁道资材全部运到后方。当日军将缴获和抢劫的大批物资运走之后,8月6日,日军开始从玉山向东拆除浙赣铁路,将拆下的铁轨、枕木、道钉、夹板、行车设施等全部装车东运。28日拆至金华以西9公里的地方。从9月3日至9月6日,又将金华至兰溪的铁路拆完。这些被拆下的钢轨和枕木等,用列车和5个汽车联队昼夜抢运。根据日军的统计,日军共劫得机车23台,车厢185节,东线劫去铁轨66342根,西线劫去铁轨13833根。

日军有计划地收集金属制品。如,衢州城内各寺观庵庙所有香炉铸钟都被运走;北门钟楼上的五千斤重的古铜钟、阜成印刷厂五六架平板机、数万磅铅字以及电灯厂的全部机械,城区电线、电话线都被劫去;各旅馆、民家的铜床、铁床,居民门墙上的铜铁锁环,通通拆下后堆积于华天泰参行和忠烈庙前一带。所有商号和居民房里的财物被洗劫一空,捆扎打包,用飞机和船只劫运而去。房屋、家具、电线杆不是被烧掉,就是被毁掉。[③]

日军劫得的物资太多,主要物资日夜不停地通过水路、陆路和飞机向东运输。据丽水机场旁边各村的老人回忆,日军把从各村抢来的稻谷在水碓中加工成白米,连同猪、牛的腿肉装上飞机运走。难以运输的部分,全部就地破坏或销毁。

在江口圭一作的《日本帝国主义史研究》中,记录着日军在浙赣战役时的一项暴行:

---

② "行政院新闻局":《浙赣铁路》,1947年11月,第9页。
③ 浙赣铁路局:《浙赣铁路统计年报》,1946年,第2页。
③ 楼翠如:《千年古城万家仇》,《楼翠如自选集》,鲁莹书屋出版,1996年,第116—127页。

当终于要返回时,在第十一军所属第34师团(师团长大贺茂中将),"师团命令'烧毁敌人能够利用的一切'","向师团司令部询问,'一切'是否包括干活的中国人,还是仅指物品而言,回答则称其中也包括人在内。除了用于搬运货物的壮工以外,中国人都要杀死","一个一个地杀死过于麻烦,于是又想出了好主意。从村子的上风处点着了火。火势顺风而下,老头子、小孩子都出来了。那里已经架好轻机枪在等待着,嗒嗒嗒嗒……惊恐的人们又跑回村中,被卷入大火烧死"。④

8月中旬,敌军开始从上饶、玉山、广丰、常山、江山经衢州向东退去,撤退的日军队伍历5日夜不绝。"沿途大肆掠,掳奸焚杀,残忍残酷,为史册所未见,亦人类所不忍言"。为确保日军能安全撤退,8月26、27日,敌机30余架,分批轰炸衢州南北靠近山区的乡镇,如五十都、石梁、杜泽、峡口、云溪、后溪、石室、大洲、全旺等,及诸小村落,疑似军事目标者,无不疯狂投弹,烟焰蔽空,尸骸遍野,尤为惨绝人寰。

日军撤出衢州城。我军民自29日以后,才有少数人回城查看情况,看到的是一片荒凉。衢州城内没有发生巷战。但大部分房子已被日军焚毁捣毁。到处断墙残壁,房子仅存十分之一。机场四周的村庄全部焚毁,近城边的村庄焚烧过半。衢州中学、衢州师范学校、第五专署、平民工厂破毁尤重。1940年日军在县西、水亭两街空投过细菌武器,这一片街区成为疫区。日军占领后,为防止自身受感染,封锁了这一片街区,所以存屋较多。公共建筑、县政府、县党部、地方法院、南宗孔氏家庙等,间架仅存。所剩完整的房屋都大门敞开,室内往往空无一人。街上行人稀少,城内街边、房屋内倒着一具具尸体。法院审判大堂上有腐尸多具,因腐烂已久,骨肉分离,已抬不起整尸了。清除后的地上仍留有尸体形迹,一具一具

---

④ 江口圭一:《日本帝国主义史研究》,世界知识出版社,2002年,第290—291页。

的,历历在目。这些被日军屠杀的人,面目已无法辨认,是战士还是老百姓,更无从查明。

劫后余生的难民返回家园后,因为日军投下细菌武器,大都患上轻重程度不同的疾病。浙赣交通沿线各县城乡鼠疫、霍乱、伤寒与副伤寒、痢疾、疟疾与恶性疟疾、炭疽等多种传染病及皮肤病迅速传播。好多人在毫无征兆的情况发病,并很快死亡。卫生防疫单位竭尽全力进行防治,但是,污染面积太大。城乡同时暴发多种疫情,难以控制。在缺医少药、经济困难的情况下,不少受感染者只能等死。

衢县建设科长郑根泉回忆道:

> 浙大农学院的老同学王钢祥,老家在衢州城里。他本人在重庆中国农民银行总行工作,对家庭的接济因战争关系已中断半年。日寇侵衢前老双亲和兄嫂逃往南乡溪口附近的亲戚家暂避,嗣因日寇侵占衢城并向江山侵犯,亲戚家也遭日军扫荡,被迫又向洋口乡山中避难。不幸传染上恶性疟疾。他们于敌人退出衢城后,返回家园。不数日,两老相继去世,停棺堂前。我到他家看望,只见年过五十的兄嫂,也都患疟疾卧病在床呻吟。家中只有一名青年孙女尚未感染疫病,可是每日生活都难以维持,焉能给祖父母安葬,给父母治病?[③]

衢州石室村村民洪任山(1932年生人)回忆道:

> 石室村原有三百烟灶。经过反日本佬,石室的小孩没有几个留下来的,十个有七八个没能活下来。主要是死于瘟疫,有日本佬放的,也有家畜死后的瘟疫。有一天我在田里做活,看到一个

[③] 郑根泉:《抗战时期嵊衢记事》,《兰溪文史资料》第六辑,1988年7月。

早上抬出三个死去的小孩,吓得马上跑回家。

劫后的衢州城家园被毁,血肉狼藉,民生凋敝,衣食无着,恶疫流行,难以生存。当时有"十无"之谣,谓:市无人、田无谷、山无木、村无屋、食无粮、着无衣、病无药、死无棺、家无丁男、室无贞女也。[④]由此可以推想整个作战地区损失之巨与灾难之重。

1942年10月,衢县县长柳一弥弃职离开。

日军针对平民的细菌武器攻击的危害还在继续。1943年,浙赣交通沿线各县城乡鼠疫、霍乱、伤寒与副伤寒、痢疾、疟疾与恶性疟疾、炭疽等多种传染病及皮肤病继续流行。1944年6月10日,日军大本营再次下达攻击衢州的命令,并调集日军地面部队2万多人入侵龙游、衢县等地。7月1日,日军撤退。随之,衢州各县鼠疫、霍乱、伤寒与副伤寒、痢疾、炭疽等多种传染病又出现了流行高峰。直至1948年末,疫情才得到有效控制。从1942年至1948年末,据不完全统计,仅衢属各县死于细菌武器的人数就达37813人。

"日军于1942年8月中旬最后撤出时,"历史学家大卫·伯戈尼写道,"共杀害了25万中国人,绝大多数是平民。接待过美国飞行员的村庄都被化为灰烬,男女老幼死于屠刀下。在日本横行中国的八年兽行史上,对浙江省的报复仅次于1937年的南京大屠杀。"

然而,发生在中国的这场大屠杀却未引起国际舆论注意,尽管也有一些目睹这一兽行的美国人对此有过报道,但也只刊登于不显眼的位置。1943年4月,当杜立特突袭的情况向民众公开时,蒋介石致电美国财长摩根索先生,电告了中国沿海降落区民众为拯救美国盟友而惨遭日寇杀戮,这引起了美国舆论界与公众的轰动。但是日本在浙赣战役中大规模使用

---

④ 徐映璞:《壬午衢州抗战记》,《第二次国共合作在浙江》,浙江人民出版社,1987年。

细菌武器的情况却被美国政府隐瞒了,美国民众对此一无所知。1943年5、6月间,美国驻华陆军通过中国军令部发函到浙江等地,了解当地民众救助突袭队员的具体详情,以及日军因此怀恨于心,占领该地后对帮助之居民大肆屠杀的详情。各当地政府将有关情况逐级向上报送。

尽管日本惩罚帮助过美国飞行员的中国人一时得逞,但中国人在以后的战争中继续帮助着其他飞行员。战争结束前,许多在中国跳伞的美国飞行员由中国人帮助脱险。中国人反抗侵略的意志没有被1942年夏天那三个月的恐怖所摧毁。

杜立特突袭行动是中美双方第一次联合作战行动,其中出现的联络协调问题需要检讨改进。为解决中国民众与遇险美国飞行员语言不通的障碍,除沿用中国航空委员会配发给来华志愿航空队的"血幅"标志外,美国军方为飞行员编了一本中英会话手册,供跳伞后备用。该书除一般日常用语外,还有敌后态势和地理情况的介绍。这本设计为便携式、64开的袖珍会话手册在紧急关头发挥了作用,不少遇救美国飞行员就是指着这本手册上的常用语与救助他们的中国民众进行沟通并得到帮助的。中方为使遇险美国飞行员能够得到及时救助,采取了若干具体的施救举措:诸如通过内部文件,对外发布通告、标语和宣传画等多种方式,晓谕各界人士,动员广大军民参与救助行动;向美国飞行员提供专门的标识、中英文会话手册、详细的中国地图,以使美国飞行员在危险时能够自助和求助;成立了专门的救护组织,制订奖惩办法,建立起救助的体制和激励机制,等等。

中美特种技术合作所组建时,美方与军统局会谈后签订的初步协议中有规定:美方人员在华如有失踪及伤亡等意外情况发生时,军统局应协助设法寻找和救护,并保护美方人员在华的安全。营救在华美国飞行员成为中美合作所的战绩之一。但最早出现在美国飞行员身边并帮助他们的还是中国的老百姓。

第十节 中途岛海战

日本偷袭珍珠港后,迅速占领了中国香港、新加坡、菲律宾、缅甸、马来亚、荷属东印度等大片地区。关于第二阶段作战方针,日本各方面有不同的主张。海军方面:海军军令部提出的南进论,主张占领所罗门群岛,再向南推进,切断美澳供应线,把澳大利亚孤立起来,然后对同盟国军队予以各个击破。山本五十六的联合舰队主张东进,攻占中途岛——阿留申群岛西部,迫使美国特混舰队与之决战,妄图歼灭美国特混舰队。陆军方面:他们计划1942年进行四川作战,以期逼服中国,结束与中国的战争。另外,大本营陆军部深信德军计划春季在高加索发动的攻势必能成功,这一胜利当然会使欧洲战局发生有利于德国的根本变化。海军方面猜测,陆军要保存一大批部队,以便在这种有利局势出现时用以对付苏联。所以陆军不愿把很多兵力用于东南地区,也不愿参加澳大利亚攻略作战。

日本海军军令部与联合舰队对南进和东进计划进行了长期的争论。4月5日,军令部勉强同意中途岛作战方案,但在关于中途岛作战的日期和其他重要问题上争论不休。同时,军令部的计划已经开始执行。第一步占领了新几内亚东岸的莱城和萨拉莫阿;第二阶段计划对新几内亚东南岸的莫尔兹比港和所罗门群岛的图拉吉同时发动攻略作战。联合舰队提出中途岛和阿留申作战方案在6月上旬进行。军令部正在设法说服陆军参加在占领莫尔兹比港和图拉吉后准备立即对新喀里多尼亚、斐济和萨摩亚发动的攻略作战。军令部和联合舰队的两个方案在发动时机上仍有冲突。

正在这时,杜立特突袭来了。它立刻影响了仍在继续的关于联合舰队中途岛作战方案的争论。

对联合舰队来说,杜立特突袭进一步加强了它坚持尽早按原定计划实施中途岛作战的决心。联合舰队为防备敌舰载机袭击本土所采取的各种措施全部落空了,这件事严重地刺伤了山本的自尊心。他决心不惜任何代价防止类似事件重演,决定毫不迟延地发动攻势,把防御圈向东推进到中途岛和阿留申群岛西部。

东京遭到轰炸一事,也使海军军令部感到事态严重。就连反对中途岛作战方案叫得最响亮的人,也不能否认来自东面的威胁纵令不比来自澳大利亚的潜在威胁更大,至少也是最为紧迫和直接的。而且,没有保证首都安全,使军令部和联合舰队一样丢了脸。结果是,对联合舰队提出的以6月初为进攻中途岛的最后期限,以及对中途岛作战方案中其他悬而未决问题上的所有反对意见,立即烟消云散。于是,联合舰队司令部便毫无阻滞地开始制订中途岛作战的最后计划了。③

4月28日,山本在其旗舰"大和"号巨型战列舰上召开海军高级将领会议,确定进攻中途岛的具体作战计划。然后正式提交军令部总长永野海军大将,永野也迅即批准。5月5日,永野海军大将奉天皇命令,发布了《大本营海军部第十八号命令》。这个命令简单地指令联合舰队司令长官"与陆军协同,占领中途岛和阿留申群岛西部要地"。在发布大本营海军部命令的同时,大本营陆军参谋本部和大本营海军部之间订立了联合"中央协议",规定了陆军和海军在中途岛攻略作战中协作的条款。

正是杜立特突袭行动促使日本中途岛作战计划最终确定下来。

5月初,日军正为挺进中途岛积极备战时,日本海军在珊瑚海海战中第一次受挫,被迫中止对莫尔兹比港的进攻。盟军损失"列克星敦"号航空母舰、1艘驱逐舰和1艘油船。损失飞机65架,阵亡官兵543人。日军损失"祥凤"号航空母舰和1艘驱逐舰,"翔鹤"号航空母舰受创,损失飞机69架,阵亡官兵1074人。并且"瑞鹤"号损失的飞行员和飞机无法立即得

---

③ [日]渊田美津雄等著:《中途岛海战》,许秋明译,商务印书馆,1979年,第85页。

到补充。这两艘航母无法按计划参加中途岛海战,削弱了日军在即将发动的中途岛海战中的实力。

山本对珊瑚海战的结果很不满意。但从能用于中途岛作战的航空母舰兵力的对比看来仍然是山本占有压倒性优势。南云部队仍拥有经过战斗考验的"赤城号""加贺号""苍龙号"和"飞龙号"这几艘航空母舰,完全有把握打垮可能跟它交手的任何敌军。因为相信参加珊瑚海海战的两艘美国航空母舰都已被击沉,所以从联合舰队到军令部都对这次作战的结局保持乐观。

日本计划动用一支拥有两艘航空母舰力量的舰队,首先向阿拉斯加——阿留申群岛中的阿图岛和基斯卡岛发动攻击,牵制美军空中力量。然后第二天,在南云大将指挥下的拥有4艘航母的中央舰队就可对中途岛发动空袭。一旦发现美军航母出现,就予以毁灭性打击。在削弱了美军的抵抗力和士气之后,再由另一支攻击舰队从西南海域靠近该岛准备登陆。由山本大将本人亲自指挥主力部队,带领3艘战列舰和1艘航母,在中央舰队以西300海里,停泊在中途岛和驻有美军的阿留申群岛之间,等待机会和美国舰队的普通船只进行一场传统的海战。日本海军坚持以战列舰作为海战决战的决定性力量,把航空母舰当作辅助性力量使用。另外日本人一厢情愿地认为在中途岛受到攻击以前,美军舰队不会离开其基地。虽然山本的部队被分成了几支,处境危险,但他仍然坚信可以凭借突袭而出奇制胜。

开战5个月以来日本一直使用同样的密码,原本预定4月1日更换密码本,却由于各种原因准备延期到6月1日。经过美军情报部门的努力,加上在杜立特突袭后日本联合舰队"赠送"的大量电讯情报,美军情报部队已能破译日本海军JN25密码的一大部分内容。

大量破解的日本无线电报显示,日本正准备进行一次重大的行动。进攻地点代号是"AF"。但无法得知"AF"是指什么地方。大多数美军解码人员都认为,日军电报中代号"AF"的焦点地区指的是中途岛。罗彻福特少校想到了一个能够确认"AF"是不是中途岛的妙计。他要求中途岛海军基地的司令官以无线电向珍珠港求救,说岛上的蒸馏水厂机器坏了,此刻岛上缺乏淡水供应。第二天,日军情报部门截获了这份电文,立即向大本营发出密码电报,报告"AF"缺乏淡水的消息。结果"AF"便被证实为中途岛,也就是日本海军的下一个攻击目标。

中途岛面积不大,处于亚洲和北美之间的太平洋航线的中途,距珍珠港1135海里,是美国在中太平洋地区的重要军事基地和交通枢纽,也是美军在夏威夷的门户和前哨阵地。中途岛一旦失守,唇亡齿寒,美太平洋舰队的大本营珍珠港也将不保。特殊的地理位置决定了它战略地位的重要性。

金上将和尼米兹得知日本将要进攻中途岛后,决定动用部署在该地区的大部分美军守卫中途岛。尼米兹在整个5月都竭尽力量为中途岛调拨航空增援。他又召回"大黄蜂"号和"企业"号航空母舰重新加油。任命雷蒙德·斯普鲁恩斯少将代替患严重皮炎的哈尔西中将指挥第十六特混舰队出战。

在珊瑚海战斗中曾遭到损坏的"约克城"号航母,于5月22日驶进港口,停泊在干船坞内。完全修复它预计需要90天时间。但尼米兹亲自下令:"往死里赶!"1400多名工作人员匆匆聚集到该舰上,不分昼夜地工作,终于在三天之内修好了"约克城"号。法兰克·弗莱彻海军少将指挥以"约克城"号航母为主的第十七特混舰队从珍珠港起航,赶上第十六特混舰队,并成为整个编队的总指挥。这3艘航母将埋伏在大约距离中途岛300多海里的东北海面上等待日军舰队的到来,加上中途岛上的陆基飞机,美军与南云忠一所率的日本进攻部队力量已经大抵相当。

到了6月1日,整个日军进攻部队在海上完成了集结行动,并不知不觉地驶入了美国人所设的圈套。日本人原计划用远程水上飞机对珍珠港实施空中侦察。但准备用潜艇为飞机加油的海域已被美军占领,该项行动计划被取消。山本一直不知道美军航母已经出海。

6月3日早晨,日军舰载飞机空袭了美国在阿留申群岛的荷兰军港。尼米兹早已决定对阿留申群岛不采取任何行动。也就是在同一天,美军远程侦察机发现了日本的进攻舰队。虽然从中途岛上起飞的B-17型高空轰炸机袭击了日本舰队,但并未给日军造成大的损失。山本和南云知道他们的舰队已被发现,但仍不知道美军航母就在附近。

中途岛6月4日凌晨,日本第一攻击波机群108架飞机从4艘航空母舰上同时起飞,在友永丈市海军大尉的率领下攻击中途岛。第二攻击波飞机提到飞行甲板上,准备迎击美国舰队。7时12分开始,一批批美军飞机对日本舰队进行攻击,但大部被日军击退,余下的无功而返。

由于没有侦察到美军航母舰队,南云中将决定把原来准备用于对付美舰的飞机改为对中途岛进行第二次轰炸。7时15分,南云下令"赤城"号和"加贺"号将在甲板上已经装好鱼雷的飞机送下机库,卸下鱼雷换装对地攻击的高爆炸弹,准备继续攻击中途岛。

8时15分,南云终于接到了侦察机传来的报告:发现美军舰队里的航母。南云下令各舰停止装炸弹,飞机再次送回机库重新改装鱼雷,为了争取时间,卸下的炸弹,都堆放在甲板上。

8时30分,南云决定把攻击时间推迟,首先收回空袭中途岛和拦截美军轰炸机的返航飞机。

10时20分,由102架飞机组成的日军舰载机攻击队已排列就绪。日军护航战斗机在低空忙着驱赶美军鱼雷机。33架由克拉伦斯·麦克拉斯基少校率领从"企业"号起飞的"无畏"式俯冲轰炸机杀到。此时,日舰正在掉头转到迎风的方向,处于极易受攻击的境地,甲板上到处是鱼雷、炸弹及刚加好油的飞机。10时24分,"无畏"式俯冲轰炸机分成2个中队分别攻击"赤城"号和"加贺"号,接踵而来的17架从"约克城"号航空母舰上起飞的"无畏"式俯冲轰炸机则专门攻击"苍龙"号。日军的3艘航空母舰刹那间变成了三团火球,停在甲板上等待起飞的飞机以及堆放在甲板上的燃料和弹药引起大爆炸,火光直冲云霄,短短的6分钟,日本3艘航空母舰被彻底炸毁了。

接替指挥空中作战的日第2航空战队司令官山口多闻少将发动反击,从"飞龙"号航空母舰起飞的日本飞机两次攻击了"约克城"号。"约克城"号被击中3颗炸弹,2枚鱼雷,受伤严重。弗莱彻少将被迫转移到巡洋舰,将指挥权移交给斯普鲁恩斯少将。

14时45分,美军侦察机发现日军"飞龙"号航空母舰,"企业"号、"大黄蜂"号航空母舰的30架"无畏"式俯冲轰炸机立即起飞,攻击"飞龙"号。16时45分,美军"企业"号航空母舰的俯冲轰炸机成功地攻击了"飞龙"号。"飞龙"号当即命中4弹,船上一片火海。山口司令官和舰长加来止男随舰葬身大海。

15时,美军"约克城"号的舰长巴克马斯特被迫下令弃舰。然而,它却没有沉没,于是美军又回到该舰上,试图由拖船拖向珍珠港。但第二天,"约克城"号被日军I-168号潜艇发现了,最终被日军潜艇发射的鱼雷击沉。

山本想不顾一切地挽救他钟爱的作战计划。他带领战列舰和巡洋舰急忙赶到交火的海域,希望能在夜战中击垮美军航母编队。斯普鲁恩斯知道夜战的危险性,向东部海域撤退。山本被逼无奈,下令"取消中途岛的占领行动",并表示:"所有责任由我一个人来担当,我回去向天皇陛下请罪。"

中途岛海战以美军的大胜而告终。中途岛战役日本损失了4艘大型航空母舰、1艘巡洋舰、332架飞机,还有几百名经验丰富的飞行员和3700名舰员。美军损失一艘航空母舰、1艘驱逐舰和147架飞机,阵亡307人。中途岛海战改变了太平洋地区日美航空母舰实力对比。日军仅剩大型航空母舰2艘、轻型航空母舰4艘。从此,日本在太平洋战场开始丧失战略主动权,战局出现有利于盟军的转折。当金上将得知中途岛大捷后,他相信自己是这一段历史的见证人。他后来这样写道:"中途岛海战是日本海军350年以来蒙受的第一次决定性的惨败。此外,中途岛海战结束了日本长久以来的优势局面,恢复了太平洋上美日海军力量平衡的态势。"太平洋战争进入新的阶段。回顾日本中途岛海战的决策过程,是杜立特突袭东京行动促使日本海军急于发动这次海战。狂妄的日本军国主义从此走向灭亡。

第十章　不同命运

第一节　被俘队员受尽酷刑

与被中国人救助的队员受到礼遇和款待完全相反，被日军俘虏的队员将面对长期的暴行和死亡。

4月21日早上[①]，5位16号机组的成员被用飞机从南京押到东京。东京的防卫总司令部把他们移送给东京宪兵队特高第一课审讯。东京被空袭对日本人震动很大。为了搞清美军这次行动的细节，日本宪兵队不分昼夜地审问这些战俘，迫使他们说出有关任务的信息。当法罗和他的队员们在东京遭受苦难的时候，6号机组幸存的霍尔马克、米德尔和尼尔森正被押解到上海。他们受到和囚禁在东京的法罗等人同样的酷刑。4月25日早饭后，他们又被戴上了眼罩，戴上手铐，并绑在飞机的座位解往东京。

日本宪兵队不允许8位被俘飞行员睡觉、洗脸、刮胡子，拳打脚踢是家常便饭。给他们一点仅不致饿死的食物。审问时日本人使用水刑、跪刑、手指刑等各种酷刑，日本宪兵队的刑讯要求是使受刑者的承受度刚好濒临死亡但不会死去。8位飞行员被折磨得不成人样了，除去个人的痛苦之外，对外界的任何事物都已麻木。他们为了能停止拷打都回答了日本人的问题。如果回答的是日本人所谓正确答案，军官就会点头让打手退

[①] 此时间根据吉田一彦的《1942.4.18ドゥーリトル日本初空袭》。16号机组成员的回忆是在4月20日被空运到东京。

16号机组成员被俘后合影

下。不久,就会有一位审问者和翻译进来说从另一个被俘者那听来的趣闻。新一轮的询问继续开始。日本人采取这些方法得到了突袭的真实情况。

5月22日,被俘的美军飞行员被分别领进一个审讯室,让他们在一些日文材料上签字。当他们问这是什么东西时,日本人说这是"供认状"。日本人逼他们说,如果他们不签,将在太阳初升时枪决他们。在他们犹豫时,立即遭到日本看守的耳光和脚踢。在威逼和无望之下,他们都在上边签了字。

"供认状"都是用美国飞行员不懂的日文编造,他们都不知道里面的内容。到二战胜利后审判日本战争罪犯时揭示出来的"登第七三三〇部队宪兵队第352号报告"[1]中,有日本人编造的美国飞行员讯问记录,在这些"供认状"上编造了美国飞行员承认轰炸和扫射学校、医院,而不是军事

---

[1] "登"字是日军第13军的代号,第13军司令部设在上海。这份报告写于5月22日,这时被俘飞行员们在东京。这点也可证明"供认状"是编造的。

目标的内容。"供认状"描述这些机组成员是胆小鬼，因急于逃命而不管炸弹是否投在军事目标内，不关心是否炸死平民。"供认状"表达了美国飞行员对所犯罪行的反悔，也表现出美国对日战争的冷酷态度。这些日本人编造的"供认状"中的语气、俗语和计量单位等很怪异，明显是日本人的说话习惯。然而这些编造的口供却在以后日本军事法庭审判时决定了这些美国飞行员的命运，造成了致命的后果。

5月26日，宪兵队司令官中村明人中将向杉山元提交《突袭帝国本土美机机组成员调查情况报告书》。

6月15日，8名美国飞行员被用火车押往长崎，在长崎登船被押往上海。6月19日，他们被关进上海大桥监狱。大桥监狱位于虹口北四川路与崇明路口，原来是大桥公寓。1937年8月，淞沪战争爆发后，日军将该处改作驻沪日军宪兵司令部的本部，并于底层添设留置室，用于关押政

上海北四川路上的大桥公寓被日军侵占，成为驻沪日军宪兵司令部本部

治犯。

关押美国飞行员的囚室只有10英尺宽,15英尺长。这是一个充满污秽、臭气、疾病、死亡以及酷热的地狱。他们仅有的厕所设施是在囚室的角落上的一只马桶,它需要定期清理,但通常只在囚徒们抱怨它溢出来了时,才被清理。仲夏季节,天气十分炎热,囚室如同蒸笼,却不被允许洗澡。在天花板上的一盏灯24小时都亮着,让他们很难睡觉。飞行员们只能睡在地板上,每人有一条毛毯。虫子、老鼠和虱子不断地咬他们,到最后他们的脸和手臂由于被咬而肿得不相称。每天他们能得到半杯水,早饭每人一碗稀饭,中饭和晚饭都是四盎司面包。提供的米饭发黄还夹杂着沙子、虫蛆。他们整天待在囚室里,不允许走出囚室放风活动。通常他们被强迫盘腿坐着或静止站在地板上,面对囚室的门,不许靠墙。一整天不允许讲话或者移动。看守如果见他们变换姿势就用竹竿敲他们的头。看守在下午时会把他们从瞌睡中吓醒,然后让他们一直站着。

他们须发蓬乱,就像野人。饭量不足,营养不良,人越来越憔悴,脸部瘦削,裤带越系越紧。霍尔马克原来身体强壮、肌肉发达,他的同伴因此给他取了个绰号叫"丛林吉姆"。他走起路来大摇大摆,还会大声笑,体现了他争强好斗的个性。但现在由于没有足够的食物补充能量,他常撑不住而昏倒,体重不断下降。他身患严重的痢疾,身体虚弱无力。每隔15分钟,他就要去一次马桶,大家轮流搀扶他。到后来,别人也无力搀扶他了。囚室里没有多余毯子,其他人用夹克盖在他身上。他们在他醒来时轮流与他说话。到后来霍尔马克消瘦得只剩下一副骨架,原来他有200磅,到后来他看起来只有140磅。

第二节　日军杀害被俘队员

4月28日,杜立特突袭后10天,日本首相东条英机召集他的主要阁僚开会。议题是决定如何处理这8位被俘美国陆军航空队员。是判他们死刑呢,还是长期监禁? 是把他们当作战俘呢,还是当成战犯? 东条和总参谋长杉山元之间的分歧马上就公开了。

杉山元表达了天皇裕仁的意见,说必须开一个处死被俘飞行员的先例,以阻止今后对日本本土的攻击。这背后,难说没有他们对于美军的突袭未做出有效的应对措施而感到的责任与羞辱的心情在里面。

东条反对处死飞行员,他的理由是,这样做就会被外界视为野蛮行径,同时也会给被拘留在美国的几千日本平民——外交人员、新闻记者、商人造成威胁。他们被遣送回国的事尚未安排。他也认为,为防止今后遭空袭,惩罚是必需的。但在惩罚的形式上他同杉山有分歧。

辩论持续了好几周,但到了夏天,杉山的意见显然占了上风。鉴于势不可挡,东条便主张必须保证处决有法律依据,并要求这个新的法律可以追溯到空袭时,来针对被俘的杜立特突袭队队员。据东条后来承认,其所以采取这样的措施是作为阻止将来空袭的手段①。

日本参谋本部向中国派遣军司令部派去了参谋有末精三大佐,传达了"严格审判""期待全员死刑的判决"的意见。而且,还下达了包含"军律公告以及关于搭载人员处刑的公告务必压至八月中旬再予公开。务必于大本营对外公布"等字样的通知。

7月28日,陆军次官木村对当时的在华日军最高指挥官畑俊六传达了东条的命令:必须根据新的条例处罚飞行员们②。

于是,8月13日,日本中国派遣军总司令部根据东京起草的大纲发布了《敌航空机搭乘员处罚相关军律》,并通告给中国派遣军指挥下的各军。此军律制裁针对平民的轰炸行为,正是日本人本身在中国经常实行的。1939年7月,华中派遣军参谋长曾向陆军大臣板垣报告说:为了使中国人害怕,正采取着无差别的轰炸方法。日军航空队实施的重庆大轰炸,

---

① 张效林译:《远东国际军事法庭判决书》,群众出版社,1986年,第187页。
② 同上。

对中国各地城乡和平居民的轰炸无不是对其自身军律的犯罪。在军律的附则最后一点:这个军律可适用之前的行为,这一点是专门为处罚杜立特突袭队员而设的。

有了相应的执行处决的法律依据,被刻意推迟的审判可以进行了。然而审判只不过是个形式而已,判决和刑罚早已决定了。因为在东京召开军事法庭过于显眼,考虑到可能会带来的国际社会的反响,所以决定由俘虏收监的上海军队召开军事法庭进行审判。事实上,最终下达死刑裁定的是日本军队中央。他们这样做是想让人们以为死刑判决是经过基层单位审判才做出的严惩决定。

由于第十三军司令官泽田茂还在浙赣战役行动中,开庭日期和审判官的人选由第十三军参谋长唐泽安夫中将和法务部长伊东章信大佐决定。军事法庭成员来自一般兵科,他们是:法务官中条丰马中佐任审判长,法务官和光勇精大尉任主审法官,文化担当官冈田隆平少尉任陪审法官,法务官畑逸郎法务少佐任主检察官。畑逸郎根据东京宪兵队的调查报告和受害损失报告书起草起诉书,提交给陆军省法务局局长。泽田茂事后知道这些决定内容。

8月20日①,8位虚弱的飞行员被提出监狱,用卡车转押到上海五角场的第十三军军部②。这时,8位飞行员都身患疾病。霍尔马克虚弱得无法自己站起来,法罗和海特不得不用担架把他抬上车。

---

① 《远东国际军事法庭判决书》和《二つの戦犯裁判—ドゥーリトル事件はいかに裁かれたか》中审判日为8月20日。[美]Carroll V. Glines 的 *Doolittle's Tokyo Raiders* 中审判日为8月28日。本书从前说。

② 《五角场镇志》第50页记有日本华中派遣军司令部在五角场的翔殷路和其美路口。"华中派遣军"于1938年2月组建,司令部设在上海。1939年9月,日本在南京设立"中国派遣军"司令部,撤销"华中派遣军"。同时在上海新成立日军第十三军。笔者据此猜测日军第十三军部在五角场翔殷路和其美路口附近的原日本华中派遣军司令部所在地。

这天以日本中国派遣军第十三军司令官泽田茂中将的名义,对这8位美国飞行员的军事审判在第十三军部会议室开庭。中条丰马、和光勇精、冈田隆平、畑逸郎和一位书记员都身着制服,坐在会议室的长桌后面。美国人面对他们站成一排。霍尔马克躺在担架上,全然不知屋里在干些什么。乔治·巴尔也昏倒在地上,醒过来后,日本人给他一把椅子,他坐在椅子上受审。房间中间有一位拥有一半葡萄牙血统的日本轻刑犯人当作口译员。

9时,中条审判长宣布开庭,翻译进行宣誓。首先审判长向各被告核对确认姓名、国籍、公民权以及军阶。除了霍尔马克,7个人都说了自己的经历。他们的供词被译成日语。日本人对他们的供词一点也不感兴趣,好像有些厌烦,谁也未作记录。

接着,畑检察官宣读了起诉书。然后,主审法官和光根据各飞行员的供述,一个个进行询问。关于飞行员们是何时从美国出发,怎样接近日本,如何对东京、名古屋进行轰炸射击等内容。对于犯罪事实的追问,主要基于东京宪兵队调查的口供记录来展开。这些口供是在对飞行员严刑拷打的情况下形成,飞行员在不知内容的情况下签了字。没有使用辩护律师,没有传召证人。检查官和主审法官的讯问,证据的认定,加上翻译的时间,共计不到2小时就结束了。

海特回忆说:"当我们意识到这已持续了大约一小时的是一次某种审判时,我们要求翻译告诉发生有什么事。然而这个要求被拒绝了。我们没有被告知控诉我们什么,或者我们的判决是什么。在我们的整个诉讼过程中没有提供翻译。"①

最后,自我陈述的时候,各被告都没有发言。最终结果,检察官总结发言"所有被告皆罪名成立,责任应由全员共同承担",请求按军律执行全员死刑。翻译说那将是法庭的判决。他说,法官告诉他不要将内容告诉

① ［美］Carroll V. Glines: *Doolittle's Tokyo Raiders*. Van Nostrand Reinhold, 1981:353.

他们。审判就这样结束了。被告者还不知道这是最终的审判,没有上诉的机会。

庭审结束后,11时左右,审判长与三名审判官开始协商。他们形成一份审判记录,认为8名被告人"已裁定罪名成立,兹判处死刑"。判决理由是:被告说已经抵达了各自的目标上空,"当面对空中和地面的反击时,突然表现出怯懦,带着恐吓的意图,打死打伤无辜平民,报复性地破坏没有任何军事意义的住宅和其他生活区……的确进行了不加区别的轰炸和扫射……"军事法庭将这个判决直接报告给了东京的参谋本部。

审判后,霍尔马克被送回大桥监狱,关在6号囚室。他身患痢疾,却没有得到任何医治。他整日躺在地板上,满脸胡子,很瘦并且饱受饥饿。

另7位飞行员被关在第13军军部附近一幢楼内的日本陆军监狱上海支所,又称江湾日本陆军监狱。该监狱受命于在南京的中国派遣军总司令。看守长是立田外次郎。日军在这里关押重要嫌犯,看守严密。7位飞行员被关在单人囚室里。囚室每间长9英尺,宽5英尺,墙上没窗。每餐递进一碗很脏的米饭和少量汤水,不比桥头大厦好,一小时后就饥肠辘辘。他们无法相互安慰,只能独自为法庭的判决所困扰,担心被拉出去处死。

第13军的军事法庭把8人的死刑判决报给东京。但对他们的最终量刑在军方和内阁之间、在杉山和东条之间还有争论。1942年10月3日上午11时30分,东条来到帝国议会,去见内大臣、天皇最亲密的顾问木户幸一。东条汇报了审讯和判决的情况,判决已经宣布。他主张应宽大处理,他认为至多处决其中几个即可,不要全部处死。这天下午,木户与天皇裕仁会晤10分钟,解释了东条的立场。天皇同意了东条的意见,只把炸死小学生的人处死,其他人改判无期徒刑。

10月10日,帝国参谋本部总参谋长杉山元在一份电报上盖上他的官印。这分发给中国派遣军总司令畑俊六的电报中批准了对3人的死刑判决:6号机的机长霍尔马克中尉罪名是"盲目轰炸东京",16号机的机长法罗中尉与斯帕兹中士的罪名是"在盲目轰炸名古屋后,突然下降轰炸了小学校舍与正在校园内游戏的儿童,造成数十人伤亡,多处建筑被损毁",判处3人死刑①。其余5人减刑判处终身监禁。并补充道:作为战犯,他们不能作为战俘对待。即便在交换战俘时,也不得遣返给美国军队。畑俊六把最终判决转给第13军,并指示在对5个减刑的人宣判时,要说这个判决一定是得到了天皇的宽大。

另一方面,浙赣战役结束,第13军的司令官发生了更迭,10月8日,下村定中将替换了泽田茂中将。下村定继任的第二天,第13军司令部收到中国派遣军司令部发来的3名美机人员的死刑执行命令。第13军法务部长伊东章信签名后,下村定签发了执行死刑的正式命令书。

10月14日中午,霍尔马克被带到江湾日军陆军监狱,安置在一个单人囚室里。那天晚上,霍尔马克、法罗和斯帕兹被告知,他们已经被判了死刑,将在明天执行。他们拿到了纸和笔,通过口译者告诉他们可以写信给他们的朋友和亲人

10月15日上午,霍尔马克、法罗和斯帕兹被带上法庭。参与军事法庭的3名法务官:中条丰马、和光勇精、畑逸郎对他们进行宣判。中条丰马审判长向3名美机人员宣读了死刑判决。

当日下午,他们3人被执行枪决。刑场设在上海市立第一公墓内②。下午4时30分,这3个美国人被3辆卡车带到墓地。他们被带到十字架前。跪在地上,两个手臂分别绑在十字架上。每个人眼睛都被戴上了白色眼罩,在眼罩的额头中心位置用黑色墨水画了一个标记。行刑队有6名射手分成两组。第一组负责先开枪,第二组负责补枪。

① 如前文所述,这些罪名的依据是编造的口供,据此判处死刑,实在荒诞,并且残忍。
② 上海市立第一公墓旧时位于江湾中山路高境庙火车站对面,位于现殷高西路以南,逸仙路以西。

日军枪杀3位突袭队员的上海第一公墓，3个十字架标记着当时的位置

参加执行死刑的有中条丰马、和光勇精、畑逸郎、立田外次郎，3名医疗人员，3名上海宪兵队总部的宪兵和一名翻译员。田岛少尉为行刑队的指挥官。

行刑前立田和畑逸郎曾同美国人说了几句话。然后立田向田岛少尉点了点头。田岛少尉发出了行刑口令。射手都射中了眼罩上的标记，3位美军飞行员被杀死。尸体被送往日本侨民协会火葬场迅速火化。骨灰被放在小的木头盒子里，并带回江湾监狱分部的等候室里。11月14日，骨灰盒被转移到上海万国殡仪馆①。它们没有像立田在刑前对3位所说的那样移交给国际红十字会。它们一直保存在这里，直到战争结束。

畑俊六将处置情况报告给参谋总长杉山元：死刑的判决已按照命令执行了。

①位于上海胶州路207号。

霍尔马克、法罗和斯帕兹就这样死去了。这是一个很坏的先例，日本方面"就这样开始了杀害落入日方手中的同盟国飞行员的方针。这不仅是在日本内地，而且在以后整个太平洋战争时期中，在任何占领地区都如此办理。普通的做法是在被俘飞行员被杀害以前，不给与食物并进行拷问。即使是形式上的审判也常常被省了。如果在他们被杀害前举行军法审判，这种军法审判也只是形式而已。"[1]

10月15日下午，海特、米德尔、尼尔森、巴尔、德谢泽等5人由士兵带出囚室，被带回8月份进行虚假审判的地方，一本正经地排列成行。审判长中条丰马开始用日语宣读判决。他的话被译成英语，他们听后都惊呆了。法官说他们犯有滥炸学校、医院和扫射平民罪，已被判处死刑。但由于天皇的宽容，给他们"特殊待遇"。免除他们的死刑，减为无期徒刑。没有提到另3位美国人，也没有解释是否也给予"特殊待遇"。他们猜想霍尔马克、法罗和斯佩兹已被日本人杀害了。

判决书刚读完，士兵们围上来把他们押回单人囚室。他们继续在那9英尺长、5英尺宽的囚室里过着单独监禁的生活。

上海江湾的监狱生活使5位残存被俘突袭队员的健康状况快速恶化。所有人都患上了痢疾和营养不良、水肿、脚气。他们肌肉和关节疼痛。这些病症很大程度上来自水果和蔬菜的缺乏。脚气病就是一种缺乏维生素B引起的功能失调症。这种状况只要有足够的饮食即可好转，但日本人一点也不给改善。

海特的身体状况最差。1943年1月25日早上，他刚一起床便昏过去了。苏醒过来之后便出现幻觉、不能走动。一个日本医生检查过后，给他注射一针。结果使他整整48个小时不省人事。他醒过来时，米德尔一人照顾他。他身边还有些美元，请看守买来面包和草莓果酱。米德尔喂他饭，用毯子包盖着他，谈一些容易引起他回想的事，尽一切努力帮他打起

---

[1] 张效林译：《远东国际军事法庭判决书》，群众出版社，1986年，第187页。

德谢泽战后在日本传教

精神。两周的特殊照顾使他的身体有所好转。

1943年4月18日，袭击东京一周年的这一天，5位杜立特队员被转押到日本人设在南京的一所陆军监狱。他们在这里受到的待遇同样恶劣。

1943年12月1日，26岁的鲍勃·米德尔在南京陆军监狱囚室里静静地死去。根据日本的医疗报告，证明米德尔的死因是心脏衰竭、脚气病和肠道发炎。日本人只要稍微为米德尔治一治，他就不会死。

时间到了1945年，日本在同盟国的打击下败象已露。6月15日早上，4位幸存者从南京陆军监狱被秘密转押到北平日军陆军监狱。米德尔的骨灰也随4位幸存者一起转移到了北平。

1945年8月14日，日本政府照会中、美、英、苏四国，表示接受《波茨坦公告》。8月15日晨7时，中、美、英、苏4国同时公布：日本正式无条件投降。

8月20日,在北平的海特、尼尔森、巴尔、德谢泽由尼科尔少校率领的一个6人小组解救出来,重获自由。由于长期单独监禁和恶劣的条件,他们的身体和精神状况都很差,身体非常虚弱,难以适应自由的生活,很少说话,对外界的变化有些麻木。就如尼科尔所说的,"再晚来一个月,他们会死去"。其中,巴尔的状况最差。他获释后精神崩溃,在精神病院里经过数月的治疗才慢慢康复,回归社会生活。

第三节　美国的愤怒

在6号机组和16号机组成员被俘后,美国方面不知道他们的下落,将他们列为失踪者。1942年8月15日,从瑞士驻上海总领事馆得知8名美国飞行员作为囚犯被关在大桥公寓日本宪兵总部。据官方报道,这些人健康状况良好,唯一可以得知的名字叫作"法罗"。尽管瑞士方面试图进一步了解信息,但是没有成功。

在3名杜立特队员被处以死刑4天后,10月19日,日本政府在电台中播出:它已经对杜立特的两个机组进行了审判,并判其死刑。在对其中大部分减刑为无期徒刑后。它也宣布了将对某些人执行死刑,但没有提供姓名或者其他事实。

美国国务卿赫尔联系了瑞士驻美国公使要求其政府帮助查询东京的报道是否属实。直到1943年2月17日,日本政府在答复瑞士政府的问询时证实对部分被俘杜立特突袭队队员处以死刑。但日本拒绝透露被处死的飞行员的人数和姓名,也不提供被判刑的其他人的名字及他们的关押地点,不允许瑞士大使去看望他们。

1943年3月12日,瑞士政府向美国国务院确认处刑事实。赫尔将收集到的信息转告给了罗斯福总统。赫尔建议通过美国在瑞士首都伯尔尼的大使馆发给东京一个长篇照会,并建议不久之后发布一个公报,把"详情"公之于众。

罗斯福收到信息后很震惊,在4月8日回复赫尔的信中写道:"我深深地感动,并为美国飞行员被日本政府执行死刑感到震惊。"他赞成发布照会给日本政府,他说:"致日本政府的照会(应当)强硬到不使目前监禁在日本手里的美国人再受到伤害,不论是平民还是军人。"并补充道:"鉴于这草稿的严厉的口气,特别是最后一段,就是我们打算报复在我们手中的日本战俘,对我来说我认为没有理由推迟发布公报。"

宋美龄在美国国会演讲

4月12日,美国国务院通过驻日瑞士公使向日本政府递交通告,提出正式抗议。通告中有一段话预示着一个在战后进行国际审判的新概念将被提出:

美国政府郑重警告日本政府,任何违反战争的规则对待美国战俘的行为或任何把残暴行为强加给美国俘虏的行为,违反被文明国家在军事行动中接受和实践的战争规则,现在都将导致他们无情的、不可避免的结局。美国政府将会惩罚日本政府官员,让他们为如此野蛮的行为负责,惩罚是他们应得的。

在这之前,美国政府没有发布杜立特突袭日本的细节。人们所知道的是所有飞行员在完成任务后全部生还。4月20日晚上9时30分,美国陆军部发布关于杜立特空袭的正式公报。它第一次告诉人们,轰炸东京的飞机从美国海军的"大黄蜂"号起飞。公报还详细说明了这次空袭的策划过程包括原计划飞机在中国东部着陆。还告诉人们参加突袭的飞机全部坠毁,有飞行员死亡、失踪。

4月21日,罗斯福总统在得克萨斯州科珀斯克里斯蒂火车停车时,发布被俘杜立特飞行员被日本处决的公报:

> 这是一种深深的悲愤感,我知道所有文明人将会有共同的感觉。我不得不宣布日本政府对一些在一次军事行动中落入日本人的手里的我们国家的军人残暴地执行了死刑。

> 报纸已经登出美国一年前轰炸日本的消息。美国轰炸队中的两个机组被日本人俘虏了。在1942年10月19日政府从日本广播站得知这些美国人被俘虏,被审讯,受了严重的刑罚,继续努力从东京报道中获取更多的确认信息。直到1943年3月12日,美国政府接到日本政府的通报。说这些美国人已经被审判,死刑刑罚判决明显违法。它进一步指出有些人的死刑刑罚被减刑,但是其他人的死刑判决已经被执行。

> 政府已经在发给了日本政府的正式通报中强烈谴责了这种野蛮的行为。在那个通报中政府已经告知了日本政府,美国政府将会拘捕个人和对这些残忍的罪行负有责任的所有日本政府中已经参与其中的官员,并将在适当的程序中把那些官员绳之以法。

> 这个追索权源于我们敌军残暴的恐怖政策。日本军阀努力以此来威吓到我们,这必将彻底的失败。这将使美国人民更坚定

地清除日本无耻的军国主义。①

这一消息激起的怒潮席卷全美国。人们的反应同珍珠港遭偷袭时一样强烈，个个义愤填膺。从西海岸到东海岸，在每一个城镇里，美国人唯一的行动就是表示要打败日本。他们买国防公债，数额创了新的纪录。在宣布美国飞行员被处死后一小时内，就卖出去110亿美元国防公债，这天是战争期间公债发行量最大的一天。

日本很快通过英文广播对美国人的这种愤怒做出反应，指责美国人的行为是对杜立特突袭结果气急败坏的表现。并说美国试图通过大肆宣扬日本处死飞行员的不人道不合法来转移人们的注意力，掩盖杜立特突袭失败的事实。他们称杜立特为"Do little"（即一事无成）。并称日本严密防卫，警告美国不要再次空袭他们。甚至有大本营的军官通过广播号召日本国民用私刑对付跳伞的美国飞行员。这更加深了美国民众对日本的憎恨。

国务卿赫尔发表声明，第一次称日本人只有"无条件投降"。对于一个处死战俘的国家，将不会以谈判与之谋求和平。在公报之后很多场合中，罗斯福重申他的决心：所有的轴心国战争罪犯将会在战争后被逮捕审判。

于是，随着德国和日本的投降，对美国军队来说首要任务是收集战争罪犯的证据，审判他们罪行。最高优先权将给与寻找杜立特突袭幸存者和对其他突袭者执行死刑负有罪责的证据的工作。

杜立特突袭的真实情况公开后。1943年4月，蒋介石致电美国财长摩根索先生，电告了中国沿海降落区民众为拯救美国盟友而惨遭日寇杀戮，引起了美国舆论界与公众的轰动。5—6月间，美国驻华陆军通过中国

---

① ［美］Carroll V. Glines：*Doolittle's Tokyo Raiders*. Van Nostrand Reinhold，1981：344—345.

1943年4月18日，杜立特等人在北非庆祝行动一周年

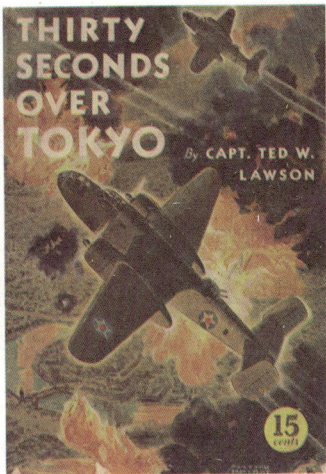

劳森著《东京上空三十秒》

军令部发函到浙江等地，了解当地民众救助的具体详情，和日军因此怀恨于占领该地后对帮助之居民大肆屠杀的详情。各当地政府将有关情况逐级向上报送。

1943年，7号机机长特德·劳森根据他的经历写成《东京上空三十秒》并出版发行。据此改编拍摄的同名电影于1944年8月上映。

第四节　克里姆林宫的客人

苏联，哈巴罗夫斯克。1942年4月19日，8号机约克等5名机组成员被苏军用飞机带到这里，关在郊外。美、苏、日三国进行了数天的外交交涉，结果，苏联和日本继续保持着表面上的和平。约克等5人被扣留在苏联，美国对此处理表示满意。

在他们被关起来的第10天，苏联翻译员迈克和5名美国飞行员以及另外两个苏联警官登上一列横穿西伯利亚的列车三等车厢。经过了3周的行程，他们被送到奔萨附近一个叫奥古纳的小村子，过着无聊却又受优待的软禁生活。

5月24日,美国驻苏武官约瑟夫·米奇拉上校来看他们,了解他们的状况,并说正在努力使他们早日获释,但要再等待一段时间。第二天,米奇拉向驻莫斯科的美国大使报告了他们的情况。

9月1日,迈克等人被送到了乌拉尔山下一个叫奥卡斯克的村子里。他们在一个简陋的没有粉刷过的木房子里住下来。这里村民贫困,食物短缺。不久,苏联军官陪着美国大使威廉·斯坦利来看他们。斯坦利大使说,他们正在通过外交途径力争使他们获释,他认为这不会马上成功。10月15日,使馆的医生坐着马拉的雪橇来看他们。

1942至1943年苏联的那个冬天,天气奇寒,从11月底开始气温一直是零下。因天气太冷,他们老待在室内,无聊烦闷,无精打采。由于吃得太差,牙龈出血,皮肤干裂脱屑。约克给斯大林写信,要求放他们出去,去干他们原来训练的要干的事,去和日本、德国打仗。如果这些办不到,他要求斯大林把他们迁到气候温和的地方,让他们有事可做。

1943年3月26日,约克等人被带到南边的契珂洛夫。之后他们坐火车去阿什哈巴德。他们第一次未在隔离状态下旅行。艾门斯、赫恩登、拉班和波尔合住一间卧铺车厢,约克被带到另一个车厢同一个叫科里亚的苏联人住在一起。科里亚会说英语,好像知道轰炸东京这件事。在8天的旅途中,他同这几个美国人还挺谈得来。碰巧,科里亚的家就在阿什哈巴德。

他们到阿什哈巴德后,看到南边不到100英里处有一列山脉,山那边就是伊朗。苏军军官把他们安排在简陋的小土房子里。这是1943年4月9日,他们在苏联着陆快一年了。

在新的环境里,他们得到工作证,穿上工作服,分配到双翼训练机的大修车间。他们每天乘公共汽车上下班。每天晚上都有一个苏联军官给他们送饭和香烟来。此外,仅有的朋友就是他们在火车上结交的那位科里亚。

他们到达阿什哈巴德的第三个周末,经再三请求,科里亚终于答应帮助他们逃往伊朗。他告诫他们要从长计议,并警告说,逃跑时一旦被抓住就要流放到西伯利亚。又过了5个星期,科里亚告诉约克,有一个叫阿卜杜尔·阿拉姆的伊朗人可以帮他们偷渡出境,让约克自己去找他。经过一番讨价还价,阿拉姆同意以250美元的价钱把他们带到边境伊朗的第一个镇子马什哈德。

1943年5月26日晚,约克等人开始实施逃亡计划,科里亚为他们饯行。汽车载着他们向南开了两个小时,然后他们下车跟着一个向导翻过一座山越过国境线。但他们还未获得自由,苏联军队还控制着从边界通往马什哈德的道路。

向导领他们重新登上一辆汽车,车向南驶去。到天亮时,他们驶向一个苏联检查站。苏联士兵看到了他们,但还是放行了。他们继续向南,每过三四英里就有苏联哨兵,但没有再拦他们的车。到中午,车子在距马什哈德大约4英里的地方停了下来。向导让约克他们自己去,他掉过车头往回开去。

还有一个关口卡在通往自由的路上。在镇子北边的一座桥上,还有一个苏联岗哨。他们决定让约克和艾门斯先过去,去找英国领事馆,因为在马什哈德没有美国领事馆。约克和艾门斯顺利地通过岗哨走进镇子,根据科里亚画的图很容易找到英国领事馆。他们向英国副领事说明了自己的身份,在副领事的帮助下,赫尔顿、拉班和波尔都平安到达领事馆。他们被带到英国领事的家里,洗个澡,喝点酒,休息一下。1943年5月29日,8号机组成员终于乘飞机绕道印度回到美国。

第五节　上海美军军事法庭的战犯审判

1945年9月2日,日本投降仪式在停泊在东京湾上的哈尔西将军的旗舰密苏里号战列舰上举行。杜立特作为太平洋战区的将帅也受邀参加仪

日本投降书签署，观礼的美军前排左一为杜立特

式，见证这个历史时刻。日本代表重光葵、梅津美治郎先在投降书上签字。接着盟国代表签字。中国国民政府军事委员会军令部部长徐永昌将军代表中国政府签字。签字结束后，美国海军1500架舰载机和462架B-29超级空中堡垒重型轰炸机怒吼着从上空飞过。

第二次世界大战是人类历史上的空前浩劫。人类在此过程中残酷地自相残杀，为重获和平付出了太大代价。为了保证持久的和平，制裁发动战争和违反人道的战争罪犯，警戒侵略战争的预谋继起者，对战犯进行审判在战争结束前就提上了议事日程。1944年，盟国战犯审判委员会在英国伦敦成立，并拟定了《国际战犯法院公约》和《联合国引渡战犯公约》。1945年7月26日，中、美、英3国发表《波茨坦公告》，表示要严惩日本战犯。

战争结束后，美国人在日本本土和被占领区反复搜寻证据，对个人进行审讯，证明他们在对待战俘时违反了国际法律和战争法。在短时间内，数以百计的日本人被找到，他们因为特别残酷或导致战俘死亡而被前战俘指认。

有些与执行杜立特队员死刑有关系的日本人担心会被发现，开始销毁文件证据、造假和逃匿，以图逃避正义的惩罚。

1946年初，盟国中国战区参谋长兼驻华美军司令魏德迈将军奉命在中国上海组建美军军事法庭，审判"这个战区里被控犯有战争罪的个人、单位和组织"。"虐待杀害被俘杜立特队员案件"成为优先审判的重要案件，4名日本人因此被带到中国上海提篮桥监狱。

审判这个案件的有6位审判官、2名检察官，审判长是麦克雷诺兹上校。另有2名美籍辩护人和2名日籍特别辩护人：神代护忠、羽山忠弘。后期又从东京特别派出宗宫伸二参加辩护。虽然不久之前日本还是美国不共戴天的仇人，日本在战争中不遵守各种国际条约，犯下种种罪行，但在战后美国对战犯的审判仍然坚持依法进行，给战犯一个公平公正的审判。这与日本对杜立特队员进行的虚假审判形成强烈对比。

对4名战犯的起诉理由如下：

泽田茂，时任中国派遣军第13军司令官，陆军中将。主要起诉理由：在蓄意非法起诉美军机组人员的军事法庭审判时任司令官。尽管有减刑的权限，却未减刑。对在监禁所内的8名美军队员，不配备辩护人及翻译，蓄意非法判决美军队员死刑。对美军队员遭到的虐待负有责任，包括拒绝给战俘合适的食物、衣服、药物治疗和保护。蓄意非法下达执行死刑的命令。

和光勇精，时任中国派遣军第13军法务官，陆军大尉，审判杜立特突袭队员的主审法官。主要起诉理由：不正当地审理和判决8名美国飞行员，不配备辩护人及翻译，蓄意非法判决美军队员死刑。

冈田隆平，时任中国派遣军第13军文化官，陆军少尉，审判杜立特突袭队员的陪审法官。主要起诉理由:不正当地审理和判决8名美国飞行员,不配备辩护人及翻译,蓄意非法判决美军队员死刑。

立田外次郎,时任中国派遣军上海监狱监狱长。主要起诉理由:时任监禁美军队员的监狱的所长。在狱所内殴打、虐待美军队员,拒绝给战俘充足的食物、保护、卫生设施和医疗救助。负责死刑行刑的准备工作。是现场下达死刑执行命令的官员。

在2月27日提审之后,准许辩护律师前往日本搜集证据,保护证人并准备诉讼。

审判从3月18日开始,检方与辩方分别进行了多轮的举证、质证和辩论。

蔡斯·尼尔森曾经鼓励他的伙伴们要活下来,即便米饭中有虫蛆也要吃下去,以便向世界控诉日本人虐待他们的罪行。他到法庭作证,实现了自己的誓言。他在写给杜立特的信中说,那些看守们"在我走进法庭时,实在是畏畏缩缩的"。他还说,"我坐在那里,想起了在日本狱中受难的人们就泪流满面,我要尽自己的微薄之力帮助获救的难友,帮助法庭起诉那些对处决战友有罪的人"。

原第13军法务部长伊东章信也作为证人出庭作证。

有超过600页的证词、论据和书面证据记录了8名被俘突袭队员的遭遇。他们所经历的灾难第一次为世人所知,同时证明了杜立特突袭对日本军事意志造成的影响。这8名俘虏的遭遇只是日本人为了所谓的优越感,因为自己国土遭受袭击而丢了面子,也警告美国人攻击日本本土而被抓的美国航空兵会受到可怕的后果。这样的报复证明了日本人对美国的空中力量深深的恐惧。

审判一直持续到4月。当所有的证人作证结束以后,委员会商议两天后达成裁决并宣判。委员会作出结论:

被控告的每一项罪行都是由于遵守了他们的政府和军事长官的法律和指令造成的。他们没有采取任何主动。多数证据毫无疑义地显示其他的官员,包括高级政府官员和军官,对事后制定《敌航空机搭乘员处罚相关军律》负责,并对于如何对待、审讯、判决和惩罚这些美国俘虏的特别指令负有责任。

在全体审判员出席的闭门会议上,对被告的起诉原因分别进行投票。每点起诉原因须得票三分之二以上,才能认定有罪,审判长发布的最终判定结果如下:

泽田茂,五点起诉原因中,修正其中四点有罪,最终判定有罪。起诉原因中,去除"蓄意非法""对美军队员遭到的虐待负有责任""下达死刑执行的命令"这几点。

和光勇精,一点起诉原因成立有罪,最终判定有罪。起诉原因中,去除"蓄意非法"。

冈田隆平,一点起诉原因成立有罪,最终判定有罪。起诉原因中,去除"蓄意非法"。

立田外次郎,两点起诉原因皆修正成立有罪,最终判定有罪。起诉原因中,去除"狱所所长的责任""殴打虐待""是现场下达死刑执行命令的官员"这几点。

对于驻华美军司令艾伯·C.魏德迈将军的法律参谋扬戈上校来说,对4人的所有指控是足够的和适当的。

最后,全体审判官在闭门会议上投票三分之二以上通过了被告的刑期。

4月15日下午,审判长宣判的结果如下:

泽田茂判处重体力劳役5年的监禁。

和光勇精判处重体力劳役9年的监禁。

1946泽田茂等在上海受到美军军事法庭审判

冈田隆平判处重体力劳役5年的监禁。

立田外次郎判处重体力劳役5年的监禁。

和光勇精是唯一一个事前受过法律培训的在虚假审判法庭中的成员。他被判了9年,很可能是因为他曾是一名律师,知道《敌航空机搭乘员处罚相关军律》是事后制定出来并且是专门为了给这8名飞行员造成伤害而制定的。

宣读完判决后,也许是因为大家刚从紧张的气氛中缓解出来,而且判罚意外得轻,一直安静的法庭内顿时一阵喧哗。审判长敲击法槌让混乱的庭内安静下来,询问检察官们还有什么需要发言的。然而,一直要求严判的检察官们,却沉默着一言不发。

同样,审判长也询问辩护方有何需要发言的,主辩护人博丁答道"没有了"。审判长随即点名特别辩护人神代。在主辩护人博丁的催促下,神代感动得热泪盈眶,作了如下发言:

　　我谨代表日本方的辩护团,对此次公平的细致的审判,以及根据实际情况酌情判决表示衷心的感谢。感谢审判员们的宽容对待,以及耐心地采用了数量众多的各种被提交的证据。感谢为了我们日本被告竭尽全力的美方辩护。最后由衷感谢各位检察官同事、翻译同事,以及以美军为首的与本次审判相关的各方同事。

神代的发言,几乎是被告们的心声。

14时30分,审判长麦克雷诺兹最后宣布审判到此结束。就这样,历时48天,经过20次公开审理,对虐待、杀害杜立特突袭队队员罪犯的审判正式终了。

当时的《民国日报》曾这样报道:"各犯接受判令后,喜出望外,彼等初不料受刑如此之轻也。泽田茂弯腰领其同僚向法官深深一鞠躬后,微笑而退,其后被告之辩护律师频频向法庭道谢,感其大恩。"[1]

当扬戈上校为魏德迈将军复审判决时,他不赞同这个宣判的宽大。对所有4个犯人的最高处罚本可是死罪。在美国法的正义观念下,不管这个判决有多么宽大,在对判决复审时无法增加刑罚。扬戈上校建议不给予他们减轻刑罚,魏德迈将军同意这一观点。

4个日本战犯立即开始服刑。

宣判的消息在全世界的报纸上传播。中美两国认为判罚过轻、审判不合理等非议声此起彼伏。死难美国飞行员的父母和亲戚写了一些很愤慨的信给总统和他们的国会议员。退伍军人组织在军事委员会强烈抗议这种"宅心仁厚"。但这些反对只是纸上空论。审判的程序是合法的,被告方已被判决并宣判。

---

①《民国日报》,1946年4月16日。徐家俊提供。

1950年1月,泽田茂、和光勇精、冈田隆平、立田外次郎在日本巢鸭监狱被全体释放。1980年12月1日,93岁的泽田茂死了。

由于"杜立特突袭东京"行动巨大的国际知名度,日军杀害杜立特突袭队队员事件引起了美国民众的愤怒,美国政府多次发表严厉声明,要打到日本投降为止,并要审判战争罪犯。这一事件在一定程度上影响了结束战争的方式,促进战后战争犯罪审判进程的建立。

上海美军军事法庭先于远东国际军事法庭进行战争犯罪审判。作为二战后同盟国方面对战争犯罪审判的初期实践,法庭坚持以国际法的范围为限,保证了审判的正义性、公平性与合法性,对虐杀杜立特队员案的审判具有示范作用。与日军军事法庭对杜立特队员的审判相对照,上海美军军事法庭的流程非常规范,凡是有助于这次法庭辩论的每个要求,比如往来日本的航空运输要求,都被该法庭轻易接受了。所有的程序都要经过日语翻译,同时要一字不差地用两种语言记录。简而言之,审判是以美国司法制度的操作模式,不会因为日语而受到影响。对虐杀杜立特队员案的审判中检方与辩方的辩论非常充分。这次审判的流程作为对战犯审判的实例,让即将进行东京审判的美军法务部和来观摩学习审判过程的东京审判的首席检察官季南得到了参考。以后的东京审判也采用与本次审判一样的流程。而允许日籍辩护人参加辩护也成了国际法上的一个惯例。

虐杀杜立特队员案牵涉裕仁天皇、首相东条英机、参谋本部总参谋长杉山元等日本高层。此案中如何处理他们能揭示出日后美国在远东国际军事法庭对日本战争犯罪审判的政策走向。

细细分析上海美军军事法庭对虐杀杜立特队员案的审判,可以看出这只是有限的正义。

首先,还有很多涉嫌此案的日本人没因为此案受到起诉。原因有各种,有的因为其他更严重的犯罪行为被起诉,有的已经死了,有的根本没有被起诉。

时任日本内阁总理的东条英机和时任日本中国派遣军总司令的畑俊六因犯破坏和平罪、违反战争法规及惯例罪和违反人道罪在东京的远东国际军事法庭被审判。东条在日本投降后自杀未遂，他作为战犯受到远东国际军事法庭的审判，1948年被绞死。畑俊六作为战犯受到远东国际军事法庭的审判，被判处无期徒刑。在《远东国际军事法庭判书》上，关于虐杀杜立特队员的情况只在第二部第八章违反战争法规的犯罪（恶行）中提到。但在第十章判决中，东条英机、畑俊六的个人罪状不包括虐杀杜立特队员。也就是说，他们两个不需为之负责。

时任日本参谋本部总参谋长的杉山元大将，于日本投降后自杀身亡。逃脱了一个战犯应受的惩罚。

中条丰马中佐时为审判杜立特突袭队员的审判长。后任第46师团123步兵大佐联队长。1945年8月19日败战后不久，中条丰马在马来西亚的新山被部下击毙。

畑逸郎少佐时为审判杜立特队员的主检察官。据称他已于1943年1月死于胃溃疡。但一份日军第12军的资料显示：至1945年日本战败时，驻在郑州的日军第12军法务部长是畑逸郎少佐。这两个同名同姓同军衔的法务官可能是同一个人，并假托已死亡而逃过了审判。

下达执行死刑命令的第13军司令官下村定没有因为杜立特队员案受到审判。值得注意的是，日本投降后皇族东久迩宫稔彦王组阁，下村定是东久迩宫稔彦王在陆士的同学，8月23日他被任命为陆军大臣兼教育总监。1946年2月下村定因战犯嫌疑被拘留，翌年5月释放。

没有受到审判的还有南京陆军监狱的看守长，南京、上海、东京的宪兵队队长，等等。

第二，战后同盟国审判战犯是因为他们侵略他国挑起战争，因为他们在战争期间违反战争法则和惯例，因为他们对战俘和平民犯下屠杀、强奸、放火、破坏等反人类的罪行。但是有些日本人并不这么认为,他们认为同盟国对战犯的审判是胜利者对失败者的审判。具体到虐杀杜立特队员案件,他们认为这是美国总统下令进行的"报复性"审判。所以在一些日本人心里,并不承认这些战犯审判的正义性、公平性与合法性。当美军军事法庭作出如此宽大的判决后,日方有人提出美国之所以做出这么宽大的判决,是因为美国方面对杜立特突袭队造成平民伤亡心虚了,认为对杜立特队员的处刑是正确的,进而申诉美军对日战略大轰炸和两颗原子弹对平民造成的巨大死伤。日本平民的死伤的确是悲惨的,但他们的军队对中国平民制造了南京大屠杀、重庆大轰炸等一系列惨案,他们的报纸上却在宣扬屠杀中国平民"百人斩"的"武功"。战争后期他们又叫嚣着一亿总玉碎。造成日本平民死伤的根源是日本发动了对外侵略战争。日本是战争的发起者和加害者,但美军军事法庭在对虐杀杜立特队员案判决时心里似持着"彼此同犯不究"原则,所以表现出犹豫和软弱,这样反而助长了日本军国主义者的气焰。站在正义的立场上,却没有义正词严地主张正义,就会被恶势力所乘。

第三,泽田茂等4人在本案中固然是遵循上级命令,但他们是犯罪链上的一环。他们犯罪性质不只是执行者,更是帮凶和从犯。如果没有这些帮凶与之共虐,那些首恶们只是聒噪的疯人。正是帮凶的推波助澜,为首恶们搭建了作恶的舞台。这些帮凶们认同接受了首恶们的罪恶思想,亲手执行了烧杀抢掠、不法无道的恶行。在对战争罪犯的审判中,不应让反人类行为的从犯以执行命令为由而逃脱制裁。

第四,与同一时期同类案件相比,对虐杀杜立特队员案战犯的审判量刑过轻。在审判对杜立特队员虐杀案的前后,上海美军军事法庭审判了一系列日军在中国及周边战区虐待杀害美军被俘飞行员和其他战俘的案件,如在汉口折磨杀害3名美军飞行员案件、上海江湾战俘集中营虐待美国俘虏、在台湾杀害美军飞行员案件,等等。这些案件都有一批主犯被判处死刑、无期徒刑、20年有期徒刑的重刑。这些案件与虐待杀害被俘杜立特队员案件战犯所犯的罪行和性质相近,在同一时期,同由上海美军军事法庭进行审判,但虐杀杜立特队员案判罚畸轻。从量刑上看,虐杀杜立特队员案不是一个公正的审决。要说虐杀杜立特队员案与其他案件的区别,就是杜立特队员案的死刑命令来自日本高级政府官员和军官,这是唯一能解释量刑差别巨大的原因。但最终日本高级政府官员和军官也没有人为之承担罪责。

第五,美军军事法庭只审判日本战犯对美军被俘人员所犯的罪行。因为杜立特突袭行动,日本对中国进行了残酷血腥的报复,他们这些更为巨大的反人类罪行没有被审判。

泽田茂是浙赣战役中指挥日军第13军的司令官。在浙赣战役中,泽田茂纵容其军队和日军第11军一起屠杀中国军民25万人,仅次于1937年的南京大屠杀。泽田茂还鼓励部下在作战中使用毒气。但他的这些罪行没有受到审判。

浙赣战役发起后,日本陆军参谋本部决定把细菌战与陆军的地面进攻结合起来。由于考虑到实施细菌战的利弊,最后决定采取于日军撤退时在居民已逃亡地区撒布细菌的方法,"以返回居民为目标,造成无人地带"。8月24日或25日,石井四郎乘飞机到达衢县,并在日军第13军团司令部与司令官泽田茂及参谋长、作战科长等人召开秘密会议。8月底至9月初,日军边撤退边撒布鼠疫、霍乱、伤寒与副伤寒、痢疾、疟疾与恶性疟疾、炭疽等多种细菌,浙赣交通沿线各县城乡回乡平民大量染病死亡。这些细菌武器的危害一直在继续,直至1948年末,疫情才得到有效控制。从1942年至1948年末,据不完全统计,仅衢属各县死于细菌武器的人数达37813人。直到70余年后的今天,日军的细菌还在摧残着感染者的身体。然而,日本在浙赣战役中大规模使用细菌武器的情况却被美国政府隐瞒了,美国民众对此一无所知。

日军以上使用毒气和细菌武器的行为严重违反了《第四海牙公约》《禁止在战争中使用窒息性、毒性或其他气体和细菌作战方法的议定书》。不管是对平民实行细菌战的批准者、决策者,还是细菌战部队指挥者石井四郎等在战后都没有受到审判。石井四郎于1959年10月67岁时死于喉癌。

这些因为杜立特突袭东京而引发的日本战争罪没有得到全面审判,同样对日本侵华战争罪行的审判也并不彻底。美军军事法庭没有追究这些对中国的侵略和反人类罪行的义务。在远东国际军事法庭,中国没有主导权。中国的军事法庭应该独立对其进行追究,但中国的军事法庭漏掉了太多的日本战犯、太多的罪行。

第六,由于美国的包庇,在虐待杀害被俘杜立特队员案件中起主犯作用的日本皇族和高级官员没有被审判。

在随后进行的东京审判中,东条英机供述只处死8名被俘杜立特队员中3人是裕仁天皇的决定,是裕仁的慈悲才挽救了其余5个人的生命,巧妙地把裕仁描绘成仁慈的人。但这不能说明裕仁允许处死那3个人是符合国际法的。而且有资料指向东条所谓裕仁决定减刑的供述是在说谎,是在袒护裕仁。

二战后,同盟国对日本战犯的审判只能说是有限的正义。这不光是遗憾,更是贻害。

对战犯的审判不是为了复仇,不是为了杀几个战犯,而是为了伸张人类正义与公理,让战犯承担罪责;是为了剪除罪恶产生的温床;是为了警示新的犯罪,不再重蹈历史的覆辙。

第六节　突袭队员团聚

1945年12月14日,杜立特生日。他把巴尔和其他队员用军机从全国各地接到迈阿密,住进麦克法登—狄恩维酒店(MacFadden Deauville

突袭者聚会，前排中间立者为杜立特和巴尔

Hotel）。他们推心置腹倾诉，无忧无虑痛快了3天。就如杜立特在给每一个人的信中所说的，他们"交换握手、倾谈和敬酒"。

突袭行动时，1名队员跳伞身亡，2名队员迫降在海岸时牺牲。之后，3名队员被日军处以死刑，1名队员死在日军监狱，5名队员在驼峰航线上阵亡，5名队员在其他战区阵亡。1名队员在美国跳伞时身亡，2名队员在美国坠机身亡，4名队员曾做了德国俘虏。经过第二次世界大战的枪林弹雨，在大战结束时80名队员有60人活了下来。

他们曾经有过非同寻常的同生共死的经历，也就形成了非比寻常的亲密关系，得到了相互谅解。他们在迈阿密的这次大团圆玩得非常高兴，把酒店搅得天翻地覆。杜立特为这次聚会花了两千美元。有几个队员建议像这种团聚，每年都要来一次。

1947年，他们再度在迈阿密聚会。麦克法登—狄恩维酒店老板麦克法登先生宴请杜立特突袭队员。一位在迈阿密名叫爱恒的中国女学生在无线电广播中听到了这个消息,赶到酒店,以中国女学生的名义请求主人让她参加他们的宴会,以满足她的英雄崇拜心理。主人同意了,女主人把爱恒介绍给杜立特突袭队员们。

杜立特身穿灰色西装便服。爱恒"想不到这位惊天动地的英雄,却是一个身材矮小、面容和蔼的商人"。杜立特与爱恒握手,与她谈到了他1933年到过上海的情况。在他的记忆中,华懋饭店、汇中旅馆历历在目。他还说:"将来有机会到上海去看你。"爱恒给杜立特和突袭者拍照片留念。杜立特笑着问:"我够不够帅?"身旁的巴尔取笑他,叫他开口露齿照个漂亮照。杜立特给爱恒签了名,还给她一张名片说:"到纽约来时不要忘了来看我!"[①]

这次他们闹得更为天翻地覆,以致酒店的夜班领班向总经理写了份报告,说杜立特这批小伙子使他头上增添了些白发,这是他在这个饭店工作以来最糟的一夜。他们一直吵闹到早上5点钟。到他们结账离开时,经理把这份报告给他们看,请他们每一个人都在上面签名。他说,以他而论,他们有权在他的酒店里制造一切噪音。

从那以后,他们除了1951年和1966年因为朝鲜战争和越南战争以外,每一年都聚会一次。

第七节　牺牲队员魂归故里

战争结束了。数以十万计的美国军人战死沙场,埋骨他乡。美国开始执行专门计划,寻找战争失踪军人,把散落在世界各地的牺牲军人遗体迁回国安葬。

在日本投降后的某一天,有一些不知名的日本人来到上海万国殡仪

---

① 爱恒:《杜立德将军会见记》,《西风》第九十五期,1947年6月号,第435—436页。

馆办公室,找到装有霍尔马克、法罗和斯帕兹骨灰的骨灰盒。这些日本人涂改了名字和死亡的日期,来迷惑所有想要获知这三个人的命运的人。他们把"Hallmark(霍尔马克)"改成了"J. Smith","Farrow(法罗)"改成了"H.E.Gande","Spatz(斯帕兹)"改成了"E.L.Brister"。9月28日,美国战争罪行调查委员会的调查人员在殡仪馆隔板上找到了这三个小小的木质骨灰盒。根据一份原始的日本案卷和年龄鉴别出他们的真正身份①。

米德尔、霍尔马克、法罗、斯帕兹等人的遗骨被带回美国。前3人被安葬在阿灵顿国立墓地,斯帕兹被安葬在夏威夷的国立墓地。

1946年3月10日,美驻华陆军死亡调查处派失踪人员搜查组组员包朗、魏达、徐东海等3人赴象山爵溪移取6号机殉难者的尸骨。

11日,葛乃荃、警长邱凤山先赴爵溪乡公所联系准备工作,后由县府方科长等陪同搜查组人员来爵溪。先至乡长周功良家稍事休息,组织民夫即至埋葬地进行挖掘。发掘多时,尚未发现。适值大雨不止,搜查组组员遂返回周乡长家休息,叫民夫继续发掘。雨仍不止,民夫衣服均被淋湿,先后各自回家。葛乃荃至乡公所洽商,乡队附愿出酬资雇人负责挖掘,同时面报方科长许可,由乡队附另雇夏阿水(系当年参加埋葬者)、陈根全、陆道林、姜仁火、余根苗、杨小土、周才良、余阿炳8人继续发掘,不及片刻,即发现同墓异穴尸骨2具,经搜查组人员验认确实是美尸,由搜查组人员亲将尸骨拣出,分别用布包裹,由乡民周才良肩挑,跟随搜查组人员返回宁波②。迪特尔和菲茨莫里斯的遗骨就此踏上回家之路。

1947年夏天,4位美国人在航空站工作人员的带领下来到衢州汪

---

① Richard Cushing(美联社记者),*Ashes Of Three Doolittle Fliers Found In Jap Funeral Parlor*,《中国版星条报》1945年9月29日。

② 根据葛乃荃的《为奉饬指派员警协助美军失踪人员搜查组往爵溪运尸经过情形(民国三十五年3月16日)》和《爵溪镇志》。在葛乃荃的报告中参加挖掘者有常仁火,《爵溪镇志》中为姜仁火。

村。有两位穿军服,另两位穿便服。他们雇佣村民帮他们起出安葬在汪村南面小山上的法克特的遗骨。4位平时操办丧事的村民汪毛头、汪仁果倪、汪小米、古毛头帮助他们完成这项工作,美国人留在村里等待。天气很热,棺木埋得很深,4人挖了很长时间。下挖了一米左右,见到了棺盖。村民叫来美国人。美国人到场察看,拿出手枪,开枪向法克特致敬。汪毛头等人打开棺盖。棺材内积满了水,能看出军毯盖在遗骨上。汪毛头等人用四爪耙将其中的遗骨捞出,交给美国人,由他们装车运走。墓碑留在了当地①。

1947年9月8日,美国出版的《时代》周刊这样写道:它(法克特在中国的坟墓)看起来像其他的中国墓穴一样,在倾斜的山坡上,一块又小又平整的墓碑在俯瞰着汪村这个上海西南450英里的村庄,墓碑上刻着航空兵的飞翼标志。在墓碑之下,美国军人墓穴登记处的工作人员发现了法克特的遗体。他们把法克特的遗体带到上海,带到在艾奥瓦州等候和期待中的法克特的亲戚手中。美国军人墓穴登记处在中国的负责人查尔斯·克尼上校(Colonel Charles F. Kearney)说:“最后的杜立特突袭队队员回家了。”

---

① 根据汪村村民古根海、汪文洋所述。

第十一章　情谊长存

第一节　再续友情

1949年，司徒雷登走了。10月，中华人民共和国成立。

1972年，尼克松跨过太平洋，与中国握手。

1979年，中国和美国正式建立外交关系。

1983年，9号机领航员汤姆·格里芬重返中国，想再去看看他和他的突袭队战友们受到欢迎的地方。"我在重庆对向导说，我想到那里去拍张照片，那儿有许多值得怀念的地方。但他们拒绝了——非常礼貌地拒绝了。"

1984年，美国总统里根访问中国，4月30日下午他在复旦大学向师生发表讲演，说中美两国人民之间的友谊，是政府之间的友谊的基础。他在讲演中专门提到了中国人帮助杜立特突袭队员的事。他说："美国人民热爱自由。四十年前，法西斯军队席卷欧洲大陆的时候，美国人民挺身而出，投入战斗，为保卫受侵略的国家做出了重大牺牲。法西斯军队席卷亚洲的时候，我们和你们并肩抗敌。在座的有些人会记得那时的情况，会记得美国的杜立特将军率领轰炸机队，飞越半个地球前来助战的事迹。有些飞行员在中国上空机毁人伤，你们还记得那些勇敢的小伙子吧。你们把他们藏起来，照料他们，给他们包扎伤口，你们救了他们很多人的命。"

1987年3月7日，《美国新闻周刊》北京分社受托转来约翰·希尔格夫妇的一封感谢信，感谢广丰人民的帮助与款待，广丰人的高情厚谊他永远不会忘记。信中附有一张当时他们在广丰街头的照片,并请求帮助查找照片中的人员。照片上用中文写着"1942年四月十八日轰炸东京后广丰友人助送安全地带。特此志谢",还有马希亚、西姆斯、艾尔曼、希尔格的签名。广丰县政府对当地村民帮助杜立特飞行员的事迹进行调查。

1989年7月的一天,曾帮助过11号机组的曾健培从《参考消息》上看到一条消息,美国总统布什为杜立特颁发美国最高文职奖——"总统自由奖"。此时曾健培82岁,已从浙江嘉兴市邮局退休。他给杜立特写了一封英文长信。由于不知地址,精通邮务的曾健培写上了"美国、华盛顿、邮政总局转杜立特将军收"。杜立特很快回信,信中说:"对于你的努力,谢谢。1942年4月间,由于中国人民的勇敢,我们当中的许多人的性命才能保存下来。祝你快乐健康。愿中国人民能成功地达到他们的奋斗目标。"曾健培从来信中得知机长格兰宁于1957年去世,副机长雷迪、机枪手加德纳于1942年战争中阵亡。之后曾健培与卡普勒、比尔奇和三位已故飞行员的遗孀又开始了通信联系。

中国方面的信息传到美国,使很多老突袭队员产生了组团到中国、与当年的营救人员相聚、寻找飞机遗物的想法。有一位叫布莱恩·穆恩的探险家和艺术家对这个想法特别感兴趣。穆恩1928年出生于英国,曾在英国皇家空军服役,又在航空公司工作,后加入美国籍,先后担任夏威夷阿洛哈航空公司和西北航空公司副总裁,1987年退休。他酷爱绘画艺术、探险活动,多次前往世界各地考察。他是杜立特的朋友。他向幸存的杜立特突袭者了解了跳伞或者迫降点附近的城市或村庄的名称,经过整理他得到了1、3、5、10和11号飞机具体位置的名称。他计划调查就在这些地方展开。

1990年3月23日,穆恩写信到临安县,他计划9月率领一个由6人组成的考察团从美国到中国,重访中国浙江境内的美国飞机坠落的地点。很快他收到浙江外事部门的回信,答应给考察团提供方便。

中国外交部指示：由浙江省对外友好协会接待，与省外事办公室一起做好准备。指导临安、遂昌、临海、三门县落实当年参加营救的老人到时接待来访的考察团。

9月9日，在浙江省对外友好协会理事陈文林的陪同下，穆恩率团来到临安。团队男女6人。其中亨利·波特作为1号机组成员参加过杜立特突袭东京行动，跳伞落在临安。

考察团见到朱学三，互赠礼品。重走当年路，傍晚到达西天目山。48年前波特等1号机组在这里受到浙西行署的款待，考察团特意赶来住夜。第二天的目的地是壕堑关，一行人坚持爬到1号机坠机地点。下午经过盛村，这是里杜立特降落的地方。再回西天目山。第三天，千洪乡政府送来一块B-25飞机上的铁板部件。考察团如获至宝，穆恩与村民协商后，出资带走。

考察团接着前往11号机坠机地点歙县和3号机坠机地点遂昌。在遂昌北洋村，考察团到达3号机的坠落地点，收集到一些飞机碎片。

虽然考察团没有找到其余两架飞机的坠机地点，但他们另有收获，他们到了三门和临海台州医院，见到一批当年曾帮助过杜立特飞行员的中国老人。考察团是1942年以后第一批到达这些地区的美国人，他们遇到的村民都很友好地打招呼，令他们印象深刻。考察团回到杭州后，22日

穆恩在1991年收到的1号机防弹钢板

回国。

为纪念杜立特轰炸东京50周年,穆恩组织邀请当年帮助过杜立特飞行员的朱学三、刘芳桥、陈慎言、曾健培、赵小宝5位老人访问美国。1992年3月13日,访问团从上海起飞,到达美国明尼苏达州雷德温市。他们在雷德温市湖城林肯中学与学生们会面,在罗切斯特市与退伍军人及商人相聚,参观明尼苏达州和罗切斯特市,被授予"荣誉市民"称号,获颁"人类服务杰出奖",还参观科罗拉多州斯普林斯市空军学院,院长亲授"感谢状"。

20、21两日,5位老人在雷德温市詹姆斯旅馆与部分突袭队员重逢。已95岁高龄的杜立特写来感谢信说:"我代表杜立特轰炸机队协会的全体成员,尤其是今晚在场的杜立特突袭队的成员及他们的家属向我们的中国朋友——那些不惜自己和他们全家承担巨大风险而搭救和照顾我们的人——表示由衷的感谢。""为你们的家庭,你们的村庄和你们的国家50年前所表现出来的勇敢行为而感到骄傲。我们要向你们所有的人说一声好样的!"

美国总统布什给纪念活动写了祝贺信,高度评价这段历史:"在突袭之后,那些善良的中国人不顾自己的安危,为我们的飞行员提供掩护并为他们疗伤。我们也向他们表示崇高的敬意,感谢他们做出的人道主义努力,是他们的帮助才使我们的飞行员们能够安全返回。杜立特行动虽然已经过去半个多世纪了,但这些英雄们一直受到美国人民的敬仰和尊重。我们永远不会忘记他们所做出的伟大功勋,也永远不会忘记为自由和正义事业作出贡献的中国人。"

23日,5位老人访问五角大楼、白宫和国会大厦,美国国防部长切尼在办公室接见他们。24日下午,他们出席当地教会组织的告别宴会,25日启程回国。他们每到一地,都受到热情的接待。中国的各大报纸也进行系列报道。

第二节　衢州与雷德温缔结姐妹城市

就在五老访问团在明尼苏达州雷德温市的时候,罗密欧·希尔市长表达了愿与中国浙江省一城市结为姐妹城市的愿望。考虑到1942年的这次行动原计划是在衢州机场降落的,衢州的老百姓也曾经营救过美国飞行员,所以省外办决定推荐衢州市和雷德温市建立联系。从此,衢州市和雷德温市开始了接触。先是双方交换了资料,包括文字、图片、录像资料,使相互间有个基本的了解。此间雷德温市建立了姐妹城市委员会,加入了全美姐妹城市联合会组织,为与衢州市发展友好关系做好准备。

1993年,雷德温市派布莱恩·穆恩作为代表于3月12日至14日访问衢州,并与衢州当地政府官员就两市在友好关系基础上进一步商谈两市建立国际友好城市关系。布莱恩·穆恩完成了任务,并向雷德温方面报告了他对衢州的深刻印象,"二战"期间衢州的历史作用和当地老百姓的热情善良。10月,衢州市应邀组团回访雷德温市。1994年10月5日,杰姆·格兰特曼先生率领雷德温市代表团访问衢州。代表团受雷德温市市长和该市姐妹城市委员会的委托,交换友好城市协议书,两市友好关系正式建立。

1995年,衢州二中教师潘志强被派到雷德温市进行为期一年的教育交流。以此为开端,两市友好交流不断发展。20余年来,两市已有20多批近200人次互访,并实施了15轮互派教师、5轮互派艺术家的交流项目,促进双方教育、文化、艺术等方面的交流。雷德温市来衢的交流教师先后有4人次获得浙江省"西湖友谊奖",衢州市派往雷德温市的交流教师10人获得"雷德温荣誉市民"证书。衢州市与雷德温市的交流合作项目被浙江省外事办誉为"我省对美交流的典范"。

特别值得一提的是,通过教师的互派和讲学,改变了雷德温市市民对中国、对衢州的传统的看法,使他们比较全面地了解了中国人的社会与生活。他们的工作，已远远超出了单纯语言教学和校际交流，在开展对外宣传、增进两市人民之间的友谊等方面起到了积极的作用。第一位到雷德温从事教学活动潘志强，一直无法忘记一件事。他在一所美国学校里看到了他们出版的一张地图，其中中国版图中只标注了四个地名，分别是北京、上海、香港、衢州。"衢州"居然在美国人心目中如此之大，让潘志强深受感动。第一位来衢州工作的戴茜·霍夫女士回雷德温后作了32场报告，以她在中国的亲身经历，配以图片、实物，向雷德温市社会各界介绍中国的历史文化、社会环境和建设成就，在当地掀起了一股"中国热"。1997年9月，戴茜·霍夫再次来到中国，收养了一名孤儿取名为朱丽娅。她在给外办的信中写道：我可以说中国送给我两件珍贵的礼物：第一，是朱丽娅这么可爱的女儿；第二，是和你们建立的诚挚而珍贵的友谊。教学交流让两个城市的学生成为最大受益者。孩子在学校里就接触到东方和西方的不同文化，使他们增强了国际意识，拓宽了国际视野，提升了国际理解和跨文化交往能力。在衢州二中校园东北侧有一"教育国际交流陈列室"，里面布置有部分杜立特行动及与雷德温交往的内容。这是衢州二中的一道风景线、一张名片，更是衢州二中独创的国际理解教育的重要载体。

第三节　友好往来

1994年，布莱恩·穆恩组织19人的探险队，到浙江象山檀头山岛打捞第15号机，会见中国老朋友。探险队于4月26日抵达，在象山檀头山岛东南海面进行了6天紧张而艰苦的探察，锁定了被淤泥掩埋的轰炸机的具体位置，但当时无法挖掘。4月30日晨，穆恩、波特等8人到爵溪参观访问。爵溪乡长林德宝介绍6号机坠降爵溪海域及乡民营救遇难飞行员等经过情形。会后，美国探险队员考察爵溪北门沙头、周家湾，远眺6号机坠降处牛门。

5月4日,探险队员在象山与葛友法、吴照娣、叶加丁、杨振荣、赵小宝、王小富等10位当年救助过杜立特队员的当事人或他们的子女家人相聚。探险队员给他们挂上纪念奖牌,佩戴中美国旗纪念章。纪念奖牌上用英文镌刻着:"杜立特轰炸机队飞行员及美国人民,谨以此向1942年勇敢地救护过杜立特飞行员的中国人民致意,你们的勇敢将永远留在我们脑海中。"

5月5日、6日,探险队到临海活动,与陈慎言会面,参观恩泽医院,访问台州卫生学校。8日,穆恩、波特一行14人来到临安,与朱学三会面,前往杜立特降落地点盛村参观。5月11日,探险队回国。

20世纪90年代初,由布莱恩·穆恩先生组织的几次中美两国杜立特突袭行动亲历者互动活动,把50年前中美两国普通人在战争中结下的情谊重新连接起来,形成继续交流的纽

美国探险队员赠给杨振荣的纪念牌

朱学三与波特

375

带。这一系列的交流活动受到了中美民众的关注。很多亲历过、目击过或听说过救助杜立特突袭队员事件的中国人开始写文章回忆当年的具体情况，留下了很多珍贵的文字，为之后进一步研究杜立特突袭行动特别是中国人救助的过程提供了资料和线索。遗憾的是，这几次交流互动活动面比较小，还有很多重要的事发地点没有被找到，很多亲历者没有被发现。比如衢州汪村的空军第十三总站旧址，又如在江山帮助6个飞行员脱困的村民。

1999年，美国人约翰·阿尔德里奇和他的夫人程绍蟾来到江山东积尾调查村民救护杜立特突袭队员的情况。村民毛继富当年在北洋山上拾到一块面积约0.6平方米的飞机蒙皮残片，一直存放在毛继达房子二楼的床架后。村民向阿尔德里奇夫妇展示了这块残片后，他们将这块残片带到美国。

在布莱恩·穆恩的指导下，这片残片的一部分被切分成60块，分别制作成杜立特协会纪念牌匾，用于奖学金募捐竞拍，募得16000美元；另一部分现在陈列在明尼阿波利斯圣保罗国际机场内的明尼苏达空中警卫队博物馆。

2002年是中美《上海公报》发表30周年，时任中国国家主席江泽民访问美国。国务院新闻办公室在美国华盛顿主办大型展览"历史的记忆"，展览10月17日至11月5日在华盛顿和休斯敦等地举办。

毛继富与约翰·阿尔德里奇拿着最大的一片

展览以"陈纳德与飞虎队""驼峰空运"和"营救杜立特轰炸机队"3个主题,向观众介绍"二战"期间美国士兵与中国人民并肩抗击日本侵略者的动人场面。赵小宝再一次来到美国,在展览会上与杜立特队员见面。

此次展览由700多张图片和50多件珍贵实物组成。江山市档案馆为此次展览提供了7张图片和1件实物,主要有:清湖、长台民众护送杜立特队员的轿资、人力车费收据;东积尾村村民毛继富救护曼奇的记录;贺陈、湖前等村27名村民遭到日军报复残杀、房屋财产损失的登记表;毛继达1990年捐献的3号机飞机残片原件。

应美国空军博物馆的邀请,2003年10月18日至2004年6月25日,"历史的记忆"在美国俄亥俄州代顿市的美国空军博物馆展览8个月。

2005年9月,世界反法西斯胜利60周年之际,1号机副驾驶理查德·科尔和9号机领航员汤姆·格里芬作为参加中国战场作战的老兵,受中国政府的邀请,回到中国参加胜利纪念活动。

2009年11月,美国总统奥巴马访问中国,16日,他在上海科技馆与中国青年举行对话。奥巴马在演讲中说:"历史洪流使我们两国关系向许多不同的方向发展,而即使在最动荡的方向中,我们的两国人民打造深的,甚至有戏剧性的纽带,比如美国人永远不会忘记,在二战期间,美国飞行员在中国上空被击落后,当地人民款待他们,中国公民冒着失去一切的危险罩着他们。"

第四节　一美分的纪念章

2010年8月的一天,本书著者与《衢州晚报》记者巫少飞和江山文联毛洪章驱车来到江山市张村乡田青篷小南坑口自然村。1942年4月,小南坑口村民曾经救助过一名杜立特突袭队员。是谁救助了杜立特突袭队员,被救助的队员是谁,当时的情况是怎样的,找到这些问题的答案是我们此行的目的。

廖万富介绍奥扎克养伤的情况

我们走访了周围的村民,村民们都说是廖诗元救助了这位美国飞行员。经过与廖万富,廖诗元的儿子廖明法、廖德法,廖荣根的儿子廖水龙等人仔细交谈,了解到当时的情况。当年村民在山上发现这个美国飞行员向保长廖诗元报告,廖诗元叫人把这位小腿受伤的美国飞行员抬到自己家中,给他吃的,为他裹伤,帮他换衣服,把他安置在弟弟廖诗清的房中养伤。几天后,廖诗元和廖荣根组织村民把他抬到江山长台镇公所。临别时,美国飞行员拿出两个一美分的硬币分别送给廖诗元和廖诗清留念。他们不知这是什么,一直当作纪念章珍藏着,并传给了儿子廖明法和廖赖法。廖诗元离世前,一直试着与那位被救的美国飞行员取得联

奥扎克赠给廖诗原和廖诗清的一美分硬币

系,但没有成功。

根据村民的描述,并查阅江山的民国档案、遂昌的民国档案和美国有关资料,著者初步推测出这个美国飞行员是3号机领航员查尔斯·奥扎克。他是3号机机组唯一受重伤的,失踪多天后才被送到衢州空军第十三总站。虽然在1990年布莱恩·穆恩带领的考察团在遂昌时认为是遂昌西畈乡岩村村民刘芳桥救助了奥扎克,但是根据遂昌县档案局的民国档案,降落在西畈乡岩村的美国飞行员在4月20日与其他机组成员会合,所以刘芳桥救助的应是3号机的投弹手阿登·琼斯。

虽然有充分的证据能证明廖诗元救助的是查尔斯·奥扎克,但没有直接证据认定就是他。好在查尔斯·奥扎克还活着,而且,著者已与查尔斯·奥扎克先生取得了通信联系。著者马上给奥扎克先生写信,把这次调查到的情况详细地告诉他。同时寄给他廖诗元、房子外景和内景、竹躺椅、1美分硬币、廖明法一家人等的照片,希望得到奥扎克的确认。

信于8月中旬寄出,两个月过去了,却没有收到回音。10月9日,在杜立特突袭者协会的网站上,著者看到奥扎克先生去世的消息。又一位英雄走了。著者也为没有得到奥扎克亲自的证明而惋惜。作为对奥扎克先生的纪念,著者在杜立特协会的网站上写了一个帖子,发布在小南坑口调查到的情况。

几天后,著者收到了一封来自奥扎克先生女儿苏姗娜的电子邮件。苏姗娜在这一封电子邮件中说,奥扎克先生已经收到著者的信,他确认廖诗元救的美国飞行员就是他。他身体虚弱无法写信,就让女儿回信。苏姗娜说她的回信于9月7日寄出,可能在国际邮路上丢失。她又给著者发了这封信的副本。

苏姗娜给著者的回信写得十分真挚,信中详细地介绍了奥扎克先生的家庭,及他的6个孩子。她说:"我父亲让我回复你的来信并且感谢你以及所有还记得他的人,也很感谢你寄来照片。我父亲确定他就是当时廖先生和村里人所帮助的那个人。这些照片使我父亲回忆起许多往事，他让我转达他对廖先生儿子们以及家人的谢意。我父亲看到你寄来的照片非常高兴，能有机会记住村里人们的善良仁慈，好善乐施。我们的父亲是一个沉默寡言的人，很少跟我们分享他的经历。这些照片让我们意识到父亲曾经历过什么，也让我们了解到在那些日子里是谁给予了他同情和关心。我们，他的孩子们，难以回报你们的大恩大德。"

苏姗娜说："我父亲对廖先生赞不绝口，并怀着感恩之心愉悦之情记住他曾得到的帮助。你的来信激起我父亲许多美好的回忆，有人记住他，他很感动。他将你们牢记于心，多次提醒我给你们写回信。他永远不会忘记他曾得到的慷慨帮助。我父亲认为不忘恩很重要，作为女儿，我赞同他的观点。我想说，我父亲教会了他的孩子们慷慨的重要性和在别人需要的时候提供帮助。父亲所接受到的慷慨、帮助别人的教育已经传承到他的孩子们身上。事实上，我们也把所学到的传给了我们的孩子。"

著者立即把这个消息告诉了廖明法。这次调查和通信不光证明是廖诗元救助奥扎克，还重新连接起中美这两个家庭的友谊。著者寄出的信和照片让奥扎克先生在最后的日子里重温当年的美好回忆和友谊。奥扎克先生和廖诗元曾并肩抗击日本法西斯，现在两个当事人都已逝去，他们的功绩与友谊在他们的后代心中传承，就如那两枚一美分的"纪念章"一样，永久珍藏。

近年，小南坑口村整体搬迁下山，廖诗元老房子也在拆迁之列。经过江山市档案局徐青等社会热心人士的多方呼吁，这座有历史意义的老房子被保留了下来。2014年4月18日，江山市档案局（史志办）和张村乡人民政府在小南坑山廖诗元老房子的门前立起了"江山民众救护'二战'美军飞行员纪念碑"。

第五节　70周年纪念活动

2012年是美国空军杜立特突袭东京70周年。4月16至21日，美国空军博物馆和杜立特突袭者协会在俄亥俄州的代顿举办杜立特突袭70周年纪念团聚活动。参加活动的有当时健在的5位突袭者中4四位、突袭者的子女家人和美国太平洋空军司令加里·诺斯等人。杜立特东京突袭者协会邀请著者作为衢州人的代表参加活动。浙江省对外友好协会派出代表团参加活动。曾参加救助工作的廖诗元儿子廖明法、贺扬灵的女儿贺绍英是代表团中的主要成员。

4月18日中午，几乎在当年杜立特突袭东京的同一时刻，20架B-25老飞机编队3次飞过美国空军博物馆上空，再现当年杜立特突袭东京的情景。在博物馆南面的杜立特突袭纪念碑前举行杜立特突袭纪念仪式，共同歌颂突袭者的功绩，向牺牲者致哀。美国空军学院的学生向杜立特突袭纪念碑敬献花环。

在空军博物馆内的记者招待会上，浙江省对外友协代表团向记者介绍了贺绍英和廖明法，及他们的父辈救助杜立特突袭的美国飞行员的情况。廖明法手中的一美分硬币的照片也引来大家的关注。贺绍英带去的贺扬灵遗著《杜立特降落天目记》成了抢手货。杜立特突袭队协会官网的站长，10号机机长理查德·乔伊斯的儿子托德·乔伊斯向廖明法和贺绍英赠送了杜立特突袭队协会的纪念章。中美各大媒体记者们纷纷上前采访贺绍英和廖明法。不久，他们就出现在了《人民日报》、美国《天空日报》等中美媒体报道中。

19日晚，在美国空军博物馆举行盛大晚宴。晚宴的主席台上插着中美两国国旗。晚宴上主持人向大家介绍贺绍英和廖明法，介绍他们的父亲曾帮助过杜立特突袭队员的情况。全场起立以热烈的掌声感谢他们父辈所作出的贡献。中国驻美大使馆的查立友参赞在晚宴上宣读中国驻美大使张业遂致杜立特突袭队协会的特别信函,向健在的杜立特机队队员和所有队员亲属致敬,并缅怀了"二战"期间中美两国为世界和平与正义事业而并肩作战的友好历史,希望中美两国人民在新的历史时期携手并进,为加深两国传统友谊,为两国的美好未来和世界和平与繁荣继续作出贡献。

杜立特突袭者及其子女家人和美国民众十分重视突袭者在中国的经历。他们渴望了解中国的情况,他们想知道突袭者在中国发生了什么,突袭者经过了什么地方。他们想知道中国人民是怎么帮助杜立特突袭者的,以及中国人民所付出的牺牲。著者常被几个突袭者的后代拉着回答他们有关突袭者在中国的问题,与他们分享收集到的历史资料和实地寻访到的信息。突袭者的家人子女也分享了好多突袭者日记、照片、回忆录等珍贵资料。

20日是纪念活动的"中国日",中餐会的主题就是中国。著者做了一个演讲,讲述在研究杜立特突袭过程中的一个个小故事,表达对当年并肩作战的中美英雄的敬意和中美两国人民之间友谊的良好祝愿。演讲得到与会者的高度评价,很多人说第一次听到来自中国的声音。当突袭者的子女家人知道中国人和他们一样尊敬杜立特突袭者时,当他们了解到中国军民所做出的努力和牺牲时,反复向著者表达对中国人的感激之情。杜立特突袭者协会和国立美国空军博物馆赠送给著者一块水晶纪念牌,上面用英文写着:中国人民永远是我们的朋友。

第六节　最后的祝酒

1959年,亚利桑那州图克森市赠给杜立特突袭者协会80只银质高脚杯,每只杯子上刻着一位突袭者的名字。当突袭者谢世时,有他名字的那只杯子就倒置过来。这80只银杯成为杜立特突袭重要的纪念品,突袭者们将它捐赠给美国空军博物馆收藏。1956年,杜立特获赠一瓶他出生年份1896年酿制的轩尼诗干邑酒。突袭者们约定,等到只有两位突袭者在世时,这两位突袭者就可以打开这瓶酒对饮,举杯祭奠逝去的战友。到2013年下半年,仅有4位突袭者存世。他们都已九旬高龄。年龄最大的科尔已是98岁。这些老人外出参加活动已很不方便,所以突袭者们决定2013年11月9日在俄亥俄州代顿市的美国空军博物馆举行最后的庆典,并打开这瓶百年美酒,完成最后的祝酒仪式。

参加这次庆典的有1号机副驾驶理查德·科尔,7号机机械师兼机枪手戴维·撒切尔和15号机投弹手兼机械师爱德华·塞勒。16号机的罗伯特·海特由于身体原因无法出席。参加庆典的还有突袭者的子女家人。美国代理空军部长埃里克·范宁、美国空军参谋长上将马克·威尔什三世及其夫人也参加了庆典。著者作为突袭者的朋友受邀参加了这次庆典,成为唯一一位来自中国的嘉宾见证了这一盛况。

著者与美国空军参谋长在纪念碑前合影

　　9日中午,嘉宾们在空军博物馆前纪念碑公园杜立特突袭东京纪念碑前举行悼念活动。美国代理空军部长范宁讲话,他赞扬杜立特突袭在"二战"中的历史贡献。科尔在答词中感谢有机会为大家服务。全体人员在空军的军牧的主持下为逝者默哀。两位空军学院学员向纪念碑献花环。6架与突袭东京同一机型的B-25飞机编队飞越纪念碑上空,向远去的英雄致敬。悼念活动结束后,人们还三三两两地留在纪念碑前拍照留念,著者也在其中。美国空军参谋长威尔什说想与著者合影,著者多少有些意外,问了一句"是我吗?"得到肯定的回答后,我对威尔什将军说:"我是中国人,衢州是我的家乡。"威尔什握着他的手说:"欢迎你,很高兴你来参加这次纪念活动,非常感谢。"著者说:"我要感谢当年美国轰炸了日本鬼子。"威尔什说:"我会把这张合影的照片寄给中国的空军指挥官。"

　　晚上,在空军博物馆内科尔代表突袭者打开了这瓶封存了100多年的轩尼诗干邑酒。杜立特突袭者协会经理托马斯·凯西为他们在银杯中斟上酒。科尔站了起来,说出最后的祝酒词:"先生们,我提议为我们在任务中牺牲的和已去世的(战友们)干杯,非常感谢你们,愿他们安息。"三位

最后的祝酒

突袭者一起喝下了杯中的百年干邑。这时,小号手吹响了熄灯号,悠扬悲凄的号声久久在空军博物馆里回荡。

71年过去了,没有一位杜立特突袭者再回到衢州这个他们曾集结和休养的地方。除了波特,其他人都没能再回到他们曾降落的地点看看。这多少令人遗憾。为了弥补这个遗憾,著者从中国带去了一些特殊的纪念品,在杜立特突袭者的家人和朋友的聚会上送给突袭者。送给撒切尔的是一瓶沙子,它来自7号迫降的海滩。这个海滩曾见证了7号机降

著者将1号机飞机碎片赠给科尔

落的最后时刻,见证了撒切尔忘我救护同机组战友的英勇,也见证了中国普通民众对美国飞行员的善良和对残暴日寇的无惧。送给塞勒的是16枚贝壳,这些贝壳来自15号机迫降点旁边的檀头山岛,15号飞机就沉睡在这个小岛旁边的海底,这些贝壳可能曾在海底守护过塞勒的战机。送给科尔的是一小块来自1号机的碎片。虽然只有小小的一块,却折射着中美两国联合作战的光辉岁月。当他把这块镶在镜框里的碎片交给科尔时,全场的家人朋友都沸腾了。掌声、惊叫声、口哨声一起响起来。男人们有节奏地喊着:"衢州！ 衢州!"科尔拿着这块碎片久久地盯着看。这是他当年驾驶过的那架飞机上的一小部分。

第七节　撒切尔之子重走当年路

2015年是中国人民抗日战争暨世界反法西斯战争胜利70周年。中国人民对外友好协会邀请杜立特突袭队7号机的撒切尔父子到北京参加9·3阅兵式。老撒切尔已不能长途旅行,由他的儿子杰夫·撒切尔代表他和杜立特突袭者前来参加。

得知杰夫要来中国,著者建议他乘此机会来到浙江,重走他父亲当年曾走过的路,杰夫欣然接受了这个建议。在两个月的时间里,著者和杰夫、刘美远紧张地做着准备工作。刘美远是美籍华人,她父亲刘同声当年曾帮助过杜立特突袭队2号机机组成员。现在她又继续着父亲当年的工作,从中帮助协调。日程、住宿、交通等一项项敲定。中国对普通美国人来说还是充满神秘感。杰夫还提出疫苗接种的问题,能看出他对这次旅行期待、兴奋,又有一点紧张的心情。为了能与中国人沟通,杰夫学了一点点中文,还和著者商量着为自己取了个中文名字叫"石碣赋"。他把这个名字印在名片上,名片的背后印着7号机机组成员的照片。

杰夫参加完阅兵后于9月4日乘飞机到宁波与著者会合,与他一起来的还有刘美远夫妇。在前往象山石浦的路上,杰夫和大家分享他在北京的经历。他在北京和陈香梅等人一起受到习近平主席的接见和宴请。9月3日,他在天安门前的观礼台上观看了阅兵式,一队队受阅官兵走过,一台台武器车辆通过,人们挥舞着旗帜唱着歌,饱满的爱国热情让杰夫印象深刻。

在石浦,杰夫一行人在郑昌飞先生的带领下参观当地渔民救助杜立特突袭队员的展览室,与赵小宝的儿子麻财兴见面。他们又来到高塘岛箬渔山紫竹庵,在僧人的帮助下找到了一个山洞。当年紫竹庵的老和尚将15号机的5位美国飞行员藏在这个山洞中,躲过了日军的搜捕。这个普通的洞穴是当年中国军民冒死救护杜立特突袭队员的明证。

9月5日清晨,杰夫等人来到南田岛大沙村海滩。当年7号机准备在这片平直的沙滩上降落,却在下降过程中发动机停机坠落在靴蚴头近岸浅海。劳森等4位飞行员受重伤,受轻伤的撒切尔尽力救护他们。大沙村的村民帮助他把伤员抬到村里。第二天,村民和游击队员抬着伤员躲过近在咫尺的日军,把他们送到安全的三门县海游镇。当年撒切尔曾在这里经历人生中最重要的时刻。杰夫默默地从靴蚴头沙滩上取了一些沙子和贝壳做纪念。大沙村的村民听说当年被救的飞行员的儿子来了,都来看他,热情地向他打招呼。蒋财弟、林善兰夫妇拿来了珍藏了73年的飞机残件送给杰夫。杰夫要酬谢他们,他们都执意不收。一行人马不停蹄经三门海游镇到达临海,参观恩泽医院旧址,与陈慎言的女儿陈禾会面。他们握手、合影、互赠礼物。上一代人结下的友谊在这一代人身上得以延续。

　　当晚他们来到衢州。衢州是杜立特突袭队计划的降落地,也是迫降、跳伞后队员的集中地。包括撒切尔在内的51位突袭队员从各地来到衢

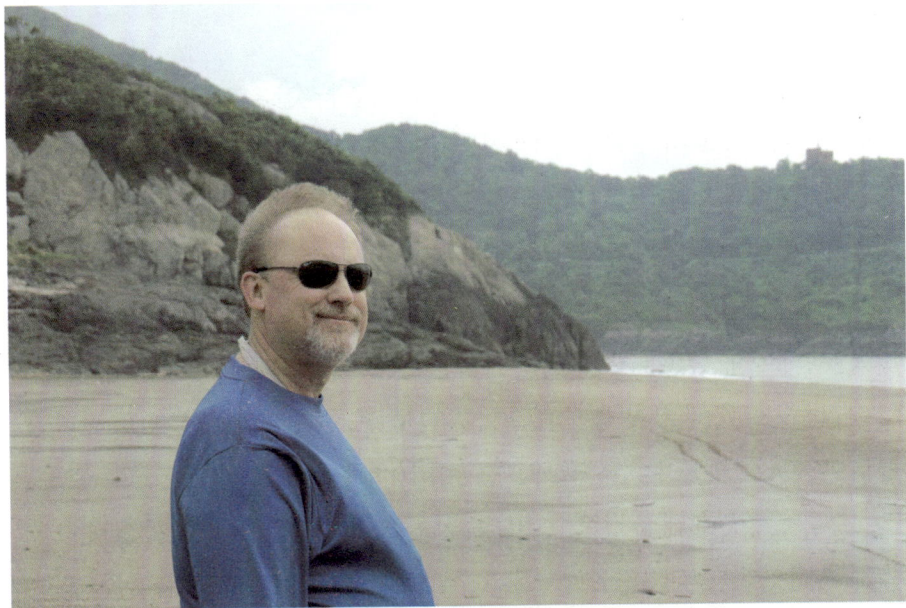

杰夫来到当年7号机坠落的沙滩

387

州,然后分3批离开衢州撤退到安全的大后方。杰夫·撒切尔是第一个来到衢州的杜立特突袭者直系亲属。9月6日早晨,杰夫等人来到城西汪村原空军第十三总站遗址,这里保存着防空洞和总站长办公室。最先吸引杰夫注意的是防空洞口上刻着的2号机组菲兹夫(Fitzhugh)和雷德尼(Radney)的名字。无人知道这英文字是什么人刻的,但能证明这防空洞与杜立特突袭者有关联。走进防空洞,杰夫发现洞内的面积比他想象的大。这个防空洞出现在几乎所有突袭队员的日记或回忆录中,这是他们经过数天担惊受怕、流离辗转之后到达的第一个安全的地方。由于日军飞机天天来衢州轰炸,突袭者白天只能待在这个防空洞里休息、发呆、打牌、学中文。前期到达的20位突袭队员在这个防空洞口拍了一张后来十分著名的合影。队员法克特跳伞时牺牲,遗体被运到这里。撒切尔是法克特的朋友,他向牧师提供了很多法克特的个人信息。牧师组织突袭队员在防空洞里举行了一场悼念活动。原总站长办公室也得到很好的保护,保留着当年的面貌,73年后杰夫还能在这个办公室里坐坐,喝一口清茶。

接着杰夫来到衢州市博物馆,观看"杜立特突袭与衢州"特展。博物馆副馆长陈昌华和陈列部主任廖炜陪同参观。杰夫仔细地参观这个展览,看到他父亲机组照片,看到7架突袭飞机的残片,听到一件件展品背后的故事。在博物馆,杰夫接受了《衢州晚报》记者巫少飞和钟睿的独家采访。这是他这次中国之行中唯一一次接受媒体的采访。"非常非常感谢衢州人民,非常非常感谢中国民众的营救行动。没有中国人的营救,就没有父亲,也没有我。"杰夫说:"追寻父辈的足迹,是为父亲当年的勇气自豪,是对中国人营救陌生人的感谢。感谢中国人的无私、慷慨!"

下午,杰夫来到衢州第二中学。他在校长潘志强的陪同下参观校园,和师生们一起在校园里种下一棵花梨木树,参观校史陈列室中展示的大量国际教学交流的纪念品。在陈列室播放的中美交流纪录片中,杰夫惊

著者与刘美远、杰夫在衢州原第十三航空总站防空洞遗址前

杰夫、潘志强与衢州二中师生共同种下友谊树

喜地发现了他父母的身影。刘美远也在纪录片中看到她和父亲一起出席杜立特纪念活动的镜头。杰夫与学生们进行座谈,回答学生们对杜立特突袭东京历史的提问,与学生们分享这次中国之行的感受。

衢州细菌战纪念馆是杰夫此行的最后一站。日本人在1940年和浙赣战役后期在衢州等地区针对平民进行细菌武器攻击,无数无辜平民死于非命,恶疫流行数年不绝。美国方面认定杜立特突袭后,日本发动浙赣战役,屠杀了25万中国人。但是很少有美国人知道日本在这次战役中大量使用细菌武器并且造成巨大的人员伤亡。在纪念馆中,杰夫看到一张张图片,一件件实物,了解到日本细菌武器给衢州等地人民带来的深重灾难。

从大沙村海滩到离开衢州,当年撒切尔用了16天。同样的路,杰夫只用了36个小时。沿着他父亲73年前走过的路,到了每一个有纪念意义的地点,见到了曾帮助过他父亲的中国人后代。一路上,杰夫更多的是静静听,默默地拍照留念,从拘谨到慢慢放松。旅行结束时,杰夫说来中国之前,他对这次旅行有很多期待。他认为这次旅行实际收获超出了他的预期。中国人的善良、热情、友好和慷慨给他留下了深刻印象。

一路上,著者与杰夫、刘美远谈论最多的是如何继续保持突袭者子女与中国人的友好交往。突袭者大多已离去,杰夫等人成立了突袭者子女协会,并任主席。他希望以后有更多突袭者子女能到中国来看看。在衢州外事办招待的午餐会上,他向外事办主任朱晓红提出在衢州建立永久的杜立特突袭东京纪念馆的建议。希望以此纪念中美两国人民在第二次世界大战中并肩作战的历史,纪念突袭行动中的两国英雄,传承当年结下的友谊,并为两国下一代继续进行教育、文化交流打下基础。他的这个建议得到了大家的积极回应。

在送杰夫和刘美远一行回北京时,著者在机场上对杰夫说:“你将要完成你父亲当年没有完成的任务,你将从衢州机场开始新的航程。”杰夫高兴地笑了。他紧紧地拥抱了著者,轻轻说了一声:“我的朋友。”

第八节　永久的纪念

杜立特突袭东京是抗日战争暨世界反法西斯战争中的重大历史事件,与衢州有着深厚的渊源,给衢州人带来了深刻的影响。一代代乡贤为记录纪念这一历史事件一直在努力。衢邑史家徐映璞先生在20世纪40年代作的《壬午衢州抗战记》《衢州机场记》详细记述了此事。到了80年代,衢州、衢县政协文史委员会、地方志办在编写文史资料汇编、地方志等中也收录了这方面的内容,如1985年衢州市政协文史资料研究委员会编写的《衢州抗日战争史料》专辑,衢县政协1988年出版《衢县文史资料》(第1辑)上,廖元中先生编写的《衢县百年大事记》,1991年出版的《衢县文史资料》(第3辑)中维思写的《1942年日军进犯衢州的原因和经过》等等。庄月江、陈定骞、邹跃华、鲍卫东、巫少飞、陈伟、徐丽、胡晨鸣、钟睿等各位新闻界前辈、记者都在关注此事,宣传此事。庄月江根据原衢州机场工程技术人员钱南欣先生的回忆文章确定了汪村原空军第十三总站的位置。巫少飞热情地报道纪念杜立特行动的每一则新闻,很多人通过巫少飞的文章知道了日寇侵占衢州的来龙去脉,让衢州民众、浙江民众在抗日战争中与美军并肩作战抗击日寇的功绩得以彰显。张玉恢先生画了10余幅展现营救杜立特队员场景的油画,自己出资出版画册《大营救》。姜宁馨先生等人为保护汪村原空军第十三总站防空洞与办公楼奔走呼号,终于在2014年6月17日,这两处遗址被衢州市人民政府公布为第四批市级文物保护单位,2017年1月13日被浙江省人民政府公布为第七批省级文物保护单位。祝淑华、祝晓华以拳拳爱乡之情为此做出很大牺牲。衢州老科技工作者协会王全心等人编辑《百姓救助美国飞行员70周年史料集》分发给大家。"青简社"书店的王汉龙悉心收集抗战文物资料供大家研究。他们长期不懈的努力,使这一历史事件逐步引起了各方面的重视,各种平面媒体、网络媒体纷纷报道。中央电视台、凤凰卫视、浙江省电视台、新疆生产建设兵团电视台、河南省电视台等电视台来衢州拍摄纪录片。

2014年1月27日，救助过5号机机组成员的浙江省江山市长台镇贺陈村村民朱王富在家中安然离世。他与千百位曾帮助过杜立特突袭队员的中国百姓一样，一辈子都平静地生活在自己的乡村里。朱王富的名字因为出现在档案"江山县营救友机降飞行员出力人员事实清册"中，所以为人所知，而更多当事人的名字和事迹已消逝在历史长河之中。

2014年5月20日，美国总统奥巴马签署法案，向"二战"杜立特东京突袭者成员授予国会金质奖章，以表彰他们在轰炸东京时所表现出的杰出的英雄主义、勇气、能力和为美国服务的精神。2015年4月18日，硕果仅存的两位杜立特东京突袭者理查德·科尔和戴维·撒切尔把国会金质奖章捐赠给美国空军博物馆，与银质高脚杯放在一起向世人展示。

2014年10月15日，衢州市与美国雷德温市建立姐妹城市20周年纪念仪式在衢州举行。衢州市代市长杜世源出席纪念仪式并致辞，浙江省友协发来贺电。雷德温市友好代表团，衢州市领导、有关单位以及曾经赴美交流的机关干部、教师、艺术家代表等共60人参加纪念仪式。

"70多年前，衢州人民演绎了一段营救美国飞行员的感人故事；20年前，衢州市与雷德温市成为'相知无远近'的友好城市；今天，友谊的纽带把两个美丽的城市更加紧密地连接在一起。"杜世源在致辞中说，友谊与合作是时代永恒的主题，衢州和雷德温已是常来常往的好朋友。在20年的友好交往中，两地人民结下了深情厚谊，两地合作结下了丰硕成果。希望两地的友好关系能"百尺竿头，更进一步"，在教育、文化、经贸等领域广泛开展交流与合作，进一步推动两地发展，增进两地人民的福祉。

雷德温市友好代表团团长、雷德温市原市长罗密欧·希尔接受杜世源颁发的衢州市荣誉市民证书。他说，20年来，两市克服语言、意识形态等障碍，把杜立特行动传承下来的中美深厚友谊发扬光大，通过一系列扎实有效的举措，推动双方深化合作交流，取得了卓有成效的成就，期待未来两市有更多的友好交流。他送给衢州的礼物是一块见证了72年前大营救的B-25飞机碎片。

纪念仪式上,衢州市友协副会长朱晓红宣读了省友协发来的贺电,并在市领导和雷德温代表团全体成员的见证下,与雷德温姐妹城市委员会副主席彭涛共同续签了两市友好交流协议书。

在几天的纪念活动中,雷德温市友好代表团为衢州"国际友谊林"揭幕;在20周年中美艺术家作品展上,罗密欧·希尔对张玉恢创作的,以"杜立特行动"为背景的油画"英雄惜别石头山"产生浓厚兴趣;他们与衢州的历史研究者进行"营救杜立特机队飞行员行动"座谈,分享衢州外事办编印的《永不褪色的记忆——营救杜立特机队飞行员行动文集》。雷德温市友好代表团还来到汪村原空军第十三总站防空洞参观,罗密欧·希尔等人和随行的工作人员参照当年获救飞行员的位置排列好,拍下大合影,纪念这次勇敢的行动。在衢州原中国空军空军第十三总站遗址前的纪念碑下,罗密欧·希尔和他的夫人细读碑文,虔诚之情让他的站姿如同鞠躬。

为纪念抗日战争胜利暨世界反法西斯战争胜利70周年,铭记衢州人民为世界反法西斯战争胜利作出的贡献,由衢州市文广新局主办、衢州市博物馆承办的"杜立特突袭与衢州"特展于2015年8月28日与市民见面,这次展览为期50天。衢州市博物馆制作了大量图板、模型全面生动展示了杜立特突袭的全过程,展现了中国百姓为之作出的贡献和付出的巨大牺牲。同时展出近200件与"杜立特行动"及浙赣战役相关的珍贵历史文物,展品中的绝大多数是首次与公众见面,包括7架参加杜立特行动的B-25飞机的残片,杜立特突袭队员的签名,宋美龄赠给参加行动美军飞行员的题词,日军第13军在衢州机场的破坏作业图等。更难得一见的是,著者几次赴美参加杜立特东京突袭者协会活动时获赠的饱含中美两国人民情谊的纪念徽章等物品也将在此次特展中亮相。

衢州市民间历史和收藏家爱好者对此次特展倾注了极大热情。藏家王汉龙将收藏多年的"衢县机场营造处"证章、《烽火》《抗战小说》《大东亚战争画报(日)》等珍贵抗战史料实物在本次展览中一一呈现。青年军事收藏爱好者俞俊也从自己的藏品中挑选了在浙赣战役时期日军所装备的三式夏季作战服、91式两用手雷、30式刺刀等,真实还原那段带给衢州人民荣耀与苦难的历史。

2016年4月15日,著者来到美国得克萨斯州弗雷德里克斯堡,应邀参加杜立特子女协会主办的杜立特突袭74周年团聚活动。

参加团聚的有1号机杜立特的副驾驶理查德·科尔,他是健在的两位突袭者之一。还有杜立特突袭者协会经理托马斯·凯西、杜立特子女协会总裁杰夫·撒切尔和50余位杜立特突袭者子女、家人和朋友。

4月15日晚上,杰夫·撒切尔发表演讲,向大家讲述他2015年到北京参加抗战胜利70周年阅兵、到浙江重走父亲当年路和到衢州的经历。刘美远女士和著者向大家介绍衢州市将建设杜立特突袭纪念馆和希望与子女协会进一步合作的情况。著者向大家介绍突袭队员当年在中国降落和后撤的情况,以及现存遗迹。

4月16日,在美国国立太平洋战争纪念馆举行仪式,科尔向纪念馆赠送国会金质奖章复制品。《迪克·科尔的战争》作者丹尼斯·奥克斯杜和《目标东京》作者詹姆斯·斯科特发表演讲,向大家介绍突袭者的事迹。科尔发表讲话,回答大家提问。晚上,杜立特突袭者子女、家人和朋友进行晚餐会,向逝者致敬。著者向科尔、凯西、杰夫及子女协会主要成员赠送专著《降落中国——杜立特突袭东京》和衢州老科技协会复制的杜立特突袭纪录片。

4月18日,在圣安东尼奥空军基地,科尔的空军老部队主办杜立特突袭者纪念会,詹姆斯·海克尔少将出席纪念会并讲话。

著者列席了杜立特突袭者子女协会委员会年度会议,会议报告上年活动情况,讨论协会有关事务和下一年度活动内容。委员会决定:协会支持在衢州建立杜立特突袭纪念馆,同意向纪念馆提供纪念品和实物;协会希望在衢州二中建立奖学金,对英语或历史论文的优胜者进行奖励。

2016年4月18日,由江山市旅游局、文联、档案局等部门联合创建的"中美联手抗日纪念馆——江山民众营救杜立特行动飞行员事迹陈列馆"在江山市保安乡举行开馆仪式。

2016年9月20日,杜立特突袭者子女协会和衢州二中签署协议,在衢州二中设立奖学金,对英语征文优胜者进行奖励。随即开展第一届杜立特突袭英语征文活动。

2017年4月,著者受邀赴美参加突袭75周年纪念活动。

经过衢州市一代代文史研究者的推动和呼吁,经过杜立特突袭者子女协会的建议和支持,2018年初衢州市动工建设杜立特行动纪念馆。

2018年3月21至26日,5号机副驾驶罗德尼·罗斯·魏尔德外孙堪腾博格兄弟来到衢州。他们参观空军第十三总站旧址,并与衢州二中师生交流;到江山市与档案局长徐青见面,到5号机机组成员遇救地贺陈际、长台镇、湖前村等地踏访。他们来到大桥镇苏源村和助救者毛光孝的后代会面。大砾山顶是他们外公魏尔德的遇救地,村民们早早砍出一条路,带着他们来到山下。堪腾博格兄弟斟上美酒为前辈祝酒。25日,衢州府山革命烈士纪念碑前,在为浙赣战役牺牲的营长宋汉武烈士举行纪念活动。堪腾博格兄弟也来参加。大卫·堪腾博格发表演讲,感谢中国人民帮助营救了杜立特飞行员。希望中美两国人民的友谊就像种下的友谊树一样,根越扎越深,叶越长越茂。宋汉武和魏尔德是中美两国的普通人,在战争年代为了共同的目标在衢州有过交集。之后一位荣归故里,一位为国捐躯。70多年后,两位先贤的后人跨过时光、跨过大洋,站在一起缅怀当年的英雄事迹,让人感动。

2018年10月25日,由衢州市人民政府、美国杜立特突袭者协会、美国杜立特突袭者子女协会共同建立的杜立特行动纪念馆开馆,24位杜立特突袭者子女和朋友到衢州参加纪念馆开馆仪式。他们在空军第十三总站防空洞旧址前举杯祝酒,与衢州二中的学生座谈,为第二届杜立特突袭英语征文活动优胜者颁奖。他们参观江山救助杜立特突袭队员的村庄,和救助者子女会面交流。

2019年4月19日,美国上海领馆总领事潭森来衢州参观杜立特行动纪念馆,到汪村参观救助杜立特突袭队员遗址。

2020年初,疫情乍起,杜立特子女协会衢州对外友协相互捐赠防疫口罩、防护服等物资。

2020年、2021年、2022年、2023年,青简社和衢州柯城图书馆年年举办活动纪念杜立特突袭行动,缅怀前辈功绩,共忆峥嵘岁月,分享研究成果。

2023年10月25日,美国驻上海总领馆领事蒲莅莎来衢访问,参观杜立特行动纪念馆,到汪村空军第十三总站遗址凭吊。

2023年8月,刘美远到衢州二中为第三届杜立特突袭英语征文活动优胜者颁奖。11月,衢州二中第四届杜立特突袭英语征文活动开始征稿。

……

2024年1月3日晚再稿于衢州